Kiss Me, Annabel
by Eloisa James

見つめあうたび

エロイザ・ジェームズ
立石ゆかり［訳］

ライムブックス

KISS ME, ANNABEL
by Eloisa James

見つめあうたび

主要登場人物

アナベル・エセックス……………………スコットランドの貧乏貴族の娘
アードモア伯爵ユアン・ポーリー………スコットランドの貴族
レディ・イモジェン・メイトランド……アナベルの妹
テス・エセックス・フェルトン…………アナベルの姉
ジョセフィーン（ジョージー）エセックス…アナベルの妹
レディ・グリセルダ・ウィロビー………エセックス姉妹のお目付け役
ホルブルック公爵（レイフ）……………エセックス姉妹の後見人
メイン伯爵ギャレット・ランガム………レディ・グリセルダの兄
ルーシャス・フェルトン…………………テスの夫

1

一八一七年四月　ロンドン

それは、舞踏会も半ばを過ぎたころのことだった。開始直後の興奮状態がやや落ち着き、おしろいがはがれて鼻の頭がてかってきたんじゃないかしら、口紅が取れてしまったかしら、と貴婦人たちがそわそわし始めるころ。アナベルは化粧室をのぞいた。幸いなことに誰もいない。さっそく大きな鏡のある化粧台の前に腰を下ろし、どうにも手に負えなくなったカールをピンで留め始めた。せめて舞踏会が終わるまでは、肩の上にとどまっていてもらわないと。

ほどなくして、妹のレディ・メイトランドことイモジェンがアナベルの隣にドスンと座り込んだ。「まったく、今日のパーティーは寄生虫の温床そのものね」イモジェンは鏡に映った自分に向かってしかめ面をした。「ビークマン卿ったら、わたしを二度もダンスに誘ってきたのよ。このわたしが、あんな太ったカエルと踊るはずがないじゃない。もっと下に目を向けなさいっていうの……例えば洗い場の中を探すとか」

イモジェンは美しい。毛先のカールした艶のある黒髪を頭の上で結い上げ、幾筋か肩に垂らしている。みなの注目を浴びすぎるのが不服なのか、目をぎらぎらさせていきり立っている。まさしくトロイの王子によって故郷から連れ去られた絶世の美女、ヘレンの再来といったところだ。

女性と見ればダンスに誘うしか脳のない浅ましい男たちに、その感情の矛先を向けるしかないのも困ったものね。「かわいそうなカエルに、レディ・メイトランドはあなたには分不相応だ、って言ってくれる人がいなかったのかもしれないわよ」アナベルは明るい口調でなぐさめた。しばらく喪に服していたせいで、イモジェンのことをよく知る人はほとんどいないから、アナベルの言葉もあながち外れてはいない。

イモジェンはムッとして顔を赤らめた。「バカなこと言わないで、アナベルお姉さま。ビークマンはわたしの財産が目当てなの。それだけのことよ」

アナベルは片方の眉を吊り上げた。「それだけ?」

イモジェンの唇にかすかに笑みが浮かんだ。彼女がこんなふうに笑うなんてめずらしい、特にここ数カ月は。去年の秋に夫を亡くし、六カ月の喪が明けた後、アナベルと一緒にロンドンで社交シーズンを送ることになった。今や、体の線があらわになる大胆なカットの喪服のコレクションを次々と見せびらかし、上流社会の上品な既婚婦人を驚かせては喜んでいる。

「注目ぐらい浴びて当然よ。そのために、着飾っているんでしょ」アナベルはかすかに皮肉を込めて言った。

「ねえ、こういうドレス、もう一着ぐらいあってもいいと思わない？」鏡をのぞき込みながらイモジェンが言った。お色気たっぷりに肩を回したせいで、胸の谷間がさらにあらわになる。黒いドレスの生地は、未亡人にはぴったりの上品な素材のものだ。しかし、仕立屋が布をけちったのか、身ごろといっても体の曲線という曲線にピタリと張り付いているただの布切れにしか見えない。主役はあくまでも身ごろを縁取る小さな白い羽毛のほうだった。イモジェンの胸を覆うそれに視線が釘付けとなり、男性たちはみな、思い切った行動に出てしまうらしい。

「そんなドレス、一着あれば十分じゃない」アナベルは答えた。

「マダム・バドーが、ぜひもう一着お作りになって、ってしつこいの。自分のデザインのよさを人々に広めるためにも、二着は売らなければならないって言うのよ。だけど、誰かほかの人が同じものを着ているところなんて見たくないわ。特にこのドレスは」

「ばかばかしい。同じデザインのドレスを持っている人なんていくらでもいるじゃない。誰も気づかないわよ」

「わたしが着ているものは、誰が見てもわかるわ」確かにイモジェンの言うとおりには違いない。

「でも、洋服ダンスにしまっておくためにドレスを注文するなんてぜいたくよ」

イモジェンは肩をすくめた。夫が亡くなったとき、彼女は無一文になったも同然だった。

ところが、義母が肺炎を患って急激に衰弱し、息子の後を追うように一カ月もたたないうちに逝ってしまったのだ。レディ・クラリスが義娘であるイモジェンに財産を遺してくれたおかげで、彼女はいまやイングランド一裕福な未亡人となった。「それなら、お姉さまに作ってあげるわ。ただし、着るのは故郷の町中だけにすると約束してちょうだいね」

「わたしが着たら、かがんだだけでおへそまで身ごろが落ちてきてしまうわ。せっかくの社交界デビューが台無しになるじゃない」

「お姉さまは、社交界デビューを果たす普通の娘とは違うのよ。わたしよりも年上だし、もう二二歳なんだから」イモジェンが嫌味たっぷりにからかった。

アナベルは下を向いて心の中で一〇まで数えた。イモジェンはまだ悲しみから立ち直っていないのよ。彼女の意地悪が悲しみのせいじゃないというなら話は別だけど……。「そろそろレディ・グリセルダのところへ戻りましょうか？」アナベルは言いながら立ち上がり、もう一度鏡をのぞき込んだ。

そのとき、突然イモジェンがアナベルの肩の上に顔を出した。申し訳なさそうに微笑んでいる。「意地の悪いことを言ってごめんなさい。今日の舞踏会では、お姉さまが一番美しくてよ。わたしたち二人が一緒にいたらどう？　お姉さまは輝いているけど、わたしはまるで歳を取ったカラスだわ」

アナベルはにっこりした。「あなたがカラスのはずがないじゃない」アナベルとイモジェンはよく似ている。どちらも上がり目で、頬骨が高い。大きく違うのは、髪の色だった。イモジェンが漆黒なのに対し、アナベルは蜂蜜色だ。それでも、目を輝かせるイモジェンの姿が男性たちにとっては決して抗えないほど魅力的であることを、アナベルはよく知っている。

イモジェンはカールした髪を胸の曲線の上で引っ張った。あまり上品なしぐさとは言えない。でも、彼女を怒らせると後が大変だ。アナベルは黙っていることにした。

「わたし、愛人を作ることにしたわ」イモジェンがいきなり切り出した。「あくまでもビークマンを遠ざけるためだけど」

「何ですって？　今、何て言ったの？」

「恋人よ」イモジェンはじれったそうに言った。「わたしを連れて歩いてくれる人」

「再婚するつもりなの？」アナベルは心底驚いた。イモジェンは今でも毎晩のように死んだ夫を思って涙に暮れているからだ。

「しないわ。お姉さまだってわかってるでしょ。でも、ビークマンのような愚かな男に、せっかくのお楽しみを台無しにされるのも嫌なの」鏡の中でふたりの目と目が合った。「メインを愛人にするわ。だけど、結婚の話は出さないつもり」

「メイン？　そんなの無理よ！」

「無理じゃないわよ」イモジェンは愉快そうな顔をしている。「わたしは、わたしがしたいことをするの。誰にもそれを止める権利はないわ。メイン伯爵なら好きになれそう」

「よくそんなことを思いついたわね。あの男は、テスお姉さまを捨てたのよ。しかも、祭壇の前で」

「じゃあ、テスお姉さまはフェルトンよりもメインと一緒になったほうが幸せだったと言うの？　お義兄さまをとても愛しているのに」

「そうじゃないわ。だからって、メインがテスお姉さまを捨てたという事実に変わりはないのよ」

「そんなこと、わかってるわ」

「じゃあ、いったいどうして？」

イモジェンは冷ややかな笑みを浮かべた。「訊きたい？」

「ひょっとして仕返しのつもり？　だめよ、そんなことをしちゃ、イモジェン」

「どうして？」イモジェンは横を向き、鏡の中の自分の横顔を眺めた。どこをとっても申し分のない輪郭だ。そしてすべてが際立っている。「わたし、退屈でしかたないのよ」

妹の目が残酷な光を放つのを見てとり、アナベルは思わず腕をつかんだ。「だめといったらだめ。それにメインがあなたに対して本気になるはずがないわ」

イモジェンは歯を輝かせて微笑んだ。「わたしもそう思う」

「でも、あなたが本気になったらどうするの？」

「そんなの、ありえないわ」

アナベルも、イモジェンがもう一度恋をするとは思っていない。夫が死んでからというもの、まさしく殻の中に閉じこもった状態だ。その殻がそんなにたやすく破られるとは思えない。

「イモジェン、お願いだからやめてちょうだい。メインのことはともかく、あなたのためによくないわ」

「お姉さまときたら、本当にうぶなんだから」イモジェンは再び冷笑を浮かべて続けた。「何が本当にわたしのためになるのか、お姉さまは全然わかってないわ。特に男性に関することはね。この話の続きは、お姉さまが本当の意味で女になったときにしましょう」

イモジェンたら、またわたしをけしかけているのね。子供の頃よくしたように。ムッとしたアナベルが言い返そうとした瞬間、部屋の扉が開いて、ふたりのお目付け役、レディ・グリセルダ・ウィロビーが軽やかな足取りで入ってきた。「まあ、あなたたち！　姿が見えないから、あちこち、ずいぶんと探し回ったのよ。クラレンス公爵がお着きになったの。だから――」

グリセルダが黙り込んだ。アナベルの怒った顔とイモジェンの硬い表情を見比べている。「まったく」椅子に座り込み、肩にまとった上品なシルクのショールをかけ直した。「また口げんか？　頭を悩ませるきょうだいが兄ひとりだけで本当によかったわ」

「あなたのお兄さまを家族にしたいと思う人なんているかしら？　今も、ちょうどお兄さまのさまざまな長所についてお話ししていたところなのよ。というより、それが全く見当たらないという話、と言ったほうがいいかも」イモジェンはむきになって皮肉たっぷりに返した。

「確かに、あなたの言うとおりね」グリセルダは落ち着いた口調で答えた。「でも、聞き捨てならないことも確かよ。あなたって腹を立てると、鼻が真っ白になるの。一応、教えてあげるわ」

イモジェンの鼻が真っ赤になった。「なじられついでに言うけど、わたし、愛人を作ることにしたの」

「それはけっこうなご決断だこと」グリセルダは小さな扇子を開き、顔の前でゆっくりとあおいだ。「男の人ってとても便利なのよ。今夜のあなたのような細身のドレスを着ていると、女はまともに歩くこともできやしないわ。だから、そうねえ、あなたを抱いてロンドン中を歩き回ってくださる、力の強い殿方を選ぶといいわね」

アナベルは笑みを押し殺した。

「気のすむまでからかえばいいでしょ。でも、これだけは言っておきます。わたしは恋人を作ると決めたの。召使じゃないわ。そしてその第一候補があなたのお兄さまのメインよ」こみ上げる怒りを抑えようとしたが、イモジェンはつい口走ってしまった。

「なるほど、まずは経験豊かな人から、というのは賢明かもしれないわね。もっとも兄の好みは未亡人じゃなくて、既婚女性のほうだけど。結婚を求められそうな女性を避けることにかけては天才なのよ。でもあなたなら兄を結婚する気にさせられるかもしれないわね」

「わたしもそう思うわ」

グリセルダは考え事をしながら扇子を振っている。「兄って恋人としてはおもしろいと思うわ。でも、わたしが恋人を作るとしたら、少なくとも二週間はその関係をもたせたいと思うものよ。兄ときたら相手をする女性はいくらでもいるけど、どの女性とも二週間ももたないの。何よりわたしだったら、自分より前に付き合っていた女性と比較されているのではないかと思って落ち着かないわ。わたしが神経質なだけなんだけど」

アナベルはニヤリとした。グリセルダってものすごく従順でこの上なく女らしい人だと思っていたのに……。

イモジェンは考えこんでいるようだ。「そうだわ。それならアードモア伯爵にする。あの方ならロンドンに来て、まだ一週間くらいしかたっていないから、わたしを誰かと比較するなんて無理だもの」

アナベルは目を瞬いた。「あのスコットランドの伯爵?」

「そう、その方よ」イモジェンは手提げ袋《レティキュール》とショールを手に取った。「お金は持っていないかもしれないけど、あのお顔だけで財産としては十分だもの。愛人にするなら、ってことだけど」イモジェンはアナベルのしかめ面に気づいたらしい。「そんな困ったような顔をしないで、アナベルお姉さま。信じてちょうだい、伯爵を傷つけるようなまねはしないから」

「でしょうね」グリセルダが口を挟んだ。「あの方には、どこか危険な雰囲気があるもの。あちらが傷つくことはないわ。傷つくのはあなたのほうよ、イモジェン」

「ばかばかしいこと。わたしの決心を変えさせようとしているのね。でも、もう決めたわ。未亡人同士で部屋の隅に集まってうわさ話に花を咲かせるだけでこれからの一〇年を過ごすなんてまっぴらだもの」グリセルダを真っ向から侮辱する言葉だ。彼女は何年か前に夫を亡くしているが、（アナベルの知る限り）恋人や夫を作ろうなどとは考えてもいない。

グリセルダはにっこり微笑んだ。「そうでしょうね。あなたは本当に変わった女性だから」

アナベルは思わずたじろいだが、イモジェンは気にもしていない。「よく考えたら、アードモア伯爵のほうがメインよりずっといいわ。同郷でもあるし」

「だからこそ、アードモア伯爵はやめたほうがいいのよ」堪りかねてアナベルが口を挟んだ。「北国の古くてだだっ広いだけの家を補修するお金もなく、そこで暮らし続けることがどれほど大変か、わたしたちにはよくわかっているはずよ。アードモア伯爵はお金持ちの花嫁を探しにロンドンへやってきたの。あなたの愛人になるためじゃないわ」

「やけに絡むじゃない。いい、アードモア伯爵は立派な大人よ。伯爵がどこかの間抜けな娘に求愛するというのなら、それを止めるつもりはないわ。でも愛人がいれば、財産目当てのふとどきものもわたしに近づこうとはしないはずでしょ。アードモア伯爵には、しばらくの間、隠れみのになってもらうだけ。ひょっとして、お姉さま、伯爵と結婚しようと思っているの？」

「そんなこと、あるわけないでしょ」アナベルはそう答えたものの、痛いところを突かれた気分だった。実のところ、アードモア伯爵はずば抜けてハンサムだ。伯爵の妻になりたいと思わない女性なんて、どうかしているとしか思えない。でも、アナベルは結婚相手にするなら金持ちの男と決めている。それにスコットランドになどわざわざ行きたくはない。「あなたこそ、伯爵との結婚を考えているの？」

「まさか。あんな財産のない田舎者。でも、ハンサムだもの。それに着ている服の地味さが、わたしのドレスにぴったりでしょ。それだけで十分よ」グリセルダが真剣な顔つきで言った。

「伯爵はそんな簡単に騙されるような人じゃないと思うわ」

「伯爵が金持ちの妻を見つけようとしているのなら、きちんと本当のことを言うべきよ。あなたが結婚を考えていると誤解するかもしれないもの」アナベルが心配そうに続ける。

「ふん！　何よ、ふたり揃って頭の固い道徳家にでもなったつもり？　くだらないったらないわ」そう言ってイモジェンは足早に部屋を出ると、後ろ手に扉をバタンと閉めた。

「認めたくはないけど」グリセルダが思案げに言った。「話の持っていき方を誤ったかもしれないわ。彼女がスキャンダルにまみれたいというなら、メインに興味を向けさせるほうが、まだよかったかもしれないわね。今どきの若い女性にとって、兄とつかの間、恋仲になるのはひとつの通過儀式のようなものだもの。スキャンダルといっても、それほど大事《おおごと》にはならないでしょうし」

「イモジェンが考えているほど、アードモア伯爵はあの子の思いどおりにはならないような気がするわ」顔をしかめながら、アナベルが言った。

「同感よ。アードモア伯爵と直接話したことはないけど、イングランドの普通の貴族の殿方とはまるで違うもの」

アードモア伯爵は赤毛のスコットランド人だ。顎は角ばり、肩幅も広い。アナベルに言わせれば、グリセルダの洗練された兄とは似ても似つかない。

「誰も、伯爵のことをよく知らないのよ。レディ・オーグルビーがミセス・マフォードから聞いた話では、とにかく貧乏で、持参金をたっぷり持った花嫁を探すためにロンドンにやってきたらしいんだけど」グリセルダが思案顔で続けた。

「でも、ミセス・マフォードって、クレメンティーナ・ライフェが下僕と駆け落ちしたというわさを流した張本人じゃなかったかしら？」

「ええ、そうよ。確かに、クレメンティーナは子爵と結婚して幸せに暮らしているし、召使に言い寄るような人でもないわ」グリセルダは答えた。「でも、レディ・ブレヒシュミットのこともあるわ。財産目当ての男性がいれば、五〇メートル離れていても嗅ぎつける人なのよ。でも昨夜、彼女の夜会にはアードモア伯爵の姿はなかったわ。ということは、彼は招待されていなかったってことよね。レディ・ブレヒシュミットに何かご存じないか聞いてみないと」

「レディ・ブレヒシュミットの夜会にだけ姿がなかったということは、退屈には耐えられないのかも」やはりアナベルはいまひとつ腑に落ちなかった。

「まあ、アナベルったら！」グリセルダは大笑いした。「レディ・ブレヒシュミットはわたしの親しい友人なのよ。確かに、これほど素性のわからない男性が存在すること自体めずらしいわ。イングランド人だったら、生まれたときの体重から年収まで、わたしたちにわからないことはないのに。スコットランドに住んでいたときに、会ったことはないの？」

「ええ、ないわ。でもミセス・マフォードのおっしゃる、伯爵がロンドンへ来た理由というのは本当なのかもしれない」かつてはスコットランドの貴族たちが何人も、よくアナベルの父親の厩舎をうろついていた。その誰もが、子爵だった父親と同じくらい貧乏だった。それこそがスコットランド人の証のようなものだ。とるべき道はふたつしかない——貧乏なままで一生を終えるか、それともイモジェンやテスのように、裕福なイングランド人と結婚するか。もちろんアナベルは姉妹に倣うつもりだ。

「アードモア伯爵は、やすやすとイモジェンの策略にはまるようなタイプには見えないわ」グリセルダは言った。

そうだといいのだけれど。アナベルは心配でしかたがなかった。ああしてわざと胸をひけらかしているイモジェンだが、決して欲望にかられているわけではない。それどころか本当はすごく脆《もろ》い女性だ。

グリセルダが立ち上がった。「イモジェンはイモジェンなりに、悲しみを克服する道を見つけなければならないわ。そのために苦しい思いをしている女性は、世間にはいくらでもいるのよ」

アナベルは思い出した。テスお姉さまがよく言っているわ、イモジェンはイモジェンの人生を歩まなければ、と。わたしも同感よ。

アナベルの唇にかすかな笑みが浮かんだ。わたしには持参金代わりの馬が一頭いるだけ。つまりアードモア伯爵とわたしは似た者同士ということね。

スコットランドの貧乏貴族という意味で。

2

レディ・フェドリントンはエジプトのものに目がない。その上どんな気まぐれも思いのままになる財力のおかげで、屋敷の舞踏室はさながら墓泥棒の貯蔵庫だ。部屋の一方にある大きな扉の側面には、高さが六メートルはある犬人間のような像が立っている。かつてはエジプトの寺院の扉の前にあったものに違いない。

「最初は、あまり好きではなかったのよ。ほら、表情が……いまひとつ優しくないでしょう?」レディ・フェドリントンはアナベルに言った。「でも、今はハンプティとダンプティと呼んでいるの。位の高い召使のように思っているのよ。余計なことは言わないし、一目見れば、お酒を飲みすぎることもないとわかるでしょう」レディ・フェドリントンがクスクス笑うのを見て、なんて頭の悪そうな人なの、とアナベルは呆れた。

それでも、反対側から眺めると、ハンプティとダンプティの壮大さには感心せざるをえない。足元で踊る客を上から眺めている彼らは、召使だという考えがばかばかしく思えるほど荘厳な表情を浮かべていた。

アナベルは肩に巻いた薄いショールを引っ張った。ドレスに合わせた淡いゴールドのそれは、そりかえったシダをあしらった刺繍がほどこされている。ゴールドの地にゴールドの糸で刺繍をした実に豪華なものだ。アナベルはもう一度、風格のあるエジプトの像を見やった。博物館に置いておかなくてもいいのかしら？　あれを見ていると、周りでふらふらと踊っている人間たちが自堕落に思えてしまうわ。

「アヌビス、エジプトの死者の神か」太い声がした。「こういう舞踏会には似つかわしくない守護神だな」

ほんの一瞬目が合ったことしかないのに、それがアードモア伯爵の声だとアナベルは気づいた。当然といえば当然よ。わたしは、その柔らかなスコットランド訛りを耳にしながら育ったんだから。もっとも父は、わたしたち姉妹には決して使わせようとしなかったけれど。

「確かに神様らしい威厳がありますわ。エジプトへ行かれたことが？」

「いや、ありません」

訊くまでもないだろう。貧しいスコットランド貴族の生活ぶりを、アナベルは身をもって経験している。寒さと飢えに疲弊した小作人の地代でなんとか生計を立てるのだ。ナイル川まで観光旅行に行く余裕などあるはずがない。

アードモア伯爵がアナベルの脇に手を滑り込ませてきた。「踊っていただけますか？　それとも、付き添いの方にお願いしたほうがいいでしょうか？」

アナベルはアードモア伯爵を見上げて微笑んだ。親しみを表しているにすぎないとはいえ、わざとらしさの感じられない満面の笑みだった。「どちらもお断りします。もっとふさわしいお相手がおありでしょうから」

アードモア伯爵はいぶかしげに目を瞬かせながらアナベルを見つめた。伯爵というよりもたくましい肉体労働者のようだ。アナベルは、伯爵たちはもちろん、公爵やその他の貴族の称号を持つ人々についてかなり詳しくなっている。お目付け役であるレディ・グリセルダは、視界の中にいる貴族の称号を持つ男性はすべてアナベルたちに教えてやるのが自分の義務だと思っていた。彼女の兄メインは、典型的な英国貴族だ。しゃれていて、指が細く、態度も上品だが、どことなく危険を感じさせる。手入れの行き届いているウエーブのかかった髪が光を受けて輝きを放ち、妹のグリセルダのようにいい香りがする。

それにひきかえ、このアードモア伯爵ときたら……。赤毛の髪は、もしゃもしゃとカールをなして首にかかっている。澄んだ緑色の目は長いまつげに縁取られ、漂わせている野性的な雰囲気には、ともすれば艶《なまめ》かしさが感じられた。メインが着るのはベルベットとシルクだが、アードモア伯爵は質素な黒い衣服だ。イモジェンが自分の喪服にぴったりだと言うのも無理はない。

「なぜ、わたしを避けようとするのですか?」驚いた様子でアードモア伯爵が尋ねた。

「あなたのような少年と子供の頃から一緒に育ってきたせいですわ」かすかなスコットランド訛りをわざと交えて答えた。少年というのは適切ではない。目の前にいる大きな北部人はどう見ても一人前の男性だ。アナベルは、自分の本心を言葉で表現したにすぎない。友達にはなれても、結婚相手としては考えられない——そう伝えたつもりだった。まさか、お金持ちと結婚したいからなどとは口が裂けても言えるはずがない。

「つまり、同郷の男とは踊るつもりはないというわけですか？」

「まあ、そのようなものかしら。でも、よろしければ、ふさわしいお相手をご紹介することはできますわ」アナベルは莫大な持参金を持った娘たちを何人も知っている。

「それは、あなたに求婚しても断られるという意味ですか？」アードモア伯爵は興味深げに口元に笑みを浮かべた。「あなたとダンスが踊れるのなら、喜んであなたに求婚しましょう」

アナベルは苦笑いを浮かべた。何て愚かなの……。「そんなふうに振る舞っていては、花嫁は見つかりませんよ。もっと真面目な態度で取り組まなくては」

「わたしは十分に真面目なつもりです」アードモア伯爵は壁にもたれかかり、アナベルをじっと見下ろした。伯爵の強烈な視線に思わず鳥肌が立った。「わたしとダンスをする気がなくても、結婚はしていただけますか？」

まるで深い海のような緑色の目。この方を好きにならない人なんているのかしら。「あなたとは結婚しません」

「そう」さほど失望した様子もなく、アードモア伯爵は答えた。

「よく知りもしない女性に求婚なんてすべきではないと思いますけど」

女性の前で壁にもたれたり、女性をじろじろと眺めたりする態度が不謹慎であることをまるでわかってないらしい。アナベルはアードモア伯爵がふとかわいそうになった。こんな調子では、お金持ちの花嫁など見つかるはずがないわ！　ここはひとつ、力になってあげるべきよね。あくまでも同郷人として、だけど。

「なぜだい？　気が合うかどうかは、五回会えばわかるというものじゃない。大切なのは、その時に湧き上がってくる感覚のはずだ」

「まさにそれよ。あなたはわたしのことなど何も知らないでしょ」

「そうかなあ」アードモア伯爵はすぐに答えた。「第一に、きみはスコットランド人だ。第二に、きみはスコットランド人だ。そして第三に――」

「言わなくていいわ」アナベルは煙たげな顔をした。

「きみは美しい」そう言って、アードモア伯爵はにやりと笑った。

気がつくと、伯爵は体の前で腕を組み、笑いながら巨人のようにアナベルを見下ろしている。

「お世辞でもそう言われるとうれしいわ。ありがとうございます。それにしても、不思議ね。スコットランド人の花嫁を探しているのなら、どうしてわざわざロンドンへ？」

「そうしろと言われたからね」まだにやにやしている。

そこから先は聞かなくても想像がつく。金持ちの花嫁を探すならロンドンへ、貧乏な花嫁ならスコットランドへ行けばいい、ということぐらい誰でも知っている。豪華なショールをまとうアナベルを見て、それに見合った持参金が望めると思い込んだに違いない。

「見た目で判断しないでください。わたしの持参金は一頭の馬だけですから。でも、よろしければ先ほどお話ししたように、適当な女性をご紹介することはできますわ」

アードモア伯爵が何か言おうと口を開いたとき、イモジェンがアナベルの肩越しに現れた。「ここにいたのね。ずいぶん探したのよ」割って入ってくるなり、伯爵のほうを向いた。「まあ、アードモア伯爵ではありませんか！」甘えた声で言う。「レディ・メイトランドです。お会いできて光栄ですわ」

伯爵が身をかがめてイモジェンの手に口づけをする様子をアナベルはじっと見ていた。イモジェンはどんな女神にも劣らないほど美しい。彼を見つめるその表情は、男性、特に金持ちの若い未亡人を目の前にした持参金目当ての男性には、決して拒めないものだ。しかし実のところそれは、アナベルが気に入った男性に送る熱いまなざしそっくりでもあった。金持ちの男性から求婚されるために、アナベルもイモジェンも幼い頃からその〝美しく熱いまなざし〟作りをしてきたのだから。

「わたし、今、我慢できないほどダンスを踊りたいんですの。どうか、お相手をしていただけないかしら、アードモア伯爵？」

我慢できないほど？　笑っちゃうわ。しかしアードモア伯爵は笑わなかった。それどころかイモジェンの手に再び口づけたのだ。ついに彼女の網にかかってしまったのね。イモジェンはいつもこうだ。彼女が一度決めたことは、誰にも止められない。「付き添いのところへ戻ります」お辞儀をしながらアナベルは言った。「アードモア伯爵、お話しできて光栄でしたわ」

レディ・グリセルダは舞踏室の隅にいた。すぐ隣で、アナベル姉妹の後見人が飲み物を手にしたまま、手足を投げ出すように座っていた。特に珍しい光景ではない。ホルブルック公爵は、いつもお酒を飲んでいる。人々の間を抜けて歩くアナベルの姿を見つけ、近づいてきた。

イングランドの貴族を知るにつれ、アナベルはホルブルック公爵ことレイフがいかに公爵らしくないかということに気づかされ、ただただ驚いていた。称号で呼ばれることを嫌がる上に、香水をつけたり、髪をカールさせたり、豪華な衣服を身に着けることもしない。今日は、召使がなんとかブルーの最高級の上着を着せることに成功したものの、自宅にいるときは着心地のいいパンタロンと擦り切れた白いシャツ姿だ。

「グリセルダのおかげで頭がどうにかなりそうだ」お酒のせいか、気軽な口調だ。「グリセルダじゃなければ、イモジェンにやられる。いったいイモジェンは何をしているんだ？　スコットランド男のダンスの相手なんかして。あんなやつ、わたしは知らんぞ」

「イモジェンたら、愛人を持つことにしたんですって」アナベルが呆れながら言う。

「なんというたわ言を」くしゃくしゃになった髪に手を通しながら、レイフがつぶやいた。

「エスコートならこのわたしがいるじゃないか」

「財産目当ての男たちに頭を悩まされているそうよ」

「それにしたって、なぜ貧乏なスコットランド男をダンスの相手に選ばなければならないのだ？」レイフはつい声を上げ、あわてて周りを見回した。

「あとくされがなくていいと思ったんじゃないかしら」アナベルは答えながら、ロセッター卿の姿を探した。ロセッター卿は、現時点でアナベルの結婚相手の第一候補だ。

「あれでは、自分で自分を笑いものにしてるようなものだ」

「そんなに心配しなくても大丈夫よ」ロセッター卿の姿を探しているアナベルは、上の空で答えた。

ふと、レディ・グリセルダと目が合った。ちょっとこっちへ来てちょうだい、と言わんばかりの目つきをしている。

彼女には、お目付け役につきもののイメージ――気難しいオールドミス――はまったくない。祭壇の前に婚約者を置き去りにする悪名高いメイン伯爵にひけをとらないほど顔立ちの整った美しい女性だ。言うまでもなく、兄の態度を持ち出して彼女を非難するものはひとりもいなかった。メインがテスと結婚式をあげる五分前にレイフの家から逃げ出したとき、グリセルダがひどく意気消沈していたことは誰でも知っている。

「レイフったら、いったい何を怒鳴っているの？」グリセルダはさほど心配ではなさそうな口調で訊いた。「顔を真っ赤にしちゃって」

「イモジェンが自分をさらしものにしていることが気に入らないのよ」アナベルも適当に返した。

「もう始めているの？　まさに有言実行の人ね」

アナベルは右手のほうを見ながらうなずいた。ワルツが流れる中、アードモア伯爵は少しやりすぎではないかと思うほどイモジェンを抱き寄せて踊っている。いや、そうじゃない。

彼女が体を寄せすぎているのだ。どちらにしても、イモジェンはまるでふたりが見境のない情熱にとらえられているかのように伯爵の腕の中で体を揺らしていた。

「まあ、驚いた」グリセルダは扇子を取り出し、扇ぎ始めた。「やけにお似合いのカップルじゃないこと？　黒に黒で服の色合いもぴったりだし……アードモア伯爵をパートナーに選んだ彼女の美的センスは正しかったようね」

「期待しないほうがいいわ。イモジェンはわざと見せつけているだけだもの。本当よ……」

アナベルは急に黙り込んだ。イモジェンが伯爵の首に腕を回し、いかにも親密な様子で彼の髪を撫で始めたからだった。

「みんなの注目を浴びたいのね」グリセルダは当然のことのように漏らした。「かわいそうに。ああでもしないと夫に先立たれた苦しみを乗り越えられない女もいるのよ」

まるでイモジェンが不治の病にでもかかったかのような口ぶりだ。

「あなたもそうだったの？」

「わたしはありがたいことに、そんなふうにはならなかったわ」そう答えると、グリセルダは体を小さく震わせた。「でも、イモジェンのメイトランド卿に対する思いは、わたしのウィロビーに対する思いよりもずっと深いと思うの。もちろん、わたしだって夫のことを心から愛していたけど」

イモジェンは笑みを浮かべてアードモア伯爵を見上げている。目を半分閉じているようだ。あれでは、まるで――嫌だわ。アナベルは思わず顔をそむけた。

「それより、ロセッター卿を見かけなかった?」アナベルはグリセルダに尋ねた。

しかし、舞踏室にいる女性の中でも最もきちんとした女性のひとりであるはずのグリセルダが、ダンスフロアのイモジェンの様子にすっかり見入っている。「わたしは、イモジェンの後見人ではないもの」そうつぶやきながら、扇子でパタパタとあおいだ。

アナベルはもう一度イモジェンを振り返って見た。みなの注目を浴びるのにこれ以上の話題作りはないに違いない。彼女は、まるでツタのようにアードモア伯爵に絡みついているのだから。

「まあ、なんてこと!」堪りかねたグリセルダが叫んだ。なんと今度は、イモジェンはアードモア伯爵の首を撫で始めた。しかも今にも伯爵の顔を自分の顔へ引き寄せんばかりだ。

そのときテスが現れ、脇の椅子に腰かけた。「イモジェンがなぜ、あんなふしだらなまねをしているのか、誰かわたしに教えていただけないかしら?」

「お姉さま、今までどこにいたの? ずいぶん前にお姉さまとフェルトンの姿を見かけたと思ったのに、どこを探してもいないんだもの」テスの機嫌を察し、アナベルは話題を変えようとした。

テスはアナベルの質問を無視した。「あんなことをしていたら、取り返しのつかないことになるじゃないの! アードモア伯爵の愛人だという評判が立ってしまうわ」

「事実なんだもの、しかたがないわ」グリセルダが冷静な口調で答えた。「ご機嫌いかが、テス? あいかわらず美しいわね」

しかし、テスはグリセルダをただにらみつけた。「イモジェンに恋人ができた、ということ? わたしだってあの子がひどく落ち込んでいることくらい知っていたわよ。でも――」

「彼女、愛人を作るんですって」アナベルが割って入った。

ダンスフロアでは、イモジェンがももとももを押し付けるかのようにアードモア伯爵と踊っている。頭を後ろへそらすさまのなんと官能的なことか。

「なんとかしないと」テスがにこりともせずに言った。「愛人が欲しければ、作ればいいわ。でも、あの調子ではとんでもないうわさが立って、パーティーにも呼ばれなくなってしまうじゃない」

「あら、もうとっくにそんな限界は超えているわ。イモジェンは最初の夫と駆け落ちしているのよ。その上、今度はこれだもの……大丈夫、どんな立派な舞踏会にだって、ちゃんと招待してもらえるわ」グリセルダの妙にうきうきした口調が、アナベルにとっては救いだった。

しかし、母親の死後、親代わりとなって三人の妹たちを育ててきたテスは、イモジェンの醜態ぶりをたやすく見過ごすつもりはないらしい。「そうはいかないわ。わたしがあの子に――」

アナベルは首を横に振った。「お姉さまが何を言ってもむだよ。何週間とこじれていた問題にようやく折り合いがついたところじゃない」テスが言い返そうとしたので、アナベルはさらに付け加えた。「もう一度イモジェンとつまらない口げんかがしたいというのなら別だけど」

「ばかばかしい。元々、口げんかなんてしていないわ」

　そのときルーシャス・フェルトンが現れた。テスの髪に口づけると、アナベルに向かって片目をつぶってみせた。

「そうね、わたしも結婚したら、何か理由をつけてお姉さまと口をきかなくなるかも」フェルトンに向かって笑いながら、アナベルが言った。「お姉さまたちの仲がよすぎて、一緒にいるのが耐えられないんだもの」

「イモジェンはきちんと謝ってくれたけど、でもあんな態度を取られる筋合いはないわ」テスはにらむようにイモジェンのほうに目を向けた。

「でも、お姉さまの旦那さまは――」

「ええ、もちろん、生きているわよ。だからといって妹が身を持ち崩していくのを黙って見逃してもいいということにはならないでしょ」

　テスの言い分はもっともだ。とはいえ、フェルトンがテスの手をとって自分の唇にそっと押し付けてから、彼女のためにシャンパンのグラスを取りに行く様子を目の当たりにすると、やはりイモジェンに同情せずにはいられない。

「アードモア伯爵は、イモジェンが連れ合いを亡くしたばかりだということを知っているのかしら？」一度アードモア伯爵に目をやってから、テスは再びアナベルに向き直った。「いっそ、あなたのほうがふさわしいのではなくて？　さっき、お話ししたんでしょ？」

「伯爵は、イモジェンがわたしの妹だなんて知らないと思うわ。わたしのことなら――」

は「イモジェンは、ついさっき、はっきり宣言したのよ。愛人を作る、って。しかも、アードモア伯爵に目をつけていなければ、兄が選ばれるところだったのよ。はっきり言って、兄じゃなくてよかったと思っているわ。わたしだって、いつか甥っ子が欲しいという虫のいい望みは、今でも捨てていないの。確かに、兄は手が早いかもしれない。でも、人前で恥をさらしたことはないわ」

テスが目を細めた。「イモジェンがメインを恋人にしてもいいと言ったの？」

「そうよ。正義漢気取りで、お姉さまを祭壇の前に置き去りにしたお仕置きをしようとしたんじゃないかしら」

「ばかばかしい。メインは十分に罰を受けたのよ」テスがグリセルダに向き直った。「今夜はメインも来ているの？」

「えっ、ええ、もちろんよ」グリセルダが驚いた口調で答えた。「さっきまではカードルームにいたけど――」

グリセルダの言葉が終わらないうちから、テスはカードルームに向かってまっしぐらに歩き始めた。男たちが、妻にダンスフロアへ引きずり出されないことを願いつつ、カードゲームに興じている場所だ。

「ほんと、せっかちね。今頃クラブへ向かっているわ、って言おうと思ったのに。兄が女遊びをやめてからというもの、ほとんど会う機会がなくなったのよ。舞踏会に来ても、三〇分以上いることはないの」

アナベルはもう一度イモジェンに目をやった。このワルツ、永遠に終わらないのかしら？

そのとき、レイフがダンスフロアに向かって歩いていくのが見えた。アナベルがハッと息を呑んだとたん、赤毛のスコットランド人がお辞儀をするのと、レイフがイモジェンを伯爵から引き離すところが目に入った。

不意を突かれたのはイモジェンも同じだ。人々の呆れたような視線を浴びながらアードモア伯爵と気分よく踊っていたのに、次の瞬間には元後見人によって伯爵の腕から引き離されてしまったのだ。「いったいどういうつもりなの？」イモジェンはレイフからできるだけ体を遠ざけようとした。

「かわいそうな娘を救ってやったんだ。どれほどの恥をさらしているのか、おまえはわからないのか？」レイフの髪は逆立ち、いつもはグレーがかったブルーの瞳が、怒りで真っ黒に染まっている。

イモジェンはレイフに微笑みかけた。しかし、目は怒りに燃えている。「こんなことを言うと、もっと怒るかもしれないわね。でもあなたはわたしのことを見くびっているんじゃないかしら。わたしは世帯を持つつもり。それも近いうちに」

「わたしが生きている限りは、絶対に許さん！」

イモジェンはレイフをにらみつけた。

「おまえがどういうつもりでアードモア伯爵を相手にしているのかは知らん。だが、そんな身を持ち崩すようなまねをしていったい何の得がある？　あの男が探しているのは花嫁だ。

結婚する気のない愚かな未亡人と火遊びがしたいわけではない」そう言うと、レイフはかんしゃくを起こした子供をあやすかのように、イモジェンの肩をつかんで激しく前後に揺らした。「ちょっと、やめてちょうだい！」イモジェンがレイフの手を振りほどこうとしたとき、髪を留めていたピンが滑り落ちた。

「おまえをここから連れ帰って部屋に閉じ込めようとまではしないことをありがたいと思え」レイフは吐き捨てるように言った。

イモジェンは唾を呑み込んだ。今にも涙があふれそうだ。ありがたいことに、ふたりは部屋の隅に立っている。イモジェンは何も言わずに踵を返し、扉を通り抜けた。続いてレイフが後を追ってくる。だがイモジェンは無視し、一目散に玄関へ向かった。

ダンスホールの脇でアナベルはふうとため息をついた。ふたりが舞踏室を出たとたん、うわさ話の声が嵐のように巻き起こった。女たちの甲高い声が部屋の中を飛び交う。

「レイフがイモジェンとあのスコットランド人を結婚させるつもりなら、これ以上はない演出だったわね」グリセルダは面白そうという顔をしている。

「イモジェンはアードモアと結婚なんかしないわ」

「でも、こうなったら選択の余地はないんじゃないかしら」グリセルダが声を沈ませた。

「いかにも父親代わりだというレイフのあの態度を見た後だもの。少しでもよからぬうわさが広まれば、アードモア伯爵としては結婚せざるをえなくなるわ。そうなればもちろん、イモジェンの財産は彼のものになるわけだし。例のうわさが本当ならば、だけど」

「イモジェンはアードモア伯爵と結婚なんかしないわ」アナベルが繰り返した。「それより、ロセッター卿を見かけなかった？」

　グリセルダが目を輝かせた。「ああ、ケント州に土地を持っていて、母親のいないあの方ね。わたしは大賛成よ、アナベル」グリセルダの言うことは常に核心を突いている。

「彼、とてもいい人なの」念を押すようにアナベルが言った。

　グリセルダは手を振った。「沈黙は金なり、と信じているならね」

　アナベルはゴールドのシルクのショールを肩にかけ直した。「無口でもいいじゃない。必要があれば、わたしがふたり分話せばいいんだもの」

「ミセス・フルゲンのそばかすだらけのお嬢さまと踊っていたわ。でも、心配することはないわよ。ロセッター卿は、欠点を黙って見過ごすような方じゃないでしょ？」

　アナベルはグリセルダがうなずいた方向を見やった。ロセッター卿はダンスフロアを離れようとしている。彼は一目見てハンサムだと思えるタイプではない。女性を小麦袋のように持ち上げてダンスして回れるほどがっしりしているわけでもない。せいぜい、腕で女性を支えてダンスフロアを動き回る程度だ。面長で額は広く、青白い顔にグレーの目。表情に乏しく、どちらかといえば超然としている。子犬のようにしっぽを振って彼女をダンスに誘い、型どおりの詩を添えたバラの花束を贈ってくる男性と比べると、アナベルにはずっと新鮮だ。

　これまでにロセッター卿から贈られたのは、まだブーケを一束きり。勿忘草《わすれなぐさ》の花束だった。添えられていたのは詩ではなく、なぐり書きのメモで、あなたの瞳にぴったりの花だと思います、とあった。素っ気ないながらも何か気持ちよさを感じたアナベルは、その場でロセッター卿との結婚を決意した。

グリセルダが予告したとおりそばかすだらけのデイジーの姿は消え、ロセッター卿はアナベルたちのほうへ向かって歩いてきた。数十秒後にはレディ・グリセルダに向かってお辞儀をし、手に口づけをして、あなたさまは本当にお美しい方だと淡々と語り始めた。しばらくしてようやくアナベルのほうに向き直ったものの、お世辞を言うわけでもなく、指先に唇を触れただけだった。しかし、ロセッター卿のまなざしは、アナベルの心を温かくしてくれる。「マダム・メゾネットのものですね?」ロセッター卿は細い手でアナベルのドレスを指し示した。「実によくお似合いですよ、ミス・エセックス」

アナベルは笑みを返した。踊っている間、ふたりが言葉を交わすことはなかった。そもそも言葉なんて必要かしら? アナベルの知る限り――男性の考えなどアナベルにはお見通しだった――ロセッター卿とは、見事なほどつり合いが取れている。結婚生活が涙や嫉妬で引き裂かれるようなことにはならないだろうし、かわいい子供も生まれるだろう。ロセッター卿はとても裕福だから、アナベルに持参金がなくても気にしないはずだ。お互いに思いやりをもって接することができるし、朝食時の会話などなくても独り言を言えばいい。

意味のない雑談が好きではないアナベルには、むしろそれをする必要がないのは喜ばしい。そしてその晩のロセッター卿の別れの言葉も、アナベルにとってはいわば当然のものだった。

「ミス・エセックス。明日の朝、あなたの後見人とお話をさせてもらってもよろしいでしょうか？」そう言うとロセッター卿は、細く繊細な真っ白い手で、アナベルの指をそっと握った。強くも弱くもないその握り方に、アナベルは心からの満足感を覚えた。

「まあ、もちろんですわ、ロセッター卿」アナベルは小声でささやいた。

その後は、自然にこぼれてくる笑みを抑えるのに苦労した。やったわ——ついにこのときがきた！　わたしの願いがようやく手の届くところまで近づいてきたんだわ。この瞬間を何年待ち続けてきたことか。そう、数字の扱いに長けていることを知った父が、財産の管理をすべてわたしに任せっぱなしにして以来よ。一三歳のときから商人と値段の交渉をし、収入よりも支出のほうがはるかに多い帳簿を見て涙をこぼし、お金のかかる馬たちを売るよう父にせまったり、競馬に全財産をつぎこまないようどれほど懇願したりしてきたことか……。

その結果、父には煙たがられたが。

それでも、がんばってやってきた。アナベルが財産管理をすることが姉妹を飢えから守る唯一の手段であり、父親が大切にしてきた厩舎を破産から守る唯一の方法でもあったからだ。

父親は、アナベルのことをミス・節約《プルーン》と呼んでいた。仲間と一緒にいるところへアナベルが近づくたびに、彼女を呆れ顔で見たものだ。ときには取り出したコインを投げてよこし、財布のひもを締めさせようとするさまは悪妻以上だなどと、仲間と冗談を言い合うこともあった。もちろん投げられたコインはかがんで大切に拾い上げた。夕食にする小麦粉やバター、おいしそうなめんどりを買うのに必要だったから。

そんなふうに毎日を過ごすうち、アナベルはいつしか結婚する相手に夢を抱くようになった。外見なんてどうでもいい。ロセッター卿の外見なら、裕福なイングランド人としては十分許容範囲にある。金持ちの男性たちの光沢のあるベルベットの袖や、雪のように白い、最高級のリンネルで作られたスカーフを彼女はどれほど夢見たことだろう——長持ちすることではなく、美しさを求めて購入する衣服を。肉体労働をしていますと言わんばかりのごつい手に用はない。

そういう意味で、ロセッター卿の手はなんとアナベルにふさわしいことか。

3

グリヨンズ・ホテル、深夜

アードモア伯爵ことユアン・ポーリーは、アルマイヤック神父の言葉に一字一句従っているという確信があった。「ロンドンへ行きなさい。そこで美しい娘と踊るのです」そう神父はおっしゃった。

「美しい娘と踊ったところで、その女性をどう扱えばいいのか、わたしにはわかりません」ユアンは言った。

「心配はいりません。魂の導きのままに」アルマイヤック神父はそうお答えになった。しかし、修道士であっても、時にいたずら心を発揮することもある……。

これまでのところ、ユアンは実に多くの美しい娘たちに会った。記憶力が悪く、誰ひとりとして名前は思い出せないが、すでにロンドン中の娘たちの半数と踊っているに違いない。伯爵という称号のおかげだろう。ロンドンに到着して数日のうちに大量の招待状が届いた。どうやらスコットランドで言われているほど、イングランド人はスコットランド人の称号に興味がないわけでもないらしい。しかし、ユアンがロンドンに来た目的は、求婚してスコットランドに連れて帰るに値する娘を探しなさいという神父の言葉に従うことだった。

結婚が嫌なわけではない。だが、それほど積極的になれないことは確かだ。ユアンはそのことよりも、ずらりと並んだ清潔な厩舎の列や、芽が出始めたばかりの春まき小麦の金色の畑のことが気になってしかたがなかった。結婚など二週間先へ延ばしたっていいじゃないか。こうなったらすぐにでも家に帰ろう。

そういえば、昨夜踊った黒髪の娘は、今にも祭壇の前へ飛んでいきそうな勢いだった。名前は何と言っただろう。思い出せない。だが、やたらぴったりと僕にくっついてきていた。もうどうでもいいことだ。もちろん、あの娘は必死だったのかもしれない。若くして夫に先立たれ、わずかな持参金しか持ち合わせていないのだろう。

そのとき、手に銀のトレイを持った召使が戸口に現れた。ロンドンでの滞在を心から楽しめないユアンに比べ、召使のグローバーはすっかり浮かれている。社交シーズン中に都会――本人が言うところの――にいられるというだけで彼の望みはすべてかなえられたらしい。

「ご主人さま、カードが届きました」

「こんな時間にか？　そこへ置いてくれ」ユアンは炉だなに向かってうなずきながら答えた。炉だなの上には、名前を聞いたこともない人々からのカードや招待状が山積みになっている。

グローバーはお辞儀をしただけで、暖炉のほうへ行こうとしない。「ご主人さま、これはホルブルック公爵さまからのカードでございます。実は」急に声をひそめる。「公爵さまがお待ちでございます」

ユアンはため息をついた。公爵か。どうせ、自分の娘のひとりをうわさのスコットランドの原野へ送り出したくてしかたがないのだろう。スコットランドのことを、頭のおかしな戦士と気難しいカトリック教徒の国だと見なすのも時間の問題なのに。

ユアンは鏡に映った自分の首巻き《クラバット》を見つめた。背後からグローバーが、いつも着ている黒い衣装ではなく、イングランド人が舞踏会に着ていくような派手なベストに着替えたらどうかと提案してきたが断った。召使はひどくがっかりした様子だったが、このほうが上品だし、それに――もっと重要なことだが――スコットランド人らしい。華やかにしたければ、キルトを着ればいいではないか。スコットランド人なのだから。たとえイングランドではキルトを身に着けることが禁じられているとしても。

「公爵さまが居間でご主人さまをお待ちです」グローバーが促した。

「わかった《アイ》」

「厚かましいとは存じますが」グローバーの声が緊張で震えている。「アイ、のようなスコットランド語はお使いにならないほうがいいのではないでしょうか。公爵さまに不愉快な印象を与えてしまいます」

「わたしは公爵と結婚するわけじゃない」ユアンは答えたが、すぐに口調を和らげた。「だが、助言には感謝するぞ、グローバー。せいぜいイングランド人らしく見えるよう努力しよう」だからといって、イングランド人のまねをするつもりはない。絶対に。

見たところ、公爵は身なりに気を使うタイプではないようだ。ユアンは安心した。ときどき〝アイ〟を使うくらいなら、気を悪くすることはないだろう。これまでに何度か、香水の匂いをぷんぷんさせ、やたらとめかしこむタイプのイングランド人貴族と話をする機会があったが、ユアンはどうも好きになれなかった。おそらく向こうもユアンのことが気に入らなかったに違いない。

この公爵の衣服は、優雅さよりもむしろ快適さが重視されているらしい。そして腹のぜい肉が、ぴったりしたズボンのウエストからたっぷりとはみだしているのがなんとも開放的だ。ユアンが居間の戸口に立つと、公爵はグローバーが用意したグラスに入ったブランデーを、ぐいっと一気に飲み干した。

「閣下」部屋に入りながらユアンは言った。「ようこそおいでくださいました」

公爵はまるで獲物をねらう猟犬のようにさっと姿勢を正し、こちらを振り返った。ユアンはあやうく後ろへ下がるところだった。なんてことだ。ひどく腹を立てている。そうか、思い出した。この公爵とは会ったことがある。いや、会ったという表現は適切ではない。僕が踊っていた黒髪の娘をひったくった男だ。

「わたしが誰かわかるかね？」公爵の声は、体と同じく太くたくましい。

「いただいたカードによると、ホルブルック公爵でいらっしゃいますね」ユアンはじっと様子を見ながらサイドボードへ向かった。「もう一杯いかがですか？」閣下と呼ぶのはやめにした。まるで召使になったような気がする。

「レディ・メイトランドの後見人だ」

「なるほど」ユアンはつぶやきながら、自分にも酒を注いだ。「わたしはアードモア伯爵です。スコットランドのアバディーンシャー州から参りました。すでにご存じかもしれませんが」

「レディ・メイトランドだ」ホルブルック公爵は繰り返した。「イモジェン・メイトランド」

舞踏会で一緒に踊った黒髪の娘に違いない。「公爵あるいはそのレディにご迷惑をかけてしまったのであれば、心からお詫びいたします」ユアンは答えた。ここはなんとか穏便にすませなければ。

「まったく大迷惑な話だ!」公爵は相当腹を立てているらしい。

「どのようなご迷惑でしょうか?」ユアンはあくまでも気軽で淡々とした口調を貫いた。

「ロンドン中がおまえたちのうわさで持ちきりだ。悪趣味なワルツをひけらかしてくれたために」

ユアンはしばらく考え込んだ。とるべき道はふたつだ。真実を話すか、あるいは責任を取るか。名誉を重んじるのであれば、真実を明らかにするべきではない。ホルブルック公爵の被後見人のほうから、まるで何かに取り憑かれたように情熱的に自分にしがみついてきたというのが事実だ。ユアンとて世間知らずの愚か者ではない。イモジェンは別に彼の容姿に心を動かされたわけではなく、あくまでもふりにすぎなかったということぐらい、ちゃんと知っている。彼女の目に浮かぶなんらかの感情に気づきはしたものの、それは純粋な色情というようなものではなかった。彼女はそう思わせようとしたのかもしれないが。

「とにかくお詫びいたします」ユアンは覚悟を決めた。「彼女の美しさに激しく心を打たれ、思い切って勇気を出したのですが、どうやらみなさんに不愉快な思いをさせてしまったようです」

ホルブルック公爵が目を細めた。ユアンも公爵を見つめ返した。イングランドの公爵はみな、感情をむき出しにする上、着こなしのセンスもなっていないのだろうか。

「飲み物をいただこう」いよいよ公爵は臨戦態勢だ。

ユアンは自分専用のデカンターを持ち上げ、大きなグラスに注いだ。ホルブルック公爵は上等のブランデーの味がわかる男のように見える。都合のいいことに、ユアンはスコットランドでも指折りの年代物のフラスコ瓶をいくつか持参していた。

ホルブルック公爵は一口すすると、ユアンを驚きの目で見つめた。長椅子に腰を下ろし、もう一口すすった。

ユアンも公爵の対面に腰を下ろした。公爵には、飲んでいるものの価値がわかったようだ。

「これは？」ホルブルック公爵が静かに尋ねた。

「年代物のシングルモルトです。新しい方法で造られたものです。おそらくウイスキー業界を大きく変えることになるでしょう」

ホルブルック公爵はもう一口すすって、長椅子にもたれた。「グレンギリーかな」夢見心地だ。「グレンギリーか、ひょっとしたらトバモリーかね」

ユアンはニヤリと笑みを浮かべた。「アイ、グレンギリーです」

「まさに至福の味わいだ。まあ、ウイスキーの味のわかる男なら、イモジェンとの結婚を認めてやってもいいかもしれん。どうしても、というならだが」そう言いながら、公爵は目を開けた。

「なんとしても結婚したいとか、そういうつもりはありません」愛想よく、ユアンは答えた。

しかし、すぐに判断を誤ったことに気づいた。ホルブルック公爵が激しく眉をひそめたからだ。

「もちろん、結婚できればどれほど幸運なことだろうかと思っています」ユアンはあわてて言い足した。「実に美しい女性ですから」

「うわさによれば、貴殿は結婚相手を探すためにイングランドへやってきたとか」うなり声なのは、ウイスキーをすすっているせいだろう。

「そのとおりです。ですが、必ずしも公爵さまの被後見人でなければならないわけではありません」

「なるほど」

ふたりはしばし黙りこみ、ウイスキーを味わった。

「おそらくはイモジェンのほうが貴殿の気を引こうとしていたというのが事の真相だろう。礼儀正しい貴殿は、わたしに面と向かってはっきりとそう言うことができないのではないかね？」言葉ほど表情に翳りがないのは、グレンギリー蒸留所で製造された八三年物のウイスキーのグラスを握っているからだろう。

「レディ・メイトランドはすばらしい女性です。結婚できれば、これ以上の幸せはありません」

公爵はユアンの目を見て言った。「本当のことを言ってくれればいい。結婚相手など誰でもいい、違うかね？」

「結婚に興味がないわけではありません。ただ、農地のことが気がかりなので一刻も早く帰りたい、それだけのことです。小麦が発芽する時期ですから」

公爵は、発芽という言葉を初めて聞いたかのように目を丸くした。「畑仕事をしているというのか？　実験的方法だとかなんとか言って農業のまねごとをする男がいたな。確か、ターニップ・タウンゼンドというやつだ」

「ミスター・タウンゼンドの熱心さにはとうていかないません」ユアンはつぶやき、ウイスキーをすすった。香ばしい金色の液体が喉を伝っていく。

「これは実にうまい」公爵は、興味のない農業のことなどすっかり頭の中から捨て去ってしまったようだ。「このウイスキーは――」考え込むように言葉を止めた。「小麦で作られているのか？　つまり、貴殿はウイスキーの製造にもかかわっているのか？」

「うちの小作人たちは、スペイサイドの蒸留所にも穀物を供給しています」

「なるほど、それでウイスキーに詳しいというわけか」公爵はかなり感心した様子だ。「実は、酒をやめるつもりだった」

「本当ですか？」ホルブルック公爵は、スコットランドでも最高級のウイスキーを信じられないスピードで飲み干している。おそらく日常的に大量の酒を飲む習慣がついているのだろう。

「なに、明日からにすればいい」

ここはひとつ、たっぷり飲んでもらうことにするか。ユアンは公爵のグラスにウイスキーを注ぎ足した。

「貴殿の領地はアバディーンシャーにあると言ったな？」

ユアンはうなずいた。

「あそこには美しい馬がいる」考え込みながら公爵が言った。「もう一年くらい会っていないが――」

「ウォーロックですね。去年の七月にけづめを痛めましたが」

「そうだ！　ウォーロックだ。所有者を知っているのか？」

「ウォーロックはわたしの馬です」自信たっぷりにユアンは答えた。

公爵のユアンを見る目がさらに親しげになった。「グッドマンはどうだ。確かフェザントの子だったな」

「奇跡の馬《ミラキュラス》ことフェザントです」

「フェザントの血統を繁殖させるつもりはないらしいじゃないか」

「かなり見込みのある一歳馬をすでに持っていますから」ユアンは公爵の目を見ながら答え

た。

すると、公爵はそれまでのほろ酔い気分を一掃し、姿勢を正した。酔いが醒めた状態の公爵の姿を目にするのは、昨夜の怒りに駆られたときをのぞくと、初めてのことだ。「うちにはパッチェムの血を引く馬が三頭いる。二頭は牝馬で、もう一頭はまだ子馬だ。わたしには被後見人の娘がいるが、全員がそれぞれ持参金代わりに馬を持ってきた。父親が愚か者で、仕事のことにはまるで無頓着だった。そこで牝馬に子を産ませようと思っている。どちらも競走馬としての能力はたいしたことがないようだからな」

持参金代わりの馬？　どこかで聞いた話だぞ。そうか、舞踏会で会った金髪の美人だ。自分には馬しかないから、他の女性を探すようにと言っていた。どうやらパッチェムの血を引いたその馬の価値がまったくわかっていないらしい。

「ウォーロックとパッチェムの血を引く馬なら、わたしもぜひ見てみたいものです」ユアンも同意した。

ふたりは心地よい雰囲気のまま、しばらく黙り込んだ。公爵は気が抜けたように長椅子にもたれかかっている。

「貴殿は、花嫁の見つけ方を誤ったようだ」しばらくしてからホルブルック公爵が口を開いた。

「先週だけで出席した会合は一四にものぼります。舞踏会が四回、午後の集いが数回、そして音楽会が一回です。実は昨夜、ある女性に結婚を申し込んだのですが、断られてしまいました」その女性がおそらくホルブルック公爵の被後見人のひとりであることは、今は言わないほうが賢明だろう。もうひとりの被後見人とのことで抱いていた不快感がようやく収まったところなのだから。

「それはやり方がまずい。そういう会合はあくまでもかけひきの場だ。舞踏会に行く前に結婚したいと思う女性を見極める、それが重要なんだ」公爵の声がわずかにかすれてきた。ウイスキーのせいだろう。しかし、これほど飲んでも悪酔いしない人間に会ったのは久しぶりだ。

「貴殿をクラブへお連れしよう。すぐに準備をさせる」そう言って公爵がさっと立ち上がったのを見て、ユアンは驚いた。足元がまったくふらついていない。「イモジェンと結婚させるというわけではないぞ」公爵はいきなり大声を上げた。「イモジェンも持参金代わりの牝馬は持っているがな。あの馬に子を産ませて一儲けする必要がある」

「結婚など考えてもいません」部屋の中を見回しながらユアンは答えた。グローバーが買っておいてくれたカードケースをどこへやったのだろう。結局見つからなかったので、そのまま公爵について居間を出た。ホルブルック公爵がフラスコ瓶の半分以上を飲んだことを示す唯一の証拠は、やや饒舌になったことぐらいだった。

「イモジェンは」クラブへ向かう馬車の中で、公爵が話し始めた。「かわいそうに、半年前に夫を亡くしたばかりなんだ。競馬場で、馬を走らせていて落馬した。馬ろくをつけられんはずの一歳馬だった」

「なるほど《アイ》」どこかで聞いたことのある話だ。だが、いつものことながら騎手の名前は思い出せなかった。

「イモジェンは何年もその男を愛していた」ホルブルック公爵は座席のクッションにもたれていたが、馬車が角を曲がるときに大きく揺れることも、石畳の道を上下に揺られながら進むこともまるで気にせず、実に見事にバランスを保っていた。「イモジェンが彼に初めて会ったのはまだ小さな子供の頃なんだが、最後にはふたりは駆け落ちして結ばれた。ところが、その二週間後に男が死んでしまった」

「たったの二週間ですか」なんという不幸な話だろう。「まるでドレイブン・メイトランドのようですね」

「まさにその男だ」

「ああ、やはり」

公爵はポケットから細口瓶を取り出してすすったが、すぐに頭を左右に振った。「貴殿のウイスキーを飲んだあとでは、安物のビールを飲んでいるようなものだ。いずれにせよ、イモジェンは事故のショックですっかり我を失っている。まあ、察しはついているだろうが」

馬車は柱のある立派な建物の前で止まった。ロンドン市内のどの辺りにいるのか、ユアンには見当もつかない。「こういったクラブはメンバーしか入れないのではありませんか？」

公爵はそっけなく手を振った。「わたしがゲストを連れて飲みに来ることに文句をつけるような者はいない。なんなら、わたしの力で貴殿をメンバーにすることもできるが。その代わり、恐ろしいほど金がかかる」公爵が肩越しにパッと振り向いた。「わたしには、それほどの値打ちがあるとは思えないが」

ユアンも同感だった。酔っ払いが集まったところで退屈なだけだ。共に酒を飲む仲間が欲しければ、地元の酒場へ行けばいい。

どうやら公爵は迷うこともなく目的地にたどりついたようだ。緊張した面持ちの男がふたりを出迎えた。深々とお辞儀をすると、低い声で『ホワイツ』へようこそと言った。公爵はそのまま奥へ進んで行く。ギャンブラーでいっぱいらしい、いくつかの部屋を通り過ぎると図書室へと入った。

そこは実に立派な部屋だった。ほとんどの壁が本で埋め尽くされ、本で埋まっていないわずかな壁面には、深紅色の壁紙がのぞいている。大きな炉床には火がくべられていて、座り心地のよさそうな椅子が、部屋中のところどころに数脚ずつまとめて置かれている。仲間同士の親交を深めるための配慮なのだろう。公爵はためらうことなく歩き続けた。「こっちだ」肩越しにそう言うと、部屋の隅へ向かった。

背もたれの高い四脚の椅子が、部屋の中央から離れた場所に固まって置かれている。そのうちの一脚に、ユアンの嫌いなタイプのイングランド貴族が座っていた。黒い巻き毛をおしゃれでやっているのだろうとおぼしきスタイルにしている。おまけに身につけているベストの刺繍のなんと派手なことか。グローバーが見たら腰を抜かすぞ。それにしてもグローバーが一緒でなくてよかった。ガーネット色の上着など着せられたらたまったもんじゃない。僕は婦人用の帽子を売る女々しい男じゃない。

その隣に座っている男は、かなり権力がありそうだ。顔つきからして、その気になれば国を動かす力をも持っていそうに見える。雰囲気は穏やかだが、力と存在感があふれ出ていた。うわさに聞いた王侯公爵だろうか。ロンドンの公爵連中はみな太り気味だと聞いていたが、違うじゃないか。

「スコットランド人の伯爵を連れてきたぞ」ホルブルック公爵は前置きもなしに言った。「なかなか礼儀正しい男だ。部屋にはうまいウイスキーがたっぷり置いてある。おまけにウォーロックのオーナーでもあるそうだ。二年前にダービーで優勝したあの名馬だぞ。アードモア伯爵、あっちの若い貴族はメイン伯爵ことギャレット・ランガムだ。そしてこっちはミスター・ルーシャス・フェルトン。わたしは友人たちからはレイフと呼ばれている」

ユアンの返事を待つことなく、公爵は召使を呼んだ。「ペニーに、年代物のグレンギリーを置いてないか訊いてくれ」

紹介を受けてわざわざ立ち上がり、やけに丁寧に振る舞っているふたりの紳士に向かって、ユアンはお辞儀をしながら「まずないでしょうね。年代物のモルトは販売用としては輸出されていませんから」と答えた。

公爵は崩れるように椅子に座りこんだ。「ならば、なんとしても貴殿の故郷を訪れる必要がありそうだ」

メイン伯爵の立ち姿にユアンはさっと目を走らせた。深紅色のジャケットが炉火の明かりできらめいている。この伯爵は、見かけほど女々しくはないらしい。目には疲れの色が浮かび、両端の垂れた唇は自堕落さを物語っているが、決して侮れない男のように見える。

「アードモア伯爵、お会いできて光栄です」握手するメインの手に力がこもる。「レディ・フェドリントンのお屋敷で、ダンスをされているのをお見かけしたような気がするのですが」

「きみだけじゃない。ロンドン中の人間が見ていた」公爵がぼそりと口を挟んだ。

「ずっと踊っていましたから」フェルトンと握手を交わしながら、ユアンは答えた。

「アードモア殿は、花嫁を探しておられるそうだ。だが、イモジェンがどれほどアードモア殿の気を引こうとしていたとしても、彼女と結婚させるつもりはない。そこでだ、我々が探してやろうじゃないか。アードモア殿にふさわしい花嫁は誰かいないか？　きみなら山ほど知っているだろう、メイン。ぜひ見つけてやってくれ」公爵は椅子にもたれかかったままメインを見つめた。

ユアンはメインの反応を半ば楽しみにしながら待った。が、そこへ太ったウエイターが現れた。

「閣下、残念ながら当店にはグレンギリーは置いてございません。アードベッグかトバモリーではいかがでしょう？」

公爵がユアンを見た。

ユアンはウエイターに体を寄せて言った。「トバモリーにしてくれ」

ウエイターがお辞儀をして去っていくと、公爵はうっとりした口調で言った。「飲むべき酒を知っている男は、ルビーよりも貴重だ」

「話の続きだが、ミス・アナベル・エセックスはどうだろう？　ちょうどいい年頃だ」そう言って、フェルトンはユアンのほうを向いた。「レイフの後見人のひとりだよ。四人姉妹の次女で、ミレディィズ・プレジャーが持参金代わりだ。ウォーロックを種馬として使いたいと考えているのなら、なかなか興味深い組み合わせだと思うが」

なるほど、あの金髪のスコットランド女性は、アナベルというのか。

しかし、公爵は首を横に振った。「無理だ。アードモア殿、申し訳ないが、アナベルは金持ちで肩書きのあるイングランド人が好みなんだ。包み隠さず言わせてもらえば、金のないスコットランド人伯爵の妻がつとまるとは思えない」

フェルトンは口を開きかけたが、ユアンと目が合うと再び閉じた。

「なるほど、持参金が問題というわけだ」メインが思案顔で言った。

ウエイターが戻ってきた。トバモリーのデカンターを持っている。ユアンの知る限り、最高級の部類に入るものだ。

「それで、貴殿はなぜロンドンに？」公爵が、ブランデーがわずか数センチ分しか残っていないグラス越しにユアンを見つめた。

「花嫁探しです。先ほども申し上げました通りです、閣下」ユアンは素直に答えた。公爵にも、いよいよウイスキーの酔いが回ってきたらしい。

「花嫁か。わたしもひとりやふたり、ほしいと思うことがあるぞ。そうすれば、義娘たちの面倒を見てもらえる。そのうち、彼女らのせいでわたしは病院送りだ」

「ばかなことを言わないでください。公爵殿のような飲んだくれと好き好んで結婚する女性がいると思いますか？　公爵の称号と金が目当てならともかく」にやにやしながらメインが口を挟む。

ユアンは内心、驚いた。メインの厳しい言葉を聞いても公爵は腹を立てた様子がないからだ。

それどころか、「きみの言うとおりだ」と認める始末だ。そして、顎がはずれそうなほど大きなあくびをすると、「そろそろ寝る時間だ。メイン、ほかに誰かいないのか？」と訊いた。

「レディ・グリセルダ・ウィロビーはどうだろう。若くて美しい未亡人だ。大きな屋敷を持っていて、性格も明るい。本人はもう結婚はしないと言っているが、良妻賢母になることは間違いない。世間の評判も完璧だ」メインが言った。

その場がシーンと静まりかえった。レディ・グリセルダか。よさそうじゃないか。ユアンはうなずいた。

「レディ・グリセルダはメインの妹なんだ」フェルトンが付け足した。

ユアンはメインを見つめた。「妹？」

メインはうなずいた。「言っておくが、妹はこれまで数多くの男から求婚されてきた。だが、誰ひとりとして成功した者はいない」メインは目を細めてユアンを見つめた。「でも、きみならチャンスがあるような気がする。妹はまだ三〇歳だ。子供だって十分に産める」

「では、喜んでレディ・グリセルダにお会いしましょう」ユアンは答えた。

「よし、これで決まりだな」満足げに言うと、公爵はまた大きなあくびをした。「わたしは帰る。アードモア、グリヨンズまで送ってやってもいいぞ。それともひとりで戻るか？」

ユアンは立ち上がり、メインとフェルトンに向かってお辞儀をした。

「近いうちに、ゆっくり馬の話でもしよう」フェルトンが話しかけた。

フェルトンの目に、競走馬に永遠の情熱を傾ける男のもつ光をユアンは感じた。「喜んで」

ユアンは答え、もう一度お辞儀をした。

メインが立ち上がった。「明日の午後のミットフォード伯爵夫人のガーデンパーティーには招待されているかい？」

「ええ、まあ」ユアンはためらいがちに答えた。「ですが、行かないつもりでした。先日のガーデンパーティーがあまりにも退屈だったので」

「ミットフォード伯爵夫人のガーデンパーティーに関しては、そんな心配は無用だ。夫人は、イタリアの旧ルネサンスの家風をお手本にしていてね。パーティーは年に一度しか開かないんだ。見逃す手はない。それに、わたしは妹をエスコートすることになっている」

「行くぞ」伯爵が不機嫌そうに言った。「まったく年代物のウイスキーは、年下の遊び仲間と同じくらい頭痛のタネだ」

ユアンはもう一度お辞儀をした。

4

テスが結婚してからというもの、何もかもが変わってしまった。それまではずっと、四人一緒にベッドの上で――冬は擦り切れた毛布にくるまって――丸まって寝ていたものだった。そう、シュミーズ姿のままで――ナイトガウンを持っていなかったから――おしゃべりをしながら。ジョージーは最年少ながら、ときどき歳に似合わないもっともなことを言い、そんなときはまるで長女のようにしっかりとして見えた。イモジェンはその次に小さくて、幼いときからドレイブン・メイトランドに憧れていた。ドレイブンがイモジェンの存在を知る前からずっと熱を上げていたのだ。アナベルはイモジェンよりふたつ年上だ。でも、大切な思春期を一家の財産管理に明け暮れて過ごさざるをえなくなり、重責に疲れ果てたうえ、一族の貧困さにうんざりしていた。だから、アナベルはロンドンの街や、シルクやサテン、そしてお金の心配をさせない男性のことばかり話をする少女だった。そして長女のテス……テスは三人の妹たちのことばかりを気にかけ、自分の不安は心の中にしまっておくようになっていった。

しかし今や、ジョージーのことは、住み込みの家庭教師であるミス・フレックノーが面倒を見ていてくれるし、テスには床をともにする夫がいる。つまり、けんかするにも残ったのはふたりだけということなのよね――アナベルはぼんやり思った。

今夜のイモジェンはひどく不機嫌だ。しかめ面を浮かべ、口をつぐんだままベッドの端の支柱をにらみつけている。

「いったいなんなのよ、レイフのあの態度は！　あんなことをする権利はないはずよ」イモジェンがいきなり声を上げた。「そう、権利なんかあるもんですか！」

アナベルはびっくりして飛び上がった。妹の声はまるで北風のように鋭かった。「レイフはわたしたちの後見人よ」

「わたしには、自分のしたいことを好きな相手とする権利があるの。レイフはお姉さまの後見人ではあるかもしれないけど、わたしにとっては違うわ。わたしはもう、ひとりの独立した女なのよ。レイフなんて大嫌い。あんな飲んだくれの中年男、誰が好きになるもんですか。それにテスお姉さまのことも許さないわ。どうしてテスお姉さまがわたしたちを連れてきてくれなかったのよ？」

テスの夫はイングランド中にある地所を見て回るため、旅行する機会が多い。テスは夫についていくのが好きになり、ロンドンとそれ以外の場所で過ごすことが半々という生活をしている。そこで、レディ・グリセルダの助けを借りて、今シーズンはレイフがアナベルをロンドンへ連れてきたのだ。

「あなたはドレイブンと結婚したときに家を出ているのよ。今さらテスお姉さまの助けなど必要ないでしょう」アナベルが言った。

「ドレイブン……」一瞬、イモジェンの表情と声が変わり、昔の温和な彼女に戻ったかのように見えた。刺々しく、辛らつで、感情をむき出しにするようになる以前のイモジェンに。

アナベルは息を呑んだが、イモジェンが泣き崩れることはなかった。しばらくしてイモジェンが言った。「彼、とても素敵だったでしょ？」

「ええ、とっても」アナベルは笑顔で答えた。でも、道理をわきまえた人だったかどうかだけは訊かないでちょうだい――アナベルは心の中で付け加えた。

「彼のえくぼが大好きだったの。結婚したときね、わたし……」イモジェンはそこで言葉を止めた。

妹の目に涙が光るのを見てとると、アナベルはサイドテーブルに手を伸ばし、そっとハンカチを引き出した。そこにハンカチがたっぷりと用意してある。しかし、イモジェンは首を横に振った。

「ほんの二週間だけの結婚生活って何が悲しいかわかる？」

わかるかって言われても……。

「思い出が少ないってことよ」イモジェンは張りつめた声で言った。「初めてドレイブンにキスをしたときのことを何度思い出すと思う？　プロポーズされたときのことは？　もっと時間があれば、せめて一カ月とか二カ月でいいから、そうしたら、もっといろいろな思い出ができていただろうし、その思い出だけでこれから何年も生きていけたのに」

アナベルはイモジェンにハンカチを渡した。イモジェンは頬を伝う涙をふき取った。

「いつか、また大切に思える人ができるわよ、きっと」アナベルは思い切って言った。

イモジェンはキッとした顔でアナベルを見つめた。「ドレイブンの代わりになる人が現れるなんてよくも言えるわね！　わたしは子供の頃からドレイブンだけを愛してきたの。彼を愛したように、他の人を愛するなんて絶対にありえない。絶対に」

アナベルはきゅっと唇を噛んだ。わたし、そんなに間違ったことばかり言っているかしら。こうなったらロセッター卿に、すぐにでも結婚したいと告げるべきなのかもしれない。少なくとも、結婚すればこの家を出ていける。「ドレイブンのことはいつか忘れるなんて言うつもりじゃなかったのよ」アナベルはイライラした気持ちが表れないようにした。「でも、あなたはまだ若いんだから。絶対ってことはないと思うのよ、イモジェン」

「そういう意味では、もうそんなに若くないもの」イモジェンはにべもなく言った。

アナベルは話題を変えることにした。「わたし、ロセッター卿と結婚することに決めたわ」明るく言った。

肝心のイモジェンは、アナベルの話を聞いていないらしい。「レイフも同じようなことを言ったわ。さっき、馬車の中でね。何て言ったと思う……」そう言ってアナベルのほうを振り向いたものの、ためらっている。「アナベルお姉さまに話すようなことじゃないわね。お姉さまはまだ結婚していないんだもの」

アナベルはふんと鼻を鳴らした。

「婚礼の床の喜びが忘れられないのか、って言ったのよ！」

「あらそう。それで、そのとおりなの？」確かにダンスフロアでのイモジェンの態度からすると、ぶしつけではあるけれど、もっともな質問だわ。

「違うに決まってるじゃない！　わたしが忘れられないのは、ドレイブンよ。でも、だからといって……もちろん、ドレイブンが生きていれば……」

アナベルは代わりに話を続けた。「レイフの言いたいこともわかるわ。ダンスフロアでアードモア伯爵を見つめていたあなたの目を見れば、誰だってそう思うんじゃないかしら」

「ばかばかしい！　アードモア伯爵の気を引こうとしただけよ。アナベルお姉さまのようにね」

「わたしは、あんなことしないわ」

「そうよね、そうでしょうとも。お姉さまはご存じないもの」イモジェンはすねたように言った。「お姉さまはしょせん処女なのよ。でも、わたしはもっと堂々とやってみせることができるの。だって、寝室で男と女が何をするのかちゃんと知ってるんだから」

今しゃべると何を言い出すか、アナベルは自分でもわからなかった。

「いずれにしても、はっきりと決めたの。アードモア伯爵をわたしのものにするって」

「あなたのもの？」イモジェンの目をまっすぐに見据えて、アナベルは尋ねた。

「わたしのお供のひとりにするわ」手を振りながら、イモジェンが言った。「未婚の女性に話せるのはそこまで。たとえお姉さまが相手でもね」

アナベルは呆気にとられたが、イモジェンの挑発は無視することにした。「気をつけなさい、イモジェン。わたしなら、よくよく気をつけるわ。あの伯爵はただのおとなしい男には思えないの」

「ばかばかしい」イモジェンは不機嫌そうにつぶやいた。「男なんてみんな同じよ」

「もうわかったわ。愛人でもなんでも、好きにすればいいわ。でも、どうしてあんなふうに見せつけるように踊ったりしたの？　どうして自分を辱めるようなまねをするの？」

「わたしが示したかったのは、お互いの――」

長年、姉妹としてやってきたふたりだ。口に出さなくてもたいていのことはわかる。「あなたが何を示したかったにしろ、それはアードモア伯爵と床をともにしたいという欲望とは違うんでしょ？」

「いいえ、そうよ！」イモジェンは反論した。カッとなったものの、それ以上言葉が出てこない。自分は魅力的で、官能的な女だと確信していた。なのに、それさえも間違いだったのかもしれない。イモジェンはアナベルを見つめた。お姉さまに秘密を打ち明けることができたら……。

だめよ。アナベルお姉さまに結婚生活がうまくいっていなかったなんて言えるはずがない。アナベルお姉さまは、半径一〇メートル以内にいるどんな男性もうっとりさせてしまう魅力の持ち主なんだもの。

「じゃあ、テスお姉さまにお話しなさい」イモジェンの心を見透かしたようにアナベルは言った。これが姉妹の不思議であり、恐ろしいところだ。

「相談することなんか何もないわ」イモジェンは驚きでうわずった声をごまかすように咳払いをした。

5

上流階級の中でも、レディ・ミットフォードのパーティーに招待されるのは、一部の幸運な人間に限られる。招待された人々はみなパーティーを存分に楽しむわけだが、その理由はさまざまだ。特に庭のあちこちに配置されたロマンチックなあずまやは、年頃の娘を持つ母親にとても評判がいい。年頃の男女が適度な親密さを育むのにぴったりのスペースだからだ。

理由がどうであれ結婚相手探しに興味のない人々のお楽しみは、レディ・ミットフォードが手によりをかけてこしらえる本物のルネサンス料理だ。ある年には、用意されたパイが割れて中から十字架と生きた鳩が数羽飛び出した。鳩はそのまま空に舞い上がり、そのうちの一羽が成り上がりの貴族の若者の頭上に落とし物をしていった。実にうまい演出だ。

一方で、このパーティーは皮肉好きな者にとっても大いに楽しめる場である。アードモア伯爵ことユアン・ポーリーも、どちらかといえばこちらにあてはまるだろう。実際、イングランドに来てから出席した催しの中で、最も心から楽しめるものだった。

レディ・ミットフォードは、自分と夫の席を広々した芝生の庭園の一番端に設けていた。庭に足を踏み入れたゲストたちに、まずその壮大な眺めを楽しんでもらうためである。肉付きのいい夫妻は揃って、華々しいルネサンス風の衣装に身を包んでいた。特にミットフォード卿のカナリヤイエローの靴下は目立っていた。しかも芝生のあちこちに立っている三〇数人の召使たちまで、そっくり同じ靴下をはいている。夫妻が腰かけているのは金箔を貼った肘掛け椅子だ。頭上にはスカイブルーのシルクの天蓋が張られて、そよ風に揺られて波打っていた。足元では何頭もの小型犬と本物の猿が遊んでいる。レディ・ミットフォードの椅子にシルクのリボンで結わえられているようだ。猿が彼女のシルクの室内履きの上にしゃがみこみ、おしっこをしているのが目に入ったが、ユアンは見なかったふりをすることにした。

ユアンはレディ・ミットフォードに向かってお辞儀をした。「お目にかかれて大変光栄です、レディ・ミットフォード。本日はわたしのような者をお招きいただき、感謝の言葉もありません」

「招待しないはずがないではありませんか」いかにも上品にレディ・ミットフォードは返した。まるで、足元で戯れている子型犬に吠えられているように聞こえる。「少なくとも八人から、ぜひあなたを招待するよう依頼されましたの。当然のことながら、いずれも年頃の娘さんを持つお母さま方ですわ」

ミットフォード卿が、意味ありげな笑みを浮かべた。「我が家のパーティーで出会った夫婦は末永く幸せになれると評判でしてな」

実に変わった夫妻だ。レディ・ミットフォードは、エリザベス女王よりもむしろリチャード王の時代にふさわしい、丈の高い円錐形の帽子をかぶっている。一方ミットフォード卿はまるでカーニバルの客引きだ。そして猿と犬とシルクの天蓋を見る限り、確かにカーニバルがルネサンス風の祝宴であることを物語っていた。実にうれしそうな夫妻の目を見れば、ゲストたちと同様、夫妻も自分たちの奇抜さを楽しんでいるのは確かだ。

レディ・ミットフォードは指輪をはめた指を高く上げ、遠く離れた場所を指し示した。「美しい未亡人に特別の興味をお持ちだそうですね。彼女ならあそこにいましてよ。ほらバラのあずまやの横ですわ」

不意を突かれ、ユアンは驚きの色を隠そうとした。メイン卿が未亡人の妹を僕の花嫁に推薦してくれたことをどうして知っているのだろう。

「レディ・メイトランドは十分喪に服しました」レディ・ミットフォードは柔和な笑顔を浮かべながら言った。「若かったご主人の悲惨な死を忘れ、きっとあなたに気持ちを向けられるようになるでしょう」

ユアンは微笑んで頭を下げ、情熱的なイモジェンがいたらしいバラのあずまやに向かって歩き始めた。しかしミットフォード夫妻が別のゲストのほうを向いて挨拶をするのを見てとると、さっと反対の方角へ向かいはじめた。

というのも、ホルブルック公爵のもうひとりの後見人の姿を見つけたからだ。しかも妙なことに、物覚えの悪さにかけては自信のあるユアンが、彼女の名前だけはちゃんと記憶していた。アナベルだ。彼女こそ、ユアンとはダンスを踊らないと宣言し、ユアンを少年呼ばわりした張本人だった。子供呼ばわりされたのは、祖父が死んで以来初めてだ。あれから何年たっていることか。

ユアンは歩く速度を落として、アナベルを見つめた。なんて美しい女性だろう。カールのかかった柔らかな金髪は頭頂部でまとめられ、毛先を肩に垂らしている。着ているドレスのデザインは、確かに未婚の女性が着るものだ。クリーム色のシルクとレースが胸のふくらみの真下から流れ出ていて、彼女の脚をまるで子馬の脚のように長く見せている。しかし子供っぽさはない。瞳はウィットと知性で輝いている……なぜ、彼女の目に僕はただの少年と映るのだろうか？

ユアンはアナベルに歩み寄った。男に美しい笑みを見せているところだが、かまうものか。ああいう男は、まさしく常に他人に振り回されるタイプだ。

「ミス・エセックス」お辞儀をしながらユアンは言った。

アナベルがユアンのほうを振り向いた。目が泳いでいる。「あら、アードモア卿ではありませんか。ロセッター卿をご紹介しますわ。確か初対面でいらっしゃいますわよね」

ロセッターがお辞儀をした。かなり堅苦しい感じだ。ユアンは自分でも気づかないうちに、相手に威圧感を与えるような態度をとっていた。ロセッターはその裏にある意味を察したらしい。彼は決して本心を口にせず、当てこすりを言ったり、ほのめかしたりするタイプのようだ。

ロセッター卿は、ゆったりした優雅なしぐさでマントを腕にかけると、アナベルにあたりさわりのない理由を告げて立ち去った。アナベルは瞬きをしながらロセッター卿の背中を見つめた。驚いているようだ。彼女の元を自ら立ち去る男がよほどめずらしいのだろう。ユアンは楽しくなった。

「じき戻っていらっしゃるでしょう」ユアンは、変にロマンチックな言葉をかけるのはやめておくことにした。

アナベルは目をきらりと輝かせて答えた。「そう願っています」

よくぞ、はっきりと言ってくれた。なるほど、彼女は自分で選び抜いたあの優雅だが臆病者と結婚するつもりなんだな。もちろん、誰と結婚しようが、彼女の自由だ。だが、田舎者なら田舎者らしく、もっとふさわしい相手を選んでもいいじゃないか。

「昨夜、あなたの後見人に会いました」ユアンが切り出すと、アナベルは真顔になった。

「そのようですわね」

ユアンには一瞬、アナベルの反応の意味がわからなかった。しかし、すぐに激怒したレイフに彼女の妹とのダンスを中断させられたことを思い出した。それにしても、まったく似たところのない姉妹だ。あの黒髪の娘は、氷のように冷たくて激しいタイプなのに対し、姉のほうは、顔つきはイタリアの聖母マリア像と同じくらい美しく、その何倍も肉感的だ。これほど厚みのある下唇や、独特のブルーの瞳は見たことがない。男なら誰だって彼女に見惚れてしまうはず。だが、ここは冷静にならなければ。「実は、わたしの部屋を訪ねてくださったんです」

アナベルの顔から完全に笑みが失われた。「そうですか、それは失礼なことをいたしました」口調が硬い。

ユアンはにやにやと笑いかけた。「クラブへ連れていってくださったんです。『ホワイト』という」

「『ホワイツ』、ですね」

「どうも物覚えが悪くて」それにしても、どうして間抜けな笑みがこぼれてしまうのだろう？

「わたしの場合は逆ですわ。たまには、人の名前や数字を間違えられたらどんなにいいかと思います」刺々しい返事だ。

「このような場所ではとても便利な能力だと思いますが」心を読まれないよう、庭のほうにさっと目をやりながらユアンは言った。凪にはためくシルクの大型テントの下には、食べ物と飲み物が用意され、イングランド人が大勢集まっている。

「確かに便利ですわね」

物覚えの話はそこで終了したようだ。「あなたは亡くなられたブライドン子爵の娘さんだそうですね」答えは聞かなくてもわかっているが、ユアンは会話を途切れさせないよう訊いた。

アナベルはうなずいた。

「前に、子爵から馬を買ったことがあります」

「ブラックロックでしたわね。コリアンダーの孫にあたる」

ユアンは驚いてアナベルを見つめた。

「物覚えはいい、と申し上げたでしょ？　実際に取引をしたのは、あなたの代理人でしたけど。父は六〇ポンドで売りたがっていたけれど、あなたの代理人は四〇ポンドでお求めになりました。父は残念がっていましたが、四〇ポンドでもわたしたちは大満足でしたわ」アナベルは、そんなことまで言うつもりはなかったとばかりに口をつぐんだ。

「なぜ、大満足だったのですか？」ユアンが尋ねた。そのとき、藤色のズボンをはき、決然たる表情を浮かべた男がアナベルのほうへ向かってくるのが目に入った。シャンパンのグラスを握っている。まるでそれが彼女に近づくための許可証であるかのようだ。

アナベルが目を上げた。瞳にはユアンとの仲間意識がうかがえた。「どうしてかというと、そのお金で三カ月間、夕食にお肉が食べられたからです。お腹がいっぱいになるまで食べられました」

ユアンはもう一度アナベルを見つめた。本当に磨かれた彫像のような女性だ。ビーナスに負けないほど美しく、五倍は官能的だ。「あなたの父上の育てた馬は実にすばらしいと、ロクスバラシャーではもちろんのこと、アバディーンシャーまで知れ渡っていましたよ」

「おっしゃるとおりですわ。どんな人間にも、それなりの美徳はありますもの」

アナベルは美しいだけでなく、皮肉もうまい。見た瞬間に股間が熱くなるという理由のみで、彼女を家に連れて帰ることができたらいいのに。だが、彼女がロセッターを結婚相手に選んだのは、自分にとってはむしろありがたいかもしれない。なぜなら彼女は男に、妻に対する自然な愛情だけでなく、熱病のような肉欲を抱かせるからだ。たった一晩、目の前でバタンと扉を閉めるだけで、男はすべてを投げ捨てても彼女を抱きたいと思ってしまうだろう。考えただけで恐ろしくなり、ユアンはさっと頭を下げた。「ミス・エセックス、お会いできて光栄でした」

藤色のズボンの紳士が、操り人形のようにアナベルの右肩の上に顔を出した。「ミス・エセックス」にやにやしながら言う。「天国の飲み物を持ってきました。シャンパンがグラスいっぱいの星であることはご存じですよね？」

アナベルは男のほうを向き、にっこりと微笑んだ。この男、気の毒にも彼女の足元で溶けてしまうのではないだろうか。せっかく、死にそうなほどきまりの悪い思いをしてまで、へりくだっているのに。「ちょうどこれを飲みたいと思っていました」アナベルが答えた。

ユアンは頭を下げて、その場を離れた。メインを探さなければ。メインと、未亡人である、彼の陽気な妹を。

6

アナベルがイライラし始めた頃、ようやくロセッター卿が戻ってくるのが見えた。やっと来てくれたのね。

今日のアナベルは入念に着飾っている。その日の朝、ロセッターが正式に挨拶に来たからだ。アナベルの指示どおり、レイフはロセッターの申し出を受け入れてくれた。あとは、ロセッターがアナベルに直接プロポーズするのを待つだけだ。

アナベルが着ているのは、シルクの房飾りのついた麦わら色のモスリンだ。慎ましいが、見栄えのするドレスだった。一方のロセッター卿は、黄色い縁取りのある薄茶色のモーニングコート姿だ。クラバットは凝りすぎていることもなく、ガーデンパーティーにぴったりのものを身につけている。ピカピカに磨かれた極めて高価なブーツの先まで、場にふさわしい服装に身を包むロセッター卿の姿は、アナベルの心を温めてくれた。この人なら、肌にはいつもシルクをまとっていたいという彼女の望みを理解してくれるはず。それだけではなく、決して疑問を差し挟んだりもしない。もちろん、金勘定などさせるはずがない。

そんなことを考えながらアナベルはにっこりと微笑んだ。ロセッター卿はかすかに笑みを返すと、アナベルのお目付け役に向き直った。しかし、グリセルダはレモネードを持ってきてくれるようロセッター卿に命じた。

「作戦があるの」グリセルダが意味ありげな笑みを浮かべた。「庭の右手奥の角にあるテントなんていいんじゃないかしら。さっき見てきたけど、催しものの予定はなさそうよ。下手なリュートをバックにわめき散らす歌手に邪魔される心配もないわ。天井の色がローズシルクだから、顔の色つやが美しく見える効果もあるわね――まあ、あなたには必要ないかもしれないけれど。それより何より、もし献身的愛情を態度で示してほしいと願っているなら、あそこは一度に二〇人、三〇人の人々の目につくということはないわ。そんなことになれば『タイムズ』紙の記事とは比べものにならない速度でうわさが広まってしまうものね」

「すばらしいアイデアだわ」アナベルは感嘆の声を上げた。いまやプロポーズは時間の問題だ。ここまできたら、一刻も早く決めてしまいたい。幸せな結婚生活を送るために、そして二度とお金の心配をする必要がなくなるようにするために。

「忘れないで。あなたの結婚生活は、すでに始まっているの」諭すためか、グリセルダの口調は妙に落ち着いていた。「従順であることは大切だけれど、断固とした態度を取ることも必要よ。あなたの表情のすべてが、ロセッター卿に何を許し、何を許さないかを伝えることになるわ。あなたの目の表情が何を意味するのか、彼にきちんと教え込まないと。わかるかしら、アナベル？」

「ええまあ」

ロセッター卿が戻ってきた。すぐ後ろから召使がついてくる。グリセルダのレモネードのグラスをトレイに載せて運んでいるのだ。

「まあ、あれを見て。あなたの選択は正しかったわね。あの方、しっかりしていらっしゃるわ」

「もちろんよ」

「誰もが先々のことを見込んで行動できるわけじゃないのよ。お召し物に染みがつかないようちゃんと考えられるなんて。それに、あなたより少し年上なのもいいわね。そのぶん包容力が備わっているだろうから」グリセルダはすっかり感心していた。

「あの方、おいくつなのかしら？」ふたりの方へ近づいてくるロセッター卿を見つめながらアナベルは言った。彼は白い手袋をした手を挙げて友人の呼びかけに応じている。

「そうねえ、少なくとも――ちょっと待って。あの方と初めて会ったとき、わたしはもうウィロビーと結婚していたわね。その頃すでに社交界デビューされていたわ……だから今は、四三歳か、四四歳じゃないかしら。経験は十分だけれど、古株というわけでもないわ。本当に完璧じゃない！」グリセルダは明るく言った。

二〇歳も年上だったなんて……アナベルの予想以上だった。それほど歳を取っているようには見えないが、そんなことはどうでもいい。男と女では歳の取り方が違うのだろう。

「これまで、あの方のめがねにかなう女性がいなかったのね」グリセルダは待ち遠しいらしい。ロセッター卿はいつのまにか足を止め、王族公爵のひとり、クラレンス公爵と挨拶を交わしている。「でも、あなたはなんの苦労もなく彼の心を射止めたのよ。まさに大勝利だわ」

「ありがとう」アナベルはつぶやくように答えた。ロセッター卿はすっかりクラレンス公爵との話に夢中になっているようだ。アナベルのほうを見ようともしない。目配せぐらいしてくれてもいいのに。アナベルはいらいらし始めた。わたしがプロポーズの言葉を待っていることは、百も承知のはずなのに。あんな太ったでくのぼうみたいなイングランドのプリンスとくだらない話なんかに興じる暇があったら、もっと大事なことをすませてほしいと思うのは、わがままかしら。

アナベルがじっと見ていると、ロセッター卿は後ろをついてきた召使の少年のほうを向き、二言、三言伝えた。すると少年はレモネードを持って、アナベルたちのほうへ早足で歩き始めた。

アナベルはグリセルダに向き直った。しかしグリセルダはアナベルが口を開く前にしゃべり始めた。

「あなたの言うとおりよ。まったく同感だわ。クラレンス公爵に止められたからって、プロポーズを遅らせる理由にはならない。思い知らせてあげないと」

それなら簡単なことだ。つい今しがた、例のスコットランド人伯爵が再び姿を見せたことに、アナベルは偶然気がついていた。アナベルの右手方向の少し離れたところに立ち、宙返りの出し物を見ている。

「こうしてみてはどうかしら――」グリセルダが話し始めたが、アナベルは聞いていなかった。椅子から立つ必要もないわね。アナベルは、唇にかすかな笑みを浮かべてアードモア伯爵をじっと見つめた。

あの乱れた赤毛と彫像のような肩のせいで、まるで中世の騎士に見える。実際、アーチェリー場で弓を引く彼の姿を見てみたい……。

アードモア伯爵に興味があるわけじゃない。油を売って無駄話に興じるロセッターに思い知らせるだけよ。アードモア伯爵は人々の間を通り抜け、アナベルの目をじっと見つめたまま、まっすぐに彼女のところへやってきた。

「アードモア伯爵についてわたしが話したこと、ちゃんと覚えているの?」グリセルダが隣で声を上げた。「あの方をからかうのはおやめなさい」

アナベルはアードモア伯爵から半ば強引に視線を外し、お目付け役のグリセルダに微笑みかけた。「からかうつもりはないわ。あの方はスコットランド人ですもの、お友達になれるんじゃないかしら。アーチェリー場までエスコートしていただけないかと思っているだけよ」

「ああ、アーチェリー場ね」グリセルダは近づいてくるアードモア伯爵を見つめた。「わたしも肩幅の広い男性は好きよ」

チラッと見た限りでは、ロセッター卿もアナベルに歩み寄る男の存在に気づいたようだ。これで間違いなく公爵とのおしゃべりを打ち切ってくれるはずだわ。それ以上考えることなくアナベルは立ち上がり、アードモア伯爵に歩み寄った。彼は、アナベルが夫に選んだ男とは正反対のタイプだった。がっしりして筋肉のついた両脚から、たくましい顎、角ばった頬骨まで、まさに根っからのスコットランド人だ。古代ピクト人は、こんな感じだったんじゃないかしら。青い刺青をして、身にまとっていたものといったら――。

だめよ。アナベルは空想を打ち切り、再び現実に気持ちを引き戻した。自分に向かって歩いてくるスコットランド人伯爵の姿は、父親を彷彿とさせる。彼が競走馬を持っていて、家中のお金をすべて注ぎ込んでいれば、まさに完璧な一致だ。

アードモア伯爵は満面の笑みを浮かべていた。「馬上槍試合を見てきたんですよ。鎧姿の自分をつい想像してしまいました」目がきらきら輝いている。

「わたしは、あなたを見てピクト人を思い浮かべました」アナベルはアードモア伯爵の腕に手を置き、ロセッター卿など存在しないかのように歩き始めた。

アードモア伯爵が片方の眉をつり上げた。「わたしの祖先だったかもしれない、血に飢え、裸同然で暮らしていたという古代人ですか?」

「わたしの祖先でもありますわ」落ち着いた口調でアナベルが返した。

「それならば、弓矢の技術を試してみるというのはいかがです?」アードモア伯爵が乗ってきた。アナベルの策略どおりだ。

アナベルが振り返ると、ロセッター卿がさほどあわてる様子もなくグリセルダにお辞儀をしているのが目に入った。召使にレモネードを届けさせたことを謝っているのだろう。アナベルはロセッターに自分の顔が見えるようわずかに体の向きを変え、アードモア伯爵に笑いかけた。

アードモア伯爵が再び片方の眉をつり上げた。この人と結婚しないことにしたのは正解だったかもしれない。こんなふうに片方の眉をつり上げる癖に、いつか我慢できなくなりそうだもの。ありがたいことに、ロセッター卿にはわたしが耐えられなくなりそうな癖はない。

アードモア伯爵が脳みそを持った人なら、わたしがなぜこんなことをしているのか、ちゃんとわかっているはず。同郷人として手を貸してくれるだろう。

アナベルの思ったとおりだった。「あの方が追いつけるよう、もっとゆっくり歩いたほうがいいですか？」アードモア伯爵の声に笑いがこもる。

「けっこうよ」アナベルは落ち着いた口調で答えた。「アーチェリーを見ている間には追いつくでしょうから」

「わかりますよ。イングランド人は、どうしてあんなふうに体の線が細いのでしょうね？　貧弱なくらいだ。でも、あなたのお子さんは心配ないでしょう。ピクト人の血がわずかながら混じっているわけですから。男の子ならおそらく貧弱すぎることはない」

「わたしの子供が貧弱になるはずがありません！　それに、ご存じだと思いますが、女だってあまり体が小さいのも嫌なものなのよ」

「それは初耳だ」アードモア伯爵はにやにや笑っている。信じられないほど自信過剰な人ね。まともなスコットランド人女性とつきあったことがないのかしら、とアナベルは思った。

ふたりはアーチェリーのテントの前で足を止めた。風がシルクの屋根をはためかせ、四月の花々の香りを運んできた。テントの隅に弓が積んである。　案内係がアードモア伯爵をちらりと見て、若木でこしらえたような弓を手渡した。

アードモア伯爵はそれを左手に持つと、目を細めて板に円が描かれた的を見つめた。シルクの旗が付けられているのは、アンティークらしく見せる工夫なのだろうか。間をあけて、かなり離れた場所までいくつも設置されている。

続いて伯爵は上着を脱いだ。下は薄いリネンのシャツだ。シャツは決して着古して擦り切れたようなものではない。それどころかすばらしい素材でできているようだ。おそらく、自分の地所で織られたものだろう。伯爵は強さを確かめるように弓をしならせた。背中の立派な筋肉が波打つのが、体に張り付いたリネンを通してはっきり見える。案内係のほうを向き、矢を何本かつかんだ。一本だけ残して残りをアナベルに渡し、あいまいな笑みを浮かべた。

「念のためにお知らせしておきますが、あなたの選んだ相手がやってきましたよ。どうやらエスコートする相手を見つけたようです」

アナベルは振り返った。「ああ、あれはわたしのお目付け役のレディ・グリセルダです。昨夜、初めてお会いしたときに、お目にかかっていらっしゃると思いますが」

「申し上げたはずです。人の名前を覚えるのが得意ではないと」ふと、アードモア伯爵は目を見開いた。「レディ・グリセルダ？」

アナベルがうなずいた。

ユアンは振り向いた。ロセッター卿と話をしているあの女性がレディ・グリセルダなのか。

未亡人にしておくにはもったいないほど美しく、若い。もしアナベルが彼女のことを嫌っていたら、その長い巻き毛と官能的な姿に嫉妬していたにちがいない。想像どおりの女性だ。陽気で、ゴシップ好きで、魅力的。まさに理想の――。

アナベルは、隣に立つ中世の騎士を見上げた。どういうわけか、彼は口をポカンと開けて突っ立っている。

「あの方がメイン伯爵の妹さんですよね?」

グリセルダとロセッターは太陽の当たる場所に移動していた。グリセルダの髪はまさにゴールドに輝いている。

「メインをご存じなの?」

「昨夜、会いました」アードモア伯爵は答えると向き直って弓を引いたが、矢をつがえていなかった。

そのとき、きらめくような笑顔を浮かべて、グリセルダがふたりに歩み寄った。一方、ロセッター卿は苛立ちを押し隠して冷静さを装うイングランド人らしく頭を下げた。アードモア伯爵はご機嫌のようだ。再び弓を引いた。今の伯爵は、自分の筋肉を見せつけようとしているだけじゃないかしら。しかも、わたしのためにやってるわけではない気がする、とアナベルは思った。

グリセルダは、瞳がポロリとこぼれ落ちそうなほど目を見開いている。

「どうです、ひとつお手合わせ願えませんか?」ユアンはロセッター卿を誘った。

「スポーツには興味がありません」ロセッター卿は淡々とした口調で断った。しかし相手を侮辱する、さげすむような響きはない。

「それならば、同郷人同士ということでいかがです？」ユアンは今度はアナベルに向かって言った。

グリセルダは声を上げて笑った。ロセッター卿は片方の足からもう一方の足に体重を移し換えた。黙っているが、どうやら反対らしい。

「よろしくてよ」アナベルは案内係のほうを向き、とろけるような笑みを浮かべた。係の少年はあわてて弓をつかみ、アナベルに手渡した。トネリコの木でできている弓だった。美しいカーブを描いているが、それだけのものだ。アナベルは弓をじっと見つめた。「イチイの弓を試してみるわ」

美しいだけでなく弾力も申し分ない。アナベルは試しにつるを引いてみた。幸いなことに、ドレスの袖が邪魔になる心配はないようだ。

アードモア伯爵は含み笑いを浮かべていた。自分とアナベルの勝負をロセッター卿がよく思っていないことに気づいているからだ。一方、グリセルダはただ笑っていた。そのときアードモア伯爵が再びその大きな弓を引いた。シャツを通して、筋肉が変形するのが見える。アナベルは思わず目をそらした。その直後、今度はロセッター卿と目が合った。わたしも同感だ――ロセッター卿はそう言っているらしい。男らしさをむき出しにしたアードモアのしぐさに彼女が嫌悪感を覚えたと思ったのだろう。

　アナベルが弓を取り上げると、ロセッター卿は手袋をはめた手をアナベルの手に置いた。

「あなたがこんなことをする必要はない」

「アーチェリーは嫌いではありませんから」アナベルはあたりさわりのない返事をして、ロセッター卿の手をかわすように前を向いた。案内係の少年が一つかみの矢をアナベルに手渡した。

　ロセッター卿は声を低めた。「何もわざわざ、このスコットランド人を付け上がらせる必要はありません。筋肉を見せびらかしたいのなら、好きにさせておけばいいではありませんか。レディ・グリセルダは喜んでいらっしゃるようだし」

　アナベルは振り返った。確かにグリセルダはえくぼをきれいに見せて笑っている。矢を渡す役目を買って出たらしい。伯爵も矢をつがえては次から次へと放っている。

「実に優しい方だ、あの方は。我々がこの場を離れても、ふたりは気づきもしませんよ」ロセッター卿は、今度はアナベルの矢に手をかけた。

「それでは失礼に当たります」無表情なロセッター卿の口調に合わせ、アナベルは冷ややかに答えた。

「それはそうですが」ロセッター卿はそこで言葉を切ってしまった。

　アナベルはそれを同意と受け取った。別にロセッター卿の同意が必要だとは思っていなかったが。アードモア伯爵が振り向いて言った。「さてと、ミス・エセックス、勝負はどのように？」

アナベルは的を見ながらアードモア伯爵に歩み寄った。「三本勝負としましょう。あなたはあの奥の的を狙ってください。わたしは、赤い旗のついた中間の的を狙います」

「青のほうがいいのでは？　そのほうが近いですから」

アナベルはアードモア伯爵を見上げた。自分が勝つに決まっていると思っているのね。アナベルの唇に笑みが浮かんだ。「ご存じだと思いますが、的の中心は黒い点になっています」

「わかっています」

「けっこうですわ。念のために申し上げただけです。試し射ちでは、的を狙うのにずいぶん苦労されていたようですから」

アードモア伯爵は含み笑いを浮かべた。「正式な勝負なら、何かを賭けないといけませんね、ミス・エセックス」

ロセッターが割って入った。「賭けるものなど必要ありません。当然ではありませんか。公衆の面前であまりにも品がない」

「そもそも、我々スコットランド人は品のない民族ですから」

アナベルはアードモアをにらみつけた。ロセッター卿は彼女がスコットランド人であることを気に入っているわけではない。できれば、彼にそのことを思い出させたくはなかった。

「賭けといっても、金品を要求するわけではありません。勝者はひとつ頼みごとができる。そして敗者は必ずそれに応じなければならない、というのはいかがです？」アードモアは譲らなかった。

「いかなることであれ、ミス・アナベルが貴殿に頼みごとなどしませんよ」強い口調でロセッターは返した。物言いは上品だが、その裏に存在するかすかな侮蔑をアナベルは感じとった。

「それはどうでしょう」矢を選びながらアードモアは言った。「ミス・アナベルから、すでにいくつか頼まれていることがありましてね。もちろん、わたしは同郷人である彼女に喜んで手をお貸しするつもりです」

アナベルも弓に矢をつがえた。グリセルダは笑みを浮かべながらアードモアに射手用の手袋を渡し、彼が手にはめるのを手伝った。一方ロセッターは、当然といえば当然ながら、アナベルが手袋をはめる間、黙って横に立っているだけだ。

そのとき、レディ・ミットフォードの大好きなアーチ型のトランペットの甲高い音が辺りに響き渡った。「腕比べの始まりだ！　アーチェリーの腕比べが始まるぞ！」トランペット吹きが声を上げ、場内の注目が集まった。

ロセッター卿は細い鼻を赤くしながら、後ろへ下がった。とうとう怒らせてしまったようね。ここでわたしが腕比べを下りなければ、彼は優雅なストライプのモーニングコートを着たまま立ち去り、わたしとの結婚をやめてしまうかもしれない。今まで独身を通していたのは、そういうことだったのかもしれないわ。

すぐにアーチェリー場に観客が集まってきた。白とピンクのひらひらしたドレスを着た女性たちの集団と何人かの紳士たちが、感嘆した目つきでふたりを見つめている。アードモアが弓を引き、矢を放った。ふと、アナベルは気づいた。弓を引くには胸を突き出さなければならないわ。ロセッター卿のほうをちらりと見た。まだ立ち去ってはいない。アナベルの決断を待っているのだろう。これって、考えようによっては、結婚に当たってのいい前兆じゃないかしら。一言も言葉を交わさなくても、お互いに相手の考えていることがわかっているんだもの。

アナベルは矢を放つために、足を踏み出した。

「うまく当たらなかったようですわね」アナベルはアードモア伯爵に話しかけた。いかにも残念そうに声を落としている。

アードモアはちらりと的を見た。「まずまずだったと思いますが」

「そうかしら」アナベルは弓を引き、そのまま的の中心にある黒点に狙いを定めた。手を離すと、矢は巣をめざす鳥のように一直線に飛んでいった。アナベルは笑みを浮かべ、ライバルを見上げた。アードモアは的ではなく、アナベルを見ている。何かに気を取られている様子だ。アナベルはハッとして視線を下げた。弓を引いたときに、ドレスの胸の辺りが突っ張るのは感じていた。やっぱりこういう薄いモスリンはスポーツには向いていない。

幸いロセッターは、まだその場にいた。不愉快そうに口をつぐんでいる。どうやら、もう一度アナベルにチャンスをくれたようだ。

係の少年が的に向かって走っていく。黄色いタイツが日光を浴びて光っている。アナベルの的の脇でいったんかがみ、すぐに立ち上がった。「ミス・エセックスの勝ち！」少年が声を上げた。

「では第二回戦だ」再び弓を引きながらアードモアが言い、すぐに放った。

とてもいい一撃だ。アナベルも認めざるを得なかった。でも、ひじの位置が少しだけ高すぎたんじゃないかしら。思ったとおり、矢はわずかに的を外していた。しかしアードモアは笑みを浮かべてアナベルに向き直った。本人はど真ん中に当たったと思っているのだろう。

「歳を取れば取るほど、めがねは役に立つようになるものだと聞いたことがありますわ」アナベルは優しい口調でアードモアに言うと、弓に矢をつがえてサッと放った。どうやらアナベルの選んだ的は易しすぎたらしい。

係の少年が再度、勝利者の名を告げると、大きな歓声が沸き起こった。

アナベルはアードモアを見上げた。しかし彼には、勝負時の緊張感もなければ、対抗意識のかけらも見られない。ただ笑っているだけだ。「どうやら、このままでは勝ち目はなさそうだ。あなたを先行にしなかったわたしの作戦ミスです」

「それはどうもご丁寧に」ロセッター卿が割って入った。

アードモアは頭を下げ、アナベルに先に射るよう身振りで示した。

アナベルは、自分を見つめるふたりの男性の視線を感じながら、足を踏み出した。肩にかかったカールが邪魔にならないよう後ろへ振り払う。そしておもむろに弓を引き始めた。乳房が突き出て上へ引っ張られた。モスリンのドレスの身ごろに当たり、こすれるのがわかる。ようやくアナベルは矢を放った。矢は一直線に的に向かっていく。だが矢を長く構えすぎたせいか、中心をわずかに外してしまった。

次にアードモアが位置につき、アナベルと同じくらいゆっくりと弓を引いた。広い肩がしなる。アードモアがアナベルをちらりと見た。なんて無邪気な瞳かしら。腹黒さがみじんもない、というわけではないけれど。つい吹き出しそうになるのをこらえ、アナベルとしては最高の笑みを浮かべた。アードモアは一瞬、まるで額を蹴飛ばされたかのように小さくのけぞった。アナベルは後ろへ下がった。わたしが中心を外さなければ、アードモアが矢をあれほど長い間構えたり、ひじを上げすぎることもなかったかもしれない。

アナベルの予想どおり、アードモアはまた的を外した。

満面の笑みを浮かべたレディ・ミットフォードがふたりの前に現れた。「ゲストのあなた方にまで、ルネサンス時代の精神を体現していただけるとは、うれしい限りですわ！　そこで主人と相談して、あなた方にとてもすてきなものをご用意しましたのよ」

レディ・ミットフォードが手招きすると、花をいっぱいに積んだ小型の二輪馬車が現れた。引いているのはみすぼらしい二頭のロバだ。かわいそうに、たて髪にまで花が編み込まれているうえ、耳の後ろにも花がささっている。

「あなた方ふたりを五月の王と女王に指名いたします！」レディ・ミットフォードはうれしそうに声を上げげた。「もちろん、今はまだ四月ですけど、五月のほうがわたくしたちのフェスティバルにはぴったりですもの。本当は、わたくしと主人が女王と王になるはずでしたのよ。でも、あなたたちにまさにルネサンス時代の精神を見せつけられたものだから、わたくしたちは思わず顔を見合わせて、すぐに、あなた方に王冠を差し上げようと決めたんです」

グリセルダは笑いながら手をたたいている。どうやらアナベルのお目付け役は、レディ・ミットフォードの提案を受け入れたらしい。アナベルが躊躇しているので、アードモアは自ら行動に出た。許可を求めることもなく彼女の腰に腕を回し、馬車に乗り込ませた。アナベルが啞然としている間に彼も馬車に乗り込み、隣に腰かけた。再びトランペットの音がした。レディ・ミットフォードがフラワーリースを持ち上げた。

「受けないわけにはいかないよ」小声でアードモアが言った。「彼女のうれしそうな顔を見てごらん」

確かにレディ・ミットフォードは楽しそうにキャッキャッとはしゃいでいる。

「それにしても、どこか違うな」アードモアは目を細めた。「どうもピンとこない」そう言うと、アードモアの手がアナベルの髪に伸びてきて、サッとヘアピンを三本引き抜いた。

アナベルは息を吞んだ。メイドが一時間かけて結い上げた、柔らかな金髪のカールが肩にばさりと落ちてきた。「何をなさるんです!」

しかしアナベルの困惑の声が聞こえないのか、アードモアは白いフラワーリースをもう一度彼女の頭上に載せている。「うん、これでいい。まさしく女王だ」

ロバが庭を歩き始めた。馬車が揺れ、アードモアとアナベルの太ももがこすれあう。

「こんなの、屈辱以外の何物でもないわ」アナベルは、アードモアに向かって言い放った。

しかし、アードモアはにやにやするばかりだ。その間にも馬車は庭をどんどん進んでいく。

アナベルはゲストに笑顔を振りまきながら、心の中でアードモアを呪った。ロセッター卿が馬車をちらりと見上げた。しかし、すぐに視線をそらしてしまった。アナベルはさらに心の中で毒づいた。だが、ロセッター卿のことはそれほど心配していない。あの方は、わたしが望めばまた戻ってきてくださるわ。

庭を一周して、ようやく元の場所に戻ってきた。ところがレディ・ミットフォードは、邸の裏側へ馬車を回すようふたりに言った。「召使たちにも見せてあげたいの。ありがたいことに、みんながわたくしたちのルネサンス・フェスティバルにとても興味を持ってくれているのよ。きっと王様と女王様を見ればもっと喜んでくれるわ」

ユアンは言われたとおりに、馬車を邸の裏側へ回した。しかし、レディ・ミットフォードの思いとは裏腹に、使用人たちの姿はまったく見当たらなかった。室内に午後の太陽が射し込まないようぴったりとカーテンが閉じられている。ロバたちは足を止めるなり、キッチンの扉の脇に生えているバラの茂みに顔をうずめた。

「たった今、使用人たちに知らせているところなのかもしれない」ユアンは落ち着いた声で言ったつもりだったが、アナベルがそばにいるとどうも見境がなくなってしまう気がした。まるで血管にシャンパンが流れているかのようだ。

アナベルは取り澄ましたように両手を重ねた。「戻ったほうがいいのではありませんか？ふたりきりだなんて、よくありませんわ」

ユアンは手綱を下ろした。骨と血のある男ならこんな機会を逃すはずがない。アナベルは何も知らない子供ではない。目を見れば、自分を男として意識していることぐらいすぐにわかる。そして、僕のモットーは〝言葉よりもまず行動〟だ。

ユアンはゆっくりと頭を下げていった。これならば、アナベルにその気があれば叫ぶことも、ノーと言うこともできる——今にも唇を奪われんとする純真な乙女がするように。だが彼女は一言も発しようとはしない。ただ、煙るようなブルーの瞳でじっとユアンを見つめている。

ユアンの唇がアナベルの唇に触れた。柔らかい。まるでバラの花びらのようだ。いっそのこと、彼女を奪いたい。そのすべてを……。ユアンはさらに力をこめて、再び唇を重ねた。しかし、アナベルは言葉を発するどころか、音も立てようとしない。ユアンはアナベルの口角のカーブに合わせて唇を這わせた。彼女の首を想像しながら。つるつるした柔らかな首。だが、唇を離したくはない。彼の唇は、再び彼女の唇の中心へ戻った。するとアナベルはわずかに口を開けた。ユアンは息つぎのあいまに彼女の唇の中に入り込んだ。

同時にユアンはアナベルの背中に腕を回し、彼女を優しく支えた。辺りはバラの香りが充満している。ふたりは舌と舌を絡ませた。アナベルの口は熱を帯びている。それは純粋無垢な娘とはまったく違っていた。仲のよかった乳搾りの女、ベスとのファーストキスの思い出がユアンの頭をよぎった。このキスはベスのときとはぜんぜん違う。ベスのときはこんなふうではなかった……。

アナベルはわけがわからないまま、気がつくとアードモアの首に腕を回していた。いつのまにか心臓は早鐘を打ち、息もつげなくなっている――いえ、息がつげない本当の理由は――口をふさがれているからだわ。そう。キスのしかたに問題があるわけじゃない。まるで時が止まってしまい、この世に残っているのは五月の王と女王、それに花を積んだ馬車だけであるかのように思わせてくれるキスに。

きっと、彼がスコットランド人だからだわ。アードモアのゆっくりした長いキス。これまでは、どんなイングランド人とキスをしてもこれほど動揺させられたことはなかった。彼らのキスときたら、どうやって乳房をつかんで、それをポンプの柄のようにねじろうかと考えながらしているようだったもの。今、アードモアの両手はわたしの背中にある。でもわたしを引き寄せてから、その手はピクリとも動いていない。それにゆっくりと舌を動かすこと以外、何も考えていないかのよう。このままではどうかなってしまいそう。

本当に、このままではどうかなってしまう。ロンドンに来てちょうど二カ月だけれど、すでに数人の男性からキスをされたわ。その人たち全員が、型どおりにレイフに結婚の許しを求めてきた。でも、彼らのキスはすべて、プロポーズを断る理由に値するようなものばかりだった。ただ唇を押し付け、激しく息をかけてくるだけのキスなんて。喘息の発作を起こしているのかと思ってしまうような人と床をともにするなんて、とんでもない話よ。

アードモア伯爵はこれまでの男たちとはまったく違う反応を見せていた。ただ、座ってキスをしているだけ。アナベルの心臓は激しく鼓動しているのに、アードモアはいたって冷静に見える。労働者のような大きな手をアナベルの背中に広げているのに、それ以上、引き寄せようとはしない。しかし彼女のほうは体中の力が抜け、今にもアードモアの胸にもたれかかりそうだった。

こんな不平等は嫌よ。アナベルは体を引いた。しかし目を開いたアードモアを見て、考え直した。彼は決して平然とキスをしていたわけじゃないんだわ。アードモアの熱のこもった瞳を目にしたとたん、アナベルの太ももにゾクゾクするようなうずきが走った。「戻らないと」両手をアードモアの首に回したまま、アナベルは言った。

アードモアは黙ったままスコットランド人らしいものうげな笑みを浮かべ、再びアナベルに顔を近づけた。アナベルは抗えなかった。唇を開いて受け入れると、アードモアは再びキスを始めた。ただのキスがこんなに素敵なものだなんて。彼の舌を受け入れただけなのに……いけないわ。体が震えている。キスをされただけでこんなに震えるなんて。

今度はアードモアのほうから体を引いた。アードモアの瞳の色はさらに濃くなり、ますます熱っぽさを増している。だが同時に、何か考え込んでいるようだ。「僕と結婚してくれないか？」アードモアが切り出した。両手はまだアナベルの背中にある。

「お断りします」アナベルはきっぱりと答えたとたん、痛恨の念にさいなまれた。こんなにキスの上手な人と結婚できたら、どんなに素敵だろう。でも、結婚にとってキスは必要条件じゃないわ。肝心なのは、やっぱりお金よ。

アードモアは何も言わずに、彼女を見つめている。「わたしは、ずっとスコットランドを出ることを夢見てきたの」アナベルはおずおずと言った。お金の話を持ち出すわけにはいかない。それはあまりに……失礼だもの。

アードモアはうなずいた。「村の少年たちが同じことを女性に言われているのをこれまでに何度か見てきたよ」

「それなら、わかっていただけるわね」

アードモアはもう一度アナベルを見つめた。「本気かい？　僕は二度と同じことは訊かない。できるだけ早く結婚問題にけりをつけてスコットランドに戻らなければならないんだ」

アナベルは微笑んだ。「もちろん本気よ」

「スコットランド人とは結婚できない、と？」

「ええ、そう」

「実に残念だ」

それからふたりは庭へ戻った。イモジェンが待っていた。イモジェンの瞳が異様に輝いている。アナベルは落ち着かなくなった。それにしても、イモジェンはやはり美しい。まるでおとぎ噺に出てくる黒髪のプリンセスのよう。

アナベルが気がつくと、五月の王は妹の腕に手をかけ、後ろを振り返ることもなく立ち去ろうとしていた。アナベルはフラワーリースを取り、馬車に向かって放り投げた。

太りすぎた猟犬にそっくりなふたりの紳士がアナベルに歩み寄った。五月の女王をぜひディナーにエスコートしたい、と言うのだ。

アナベルは肩越しに振り返った。アードモア伯爵は、グリセルダとイモジェンに挟まれている。何か話しているのか、頭をグリセルダのほうへ傾けていた。

「喜んで」アナベルは冷ややかに答えた。「おふたりでエスコートしてくださる?」

紳士たちはアナベルのすぐ脇をヒョコヒョコとついてきた。今にもアナベルにキスをしてつかみかからんばかりだ。キスをして、ハアハアとあえぐに違いない。だってどちらもイングランド人だもの。

7

ユアンは、ほぼ心を決めた。やっと気になる女性が現れたというのに、彼女には僕は必要ないらしい。少なくとも、そう言われてしまった。称号のついたイングランド人と結婚するつもりの彼女を無理にスコットランドへ連れ帰ったところで、結婚生活がうまくいくはずがない。そんなこともわからないほど愚かではない。それにしても、黒髪のイモジェンの自暴自棄ぶりときたら……。彼女の目を見たユアンは、みぞおちが痛むような感覚になった。

今も、イモジェンは僕をどこか人目につきにくいベンチへ連れて行こうとしているらしい。それでもかまわない。彼女が我慢している涙があふれ出して僕たちふたりが溺れてしまわなければ。彼女はけっこういい妻になってくれるのではないだろうか。美人だし、悲しみを克服する時間を与えてあげれば、あらゆる点でいいパートナーになる気がする。結婚したとたんに子供を次々に産んでくれる妻が欲しいわけではない。僕にはまだしたいことがある。この先数年、子供たちのことを心配して過ごすのはごめんだ。

そういう意味で、イモジェンを次の花嫁候補と考えるのも悪くはなさそうだ。もちろん、彼女の後見人は大反対することだろう。でも、いくら公爵でも、どれだけ彼女が僕と結婚したがっているかがわかれば、承知しないわけにはいかないはずだ。だいたい、彼女が僕を見るまなざしときたら……今すぐにでもベッドを共にしたいわ、と言わんばかりだ。きっとスコットランドへ帰りたいに違いない。

それなら僕にも理解できる。僕も同じ気持ちだからだ。ロンドンなど、どんよりして臭いばかりのどうしようもない街だ。今朝も馬車が渋滞にはまり、まるで家畜のように一時間以上も足止めを食らわされた。

今日のパーティーはそれほど悪くない。だが、あの甲高い声やけたたましいトランペットの音をこれ以上聞いていると、頭が痛くなりそうだ。今頃の季節、スコットランドはそぼ降る雨に濡れていることだろう。雨水を吸い上げた草がいっせいに青みを増し、木の枝に届きそうなほど目に見えて伸びていく、そんな季節だ。聞こえるのは、遠くを走る列車の音と鳥のさえずりだけ。神に感謝するかのように、一面に咲き誇る美しいオックスアイデイジーの花々。ユアンはしばし目を閉じた。しかし――。

「アードモア伯爵」彼女が呼んでいた。声にも悲哀が表れている。かわいそうに、さぞかしつらい思いをしているのだろう。

ユアンは目を開け、彼女を見下ろした。イモジェン。そう、それが彼女の名だ。レディ・メイトランド。イモジェン。名前を覚えていられてよかった。「なんでしょう、レディ・メイトランド？」

「よろしければ、ふたりきりでお話ししたいわ」

「もちろんかまいませんよ。庭の奥にいい場所があります。多少ぬかるんではいますが、あまり人は来ないです」

イモジェンがユアンに初々しい笑みを向けた。どうか、わたしをそこへ連れていって、あなたの好きにしてちょうだい――そう言っているような気がする。「そんな場所をご存じだなんて、隅におけない方ね」イモジェンはそっとささやいた。

別に密会の場所を探していたわけではありません――ユアンは言い返そうとしたがあきらめ、黙って腕を差し出した。ふたりはしばし黙って歩き続けた。

「ご主人が亡くなられて長いのですか?」相手が花嫁候補のひとりになると思っているにもかかわらず、深いところまで話を進めようという気にならない。

「ええ、もうずっと前のことです」イモジェンが答えた。またあの目つきだ。「今ではほとんど思い出すこともありません」

それが本当だとしても、そんな話は聞いたことがない。

ふたりはさらに歩き続けた。ふと見ると、イモジェンが歩きにくそうにしている。タイトなドレスのせいで、ひざが思うように動かせないらしい。「この先は、わたしがあなたを抱えていったほうがよさそうですね」下り坂に近づいたところでユアンは言った。「人々のうわさの的になるのが嫌でなければ、の話ですが」ユアンはパーティー会場のほうを振り向いた。しかし、こちらを見ている者はいない。

「人のうわさなど気にしませんわ」その言葉が嘘ではないことはどんな愚か者でもわかる。

ユアンはイモジェンを抱え上げるとそのまま丘を下り、大きな柳の下にある錬鉄製のベンチへやってきた。柳は川岸にのしかからんばかりにせりだし、エメラルドグリーンの枝の先は川面に触れているものもあれば、完全に川の中に沈んでいるものもある。さながらドレスの織り糸を引きずり歩く年配の貴婦人だ。

　ユアンが黙っているので、代わりにイモジェンが話した。「退屈なパーティーね」あいかわらず、わざとセクシーな低い声を出している。まるで聖書に出てくるバビロンの娼婦（ヨハネの黙示録一七章）だ。ユアンの上着のボタンの下に指を滑り込ませ、シャツを撫でている。

「わたしは楽しんでいますよ」身を引かないよう気をつかいながらユアンは言った。イモジェンの気持ちを傷つけたくはない。生まれたばかりの子牛のように繊細だからだ。

「わたしはちっとも楽しくないわ」本心を吐露したせいか、セクシーな声を出すのを忘れたらしい。次に声を出したときは、元に戻っていた。「あなたのこと……もっと知りたいわ、アードモア伯爵。ユアンと呼んでもいいかしら？」

　ファーストネームがユアンだということを、いったいどうやって知ったのだろう？　自分でもすっかり忘れていたのに。この数週間というもの、ずっとアードモア伯爵と呼ばれていたからだ。「もちろんです。わたしもあなたのことをもっと知りたい」

「それならば……ふたりで過ごす時間を作りませんこと？」滑らかなささやき声は、ユアンの胸をさまよう手の動きと同じくらい魅惑的だった。

　ユアンは息を呑み込んだ。「もちろんですとも」

「よかった」イモジェンが体をまっすぐに起こした。「では、一一時にうかがいます」今にも立ち上がって、去っていかんばかりだ。

「ちょっと待ってください」ユアンはイモジェンの手首をつかんだ。「それは、その……どういう意味ですか、わたしのところへ来るとは?」

眉をひそめてムッとした様子のイモジェンに、ユアンは初めて引かれるものを感じた。

「わたしが、あなたのところへうかがうと申し上げたのです」イモジェンが怒りを抑えているのがよくわかる。「今は部屋を借りている身ですの。まあ、時間ができしだい、タウンハウスを一軒買うつもりではいますけど。ですから、あなたに来ていただくのではなく、あなたのところへまいります」

「一一時に、ですね」ユアンは言った。

イモジェンはうなずいた。どこか事務的だ。

「夜の、ですか?」念のために訊いておこう。

イモジェンが再び眉をひそめた。「もちろんですわ。午前中はいろいろと忙しいんですの」

「そうでしたか」なるほど。どうやら僕たちは、まったく別のことを考えていたようだ。

「そういうことなら、わたしには無理です。申し訳ないとは思いますが」

「無理?」イモジェンは呆気にとられている。

「ええ。わたしは結婚相手を探すためにロンドンに来たのですから」

眉をひそめるだけではすまなくなった。本気で腹を立てている。これでは、とても魅力的とは言えない。それどころか、マージおばさんのことを思い出してしまった。かつて、高価なスポードの磁器のセットの半分を、おじさんの頭にたたきつけて割ってしまった恐ろしい気性の持ち主だ。

「わたしたちは互いの体を求めているわけではないでしょう」ユアンは優しく言った。

「いいえ、求めています！」イモジェンは譲らなかった。

ユアンは丘の上を見上げた。誰にも見られてはいない。腕を出してイモジェンの頭を後ろへ傾け、唇を近づけてキスをした。心地いいキスだったが、それだけだ。彼女の姉と交わしたキスと比べるなど、神に対する冒瀆《ぼうとく》も同然と思える。

「わかったかい？」

イモジェンはユアンをにらみつけた。「ベッドを共にするのが嫌だとおっしゃるのなら、歌を作ったり、ダンスを踊っていただく必要もありません」

イモジェンはひどく傷ついた目をしていた。ユアンはつい肩に腕を回した。「触らないで！　わたしの言うことを聞いて——わたしの願いどおりのことをしてくださる男性なら、いくらでもいますから」

「それはそうだと思いますが」ユアンがそう言うと、イモジェンが彼の腕を振り払った。

「同情なんかしないで！　メイン伯爵なら、言うことを聞いてくれるわ。あの方は、いくじなしのスコットランド人とは違うもの。あなたがなぜ、花嫁を探すためにわざわざロンドンへ来たのか、わたしにはわかるわ。スコットランド人の女たちはみな、あなたが寝室では役立たずだって知っているからでしょ。違う？　そういううわさはあっという間に広がると聞いたことがあるもの」

「ありがたいことに、それは違います」ユアンは答えた。だが、胸に一抹の不安がよぎり、思わずイモジェンの手を握りしめた。「メインはやめたほうがいい。わたしも昨日会ったが」

「あの方なら、わたしを必要としてくれるわ」ユアンの手を振りほどこうとしながら、イモジェンが言った。「あなたはだめでも、あの方なら大丈夫。それだけのことよ」

「メインはきみよりずっと年上だ」

イモジェンは唇をゆがめた。「メイン卿は三〇代前半よ。お姉さまと婚約していたから、あの方のことはよく知っているの。それに、いろいろ考えると、やっぱりあの方が一番だわ」

「彼はきみを幸せにできない」メインの放蕩ぶりは顔を見ただけで容易に想像がつく。三〇代半ばにも達していないのに、目に好色さが表れているとは……。「メインは放蕩者だ。いったい何人の女性と床を共にしてきたことか。もう女には愛想がつきているよ」

「愛想がつきた、はあなたの言い訳でしょ？　メイン伯爵は、決して女性をがっかりさせるようなことはしていないわ」

「そんな女性がいったい何人いたことか」

「それならそれで、ますます都合がいいわ」イモジェンはとうとう開き直った。「放してくれないと、大声を出すわよ」

「それなら、わたしと結婚しよう」その言葉がユアンの口から飛び出した。

イモジェンはあきれた顔をした。「わたし、二度と結婚はしません。だから手を放してちょうだい」

「わたしとの結婚を考えると約束してくれるまでは、だめだ」

「お断りよ。放して。お願いだから」

「今夜一一時にわたしの部屋に来ると約束してくれたら放そう」

イモジェンは眉を上げた。「じゃあ、考え直してくださったのね？」

「それだけの根性がある女性を手放す手はないからね」これで、イモジェンが作戦に乗ってきてくれればいいが……。

「じゃあ、あなたのお部屋にうかがいます」ユアンの作戦は成功だった。これほど単純な女性も初めてだ。残る問題は、ただひとつ。二度と立ち直ることができないほど自分を傷つけることがないよう、彼女をどうやって守るか、だ。

ユアンはイモジェンの手首を放した。「わたしはグリヨンズ・ホテルに滞在している。きみ、逢引は初めて？」相手の答えがわからないかのような口ぶりで、ユアンは尋ねた。

イモジェンはグイッと顎を上げた。「ええ、そうよ」

それなら、できるだけ露骨な態度を取ったほうがいいだろう。自分がしようとしていることを自覚させるためにも。「情事というのは、結婚とは違うんだ。わかっているとは思うが。ナイトガウンを持参する必要はない。なぜなら、当然のことだが、わたしたちは裸で愛し合うわけだから。ご主人に男の喜ばせ方を教わってくれていればいいんだが」

イモジェンの白い頬が赤く染まった。だが、ユアンは見て見ぬふりをした。

「わたしが好きなのはコーニーズ・キスだ。わかるかい？　まあ、きみのような世慣れた女性には、わざわざ教えてあげる必要もないだろうけどね」

しかし、イモジェンは思ったよりも度胸があるようだ。

「男の人の喜ばせ方なんて、まったく知りません。というよりも、男と女のことなんてなんにもわからないわ」

イモジェンの目を見ていると、つい大声を上げたくなる。

「喜んで勉強させていただくわ」

「じゃあ、言ってごらん。コーニーズ・キスって」ユアンはイモジェンに体を寄せた。自分の体格のよさを利用し、イモジェンにわざとのしかかるようにした。「言ってごらん。なぜ言わない？」

「いや」

「コーニーって、なんのことか知っているかい？」

「知らない！」

「じゃあ、なぜ言わないのかな？　さあ、言うんだ。コーニーズ・キス。さあ」ユアンはエロティックなくぐもった声でささやき、淫らな笑みを見せた。通俗劇に出てくる悪役が、かわいそうな召使に見せるたぐいの微笑みだ。「コーニーズ・キス」

イモジェンはユアンをにらみつけた。怒りと、戸惑いと、嫌悪感に満ちた瞳。

「悪名をはせるつもりなら、そういう言葉をもっと覚えないと」

イモジェンは飛び上がるようにしてユアンから離れ、坂道を駆け上がった。足が地面についていないかのようなものすごい速さだ。

うまくいったのだろうか？　もし、だめだったとしたら、僕は午後一一時に何をすればいいのだろう？　こんなくだらないこと、これまで想像さえしたことがない。

いったいどうすればいいんだ？

8

グリセルダは、社交界デビューする友人の娘のために開かれる舞踏会に出席することになっていた。だから、彼女が腹を立てたのも無理はない。舞踏会に遅刻してまで、イモジェンに付き添い、グリヨンズ・ホテルへ行かなければならなくなったのだ。

「ホテルだなんて！」グリセルダは嫌悪感をあらわにしている。自らの意思でホテルへ入ることなどとんでもないと思っているのだ。

「ひとりでは行けないのよ、グリセルダ」イモジェンは切々と訴えた。「アナベルお姉さまも来てくれるわ。でも、わたしたちだけで行くわけにはいかないじゃない」

「当たり前でしょ！　あんな場所へ、アナベルを連れていくなんて！」

「だからお願いしているの。わたしが悪いの。あなたの言うとおりだったの」イモジェンの目に涙があふれた。「アードモア伯爵のこと、あなたの言うとおりだった。わたしが間違っていたわ。ごめんなさい。どうか、お願い、助けて」声がかすれている。

グリセルダはあきらめたように言った。「あなた、昨夜はアードモア伯爵にかなり気まずい思いをさせているわ。伯爵としても、きちんとした家庭の娘さんのお父さまに結婚を申し入れる前に、あなたとのことを終わりにしないといけないでしょうね」

イモジェンは息を呑んだ。「アードモア伯爵のことなんて考えていなかったわ」

「わかったわ。わたしたち、レディ・ペンフィールドの舞踏会に遅刻するという醜態をさらして、これから一カ月かそこらはそのことでうわさされるのは間違いないでしょうけど。さてと、今夜はあなたたち、何を着ていくつもり？」

「喪服よ」イモジェンが答えた。

「胸元が開きすぎないものにしてちょうだい。誘惑に行くわけじゃないのよ。謝罪に行くんですからね」

二度とアードモア伯爵の顔なんか見たくないのに、ましてや謝罪なんて――イモジェンはそう思ったが、すぐに背中をぴんと伸ばした。彼に謝罪させることもできるわけよね。目の前で、あんな恐ろしいことを口にしたんだもの。どんな意味だか知らないけれど。

その夜、時計が九時四五分を指す頃には、イモジェン、グリセルダ、アナベルの三人は、それぞれ四月の冷たい夜気から身を守るコートをまとい、グリヨンズ・ホテルに向かう馬車に揺られていた。グリセルダは誰かに見られるのではないかと気が気でないらしい。「あんなところ、わたしは一度も入ったことがないのよ」それを言うのはこれで何度目だろう。

「ただのホテルよ」グリセルダに少し落ち着いてもらいたいがために、イモジェンは軽く言った。

「ホテルに泊まるということは、ロンドンに親戚が誰もいないということよ。浮浪者みたいなものだわ」グリセルダの小言は増えるばかりだ。

「アードモア伯爵は浮浪者には見えないわよ」アナベルは社交界の人々が両腕を広げてアードモアを歓迎していたさまを思い浮かべた。

「あら、あの方は爵位もお持ちだし、スコットランドから来たんだもの。普通の人とは違うわ。ホテルに泊まっているのは、社交シーズンの間、タウンハウスか、どこかのお宅の続き部屋を借りるお金がないからかもしれないわよ。そうでなければロンドンのホテルに泊まろうとは思わないわ。強盗や窃盗が日常茶飯事だって聞くもの。ベッドのリネンまで身ぐるみ剝がされるんですって」

「でも、グリセルダ、ロシアの大使のニュースを読んで聞かせてくれたのはあなたよ。その大使が泊まっていたのもグリヨンズ・ホテルじゃなかったかしら」アナベルが口を挟んだ。

「アードモア伯爵は女性じゃないのよ。女性だったら、ホテルにいるところをちらりと見られただけで、おしまいだわ」グリセルダの口数は減らない。馬車が速度を落とし始めた。グリセルダはコートについているバラ色のフードをかぶり、カールを押し込んだ。「運がよければ、誰にも見られずに出入りできるわ。ちゃんとした人たちは、もうそれぞれに夜を過ごしているはずだから」

「万が一知っている人に会ったら、わたしたちが何をしていると思うかしら?」アナベルは尋ねた。「女性が三人、そのうちのふたりが未亡人なら、ふらちな目的でホテルへ入ったりしないでしょう、グリセルダ」

「いいこと、怪しいと思われたらそれでおしまいなの。未亡人というのは、この手の中傷には手も足も出ないんだから。淫らな未亡人に関する歌がどれだけあることか。物語だって挙げればきりがないわ。こんないまわしいものもあるのよ。未亡人を手に入れたくば、ズボンを下ろして向かっていけ、なんて……」グリセルダはますます勢いを増していったが、とうとう馬車が止まった。三人が乗ってきたのは貸し馬車だった。家紋のついたホルブルック家の馬車に乗ってくるわけにはいかないからだ。

「ここで待っていてちょうだい！」グリセルダは御者に命じた。「決してどこへも行かないで！　すぐに戻ってきますから」

御者がにやにやするのを見たアナベルは、フードをかぶった三人の女がホテルに入っていく理由をどう推測されているか悟った。この男、わたしたちがいわゆる仕事をしに行くと思っているんだわ。「仰せのとおりに」案の定、御者の口調は愉快そうだ。

「レイフに知られたらわたしたち殺されるわ」グリセルダの小言はやまない。

レイフが怒るのも無理はないと、アナベルは思った。とはいえホテルのロビーは美しかった。天井は大きなアーチ型で、どの幾何学式庭園にあるものにもひけを取らないほど立派な彫像がいくつも置かれている。

グリセルダはイモジェンの腕をつかんだ。「ここから先はどうするつもり？」

イモジェンは首を横に振った。「メインはそこまでは教えてくれなかったわ。とりあえず、わたしたちの来訪を伯爵に伝えてもらわないと」

三人が途方にくれた田舎者のように突っ立っていると、幸いなことに、いかにもおせっかいそうな男が近づいてきた。「これはこれは、ご婦人方、どうかなさいましたかな?」口調からして、どうやら御者と同じことを考えているらしい。グリセルダは仁王立ちになり、フードを少しだけ後ろへ押しやって男を見つめた。

数秒後には、男は鼻がひざにつきそうなほど深々と頭を下げて三人を待たせたことを詫び、用件を尋ねた。

「ここにいるふたりのレディのいとこに少しだけお話があるのです」グリセルダは控えめな笑みを浮かべた。「とはいえ、わたしどものような者がこのような場所に足を踏み入れる以上、ミスター……」

「バ、バーネットでございます。ようこそおいでくださいました、奥さま」

「ですから」グリセルダは特に感銘を受けている様子ではない。「今申し上げたように、ミスター・バーネット、わたしどもがこのような場所に足を踏み入れる以上、軽挙妄動を慎まねばなりません。そこで、あなたにお願いがあります。アードモア伯爵のお部屋への行き方を教えてください」

「かしこまりました。わたくしがご案内させていただきます」バーネットが頭を下げたまま答えた。

グリセルダが小さく笑みを浮かべると、バーネットは立派な階段へ向かって歩き始めた。

「伯爵さまには、グリヨンズで最上級のスイートをご利用いただいております」バーネットは三人を先導するようにレッドカーペットを敷き詰めた階段を上り始めた。どこかの公爵の邸宅にありそうな豪奢な造りだ。「わたくしどものホテルでは、この二〇年の間に大々的に改装を行ってまいりました。今では、最上級のお客さまのみにご利用いただける、一流ホテルでございます」

「あら、そう」グリセルダの反応はそれだけだった。

ほどなくして三人は、アードモア伯爵の召使の案内で居間へ通された。召使は、不作法にも夜遅くに主人の部屋を訪れた女性たちを心から歓迎しているらしい。グリセルダは召使にラタフィアを一杯頼んだ。召使が姿を消すと、アナベルはフードを外し、炉だなに歩み寄った。何通もの招待状が無造作に置かれている。

「すてきな部屋ね」グリセルダはまずい人物に会うことなく目的の部屋に入ることができ、いくぶん肩の荷が下りたようだ。「初期のヘプルホワイト様式の家具は、特に好きなの。アナベル、コートは脱がないで。すぐ帰るんだから」

その直後、居間に通じている五つの扉のひとつから、アードモア伯爵が姿を現した。「ようこそおいでくださいました」アードモア伯爵は、そこにいるのが不道徳な目的を心に秘めたひとりの未亡人ではなく三人の女性であることにも、そのうちのひとりがロンドン中に申し分のない評判の女性として知られている人物であることにも、まったく驚いた様子はない。

とはいえグリセルダは一刻も時間を無駄にするつもりはなかった。「レディ・メイトランドがあなたにお話ししたいことがあるそうです」グリセルダはお目付け役らしい強い口調で言った。「お話が終わりしだい、引き取らせていただきます。そして、今夜わたしたちがここに来たことはどうぞお忘れください」

「仰せのとおりにいたしましょう」グリセルダの言葉に答えるアードモア伯爵の視線が、一瞬アナベルに向けられた。瞳に浮かんだ輝きを見て、彼がふたりのキスを忘れていないことにアナベルは気づいた。あるいは、キスのことを思い出しているんだわ。それとも――。アナベルはアードモアに背を向け、いかにも興味深げに彼宛の招待状を眺めるふりをした。

「アードモア伯爵」イモジェンが両手を合わせて、部屋の中央へ進み出た。「あなたとお話ししたわたしたちの関係はなかったことにしていただけないでしょうか」

アードモアが頭を下げた。まあ、なんて丁寧な――招待状を眺めるふりを続けながらアナベルは思った。「それをお聞きして安堵しました」アードモアの低い声には誠実さがこもっている。

「よかった」グリセルダは部屋の中央へ歩み出てイモジェンの腕を取った。

「もうひとつお話ししたいことが」イモジェンはそう言い、自分を部屋から連れ出そうとするグリセルダを引き止めた。「わたしは愚か者ではありません、アードモア伯爵。今日の午後のことは――」

そのとき扉をノックする音がした。それは、グリセルダが「まったく」とつぶやいたのとほぼ同時だった。

アードモアの召使が扉のひとつから飛び出し、廊下に続くドアを開けずに言った。「ご主人さまはただいま来客中ですので」

「バ、バーネットでございます」困ったような口調だ。「申し訳ございません。伯爵に早急にお目にかかりたいという方がおいでなのですが」

「待っていただくよう伝えてくれたまえ」アードモアの視線を受け、召使が答えた。「できれば、ロビーで待っていただくように、ミスター・バーネット」

「申し訳ございませんが、事情が事情ですので」すると驚いたことにドアノブが回り始めた。

「きっとレイフよ！」目を見開いてグリセルダが叫んだ。「急いで！」グリセルダはイモジェンの手を引き、扉のひとつから姿を消した。

アードモアがアナベルを見やった。彼はなんとも愉快な、得意の中途半端な笑みを浮かべている。アナベルは心が安らいだものの、まるで出来の悪い通俗劇の役者になったような気分だった。彼女は暖炉の脇にある分厚いベルベットのカーテンの後ろへ入り込んだ。通俗劇のヒロインなら、きっとこうするもの。

その瞬間、ドアが開いた。

現れたのは、レイフではなかった。

9

立っていたのはふたりの男だった。手にしているのは、大きくていかにも凶器といった感じのカルバリー・カービン銃である。アナベルはカーテンの後ろに立ち、隙間からそっとのぞき見た。ひとりは気の毒なバーネットの背に銃を当て、もうひとりはアードモア伯爵を狙っている。アードモアは先ほどまでと変わらないくらい冷静だった。

「何かご用だったかね、紳士諸君?」アードモアが尋ねた。

アードモアの冷静さがかえって男たちを苛立たせたらしい。ふたりは同時に顔をしかめた。胸の中で不安がますます膨らんでいく一方、アナベルはこの状況を楽しんでもいた。強盗犯や窃盗犯と聞けば、ひげをぼうぼうに生やし、ぼろぼろの衣服を着た荒くれ男を想像していたからだ。汚い言葉を口にし、床に唾を吐く男、そういうものだと思っていた。少なくとも、父親が気をつけるように言っていたのは、そういう男たちのことだった。

バーネットは、廊下で捕まってしまってなどと、謝罪の言葉をつぶやいている。

彼らこそがロンドンの犯罪者に違いない。見た目はいかにも紳士だった。ひとりはすらっとしていて、髪は黒い。ベルベットのコートを着ていて、懐中時計の鎖がベストを横切っているのが見える。強盗が笑みを浮かべた。歯も揃っている。

「このご立派な男がドアの前で盗み聞きをしているのに偶然出くわしましてね」バーネットの背に銃を当てている男が切り出した。今の言葉をグリセルダが聞いていないといいけれどと、アナベルは思った。「まあ、ひとつその長椅子に座ってくつろいでくれればありがたい」強盗が続けた。それにしても、いかにも教養がありそうな上品な声だ。もっとも、娘たちにスコットランド訛りを出さずに話すようしつけてきた父親のことを考えると、イングランドの紳士らしい言葉遣いなど、さほど難しくはないのだろう。

アードモアが強盗が示した長椅子に向かっていく。召使とバーネットも後に続いた。もうひとりの強盗に銃を振って命じられたのだ。

「さて、閣下」態度のいんぎんなボスらしき強盗が言った。「ここにいるミスター・コーリーに、貴殿の寝室を調べさせます」

アナベルは息を呑んだ。コーリーという男が向かっている扉の向こうは、グリセルダとイモジェンが姿を隠した部屋だ。どうか、あのふたりが機転を利かしてどこかに隠れていますように。アナベルが再び息をついたのは、洋服ダンスの扉と、机の引き出しらしきものが閉まる音しか聞こえてこないとわかったときだった。

アナベルは腹が立ってきた。お気の毒なアードモア伯爵はお金なんて持っていないし、今だってホテル住まいなのよ。この上、なけなしの蓄えを奪うというの？　宝石も持ち去るつもりかしら。そうよ、やはりそうだわ。

「その認印つきの指輪も外してもらいますよ。他にも装飾品はお持ちでは？　ご貴族さまを手にかけるのは忍びないのでね」態度はいんぎんだが、あざけるような物言いの強盗に、アナベルはますますいきり立った。

どちらかひとりでも背後から狙えれば……。アナベルはベルベットのカーテンから後ずさり、周りを見回した。バルコニーへ続く出窓の前にいるらしい。でも、投げつけられるようなランプさえ見当たらない。待って、ひょっとしたら……。窓は開いていた。アナベルは指先でそっと窓を押し開けると、バルコニーから下を眺めた。

真下に馬車が一台止まっていた。馬が足踏みをしている。鼻から白い息が上がるのが見えた。大柄の御者が馬たちの前に立っていた。残念なことに、自分たちの乗ってきた馬車ではない。それに、強盗に気づかれずに御者の注意を引き付けることができるだろうか。

御者の頭を狙って手提げ袋《レティキュール》を落とそうかしら。でも、そんなことをしてもこちらに向かって大声を張り上げるだけだろうし、それでは、泥棒にわたしの存在を気づかれてしまう。結局はイヤリングをなくすだけだわ。

あとは、叫ぶしかない。できるだけ大声を張り上げて。そうすれば御者がホテルに駆け込んで――。

馬車の扉が開いた。出てきたのは見覚えのある人物だ。柄付きめがねといい、先の尖った靴といい……間違いない、レディ・ブレヒシュミットだわ。驚きのあまり、アナベルは手すりから一、二歩後ずさった。彼女は、ロンドンでも一、二を争うほど道徳にはうるさい。その名高い高潔ぶりにかなうものといえば、少しでも分別を誤った者に対して示す彼女自身の厳しさくらいなものだ。だが、それ以上に問題なのは、彼女はグリセルダの友人のひとりだということだった。しかも、たとえ友人であっても、ときおり歯に衣を着せぬ物言いをすることがあるらしい。

レディ・ブレヒシュミットが御者に話しかけている。おそらく馬車を返してしまうに違いないわ。そうなったらこちらへ注意を引くチャンスを失い、アードモア伯爵は財産をみんな持っていかれる。でも、大声を出したら？　アードモア伯爵の部屋にわたしがいることを彼女はなんて思うかしら？　どんな愚か者でも簡単にわかることだわ。

アナベルはつま先立って部屋に戻り、カーテンの割れ目から中をのぞいた。強盗たちは、居間に戻っている。しかも——。

なんてこと。強盗たちがアードモア伯爵を見ている。ボスらしき強盗が高笑いしながら何かを言い、アードモアは——なんて怖い顔なの、とても正視できない——まあ、クラバットをほどきはじめたわ。クラバット？　クラバットまで持っていくつもり？

そのとき、強盗の声が聞こえた。「さて、閣下、わたしの数多い経験から、貴族の紳士諸君が喜んで差し出してくださるのは、持っているうちのほんの一部の安物だということはわかっているんですよ。そのポケットの中も見せていただきましょうか。おそらく我々がいただくにふさわしいものが入っているでしょうから。あなたの上着、それもかなりの値で売れそうだ。なに、下着をつけ直す時間があれば、我々は騒がれることなくホテルを抜け出すことができる。こう見えてももめ事は嫌いでね。それに人を撃つのも」

瞳に怒りをたぎらせ、強盗をにらみつけるアードモアが目に入った。クラバットを外し、長椅子に投げつけている。アナベルはバルコニーに戻り、手すりをつかんだ。決めたわ。これ以上アードモア伯爵を放ってはおけない。悪党どもに、着ているものまで取り上げられてしまうなんて。アードモアはどうなってしまうの？　上着も持たない人が、どうしてお金持ちの結婚相手を見つけられるの？　イモジェンのせいで、あの方の評判はもう傷ついてしまっているというのに。

それに、隣の部屋にはグリセルダが隠れているわ……グリセルダがいる以上、レディ・ブレヒシュミットもあまり辛らつなことは言えないかもしれない。

下を見ると、ちょうどレディ・ブレヒシュミットが御者に背を向けたところだった。バルコニーから身を乗り出してフードを外し、アナベルは叫んだ。「強盗よ！　お願い！　助けて！」

レディ・ブレヒシュミットは困惑したように辺りを見回している。しかし、体格のいい御者がパッと上を見上げ、すぐさまホテルに駆け込んだ。その後をふたりの下僕が追っていく。アナベルは、レディ・ブレヒシュミットに説明しようと口を開いた。そのとき荒々しい手がアナベルの肩をつかみ、後ろへグイッと引っ張った。突然のことに手提げ袋《レティキュール》を手すりの向こうへ落としてしまった。これで少なくともわたしのハンカチは取られなくてすみそうだわ。

男はアナベルを居間へ押しやった。勢いあまってぐるりと一回転し床に倒れ込みそうになった瞬間、一組の大きな手がアナベルをつかんだ。アードモアが彼女を胸に引き寄せたのだ。

「バルコニーに女を隠していやがった」子分らしき強盗が言った。

「もっと部屋中を探し回るべきだったようだな」ボスの強盗が答えた。先ほどまでの紳士らしさは失われつつある。「このゲス野郎が聞き耳を立てていた理由がこれでわかったな」強盗がカービン銃をアードモアに向けた。「英雄気取りはやめておいたほうが身のためだぞ」

そう言い残すとふたりはあっという間に姿を消してしまった。

「大丈夫かい？」アードモアはアナベルを自分のほうに向かせ、微笑んだ。お金も、指輪も取られてしまったのに、彼の声にはそういうことを気にする様子がまったくない……いつもどおりのセクシーで、抗しがたいスコットランド訛り――。

「キャッ！」アナベルは思わず目をつぶった。「その格好……」

アードモアの手が肩から離れ、低い声が聞こえた。「ズボンを投げてくれ、グローバー」同時にドアがバタンと開け放たれ、男たちが廊下を勢いよく走る足音がした。それでも、アナベルは手で目を押さえ続けた――廊下のほうで、これは、いったいどういうことなのか説明してくださらないかしら、というレディ・ブレヒシュミットの辛らつな声がするまでは。

アナベルは手を下ろした。幸い、アードモアはズボンをすでにはいていて、シャツを頭からかぶっているところだった。アナベルの視線はついアードモアの胸に注がれた。まあ、モンタギュー・ハウスにある大英博物館で見たローマの神々の彫像のようだわ。隆々とした筋肉は胸元から幅を狭めながらウエストまで連なっている。それでいて白くて硬い大理石とはまったく違い、日に焼けた小麦色の肌には体毛がかすかに――。

シャツから首を出したアードモアがアナベルを見やった。アナベルは頬が赤らむのを感じた。シャツを着終えたところでレディ・ブレヒシュミットの御者が部屋の中へ入ってきた。

「階下でふたりの男が捕まりました。指輪か何かを持っていたそうです」

アナベルは唾を呑み込んだ。もう大丈夫ね。あらかた、だけれど。レディ・ブレヒシュミットがアナベルを見つめていた。眉間にしわを寄せている。「あなたのようなうら若い女性が、こんなところで何をしているのですか?」その冷たい口調に、アナベルは寒気すら覚えた。

それでもアナベルは顎を上げた。「わたしたちはただ――」

間髪を容れずレディ・ブレヒシュミットが割り込んだ。「わたしたち?」

アナベルはハッと息を呑んだ。「イモジェンのことを忘れていたわ! イモジェン、大丈夫?」アナベルはアードモアの寝室に続くドアへ駆け寄り、扉を開けた。部屋の中には誰もいない。洋服ダンスの扉の蝶番が外れたのか、ななめになったまま開け放たれ、シャツの袖が飛び出している。小さなライティングデスクの引き出しは、床の上に投げ出されていた。

ふたりが隠れられる場所は一カ所しかないわ。アナベルは床にひざを突き、ベッドの側面を床まで覆っている重いベッドカバーを持ち上げた。「グリセルダ? イモジェン?」

暗闇の中、何かが動く気配がした。「アナベルなの?」イモジェンの声がした。聞こえるか聞こえないかというほどの小さな声だ。

「出ていらっしゃい。もう大丈夫よ」

ほどなくしてグリセルダとイモジェンがベッドの下から這い出てきた。

「いったい何があったの？」興奮のあまりイモジェンは金切り声だ。一方のグリセルダは、目を落として自分の姿に気がついたとたん、イモジェンに負けないほどの金切り声を発した。ちりとベッドの綿ぼこり、それにマットレスのかけらにまみれていたからだ。

レディ・ブレヒシュミットがすぐに戸口に現れた。「レディ・グリセルダ！」そう言って急に足を止めたので、後ろからやってきたアードモアがぶつかった。

「おふたりとも、大丈夫ですか？」アードモアがレディ・ブレヒシュミットの頭越しに部屋の中に向かって尋ねた。「おけがはありませんでしたよね？」

「ぜんぜん大丈夫じゃないわ！」グリセルダはますます金切り声を張り上げた。「そうでしょ？　まったくなんてことかしら！　見てちょうだい、これを！　本当ならレディ・ペンフィールドの舞踏会に行っていたはずなのよ、それなのに——まったくなんてざまかしら！」コートのボタンからほこりの塊がぶら下がっている。体中が白っぽいような、茶色がかったような薄いほこりにまみれ、片方の頬に大きな汚れがついていた。隠れている間、その部分を床につけていたのだろう。

ミスター・バーネットがアードモア伯爵の後ろから部屋に入ってきた。「ちょっと、あなた！」グリセルダはバーネットを指差してさらに声を張り上げた。「すべてあなたの責任よ！　部屋にわたしたちがいるのをわかっていて、強盗を入れるなんて。いったいどういうつもりなの！」

「銃を突きつけられたんです」バーネットは落ち着かない様子で両手をこすり合わせている。

「あなたなんかクビよ」グリセルダがバーネットに詰め寄った。「部屋の不潔さだけでも十分クビにする理由になるわ。たとえ、わたしたちの命の危険にさらすようなまねをしていなかったとしても、よ」

「そんなことより、あなた方は、こんな時間に殿方のお部屋でいったい何をしていたのです？　まさかあなたがこんなことをするなんて思ってもいませんでしたわ、レディ・グリセルダ」レディ・ブレヒシュミットが口を出した。

「世間に顔向けできないようなことは何もしておりません！」哀れなバーネットから向き直りながら、グリセルダが言った。「長年親しくさせていただいてきたあなたにそんなことを言われるなんて、とても信じられないわ」

「強盗の逃走を防いだ者のひとりとして、わたくしにはちゃんとした説明を受ける権利があるはずですわ」レディ・ブレヒシュミットも譲らなかった。

「あなたにはなんの関係もないことです」グリセルダが堂々たる口調で言った。「わたしに敬意を払って、わたしが無分別な行為に一切関わっていないことをあなたが無条件に受け入れてくださらない限り、今後は友人としておつきあいするつもりはありません！」

「舞踏会へ行く途中、わたしの馬車が壊れてしまったのです」アードモアが進み出て言った。

「レディ・グリセルダとお嬢さま方は親切にホテルまでついてきてくださったのに、銃を持った男に捕まってしまって」

レディ・ブレヒシュミットがアードモアを見つめた。「あなたのお顔、どこかで見たことがあるわ」彼女がゆっくりと言った。「そうそう、ダンスフロアでうわさの種になっていたスコットランドの方よね。結婚相手としてはなかなかのものだという評判よ……いえ、評判だったわ」

アードモアはお辞儀をした。「それはどうも」

レディ・ブレヒシュミットがグリセルダに向き直った。「あなたには心から同情しているのよ、レディ・グリセルダ。特にその嘆かわしいドレスの状態には。ただ、ここにいらっしゃるお嬢さま方のことを考えるとねえ。何しろひとりは」イモジェンに向かってうなずいてみせた。イモジェンは、コートのほこりを払おうと必死だが、はたけばはたくほどますます汚れる一方のようだ。「ほんの二晩前にまさにこの殿方と物議をかもした張本人ですもの。わたくしが言いたいのはそれだけ。別にあれこれ推測するつもりはないのよ、ただ――」

レディ・ブレヒシュミットは口ごもり、後ずさった。グリセルダが自分のほうへ進み出てきたからだ。いつもは復讐の大天使ミカエルというより、むしろ美しい女性天使を思わせるグリセルダだが、このときばかりは違った。恐ろしいほど冷ややかな表情には、レディ・ブレヒシュミットといえども逆らえそうにはない。「エミリー・ブレヒシュミット」歯ぎしりしながらグリセルダは言った。「今夜のことを一言でも他言したら、あるいはあなたの召使が知り合いに一言でも洩らそうものなら、厄介なことになりますからね！」

レディ・ブレヒシュミットは落ち着かない様子で忍び笑いをした。「も、もちろん、よそで話したりなどするつもりはありませんわ。でも、召使のことまではねえ——」

「お黙りなさい」グリセルダは一言でレディ・ブレヒシュミットを一蹴した。「お宅だって、うちと同じように召使の教育をしているはずよ。召使にも他言はさせないと約束してくださいな、さあ!」

「なぜあなたがそんなに腹を立てるのか、さっぱり理解できなくてよ! ええ、もちろん召使たちには、今夜の尋常でない出来事を決して口にしないよう注意しますとも。特に、ミス・エセックスが、衣服をお脱ぎになった伯爵と一緒にいらしたことや、そのときあなた方は別室のベッドの下に隠れていらっしゃったという事実には触れぬように、とじきじきに申し付けておきますから!」

そのとき、グリセルダが目を細めた。「ところで、あなたこそ、ここへ何をしにいらしたの?」

「わたくし?」ムッとしながらレディ・ブレヒシュミットが答えた。「何って、その、御者が、暴漢に襲われたあなたのご友人を助けるためにここへ駆け上がってきたから——」

「グリヨンズ・ホテルになんのご用があるのかしら?」グリセルダの口調はかなり穏やかにはなったが、冷ややかさに変わりはない。イモジェンの手をしっかりと握るアナベルの目には、グリセルダの瞳に笑みが浮かんだようにも見えた。「あなたもレディ・ペンフィールドの舞踏会に出席することになっていたわよね、わたしのように」

「もちろん、出席しましたとも。でもひどくつまらないパーティーだったのよ。頭痛がしたものだから早々においとましたの」

「頭痛がしたから帰ったのね。それで、どういうわけかグリヨンズ・ホテルに来てしまった、と？　ほんと、レディ・ブレヒシュミットったら、あなたには驚かされること」

部屋中が静まり返った。自分の息遣いが聞こえそうだ、とアナベルは思った。

「召使にはきちんと口止めをしておきます。ピーターズ！」レディ・ブレヒシュミットの御者が続き部屋から姿を現した。「帰ります」

そう言うと、別れの挨拶も謝罪の言葉も何も発しないまま立ち去った。

グリセルダは哀れなバーネットに向き直った。「明日、また出直します。そして、ホテルのオーナーと直接お話をさせていただきます。このホテルのオーナーは、わたしの夫のおじの知り合いのはずですから。ミスター・リアドンとおっしゃったかしら？」

バーネットは目を瞬いた。「どうか奥さま、それは――」

「これ以上、あなたとお話しすることはありません。イモジェン、アナベル、帰るわよ。ついていらっしゃい。それと、フードはちゃんと上げて！」

アナベルとイモジェンは言われるままにフードを上げ、グリセルダの後から部屋を出た。ふだんは女性らしい曲線を強調するように優雅に歩くグリセルダでも、その気になれば復讐の天使のようにかっぽすることができるらしい。

馬車に乗ったグリセルダは、コートからほこりの塊をつまみとって言った。「今夜のことは一切なかったことにしましょう。わかったわね？」

アナベルはうなずいた。

イモジェンが言った。「本当にごめんなさい、グリセルダ――」

グリセルダはイモジェンの言葉をさえぎった。「このことは、二度と口にしないで。絶対よ」

アナベルはイモジェンと視線を交わした。イモジェンがアナベルの手を握り、もたれかかった。「お姉さまのことが心配でしかたなかったわ」イモジェンが小声で言った。「わたしのことなんてどうでもいいの。どうせ未亡人なんだし。でも、お姉さまは――」

アナベルののどに熱いものがこみ上げた。「わたしたちは運が良かったのよ」

「なんだか信じられないわ。レディ・ブレヒシュミットの中傷を逃れることができるなんて思いもしなかった」

アナベルは自分たちのお目付け役に暖かいまなざしを送った。グリセルダは、姿勢を保とうとして気絶してしまったかのように目を閉じて座っている。「グリセルダって、最後には自分の望みどおりにしてしまう人だと思わない？」

イモジェンはにっこりと微笑み、アナベルの手をぎゅっと握りしめた。グリセルダでなければ、誰がアナベルの窮地を救えただろうか？　よりによって上流社会の中でも最も取り澄ました女性に、半裸の男性と一緒にいるところを見られてしまったのだから。グリセルダの力はまさに奇跡的だ。

問題は、その奇跡がいつまで続くかだけれど。

10

騒動の種は――悪いニュースにはしばしばあることだが――『ベルズ・ウイークリー・メッセンジャー』の記事という形でもたらされた。毎週木曜日の朝八時きっかりに配達されるゴシップ紙である。

ホルブルック公爵の執事ブリンクリーは、新聞配達の少年の手から直接それを受け取ると、ゆっくりと歩いて居間へ戻った。ゴシップ紙はアイロンをかけて完全に乾かした後、濃厚なホットチョコレートと、バターを塗っていないラスク――ダイエットのためにしては一貫性のない取り合わせであるが――と一緒にグリセルダの部屋へ持っていくことになっている。しかし、アイロンをかけながら記事を目にしたブリンクリーは、あやうく新聞を焦がしそうになった。

記事に書かれているのがレディ・メイトランドのことだったなら、ブリンクリーはそれほど驚かなかっただろう。昨夜遅く帰宅したときのレディ・メイトランドの様子については、すでに屋敷中の使用人たちの耳に入っているからだ。メイドの話によれば、コートはひどく汚れていて、ほこりまみれで、まるで地面の上にでも横たわったかのようだったらしい。それが意味することを考えるとあまりに外聞が悪く、とても許されることではない。うわさを触れ回った使用人はもちろん、聞いただけという者も叱りつける必要がありそうだ。ブリンクリーはそう感じていたところだった。

ブリンクリーは一瞬動きを止めた。あまりの動揺に手が震えてくる。この記事は、レディ・メイトランドのことは一言も触れていない。つまり、屋敷の静けさを脅かすスキャンダルがもうひとつ増えたということではないか。

ご主人さまにお見せしなければならない。しかし、ホルブルック公爵が午前中に起きることはない。前夜に飲みすぎたブランデーが原因で、必ず頭痛を起こしているからだ。念のために、料理人に命じて気付け薬代わりのエールを用意させて持っていくことにした。

静かに泡立つ飲み物と、パリッとさせてからたたんだ新聞を銀のトレイに載せ、ブリンクリーはホルブルック公爵の薄暗い寝室へ入っていった。

ホルブルック公爵はうなるような声を上げた。「誰だ？」

「ブリンクリーでございます、閣下」リネンのシーツから這い出そうともがく公爵から目をそらし、ブリンクリーは言った。裸のままで寝ておいでとは。イングランド一の貧乏人のようなまねができるのも、貴族だからこそだ。「お休みの邪魔をして、大変申し訳ございません」

「なんの用だ？」まだ酔いが残っているらしい。「家が間もなく焼け落ちるとでも言いに来たのか？」頭をつかんでいる様子からすると、火がついたような頭痛に悩まされているに違いない。

ブリンクリーは公爵が気の毒になったが、とにかくトレイを差し出した。「届いたばかりの『ベルズ・ウイークリー・メッセンジャー』でございます」状況を考えて沈んだ口調で言った。

「愚か者め」公爵は再びベッドに倒れ込むと、頭を枕で隠した。「何を血迷ったことを。それはグリセルダのところへ持っていけ」

「閣下がじきじきにご覧いただいたほうがよいのではないかと」

「わたしはいい」ブリンクリーは待った。しばらくすると、枕が脇へよけられ、公爵がトレイの上の新聞をつかんだ。「ブリンクリー、カーテンを開けてくれ」

カーテンを開けると、公爵は真っ赤に充血した目でゴシップ紙を見つめた。「いったい何を見ろと？　まったく、この新聞に書かれていることを理解できたためしがない」

確かにこれまで公爵がゴシップに興味を示したことは一度もない。だが残念なことに、記事に書かれた人物が誰のことか、ロンドン市民には容易に推測できるだろう。「右側の欄の二番目の記事でございます、閣下」

ホルブルック公爵は目を細めて記事を見つめた。「まったく、このわたしの頭は……ある金髪の令嬢A・E……なんだ、アナベルのことじゃないか……が、ある赤毛の伯爵と寝室にいるところを発見され……ばかばかしい！　まったくのでたらめだ！　ゆうべアナベルはグリセルダと一緒に舞踏会に行っていたんだぞ」

ブリンクリーは痛ましげに口をゆがめた。ご主人さまは、無一文の四人の娘たちの後見人として最善を尽くしてこられた。その娘たちが揃いも揃って、普通の若い娘たちがハンカチに刺繍をするのと同じように容易にスキャンダルを巻き起こすようなタイプだったとしても、それはご主人さまのせいではない。

レイフはまったく信じられないという面持ちで記事を読み続けた。「……目撃者によれば、素っ裸の伯爵に対し、ふたりの『関係』をなかったことにしてくれるよう、かの令嬢が行儀よく懇願していたということだ。幸いにも、伯爵が令嬢の願いを従順に聞き入れ、不運な状況にふさわしい礼節ある態度で振る舞っていたことをここに報告しよう。上流社会の周辺に身を置くにすぎない我々が願うのは、ただ、北方で暮らす爵位ある紳士が山中から迷い出ないことのみである。そもそも、問題の紳士は、つい先日ミス・A・Eの近親者とスキャンダラスな行為をしていたと言われ——」

新聞を脇へ放りながら、レイフが怒鳴った。「なんてことだ！　不埒な嘘の塊じゃないか。新聞を売るためのでっち上げだ。いまいましい、新聞記者どもめ。やつらの皮をひんむいてやる！」

レイフはブリンクリーを見上げた。差し出しているジョッキを目にしたとたん、レイフの額に汗が噴き出した。さらにエールを飲み干すと、体中が震え始めた。しかししばらくすると痛みが治まり、目を開けても幻覚が見えることはなくなった。「たまにはブランデーを控えるか」レイフはつぶやいた。だが、このいまいましいゴシップ紙に書かれたスキャンダルのことを考えると、とてもアルコールなしではいられない。たとえどんなに朝が早かろうと。「いったいグリセルダと話をしなければ」レイフはフラフラしながらベッドから起き出した。「いったいグリセルダはどこにいたんだ？　ゆうべは、三人で誰かの社交界デビューを記念する舞踏会に行ったのではないのか？」

ブリンクリーはうなずいた。

「それで？」レイフが大声を上げた。「三人は一緒に戻ってきたのではないのか？」

「確かにご一緒でございました」ブリンクリーはもったいぶるように言った。「三人のご婦人方はまっとうな時間にお戻りになりました……真夜中を少し回った頃だと存じます」

「何かの間違いだ」頭をかきむしりながらレイフが言った。「別人のミス・A・Eに違いない。撤回記事を書かせてやる。新聞社に火をつけてやろうか。いや、名誉毀損で訴えてやるぞ」

ブリンクリーはそんなことをしたところでなんの解決にもならないと思ったが、黙っていた。「お風呂を使っていただくために召使が待機しております、閣下」レイフをなだめるように言った。「その間に、レディ・グリセルダのメイドに『メッセンジャー』を届けさせましょう。レディ・グリセルダは、この不運な状況について閣下と話がしたいとお思いになるはずです」

公爵はベッドの横に座り込み、頭を手で抱えた。ブリンクリーは何も言わずに召使に身振りで合図し、やれやれと思いながら部屋を出た。

ユアンはノッカーを二度鳴らした。戸口に出てきたのは落ち着かない様子の執事だ。ユアンの赤毛を一目見ると、扉を大きく開けた。「アードモア伯爵だ」ユアンはそう伝えたが、すでに居間へ引き入れられていた。

「何かお持ちいたしましょうか？　お飲み物がよろしいでしょうか？　紅茶はいかがでしょう？　公爵さまはただいまお目覚めになったところでして、お目にかかれるまで少なくとも三〇分はかかるかと思われます」

「公爵に会いたいわけではないんだ」ユアンは愛想よく答えた。「ミス・エセックスに会いに来た。よければ、ミス・エセックスにそう伝えてもらえるかな？」

「なるほど、しかし――」

「ミス・エセックスを」断固とした口調でユアンは言った。執事はますます困った表情を見せたが、ユアンは頑固な男だ。決して主張を曲げることはない。さらに「今すぐに」と付け足した。

「ミス・エセックスは、まだ問題の記事をご覧になっておりません」

ユアンは笑みを浮かべた。「それならば、なおさら都合がいい。あの暗愚な記事を彼女が目にする前に、この部屋へ連れてきてもらえるね」

執事は上階の様子に聞き耳を立てている様子だ。しかしユアンには何も聞こえなかった。

「レディ・グリセルダがすでにお嬢さまにお知らせになっているかもしれません。いずれにしても確かめてまいります。当然ながら、ミス・エセックスのお目付け役にも同席していただくことになると思います」

ユアンは執事の腕をつかんだ。「付添い人はなしで頼む」

執事は目を見開いた。

「すでにそういう状況ではなくなっているからね」軽い口調でユアンは言った。これで、この執事はアナベルに関する自分の最悪の推測が正しいことを確信するに違いない。だが、しかたのないことだ。

執事が出ていくと、ユアンは腰を下ろして現実的な問題について考えをめぐらし始めた。寡婦給与のこと、芽を出しかけている小麦、それに（ついでながら）ポケットに結婚特別許可書を入れられることのすばらしさとか、ようやく決着がつきそうな花嫁探しといったことである。

二〇分後、アナベルが居間へ入った。何かひどく恐ろしいことが起きているのは間違いなかった。ひとつには、グリセルダのヒステリックな声が家中に響き渡っているからだ。さらに、レイフも同じように叫ぶのが聞こえた。レイフが正午前に起きることなどめったにないうえ、声を張り上げることもまずありえない。だから、何が起こったにしろ、それはレイフの二日酔いの頭痛を凌駕する事柄であるのは確かなのだ。

きっと昨夜の冒険談が明るみに出てしまったのだろう。わたしたちはもうおしまいだ。いえ、おしまいなのは、わたしだ。半裸のスコットランド貴族とホテルの一室にいるところを見られてしまったのだから。

アードモア伯爵が来ていると聞いたとき、アナベルはドレッサーの前にいた。もはや、しかるべきイングランド人の花嫁候補にはなれないという事実を受け入れようとしていた。

アードモア伯爵は自分を呼んでいる。後見人ではなく、このわたしを。

アナベルは長年スコットランドから出ることを夢見てきた。貧乏と不名誉に別れを告げ、美貌と色香と抜群のプロポーションを武器にロンドンへ乗り込み、一生シルクで自分を包んでくれる男にそのすべてを譲り渡すことを夢見てきた。金持ちの男なら、馬の世話などする必要はない。アナベルはただ、それだけを望んでいた。

それだけで十分だと思っていたのに。

アナベルは何も感じなくなっていた。大丈夫、わたしならなんとか乗り切れるわ。アードモア伯爵は、厩舎に全財産を捨てるような人ではないかもしれない。少なくとも、花嫁を探すためにイングランドへやってくるお金は作ってきたはずだ。それにひきかえ、わたしたちのお父さまは社交界の話をするばかりで、それに必要なお金はまったく作ることができなかった。

アナベルがそうっと扉を開けたので、アードモア伯爵は彼女が入ってきたことに気がついていないようだった。部屋の反対側に立ち、コンスタブルの風景画を見ている。アードモアは背が高い。前から知っていたことだ。しかしどういうわけか、あらためて彼の特徴を心に留めておかなければならないような気がした。背も高いがそれだけではない。実際、一目見て心に残るのはもっと別の点だ。体のたくましさである。肩幅が広く、脚は木の幹のように太い。少なくとも食べ物に不自由していることはなさそうだと思ったが、笑う気にもなれない。それに、最悪の場合でも、あの人なら日雇い労働者として働きに出られそう。そう思っても、笑みは浮かばない。

アードモアの髪は秋になって茶色くなった葉を思い出させる赤毛で、首のところでカールしている。衣服の色は黒だ。これまで数回しか会っていないが、いずれも黒い服を着ていた。黒い服は便利よね、とわびしく思った。染め直しがきくし、縫い目を見ても染め直したなんてわからないから。

アナベルは部屋の奥へ進んだ。「おはようございます。アードモア伯爵」

ユアンは振り返った。一瞬、イモジェンが現れたのかと思った。まったく似ていないのに。だが、この絶望に打ちひしがれた悲しげな瞳は、泣き崩れないよう必死に背中を伸ばそうとしているイモジェンと瓜ふたつじゃないか。僕のプロポーズを笑い飛ばしたアナベルの目は、もっとユーモアにあふれていたはずだ。

「アナベル……」ユアンはアナベルの手を取った。氷のように冷たい。

アナベルはそっと手を引き抜き、ひざを曲げてお辞儀をした。そして体の前で両手を重ね、待っている。

いったい、何を待っているのだろう？　執事は思い違いをしている。彼女は例の暗愚なゴシップ記事を読んだに違いない。いきなりプロポーズしていいものだろうか？　気が進まない様子がありありとうかがわれるのに。だが……。

「バーネットはホテルを逃げ出したそうだ」ユアンは切り出した。

びっくりしたアナベルは顔を上げて、ユアンを見返した。

ああ、彼女はなんて美しいのだろう。柔らかで、くるくるとカールした金髪。真鍮にほどこす金メッキとは似ても似つかない金色。これこそ本物の金色だ。官能的で、誘惑するような金色のカール。スコットランド人の女性らしいクリームのようになめらかな肌によく映えている。それに彼女の目ときたら……本当にきれいだ。魅力的すぎて、説明する言葉が思いつかない。まるで神様が彼女だけのためにその煙るようなブルーを作り、すぐにその絵の具箱を捨ててしまったのではないかと思えるほどだ。目じりがわずかに下がり、まつげが頬をかすめる――。

ユアンはつまらない想像を頭から振り払った。「ホテルの支配人のミスター・バーネットだよ」

「あの方がなにか？」

「あの男が『ベルズ・ウイークリー・メッセンジャー』に昨夜の事件に関する情報を提供したんだ。あいつは僕たちの話を盗み聞きしていた。怒ったレディ・グリセルダに支配人の職を取り上げると宣言されたことを恨んで、情報を売ったに違いない」

「メッセンジャー」アナベルはぼんやりと言った。「そう、それだったのね」

ユアンはアナベルの前に歩み寄った。「汚らわしい新聞のことなど忘れよう。僕たちは僕たちで、新たな人生をスタートさせればいい。そこにはあんな醜いうわさの入る隙はないんだ」

「もちろんですわ。おっしゃるとおりだと思います」記事は後で読めばいい。今は……プロポーズをするならするで、さっさとすませてほしい。そうしたら、部屋に戻って泣けるもの。父親が死んで以来、アナベルは涙を流したことなどなかった。イモジェンが駆け落ちしたときも、ドレイブンが死んだときでさえも。しかし、今回ばかりは泣かずにはいられない気分だった。

アードモアがアナベルの手を取り、握りしめた。さあ、早く。早く言ってちょうだい！

だが、アードモアは黙ったままだ。

しばらくしてアナベルは目を上げ、アードモアを見つめた。魅力的な目だ。深くくぼんでいて、瞳は緑色。その目のせいだろうか、これまでに知り合った金持ちのイングランド人とはまったく違って見える。どちらかと言えば、父親の農地で働いていた小作人に近い。むろん父親が牧草地以外のすべての土地を売り払う前の話だ。

「アナベル、きみが僕との結婚を望んでいるとは思っていない」

そのとおりよ。アナベルはアードモアのブーツに目をやった。少なくとも、きれいに磨かれている。

アードモアはため息をついた。再び話し始めた彼の声は、スコットランド訛りが加わってさらに低くなった。「すんでしまったことは取り返しがつくものではない。それに僕は不幸せなふりはできない。きみがとても美しいから」

アナベルは唇の内側を軽く嚙んだ。自分の美貌はお母さまからの贈り物だと常々思っていた。スコットランドと、貧乏な生活から脱出させてくれる贈り物だと。「そう言っていただけるとうれしいですわ、アードモア伯爵」

ユアンはどうすればいいのかわからなかった。彼女の声にはまるで活気がない。目を合わせてもすぐにそらしてしまう。「僕はそんなに損な買い物だろうか？」

「とんでもありません」アナベルは答えた。ただ……。「わたしは記事を読んでいません。気を悪くせずに聞いていただきたいのですが、ここで踏ん切りをつけること以外に、わたしの名誉を回復できる方法はあるでしょうか」

アードモアは首を横に振った。「本心を言えば、僕たちが結婚したからといって、騒ぎが収まるものでもないだろう。ただ、スコットランドはロンドンから逃げ出すのにはいい場所じゃないかと思うんだ。僕たちがスコットランドへ行ってしまえば、うわさなど自然に立ち消えてしまうよ。バーネットはきみとイモジェンを混同して、関係を終わらせようとしていたのはきみだと思っている。そのことと、僕のだらしない格好を見て……」

それ以上言われなくてもわかる。アードモア伯爵の言うとおりだ。わたしたちは、スコットランドへ姿を隠したほうがいい。でも道々泣き暮れることになったら……。アナベルは深く息を吸い込んだ。「そうと決まったら、わたしに何か言うべきことがあるのではないかしら？」

　ユアンはあらためてアナベルの手を握った。「僕と結婚してほしい」ゆっくりと言った。「僕の土地へ来て、僕の妻になって、僕の子供たちの母親になって、僕と暮らしてほしい。富めるときも、貧しきときも、病に伏せているときも、健やかなるときも」

　アナベルは逃げ出したい衝動と戦った。幸い足が床に張り付いて動こうにも動けない。「ええ」アナベルはつぶやくように答えた。

　アードモアは手を離し、上着の内ポケットから分厚い羊皮紙を取り出した。「新聞記事を読んだ後、すぐに主教さまを起こしてこの特別許可書をいただいてきた」アードモアがにやりと微笑んだ。「『メッセンジャー』を見てもらわなければならなかったけどね。でも、差し迫った状況だということはわかってくれた」

　アナベルはうなずいた。

「だが、きみにお願いがある」

「わたしを一生の不名誉から救ってくださるんですもの」アナベルは精一杯明るく振る舞おうと努めていた。「どんなことでもおっしゃってください。喜んでお受けしますから」

　アナベルの痛ましい空元気ぶりをユアンは見て見ぬふりをした。「許してもらえるなら、この特別許可書は使わないでおきたい」

「使わない？」アナベルが顔をしかめた。

「このような罪深くて無鉄砲な手段での結婚は、僕の趣味ではない。でも、ロンドン市民たちに、僕たちが本当に結婚してスコットランドへ行った、という印象を与えておけば……なに、結婚ならスコットランドでもできる。僕の地所には教会もあるし、司祭もいるから。それに、僕としては、アルマイヤック神父に式を執り行ってもらうことに意義がある」

「教会に婚姻予告をしていただかなければならないの？」

「そうじゃない。婚約式を行うんだ。スコットランドの古い儀式さ。昔からまったく変わっていない。友人たちの前での簡素なものだが、アルマイヤック神父のおかげで本格的な儀式ができる」

「わたし、持参金がないわ」突然、アナベルが言った。

「そんなふうには聞いていないけどな」ユアンは言った。

アナベルの心が沈んだ。この人は、わたしのことを金持ちの娘だと思っている。わたしが着ていたのはみな、レイフから贈られた物。自前のスリップも持たない雌クジャクに贈られた上等の羽のようなものだ。アナベルは口をきくことも、顔を上げることもできなかった。ここだけの話、わたしとイモジェンがアードモアの未来を奪ってしまったようなものね。

彼だけじゃない。わたしも同じだ。偶然の出来事とはいえ、イモジェンの愚かな行動と強盗の出現で、上流階級のお金持ちの結婚相手を探すというわたしの夢は見事に奪い去られてしまった。金持ちの花嫁を探すというアードモアの夢もろとも。

「ごめんなさい。あなたは誤解していらっしゃるわ。わたしには、本当に持参金はありません」

「ミレディズ・プレジャーは？」アナベルの顎を持ち上げ、ユアンは尋ねた。

「ええ、ミレディズ・プレジャーなら……馬ならあります。でも、持参金はありません。持参金と言えるようなお金は」

「金など、なくてもなんとかなるさ」意外な答えだった。

でも、これだけは言っておかなければならない。「妹とわたしのせいで、あなたをこんな目に遭わせてしまって、本当に申し訳ないと思っています」手をアードモアの腕に置きながら、アナベルは言った。「わたしたちがいなければ、あなたは持参金をたっぷり持った若い女性を見つけられたはずですもの。女性相続人を。わたしたちがあなたの希望をめちゃくちゃにしてしまったのです」

「でも、僕はきみにプロポーズをしている。こんなことが起こる前に」

アードモアの目は本当にすてきだ。特に笑ったときは。口よりも目のほうが笑っている。

「わたしのことを相続人だと思ったのでしょう?」アナベルは尋ねた。

「いや、そんなことはまったく考えもしなかった。ただきみの顔が気に入ったんだ。それだけのことだよ」

アナベルは思った。あのときは労働者の年収より高価なドレスを着ていたし、真珠のイヤリングに、チョーカーをつけていた(どちらもレイフからの贈り物だ)。アードモア伯爵に莫大な持参金を期待されても無理はない。

先に話し出したのはアードモアのほうだった。「この暗愚な町へ着いてからというもの、やたらと持参金の話ばかり聞かされてきたよ。はっきり言っておくが、僕には持参金よりもっと大切なことが――」

「わかっています。第一に、妻はスコットランド人であること」

「そして第二も、妻がスコットランド人であることだ」ユアンはそう付け加えると、目にまた例の笑みを浮かべた。緑の目の中の金色の虹彩が輝いた。「でも、それは単なる冗談だ。スコットランド人の花嫁にこだわっていたなら、そもそもイングランドまで来たりしない。もし、きみがイングランド人でも……」アードモアが指先でアナベルの顎を持ち上げた。

「やっぱり僕はここにいたと思う」そう言うと、アードモアはアナベルに顔を近づけた。温かい唇がアナベルの口に重ねられた。

アナベルはみじめだった。今にももどかしさと怒りで大声を上げ、不公平だと言ってワッと泣き出し、今までの夢をすべて捨てなければいけない悲しさにむせんでしまいそうだ。だが、そっと重ねられたアードモアの唇には、心から慰められるものがあった。アードモアが腕をアナベルの背に回した。この感じ、まるで……まるで……だめ、何も考えられない。アードモアの唇がアナベルの思考を麻痺させていた。彼の唇は、まるで何かを求めるようにアナベルを愛撫している。

アナベルはため息をついて、アードモアに体をあずけた……ほんの少しだけ。ひとときの慰め。彼は、彼女を抱く手に力を込めた。まるで世間からかくまうかのように。彼女を救おうと、抱き上げて馬に乗せ、お城へ連れていってくれる騎士のように。アナベルはもう一度ため息をついた。なんてくだらない夢を見ていたのかしら……。

ため息の瞬間を狙ったように、アードモアの舌が口に入り込んだ。そのときからキスはまったく別のものに変わった。アナベルは何も考えずにアードモアの首の後ろに手を回した。背中にあるアードモアの手の力はますます強まり、不意に体が彼の体にぐっと引き寄せられた。

アードモアの手がアナベルの体を探っている。アナベルはふたりの間のわずかな隙間を埋めるようにぴったりと体を押し付けた。アードモアの硬い体に震えが走った。他人とこれほど親密になるというのは、なんとも不思議な感覚だった。まるで自分の悲しみや、不安、そしてあまり乗り気ではない気持ちを読み取られていて、僕がなんとかしよう、僕がすべて解決しようと、伝えてくれているような気がした。口には出さずに。

もう何もしたくない、このままアードモアの胸に抱かれ、すべて……彼に任せてしまいたい。だが同時に、その寛大さが良心をも目覚めさせた。彼の口がむさぼるようにアナベルの唇を何度も横切り、抱かれた体が震え始める一方で、良心は常に苛み続けた。抑えきれない小さな声を上げてしまった瞬間、アナベルはついに唇を引き離して言った。「わたしは冗談を言っているつもりはありません、アードモア伯爵。本当に持参金を持っていないのです」

アードモアはその大きな両手をアナベルの背中で広げると、ゆっくり、ゆっくり肩へ移動させた。彼は目にうっすらと笑みを浮かべている。アナベルは体を震わせた。笑みのせいだけではない。親指で円を描くように肩を撫でられているせいだ。ちょうどモーニングガウンの小さな袖の付け根辺りだった。

「きみには馬がある」アードモアの目には変わらず笑みが浮かんでいた。

「馬だけだわ」アナベルは息を呑んだ。「お父さまの遺言のことをお聞きになったのね。わたしたちの持参金のことは世間ではとやかく言われているから」

「うわさを聞いたわけじゃない。そもそも、ゴシップなんて僕の趣味じゃないよ。きみの持参金は、喜んで僕の厩舎に迎え入れるつもりだ。きみのお父上ほどの腕はないが、こう見えても調教方法はいろいろと心得ている。きみにとっては、家に帰るようなものだと思う」

アナベルはめまいがした。アードモアとのキスの間に感じていたバラ色の光は、闇夜の霧のように消え去った。

アナベルが結婚しようとしている男は、馬の調教師だった。父親と同様に馬に夢中の男。確かに家に帰るようなものだ。あらゆる意味で。

11

久しぶりに四人姉妹が集まった。テスはベッドの支柱の下のほうにもたれている。翌朝アナベルを見送るために、夫と一緒に泊まることになっているのだ。田舎にあるレイフの屋敷から到着したばかりのジョージーは、反対側の支柱にもたれ縮こまっていた。イモジェンはアナベルの隣だ。

別の支柱にもたれながら、アナベルは考えた――自分がどれほどみじめかなんて考えるのはやめよう。以前はずっと貧乏だったのだし、また貧乏に戻るだけのこと。そんなつまらないことを嘆くのは、心の弱い愚か者くらいだ。

それよりも、こうして姉妹が一緒にいてくれることをもっとうれしく思わなければいけない。でも現実には、自分勝手とわかっていても、姉妹の立場の差を実感せずにはいられなかった。イモジェンとジョージーは、ここイングランドのレイフの快適な家で暮らすわけだし、テスにはお義兄さまの家での豪華な生活がある。それなのにわたしはスコットランドに戻らなければならないなんて。四人の中で最もスコットランドを嫌っているこのわたしが。

ジョージーは間もなくわたしと同じく社交界にデビューする。一六歳になったばかりで、ようやくつぼみが開きかけた年頃だ。一、二年もすれば、さぞかし美しくなることだろう。もっとも今は顔中にきびだらけで、スコットランドを懐かしみ、しかも短気だ。短気なのは一生変わらないかもしれない。ユーモアのセンスも。

「アナベルお姉さまに新婚初夜のアドバイスをするつもりなら」ジョージーがテスに言った。「わたしも教えてあげたいことがあるの」

テスは鼻を鳴らした。「教えてあげたい、ですって？　いったいあなたがどんな結婚生活のアドバイスをするというの？」

「プルタルコスの本にね、夫婦関係についていろいろと書かれているの」ジョージーがニヤニヤしながら言った。

「プルタルコス！」テスが声を上げた。「ミス・フレックノーはあなたに貴婦人としてのたしなみを教えてくださっているのだとばかり思っていたわ」

「忘れちゃったの？　午前中はちゃんとダンスやお辞儀の練習をしたり、お呼ばれに出かけたりしているわよ。でも午後は好きなものを読んでいいことになっているの。レイフの図書室には、古典文学がたくさん揃ってるわ。ミス・フレックノーは、ああいう古典文学は古すぎて、危険なことやレディにふさわしくないようなことは何も書かれていないと思っているの。ミナーバ書房の小説をどこかで手に入れるんじゃないか、ってことだけを心配しているのよ。ミス・フレックノーは、ミナーバの本には淑女の高潔さを台無しにする嘘いつわりばかりが書かれているって思っているみたい」

「わたしのをあげるわ」アナベルが話に加わった。「ミナーバ書房の本は全巻あると思う。レイフが買ってくれたから」かすかに笑みを浮かべた。

「本は持っていったほうがいいわ。持っていきなさい、アナベル。ジョージーにはわたしが何冊か送っておくから」テスが言った。

「いらないの」そう言ったあとで、つい冷たい口調になったことにアナベルは気づいた。みんなは覚えていないかもしれないが、子供の頃は本を読む時間などまったくなかった。アナベルは、夕食にする魚を捕まえに川へ向かうテスをよく見送ったものだった。ジョージーはテスの手にしがみつき、イモジェンがその後を追ったものだ。でも、わたしは一緒に行ったことはなかった。することが山ほどあったから。

苦々しい気持ちがこみ上げ、アナベルは唇を噛みしめた。泣き出さないように。

「大事な話があるの」冷静な口調でテスが切り出した。母親が死んだ後、テスは母親代わりになって三人の妹たちの面倒を見てきた。それだけ妹たちの気持ちの変化に敏感だ。アナベルはそれが少し心配になり、精一杯の笑みを作った。

「やったー!」うれしそうにジョージーが言った。「さて、プルタルコスによれば、花嫁はベッドに入る前にマルメロの実をかじるといいんだって」ジョージーはテスに向き直った。「どうしてかわかる? わたしはマルメロが好きじゃないのよね。だって酸っぱいんだもの。でも——」

「くだらない話はやめて」イモジェンが口を挟んだ。少し前まで布団の下で丸くなっていたが、今はまっすぐに起き上がっている。「わたしが先に話すわ。もっと重要なことだから」イモジェンはアナベルの手を取った。アナベルが疲れた目で見つめると、イモジェンの頰を涙が伝った。「お姉さまの人生を台無しにしてしまったのは、このわたしだわ……自分の姉をこんな目に遭わせてしまうなんて。わたし、わたしね――」

しかし涙で息が詰まり、それ以上言葉が出ない。アナベルは体を寄せ、妹をギュッと抱きしめた。「人生が台無しになってしまったわけではないのよ、イモジェン」イモジェンの髪を撫でながら言った。「もう何も言わないで」

「お、お姉さまは、自分で結婚相手を選ぶことも、できなかった。わ、わたしは、た、たったの二週間しか、ド、ドレイブンと過ごせなかったけど、そ、それでも、わたしは、あ、愛した人に自分を捧げられたって、ずっと思えるんだもの――」

「ねえイモジェン、考えてみて」アナベルは優しく言った。「恋をすることは、わたしにとってさほど重要ではないの。わかっているでしょ？　あなたはたっぷりと恋をしたけど、わたしには、そういうロマンチックさはない、それだけのことよ」

「それは――それは、お姉さまが恋がどれだけすばらしいものかを、わ、わかっていないから、言えるの」激しく泣きすぎて、すっかり息が上がっている。

「最初から知らないんだもの、平気よ」アナベルはそう言ってイモジェンを慰めた。

だが、役には立たなかった。イモジェンは恋について、とうとうと語り始めた。ドレイブンを一目見てすぐに恋に落ちたことがどうしてわかったか（すでに最低でも一〇〇回は姉妹たちに話して聞かせているというのに）とか、自分の気持ちがどれほど重要だったかとか、などなど――。

やがてジョージーがイモジェンに向かって体を寄せた。「イモジェンお姉さま、今は、お姉さまのお話をしているわけじゃないのよ。もっと他の人たちの気持ちも考えて」

イモジェンが泣きやんだ。アナベルはジョージーをにらみつけた。

「ふん、なによ。イモジェンお姉さまったら、いつまでそうやって甘えているつもりなの？お姉さまが言ったのよ。自分は至福の二週間を過ごせたんだって。今日はアナベルお姉さまのためにこうして集まったんでしょ。ドレイブン・メイトランドについての涙、涙の繰り言なんて聞きたくない！」

イモジェンとジョージーが言い争うのはいつものことだったが、このときのイモジェンの反応は少し違っていた。イモジェンはベッドから転がるように下りて、すっくと立ち上がった。顔は涙で濡れている。「わたしは、大切なことを言おうとしていたの！」まずはジョージーに向かって大声を上げ、それからアナベルに向き直った。「わたしが愚かなまねをしたせいで、お姉さまがアードモア伯爵と結婚しなければならなくなってしまって、本当に申し訳ないと思っているの。それをわかってほしいだけ。さあ、どうぞ、お話を続けてちょうだい。わたしがいないほうが都合がいいでしょ」イモジェンはくるりと向きを変え、立ち去った。

アナベルはため息をつき、ベッドから立ち上がろうとした。わたしはいつもイモジェンの慰め役だった。確かに六カ月もつきあってきて、そろそろ疲れたというのが本音だけれど。

しかし、テスが身を乗り出し、アナベルのつま先をつまんだ。「行く必要はないわ。放っておいたらどう？　確かに、少し甘やかしすぎたのかもしれないわ」

「今度は自分にお鉢が回ってくるかも、って心配しているんでしょう？」ジョージーは口が減らない。「仲直りしたんじゃなかったの？」

「したわよ。イモジェンは気が短いけど、謝るときは素直だから」

「謝ることにかけては経験が豊富だものね」ジョージーはアナベルににらまれているのに気づき、片手を上げた。「はいはい、イモジェンお姉さまが未亡人で、最愛の人を失ってしまったってことはよくわかっているって。でも正直言って、ドレイブンはとんでもない愚か者よ。レースではした金を稼ぐだけのために乗りならされていない馬に乗るなんて。わたしには大した悲劇だとは思えないわ」

「少し言いすぎよ、ジョージー」テスはため息をつきながら言った。

「そんなことより、そろそろアナベルお姉さまの話に戻らない？　だってテスお姉さまが結婚する前にこういう話になったときは、わたしひとり仲間外れにされたのよ。でも、もう一六歳だもの。さっきも言ったけど」

「なったばかりじゃない」テスが論した。

「十分でしょ。来年はいよいよ社交界デビューなのよ。自分の将来に何が待っているのか、わたしだって知る必要があるわ」楽しみでもあり、不安でもあるような表情だ。

「はっきり言っておくけど、婚前教育なんて必要ないわよ」アナベルが切り出した。アードモアとベッドに入ることなど考えたくなかった。理由はいろいろあるが、そのひとつは彼のキスだ。

「話はそのことじゃないの」テスはアナベルの目を見つめ、体を近づけた。「ルーシャスがお金持ちなのは知っているわよね、アナベル」

「お金持ちだなんて、ずいぶん控えめな言い方ね」テスの夫が作家のウィリアム・ベックフォードに負けないほどの大金持ちだということぐらいイングランド人なら誰でも知っている。もっともベックフォードは自分がイングランド一の金持ちだと自負しているが。

「使わずにいる家がたくさんあるの。そのうちの一軒と、家の維持費をあなたにあげようと思って。受け取ってもらえないかしら、アナベル？　きっと落ち着いて生活ができるし、騒動が収まったらロンドンへ戻ってくればいいわ」

アナベルは本当に泣きたくなった。

だがジョージーは首を横に振った。「テスお姉さまったら、頭がどうかしちゃったの？　アナベルお姉さまがアードモア伯爵と結婚せずに姿を隠して地方のどこかの家に住んでいるなんて知れたら、伯爵がお金を出してお姉さまにそうさせているって思われてしまうわ。愛人として以外、お姉さまの未来はなくなるのよ」

アナベルは息を呑んだ。ジョージーの言うとおりだ。

「よほどたっぷりと出してもらっているんだろうって世間の人には思われるでしょうねえ。

プルタルコスによると――」

「もうたくさん！」うんざりした表情でテスが大声を出した。「世間の人たちがそこまで醜い解釈をすると思うの？」

「他人のことなんて悪いようにしか考えないのが人間よ」

「残念だけど、ジョージーの言うとおりだわ」アナベルは寂しそうに言った。

「やっぱり、だめかしら？」

アナベルの表情を見たテスは言った。「ああ、アナベル、行かないで！」テスは腕を伸ばし、アナベルを抱きしめた。

「わたし――わたし――」もう涙を抑えることはできない。

「なんとかなるわ」テスは断固とした口調で言った。「スコットランドなんか行かなくていい。あなたがどれほどスコットランドを嫌っているか、わたしたちはよくわかっているもの。何か別の方法を考えましょう」

「行かなければならないのよ」アナベルは涙で息を詰まらせた。「あの方はとても親切で――」

ジョージーが鼻を鳴らした。「アードモア伯爵は幸せな人よね。本人もわかっているだろうけど」

「ただ、あの方、厩舎を持っているの」涙でアナベルの声がとぎれた。「お父さまの厩舎と同じくらい立派なんですって。それが嫌なの。それが我慢できないの。全財産を注ぎ込んで、冬の飼料代に――」とうとうせきを切ったようにアナベルは泣き出した。

「わかっているわ」アナベルの背中をそっとさすりながら、テスは優しくささやいた。「お父さまの愚かさのせいで、あなたがどれほど苦労してきたことか。あなたのおかげで、わたしはなんの心配もしなかった」

アナベルは深く息を吸い込み、テスのハンカチで涙をふき取った。「わたしたち、みんなで心配していたじゃない。今でも覚えているわ。豆が葉枯れ病で全滅してジョージーが大泣きしたでしょ。あのとき、ジョージーはまだ本当に小さかった」

ジョージーも身を乗り出し、アナベルの足をさすった。「でも、わたしはまったく心配なんかしなくてよかったわ。アナベルお姉さまが、何もかも面倒を見てくれたもの。いつもどこかからお金をひねり出して、食べるものを買ってくれたわよね」

「わたしは――」また涙が流れ落ちてきた。アナベルは深々と息を吸った。「あんな生活は二度としたくないの。本当は二兎のウサギしか飼えない貧乏人が無理して維持する厩舎から、必死になってお金を探し出してくる、そんな人生は送りたくないの」涙が再びあふれ出した。「もう――もう、嫌なの！」アナベルは身を震わせて息を吸い込み、なんとか落ち着きを取り戻そうとした。「ごめんなさい。通俗劇のヒロインのようなまねをしてしまって」

「我慢する必要なんかないじゃない！　ルーシャスとわたしが――」

そのとき、ジョージーがさえぎった。「妥協案があるの」

「あなたが行って、わたしが残るとか？」アナベルは涙しながらも笑顔を作った。「一六歳に戻れたらどんなにいいことか。社交界デビューを思いきり楽しむのに」

ジョージーはくだらないとばかりにアナベルの言葉を無視し、身を寄せた。「アードモア伯爵と結婚するの。彼の希望どおりにね。それで、社交シーズンが終わって、騒動が収まるまでは我慢するの。そうしたら、伯爵夫人としてロンドンに戻ればいい！」

「忘れているようだけど――」

「夫のことを忘れているとは言わないでちょうだい」ジョージーはアナベルを見つめた。「わたしの家庭教師が内緒にしている趣味を知ってる？　ゴシップ記事を読むことなの。ロンドンには、夫と離れて暮らす女性がうようよいるのよ。夫が生活費をくれなくても、テスに出してもらえるじゃない」

アナベルは唇を嚙んだ。「あの方に対して、そんなことはできないわ。相手がアードモア伯爵じゃなくても、そんなの恥ずかしいじゃない」

「相手がアードモア伯爵じゃなければ、そもそも不名誉とか恥ずかしいという問題も存在しないわ。それに、アードモア伯爵だってお姉さまがいなくてせいせいするかもしれないわよ。文学作品には、幸せな夫婦って少ないのよね。それだけは言えるわ」

「それはいい考えだわ」テスは賛成と言わんばかりに両手を合わせた。「近頃は、夫婦が別居していてもそれほど白い目で見られることはないの。もちろん生活費はわたしたちが出すわ、アナベル」

「そう、絶対にうまくいくわ」ジョージーが満足げに言った。

「でも、アードモア伯爵は――」

「そもそも、イモジェンお姉さまに言い寄ろうとしたのが間違いなのよ」ジョージーはきっぱりと言った。「やったことの責任は自分で取らなくちゃ」

「厳しいけどもっともなご意見ね。さすがジョージーだわ。でもあなたは伯爵のことをどう思っているの？」テスはアナベルに向かって尋ねた。

「わたしが思うに、イモジェンお姉さまが伯爵をどう思っていたかのほうが問題じゃないかしら」ジョージーが口を挟む。

「あなたの意見はどうでもいいのよ、ジョージー。アナベル、どうなの？」

「嫌いではないわ。不愉快に思うところは何もないもの」実のところ、アードモアのキスはアナベルの頭の片隅から消えることはなかった。キスをされたことよりも、そのキスを自分が心地よく感じたことが落ち着かないのだ。こんなふうに戸惑っているのは初めてだ。

　テスが目を細めた。「あの方が好きなのね？」

「嫌いなはずがないじゃない。お金持ちの花嫁をあきらめて、文句ひとつ言わずにわたしを受け入れてくださったのよ」アナベルはハンカチをサイドテーブルの上に放った。

「ただの腰抜けにしか思えないけど」冷ややかな口調でジョージーが言った。

「それは、あなたが伯爵に会っていないからよ、おせっかいさん。アードモア伯爵は――ねえ、アナベル、あなたから説明してちょうだい」

「スコットランド人よ。イングランド人ほどややこしくないし、尊敬できるわ。思ったことをはっきり言う人なの。召使にも優しいし、小作人のことも思いやれる人だと思う」

「外見はどう？」テスが尋ねた。

アナベルは肩をすくめた。ホテルの部屋で見た、輝くような筋肉質の体を頭の中から振り払う。「悪くはないわね」

突然テスはクリームの入った皿を見つけて喜ぶ猫のようにニヤニヤ笑い出した。「さっきの家の話は撤回するわ。少しくらいスコットランドの空気を吸ってくるのも悪くないわよ。その気になったら、いつでもロンドンへ戻っていらっしゃい。楽しみに待っているわ。わかった？」

「わかったわ」アナベルはゆっくりと答えた。

「ところで、アナベル、わたしね、お母さまが生きていらしたら、結婚式の前にぜひ言ってほしかったことがあるの」

「どんなこと？」ジョージーがうれしそうに訊いた。

「あなたが大喜びするようなことじゃないわよ」テスが横槍を入れた。

「どうして？　わたしはなんにでも興味があるの」

「婚礼の床でのことだけど……」

ジョージーが身を乗り出した。「なになに？」息をひそめて尋ねた。

「これは、わたしの持論なんだけど、殿方は思っていることを口に出せないものなのよ。きっと女性には話しにくいことだからなのでしょう。これは、ルーシャスだけではないと思うのだけど――」

「つまり、言いたいことが言えない男だけじゃなくて、ってことよね」ジョージーが口を挟んだ。

「あら、ちゃんと言ってくれることもあるわよ」テスのにやけた顔を見て、アナベルの顔に三日ぶりに笑顔が戻った。「とにかく」テスが続けた。「肝心なのは、殿方は自分にしてほしいことを、そのまま相手にしてみせるものだということなの」

アナベルはテスを見つめた。床入りについては、きちんと理解しているつもりだ。まったく同じことなんてできるはずがない――だって、そもそも女にはついていないのだから。

「あれのことを言っているのではないのよ」アナベルの表情を見てテスは言った。「でも、これ以上はやめておくわ。あなたはまだ一六になったばかりだし」ジョージーに向かって言った。「とにかく、アードモア伯爵がすることをよく見て。自分にやってほしいことを、あなたにそのまますするはずだから。ただし、行儀がよすぎて直接頼むことができなければ、の話だけど」

アナベルは考えた。アードモア伯爵が自分の願いを口にできないなんて、想像もつかない。ベッドの中では言葉が出なくなるものなのだろうか。「わかったわ。ありがとう、テス」

「なあんだ、それだけ?」ジョージーはがっかりしたように言った。「来年になったら、早くいい人が現れてくれるといいんだけど。わたし、絶対に社交界デビューの年に結婚するつもり」心配そうに自分の体を見下ろす。「ミス・フレックノーは体重を減らす食事に詳しいの。社交界シーズンが始まる四カ月前から、やってみましょうと言ってくれているわ」

アナベルは首を横に振った。「だめよ、ジョージー。そんなにスタイルがいいのに」

「そんなことないわ。ブロイラーの鶏くらい太っているもの。お父さまがいつも言ってたでしょ」

「お父さまは」アナベルは再び下を向いた。「思いやりのかけらもない人だったわ」

「でも本当のことだわ」

アナベルの中に父の記憶がよみがえった。丁寧に数字を記入していた台帳を、怒った様子で見下ろしていた父。〝おまえが母さんのようになれるものか。母さんはそんなムスッとした顔でわたしを見たことはないぞ。おまえなど、従順な妻になれるはずがない！〟アナベルはため息をついた。

「お父さまは必ずしも正しいことばかり言う人ではなかったわ。特にあなたの体形をからかうときは、いつもいい加減なことばかり言っていたものよ、ジョージー。それにあなたにもずいぶん冷たかったわね、アナベル」

アナベルの唇がかすかに微笑んだ。わたしは従順な妻にはなれそうにない。そういう意味では、お父さまの言うことは正しかった。

「六カ月だけやってみる」アナベルはつぶやくように言った。

テスは目を瞬いた。「なんのこと？」

「やっぱりわたしには耐えられない。一生貧乏のまま暮らすなんてみじめすぎる」本心がアナベルの口を突いてすらすらと出た。「でも」しっかりした声で言う。「六カ月だけスコットランドで生活して、その後はロンドンに戻って、テスお姉さまと暮らせばいい――そう思ったら我慢できると思う」

「そうよ、アナベル、いつだってわたしのところへ来ればいいわ」

「お姉さまのご厄介になるわけじゃないわ。ただ――逃げ場があると思っていたいの」

「わたしはいつだってあなたを歓迎するわ！」アナベルをギュッと抱きしめたテスの腕は、アードモアの腕と同じくらい温かかった。「わかっているでしょ、アナベル」

「明日の朝、スコットランドへ出発するわ」アナベルは手に負えない涙をなんとか呑みこんだ。「また、近々会えるわよね、お姉さま……そう、クリスマスの頃に！」

12

馬車に揺られてロンドンを出てから、アナベルはある問題に気づいた。もっとも、厳密に言えば気づいたのではない。実のところ、これまでの三日間は問題点ばかり考えていた。そして解決できたのはそのうちのほんの一握りだけだった。でも本当の問題は、世間の人々がふたりを夫婦だと思っているせいで起こっていた。わたしたちはアードモア伯爵夫妻なのだ。伯爵夫人だなんて、たとえ本当にそうだとしてもなんて虚しい称号だろう。

「わたしたち、まだ結婚していないのよね」アナベルは思いきって言ってみた。

アードモアは向かい側に座っていた。髪は風にもてあそばれるまま、馬車の振動に身をゆだね、すっかりリラックスした様子だ。立派なサラブレッドの引く馬車に三時間も揺られてきたとは思えない。

アードモアがニヤリと笑った。「もうすぐできる」

「でも、今はしていないわ。ねえ、夜はどこかの宿に泊まることになるのよね。わたしたち――その、どうやって眠るの？」

アードモアの笑みが広がった。「申し訳ないが、きみの想像どおりだ。ふたりでひとつのないと言ったんだ」

「そうじゃない。世間から見れば、もう僕たちは結婚している。だから、変なうわさは立ほど厳しいことを言うつもりはないけれど、そういうことは結婚してからでないと……。

「変なうわさならすでに立っているもの」アナベルの心は沈んだ。清教徒ではないからそれ

部屋を使うことになる。だが、心配はいらない。変なうわさが立つことはないからね」

つまり、言ってみれば、今夜がわたしの結婚初夜になるんだわ。

アードモアが身を寄せて言った。「アナベル、同じベッドに寝るとはいっても、今夜は正式に結婚式をすませてからとはまったく違うものになるはずだ。僕が約束する」

じゃあ、今夜ではないのね。アナベルは頬が赤らむのを感じた。アードモアが含み笑いをしたせいだ。

「僕たちは、お互いのことをもっとよく知る必要がある。本来なら、今頃わたしがきみを口説きながら、音痴かどうか、紅茶派かコーヒー派か、そして、きみの顔が、毎日、朝食を食べながら眺めるのに耐えられるものかどうかの答えを出そうとしているところだろう。もちろん、きみのほうも同じだ」

「確かに、あなたには親戚がいらっしゃらないのかしらと思っていたところよ」アナベルは、結婚しようとしている男のことをほとんど知らないことにあらためて驚いた。

「堅苦しいのは嫌いなんだ」アナベルの質問には答えず、アードモアは続けた。「僕の名前はユアンだ。きみにもそう呼んでほしい」

「ユアン」うなずきながらアナベルは言った。

ユアンが身を寄せ、アナベルの指先にキスをした。「将来の妻に初めて名前を呼んでもらえた」ユアンの目が笑っている……まるでアナベルが、彼が妻に求めるすべてを備えているかのように。アナベルから目を離さずに彼女の手を返し、手のひらに唇をつけた。

「なんて小さな手だろう」手のひらにユアンの唇が触れた瞬間、アナベルの体の中をぞくぞくするものが走った。「きみのそばにいると、図体が大きくてぶかっこうな農家の子供になった気分だ」

アナベルは声を上げて笑った。ユアンがもう一度手のひらに唇を押し付けた。まるでワインのようなキス。アナベルは酔いしれるような喜びを覚えた。「僕は労働者のように見えただろう?」ユアンがからかった。そしてもう一度キスをする。

わたしの手のひらがこんなに感じやすいなんて、とアナベルは思った。この一月《ひとつき》でいったい何人の男性に手を握られ、指にキスされたことか。でも……。ユアンはアナベルに視線を向けたまま、もう一度自分の口へアナベルの手を持っていく。今度は手のひらの中心にユアンの舌が触れた。その瞬間、脚を焼き尽くされそうなほど激しい衝撃が体を貫いた。

「きみのためなら、どんな力仕事だってしよう」アナベルを見つめながらユアンが言った。

「小さなコテージに移って、ヤギを飼おうか?」

「わたし、庭仕事は得意じゃないの」アナベルは不意にユアンのセクシーな声の呪縛から解かれ、それまでとはうってかわった冷ややかな口調でそう言うと、手を引っ込めた。

ユアンは座席にもたれかかった。アナベルの拒絶をひたすら愉快そうに聞いている。「きみは庭仕事の何を知っている？　若い女性のすることといったら、庭師が挨拶している横で、バラの花をちょん切ることぐらいじゃないのかい？」

豆が葉枯れ病で全滅し、ジョージーが大泣きしたことが思い出されたが、ここは我慢しなければならない。「そのようなものね」アナベルはつぶやきながら、その記憶を心の中から追い出した。ユアンの前では暗い顔をしない、自分がどれほど結婚を嫌がっているかを悟られてはいけない、そう決めたはずだ。こうなってしまったのは、ユアンのせいではないのだから。わたしと結婚してくれるのは、彼が本当の紳士だからこそだ。

アナベルは座席の上で姿勢を整え、ユアンに微笑みかけた。「家族はいらっしゃらないの？」

「いるよ」

アナベルは待った。ようやくユアンが言った。「いる、とも、いない、とも言えるかな。両親と兄弟は死んでしまったから」

「まあ、それはお気の毒に」

「どう言えばいいのかなあ。みんな、天国であなたが来るのを待っているわ、っていうのが祖母の口癖なんだ。でも、僕としては家族が天国で僕が来るのをただ待っているとは思えない。幸運にも僕だけは生き残ったわけだし」

「何人のご家族が――亡くなられたの？」

「父と母は洪水に巻き込まれて死んだ」ユアンの目から笑みがすっかり消えていた。「弟と妹も一緒だった」

アナベルは息を呑んだ。ユアンは引き続きアナベルの心に浮かんだ質問に答えてくれた。「僕が六歳のときだ。馬車が川からあふれ出した水にはまってね。最初はたいしたことないと思っていたんだ。父は僕を高台へ避難させた。その後、他のみんなを助けに戻ったんだ。でも……」

驚いたことに、アナベルの目の奥から今にも涙があふれそうになっていた。この数日間の出来事のせいで、感情的になりすぎているのかもしれない。「お気の毒に」アナベルはそれ以上、言うべきことが見つからなかった。

だが、見ると夫の目はすでに笑っていた。なんて変わった人かしら。「でも、この数日、母は天国から僕を見てくれていたと思うんだ、アナベル。きっときみのことを認めてくれているさ」

こんなときに皮肉を言うものではない——わかっていても、頭に浮かぶのはその種の言葉ばかりだった。子供に語りかけるようなものをあれこれ考えた末、アナベルはようやく適切な言葉を思いついた。「あなたのお母さまにお許しがいただけたと聞いて、これほどうれしいことはないわ」

ユアンは満面の笑みを浮かべた。まるでユアンに、アナベルが茶化されているかのようだ。だが、ユアンはそのまま話を続けた。「両親が死に、僕には祖母のレディ・アードモアしかいなくなった。僕はナナって呼んでいるんだが、彼女は今でも元気だ。威勢のいい根っからのスコットランド女性でね。きみのことを気に入ってくれると思う」

そうかしら。威勢のいい祖母が、アナベルの持参金のいななきを聞いたらなんて言うだろう。

「それから、父方のおじがいる。名前はトビン。狩りが趣味でね……少々残忍な性格なんだ。まあ、トビンのおかげで我が家の食卓は鹿肉には事欠かないが」

アナベルは強張った笑みを浮かべた。まあ、テスお姉さまの魚釣りよりはましかもしれないけれど。

「それから、ピアスおじさん。もっとも、正しく言えば大おじに当たる。もうすぐ九〇歳になるが、頭はしっかりしているよ。ピアスおじさんの趣味はトランプのいかさまなんだ」

「いかさま？」

「アイ。お金を巻き上げるのが専門でね」うなずきながらユアンが答えた。「彼とトランプをしようものなら、全財産巻き上げられる」

「まあ。ご警告に感謝します。他にはどなたか？」

「ああ、実はまだ他にもいるんだ。ロンドンへ花嫁探しにやってきた理由のひとつでもある」

アナベルは目を見開いた。「お金持ちの遺産相続人を探しに来たものだとばかり思っていたわ」

ユアンが顔をしかめた。「きみの頭の中には持参金のことしかないらしいな。いや、僕はそんなつまらない理由でロンドンへ来たわけじゃない。遺産相続人だけが目当てなら、ミス・メアリー・マクガイアと結婚してもよかった。隣の地所に住んでいる女性だよ。僕がロンドンへ来たのには別の理由もあるんだ。正確にはふたつ」

アナベルはユアンの話に耳を傾けた。

「あの子は一一歳でね」ユアンはゆっくり話し始めた。「名前はグレゴリーという。実は――」

言葉を選んでいるらしい。しかし、アナベルは待っていられなかった。「息子がいるの?」

「そういうわけじゃないんだ。家族のひとり、というだけではまずいかな?」

アナベルはユアンに向かって顔をしかめた。尊敬すべき夫には、同居する私生児がいるというの? だがアナベルには、その事実がさほど気にならなかった。ユアンが外で作った子供を、無情にも養子としてどこかへ出してしまうような人だったら――そんな人はとても好きになれない。「グレゴリーはどんな子なの?」

「僕にとっては悩みの種だ」アナベルの手を取りながらユアンは言った。「将来に大きな野望を描いているんだが、頑として人の意見を聞こうとしない。僕に妻がいれば、彼の頑固な性格を和らげてくれるんじゃないかと思ったんだよ」

「それは大変そうね」アナベルは同情するように言った。非嫡出子の場合、人生の選択肢はかなり限られてしまう。権力を握れる地位や責任ある地位につくことはできない。

「きみにはわからない」ぞっとするといった調子でユアンは言った。「グレゴリーは夜明けとともに起き出して、大声で賛美歌を歌うんだ。そのくせ、少年聖歌隊へ入るように言っても、そういうのは嫌だって」

「賛美歌？」アナベルは啞然とした。

ユアンはうなずいた。「一時間くらいは歌っているよ。城壁の上でね。一キロほど離れたところにいても歌声が聞こえる。気持ちはわかるんだ――」

アナベルはじれったくなり、もう一度ユアンの言葉をさえぎった。「グレゴリーの野望ってなんなの？」

「修道士になることだ」

「修道士！　スコットランドに修道士なんていないわよ！」

「いや、それはきみの思い違いだ。ナポレオンにフランスを追い出されて以来、スコットランドには修道士が大勢いるんだ。実は僕の地所にも三人いる」

「修道院があるの？」

「違う、違う、修道士が三人いるだけだよ。彼らも僕の家族なんだ。自分たちだけでは食べていけないからね」

「ちょっと待って」自然と弱々しい声になる。「ということは、あなたの家族は、おばあさまと、大おじさまと、おじさまと、男の子と、三人の修道士？」

ユアンはためらっている。

「他にも誰かいるの？」眉を上げて、アナベルは尋ねた。

「ロージー・マッケナ。ロージーのことは、どう説明したらいいものか」

「親戚なの？」

「いや、違う。グレゴリーの母親なんだ」

「グレゴリーの母親？」アナベルは小声で繰り返した。ユアンは――ユアンには――。「そんなのは嫌よ！　妻を迎えるつもりなら、それ以外の女を家に置かせるわけにはいかないわ。もし――」アナベルの脳裏に恐ろしい疑惑が浮かんだ。この人、こんなに無邪気に見えるけれど、まさか……。

「ちょっと、ロージーのことを誤解していないかい？」アナベルをからかう口ぶりだ。まるでティーパーティーで持ち上がった話題であるかのように。この人、単なる愚か者じゃないわ。頭がどうかしている。

　アナベルはどう答えていいかわからなかった。頭をよぎったのは、昔、厩舎で耳にしたような言葉ばかりだ。とても口に出して言えるものではない。

「別に、僕の愛人というわけじゃないよ」緑色の目が明らかに笑っている。「愛人に会わせるために、きみを家に連れ帰ったりするものか」ユアンがまたアナベルの手を取ったが、彼女は気づかないふりをした。

「そう、そうなの」ふいにユアンに笑みを返したい気持ちが湧き起こったが、それを抑えながらアナベルは言った。

「仮に、愛人がいたとしても、の話だよ。愛人などいるはずがない」

「あらそう。じゃあ、ロージーは何者?」アナベルは口早に尋ねた。愛人の話などさっさと切り上げてしまいたい。「それと、グレゴリーは?」

「ロージーと僕は婚約していたんだ」

アナベルはさっと手を引っ込めた。しかし、すぐにユアンがアナベルの隣に座り、彼女を見て笑った。「ああ、どうやら疑っているようだね。僕を待っている婚約者がいる自宅へ、妻を連れて帰ると本気で思うのかい?」

「じゃあ、何者なの?」

「僕たちは結婚することになっていた。ずっと、ずっと昔のことだ」ユアンはいつの間にかアナベルの両手を握っていた。「僕の父と、父の親友のマッケナが決めたことなんだ。僕たちが幼かったときにね。やがて、ふたりが相応の年齢になったときに、ロージーは馬車で僕のところへ向かった」ユアンが言葉を切った。瞳が陰った。「ところが、途中でならず者に襲われたんだ。彼女が見つかったのは、それから一週間後のことだった」

「まあ」アナベルはそっと言った。

「それ以来、彼女は正気を失ってしまった。九カ月後にグレゴリーが生まれてね。妊娠がわかったときに僕と結婚してもよかったんだが、当時のロージーは、教会でちゃんと、はい、いいえ、も言えるような状態じゃなかった。それに、どうも僕は彼女に好かれていなかったらしくてね。僕が近づこうとするだけで、大声を張り上げたんだ。僕が大きすぎたのだろう」

「それに男臭すぎたのね」悲しい事実にアナベルの胸は痛んだ。

「それもあったかもしれない」ユアンはアナベルの指の付け根の丸い関節にひとつひとつキスをしている。「今ではずいぶんよくなったよ。もっとも見知らぬ男は受けつけないようだ」

「お父さまは？」

「一度だけ会いに来たが、連れて帰る気はなかった。女子修道院へ送るつもりだったらしい。そういうかわいそうな女性たちの面倒を見てくれるんだ。ロージーにはフランス人の血が流れている。でも、当時フランスと交戦中だったからね。修道院に手紙を送ったんだが、ナポレオンが修道士をあちこちへ追いやっていたことがわかった。それでロージーを修道院へ送る代わりに、修道士を三人置くことにした。ロージーの面倒をよく見てくれてね、とても助かっている」

「つまり、ロージーのことが、あなたが妻を見つけにロンドンへ来たふたつ目の理由なの？」手に降り注ぐユアンの淡いキスのことを考えないようにしながらアナベルは言った。

「いや。ふたつ目の理由はアルマイヤック神父かな」

「あなたのところにいる修道士のおひとり？」

ユアンはうなずいた。「アルマイヤック神父に言われたんだ。美しい娘と踊れ、って」

「美しい娘と踊る？」アナベルは理解に苦しんだ。「それだけ？」

「まあ、僕はそれを、花嫁を探せ、ということだと解釈したのさ。それまでは結婚したいとも思わなかった。でもアルマイヤック神父は納得してくれなくてね。今ようやく神父の言いたいことがわかった気がする」ユアンは、花びらをめくるようにアナベルの指を一本ずつ開いていた。また手のひらにキスをしようとしている……。

「あなた、わたしとは踊っていないわ」アナベルは口早に言った。「踊ったのはイモジェンよ」

「神は不可解なことをなさるものだ。僕が踊りたいと思ったのはきみなんだ、アナベル。一目見たときからそう思っていた。そして僕が結婚したいと思ったのもきみだ。イモジェンじゃない」

馬車が横に揺れた。角を曲がったのだろう。ユアンは窓から外をちらりとのぞいた。「スティーブニジに着いたようだ」ユアンはアナベルの手をぎゅっと握った。「旅も十分楽しめたよ。今夜はピッグ・アンド・コールドランで一泊だ」

アナベルは急に恥ずかしくなり、あわてて手を引いた。しかし、ユアンはすぐに向き直った。気がつくとユアンは両手でアナベルの顔を包み、唇をアナベルの唇の上で行き来させている。「きみは最高級ワインのようだ」もの思いにふけっているように声がくぐもっている。

アナベルはユアンの言葉の意味を悟った。ユアンに触れられたせいで、アナベルの心臓は早鐘を打っている。ユアンの手がアナベルの頬を伝い、髪を撫でた。キスをしてくれるのね――アナベルがそう思った瞬間、ユアンが体を引いた。

「困ったことになった」

アナベルは内心、がっかりしていた。ユアンがなかなかキスをしてくれないので、ユアンの頭を自分のほうへ引き寄せようかしらと思っていたからだ。

「きみにキスをしていたい。片時も離れずに」

アナベルはにっこり笑った。

「きみの唇がそんなふうにカーブを描くのを見るだけで」ユアンはなめらかな声をさらに低めた。「僕は――」

「してもよくてよ」アナベルは挑発的な笑みを浮かべた。唇を歪めるこの笑みは、金持ちの夫を捕まえるために鏡の前で練習したものではない。そんなことは考えもしなかった。

もっとユアンのキスが欲しい。キスをしているときは、ユアンのことだけ考えていればいい――というより、それ以外は何も考えられなくなる。

ユアンは女性を失望させるような男ではなかった。ユアンがアナベルの唇に自分の唇を押し付けた。女を引き付けその気にさせる、まるで麻薬のようなキスだ。ユアンの唇が触れただけで、アナベルの体が震えた。このままユアンの体の中へ溶けていってしまいそうだ。まるで体が気持ちを知っているかのように――。

ユアンの手がアナベルの背中を伝い下りていく。アナベルは体を強張らせたままユアンに押し付けた。乳房がユアンの胸にぶつかる。その瞬間、アナベルは安らかな気持ちに満たされた。ユアンの腕に抱かれていると、何かが違った……この世で一番安全な場所にいるような気がするのだ。その間も、ユアンの唇はアナベルの唇から離れようとはしなかった。何度もアナベルの唇をかすめた後、とうとう舌が唇の間に差し込まれた。アナベルは今にも叫び出しそうになっていた――ああ、ユアン、お願い……。

自分でもよくわからないまま、アナベルはユアンにしがみつき、彼の腕の中という狭い空間がすべてになっていくのを受け入れようとしていた。

アナベルは、馬車の扉が開いて光が差し込んだことにも気づかなかった。指に感じるユアンの豊かな髪、ぴったりと押し付けられた唇、脚を駆け下りる炎、理性さえなくしてしまうキスの喜び――今のアナベルにはそれらがすべてだった。

体を離したのはユアンだった。まだ正式な妻とは言えないアナベルをしぶしぶ体から引き離すと、ユアンはつい笑い声を上げそうになった。自分はまるでアナベルの持ち物みたいだ。持ち物か。ユアンは馬車の扉を開けたまま押さえている召使をちらりと見やった。召使はすぐに扉を閉じた。馬車の中が陰った。だが、アナベルの姿は見える。手を伸ばして――。

どんなに暗くても、僕にはアナベルの姿が見える――ユアンはそんな気がしていた。たとえ暗闇の中でも、美しい曲線を描いているアナベルのセクシーな体のどこに自分の手が触れているのか、僕にはわかる。

「僕たち――」ユアンはいったん言葉を切り、しばらくしてからようやく言った。「これは苦しい選択だ」

アナベルはゆったりと結い上げた髪の中にヘアピンを押し込んでいる。ふと、カールした髪がアナベルの乳房にはらりと落ちるさまが脳裏を横切り、ユアンはあやうく唸り声を上げそうになった。実のところ、これまでの四時間、ユアンの股間は強張ったままだ。このままでは、スコットランドに着くまでもたない。

アナベルが顔を上げた。彼女はキスが好きらしい——ユアンにはわかっていた。キスをするたびに、彼女の表情が和らぎ、目に浮かぶ小さな不安の影が消えていく。このまま抱き寄せ、馬車の扉を蹴り開けて、宿の中へまっすぐに飛び込みたい。そして、そのままベッドへ行けたら——。

「まったく、いったい何を考えているんだ」自分にうんざりしてユアンはつぶやいた。

アナベルは愉快そうに目を躍らせた。「どうかしたの?」彼女は満足げだ。

「きみから手が離せない」

アナベルの笑顔は最高だ。体はうずくが心は温まる。

「これが二週間も続くなんて、とても耐えられそうにない。ましてや今夜なんて」自分の隣で静かに眠るアナベルと、夜通し物欲しげに彼女を見つめる自分の姿がふと脳裏をよぎる。

「きみはナイトキャップをかぶるのかい?」願いを込めてユアンは尋ねた。

アナベルは首を横に振った。

「きみのナイトガウンは首からつま先まですっぽりと体を覆うタイプのもの?」

アナベルがクスクス笑った。彼女のクスクス笑いをユアンは初めて聞いた……なんて、女性らしい美しい響きだろう。ユアンの欲望が股間へと下りていったのは当然のことだ。肌のすぐ上で、あんなふうに笑ってもらいたい。そして、アナベルの甘美な吐息が歓喜の声に、そしてあえぎとうめきに変わるさまを耳にしたい……。

「僕はスコットランドまでもたない」

　アナベルが眉を上げた。

「その前に爆発してしまいそうだ」ユアンは白状した。「それでも、僕たちの決めた計画を変更するわけにはいかない。昨晩、きみの後見人に念を押されたからね。結婚式を挙げる前に手を出そうものなら、スコットランドまで行って痛い目に遭わせてやるって」

　アナベルは大笑いした。「復讐の戦士を演じるレイフなんて想像もつかないわ」

　ユアンはレイフの猛烈に激怒した顔を思い浮かべた。結婚式はスコットランドに着いてからにすることにアナベルが同意してくれたと説明したときのことだった。「なんと言われようと、僕を信頼してくれたんだ。心から賛成してくれたわけではないが、僕を信頼して認めてくれたのさ」

「もちろんよ」アナベルはユアンに向かってにっこりと微笑んだ。「何も、あなたがわたしの面目を保ってくれる必要はなかったのよ。ミス・A・Eのことは自分の責任ではないと言うこともできたのに。わたしの家族は、あなたに大きな借りができたわ」

　アナベルに触れてはいけない――わかってはいたが、ユアンは指先でアナベルの顎を持ち上げた。「みんながどう思おうと勝手だ。でも、きみに貸しなんかないよ、アナベル。僕はきみを一目見た瞬間からずっと欲しいと思っていた。それに本当のことを言うと、僕が自分で『メッセンジャー』の記事を書けばよかったと思っているくらいだ。もし思いついていたら、書いていただろうね」

「どういう意味？」

「きみがホテルを出ていってから、考えていたことがある――」だが、それはまだアナベルに言うわけにはいかない。「きみが僕の裸を見てしまった以上、きみは他の男とは結婚できない。当然のことながら、僕はきみと結婚しなくちゃいけないと思った。きみには失意の人生を送ってほしくなかったから」

「やっぱりあなたはスコットランド人ね」アナベルはユアンに向かってニヤリとしながら、生意気そうに言った。美しいその瞳には不安のかけらもない。

「骨の髄までね」ユアンはうなるように言うと、思いきって彼女の口角に軽くキスをした。でも……。「相談しなければならないことがある」

「まずは、この馬車が宿屋の中庭に止まっているということよね。宿屋の人たちはみな、どうしてわたしたちがちっとも下りてこないのか、疑問に思っているに違いないわ」

「いや、それはない」ユアンは反対側の口角にも口づけをした。何事につけてもバランスは大切だ。「こんなところでもう新婚初夜に突入したのかと思っているよ。この馬車の周りには人だかりができているかもしれない。今にも前後に揺れ始めるぞ、って」

「前後に揺れる？」アナベルは純粋であどけない表情を浮かべた。「どうして揺れるの？」

ユアンには説明できなかった。説明すればアナベルはさぞかし驚くだろう。そうなったらなったで、本当に揺れることになるかもしれない。アナベルがショックで気絶しなければ、だが。「僕は厩舎で寝たほうがよさそうだ」うなるようにユアンは言った。

「だめよ」アナベルは愉快そうに目を輝かせた。「すぐにうわさが広まって、けんかしたと思われてしまうわ。まだ式も挙げていないのに。それだけは絶対にだめ」

「きみはまさにイブそのものだよ」うっとりとアナベルを見つめながら、ユアンは言った。「リンゴを食べてと言われれば、あっという間に平らげてしまいそうな気分だった。「神の祝福なしの姦淫はやっぱり罪だ」アナベルにというより、自分に向かって言った。

通じないかとも思ったが、アナベルは知っていた。彼女の小さな鼻が上を向いた。「イブ？　わたしが？」カールした髪を払いながら、アナベルは言った。

「アイ。相談なんだが、決まりを作ってはどうだろう」

「決まりなんていらないわよ」アナベルはあざけるように言った。「意外とつまらない方なのね、アードモア伯爵。わたしが他の男性の花嫁にはなれないことをわかっているくせに」

「それなら、僕にとっての決まりだ。僕だって他の女性と結婚するわけにはいかないし、そのうえ、きみの裸を見る楽しみも取り上げられてしまっているからね」

アナベルは顔を赤らめたが、何も言わなかった。

「キスもおあずけにしたほうがいいと思う」ユアンはため息をつきながら言った。「このまいったら、どうなるのかは目に見えている」

失望感がアナベルの心を突き刺した。ユアンとのキスが、戸惑いと不安を消す唯一の方法なのに。「あなたが自分を抑えられないというならしかたないわね」アナベルはわざと高飛車に言った。

「やっぱりイブだ！」

しかし、ユアンが自分のために男の欲望を抑えようとしていることは、アナベルにもわかった。

「言ったわよね。わたしたちは今、愛を語り合う時期だ、と。普通なら、あなたはわたしを口説こうとして、どこか手近な公園に連れ出そうとするのではないかしら」

「もちろん、するとも。それで、いったい何人の男たちがきみを公園へ連れ出そうとしたのかな？」

アナベルはにっこりと微笑んだ。「何人だと思う？」

「きみを一目見たとき、僕の脳裏にも公園が浮かんだ気がするんだ。きみには恋愛を楽しむ時間がなかったわけだから、僕がその機会を与えよう。これまできみを公園へ連れ出そうとした男たちの努力のすべてが、僕からの求婚だったと考えるというのはどうだい？」

「ミスター・レマリーから乗馬に誘われてハイドパークへ行ったわ。それで、人気のない小道へ連れていかれたの。でも、あの方の唇、あまりにぬるぬるしていて気持ち悪かったわ」

アナベルの瞳が陰った。「あの方のキスも、あなたのキスのうちに入れなければならない？」

ユアンは笑った。「イングランド人のキスがすべてぬるぬるというわけではないのだろう？」よかった、ユアンは嫌がってはいないみたい、とアナベルは思った。

「そうよ。サイモン・ガスリー卿には、プロポーズする前にキスをされてしまったわ。でもとてもすてきだった」

いつもは温厚そうなユアンが、この時ばかりは顔をひどくしかめた。「プロポーズもしていないのにキスを?」そして、ふと気づいたように続けた。「じゃあ、なぜきみはプロポーズを断ったんだい? その男はキスが上手だったんだろう?」

「三男だったの。それに教区の中で暮らさなければならなかったし。でも、あの方のキスは……さぞかし、経験がおありだったのではないかしら……」わざとうっとりした口調でアナベルは言った。だが振り返ってみれば、実に他愛のないものだった。ユアンのキスに比べれば、哀れなサイモン・ガスリーのキスなど話にならない。

ユアンもそれはわかっている。アナベルに冷ややかな視線を投げかけて言った。「単なるキスだけならいい。でも、寝室でのキスはなしだ。わかったかい?」

「キスしてなんて言うもんですか」鼻であしらうように、アナベルは言った。「キスなんかしなくても、わたしはまったく大丈夫よ」

「いいかい、僕たちスコットランド人は、やつらイングランド人とは違うんだ」

「そんなこと、わかっているわ」

「じゃあ、僕たちスコットランド人は真実を語ることを恐れない、ということもわかっているはずだ。はっきり言おう。きみは今、キスがしたいならすればいい、と僕をけしかけた。それは実のところ、きみがキスなしではいられないということだ。そしてもうひとつ、きみのそばにいると、僕はまったく抑制がきかなくなる」

「まったく？」アナベルは興味深そうに尋ねた。

ユアンはうなずいた。「つまり、きみしだい、ということさ。僕たちの理性を抑制するのはきみしかいない。キスだけだ。そして、寝室ではキスもしてはいけない。さらに言えば、けじめをつけるべきだろう。一日に一〇回もすれば十分だ」

アナベルはユアンに向かって微笑んだ。山のように大きなこの人から、わたしのそばにいると抑制がきかなくなる、なんて言われることがこんなに愉快だとは。わたしたちが婚約せざるをえなくなった不面目と、彼がすぐに結婚しようとしない不面目の埋め合わせとしてはまずまずね。「そうと決まったら、扉を開けてくださるかしら、アードモア伯爵。みなさんをがっかりさせてあげなくては」

「アードモア伯爵じゃないだろう？」

「ユアン」

ユアンの笑みを見て、思わずキスをしそうになった。

そんなアナベルの心を本人が気づくよりも早く読み取ったのか、ユアンの笑みがさらに大きくなった。「僕の計算では、今日はあと五回しかキスができない」

アナベルは身を乗り出し、扉を叩いた。「出だしからずいぶん中途半端ね。あなたに理性がないせいで」

「なに、ちゃんと元は取るとも。約束しよう」

13

一見したところ、ピッグ・アンド・コールドランの中庭では人々があわただしく動き回っていた。馬車の周りに人だかりができるどころか、扉を開けて待っている馬番をのぞけば、誰も馬車を気にする様子はない。馬番は視線をわざと上に向けていた。

階段を下りながら、人々が忙しそうに立ち回っているのは自分たちが到着したせいだということにアナベルは気づいた。宿の中庭は、アードモア家の色である黒と深緑のお仕着せを身につけた人々でいっぱいだ。馬をあちこちへ引き回したり、トランクを担ぎ上げたりしている。

アナベルは夫に向き直った。「騎馬従者はいったい何人いるの？」

「前に六人、後ろに六人さ」周りを見回しながらユアンは言った。「ああ、マックが来た」

手に書類を持ち、めがねをかけた細身の男が、人々の間を縫ってふたりのところへやってくる。

「じゃあ、馬番は？」

「通例どおりだ。各馬車の後ろに四人ずつだよ」

その朝、あまりにふさぎ込んでいたせいで、アナベルは馬車の色など気にもしなかった。ましてて旅をしているのが自分たちの馬車だけでないなど、夢にも思っていなかったのだ。アナベルはゆっくりと周りを見回した。ふたりが乗ってきたのは、深緑色に黒いアクセントの入ったキラキラ光る馬車だった。さらに二台の馬車が中庭の端に止まっている。どちらも同じ色に塗られているが、いくぶん実用向きの造りだ。

アナベルは妙な感覚を覚え始めた。ユアンはよほどの道楽者なのかしら。それとも――まさか――。アナベルはユアンに向き直った。しかし、先ほどのめがねの男がユアンに話しかけていた。

「アナベル、土地差配人のミスター・マクリーンを紹介しよう。マックとは一二年来のつきあいだ。彼がいなければ、僕はどうしていいかわからないだろうね。マックは僕たちの前を行ってくれていて、宿で出迎えてくれることになっている。きみも、マックと呼べばいい。マックがよければ、の話だけどね」

アナベルは手を差し出した。ミスター・マクリーンの目は優しそうな茶色で、疲れた表情を浮かべていた。ためらいがちにアナベルの手を取る。しかしすぐに手を離してお辞儀をしたので、アナベルもひざを曲げてお辞儀を返した。

「レディ・アードモア、ピッグ・アンド・コールドランへようこそおいでくださいました。宿中の者が、あなたさまのご到着をお待ち申し上げておりました」マックはアナベルに向かってそう言うと、今度はユアンに向き直った。「最上級のお部屋を用意しております、閣下。

今日の日を祝し、おかみが、おふたりに特別のお食事を用意しております。みな、それはそれは喜びに沸いておりまして、閣下にご挨拶の時間を割いていただけましたら、幸いでございます」

「もちろんだ」ユアンはそう答えると、アナベルの手を取って脇にはさんだ。「妻よ、一緒に来てくれるね」ユアンは茶目っ気たっぷりの視線をアナベルに送った。

「どうやって最上級の部屋を取ったの？　スコットランドに帰ることが決まったのはついこの間のことなのに。宿の主人が、泊まっていた人を部屋から追い出したの？」

「詳しいことは僕も知らないんだ」飛び出た敷石につまずかないようアナベルを誘導しながら、ユアンは言った。「マックにすべて任せてあるからね」

宿屋の扉まで来ると、主人がふたりのところへやってきた。頭のはげた背の高い男だ。朗らかな笑みを浮かべ、リンゴ酒の強い匂いを漂わせている。「結婚初夜の宿泊にわたしどもの宿屋を選んでいただき、心から感謝します、アードモア伯爵、奥さま。お部屋までわたしがご案内させていただきます。おふたりの専用ダイニングルームは、この右側でございます」

それから二分後、アナベルは座り心地のいいひじ掛け椅子に座っていた。ユアンはマックと話をしている。ユアンの召使も、アナベルのメイドのエルシーも到着しているらしい。熱い風呂がどうのという話も聞こえてきた。それから一分がたち、ようやく部屋にユアンとふたりきりになった。ユアンは意味深長な目つきでアナベルに近づいてきた。

「ねえ、ユアン、どうしてあんなに大勢の騎乗従者をつけているの？」

「ロージーのことがあったからね。きみをあんな目に遭わせるわけにはいかない。安全な旅をするためなら、一年分の収穫を注ぎ込んでも惜しくはないさ」

「まあ」困惑しながら、アナベルは言った。

ユアンは腕を組んでアナベルの椅子に寄りかかった。「六回目のキスといくかい？」なんて魅力的な人かしら、とアナベルは思った。

「やめておくわ」アナベルは気取って答えた。「お風呂に入りたいの。できれば、わ、わたしの部屋で」

「アナベル、言っただろう？　ここは僕たちふたりの部屋だ」ユアンの目は愉快そうだ。

「それなら、今すぐ出ていってちょうだい！」

ユアンは笑い声を上げて、ドアに向かった。「きみのメイドに熱い湯を入れさせるよ。僕はダイニングルームで待っている……妻よ」

その後、ユアンがキスをしたのは言うまでもない。一度はダイニングルームの中だった。宿の娘が二皿目の料理を持ってくる直前のことだ。もう一度は階段の曲がり角で。階下の控え室から声が聞こえたので、階段を下りていけなかったのだ。それから、部屋の外でもう一度。

残るキスは二回。

そしていよいよ、ふたりきりになるときがやってきた。

　ユアンは階下へ行き、アナベルはエルシーに手伝ってもらって寝巻きに着替えた。そしてベッドに飛び乗って、ユアンを待った。三〇分ほどしてからやっとユアンが入ってきた。宿の主人と同じく、リンゴ酒の匂いをぷんぷんさせている。

「ここの主人の作るリンゴ酒は実にすばらしいよ」

「レイフがいなくて何よりだわ」会話を続けるためにアナベルは答えた。

　ユアンはレイフが誰なのか覚えていないような顔をしてみせた。「きみはそのシルクの切れ端を着て、ベッドに入るつもりかい？」静かな低い声でユアンが尋ねた。

　アナベルは自分の姿をあらためて見下ろした。着ているのは、咲き始めたばかりの春のバラを思わせる薄いピンク色のシルクでできたフランス風のナイトガウンだった。流行のナイトガウンくらい見たことはあるわよね？　アナベルはベッドの上掛けを胸の辺りまで引き上げた。ずいぶんと大きなベッドだ。「そうよ。テスが結婚のお祝いに贈ってくれたの」

「僕が支度部屋へ入っている間に」ユアンが硬い口調で言った。「コットンのものに着替えてくれないか。できれば耳まで隠れるものにしてほしい。でなければ、僕たちは一晩と一緒にいられない」ユアンはドアのほうへ振り返った。「僕は窓から飛び出して、厩舎へ逃げ込むぞ。そうなったら、僕たちの結婚以上にさまざまなうわさが広まることになるからな」ユアンはドアを後ろ手に閉めて支度部屋へ消えた。

　アナベルは天井を見つめてにっこり微笑んだ。その直後、ユアンが扉の向こうから顔を突き出してうなった。「僕は本気だぞ」

アナベルはベッドを下りて立ち上がった。驚きに目を見開いたユアンの瞳が陰り、すぐに飢えたトラのように光るさまを、彼女は目にした。男性の目から見て申し分のない体であることを、アナベルは自覚していた。それが、自分を養ってくれる男性に提供する持参金のようなものだと常々考えていた。しかし、息遣いを荒らげ、顔を強張らせて扉に隠れるように立っているユアンを見て、自分の豊かな乳房に対する思いが変わってきたのを感じていた。ナイトガウンのシルク地が脚の間に挟まったとたん、ユアンは両目をつぶった。まるで痛みをこらえているかのようだ。アナベルは愉快な気持ちになり、笑い出しそうになった。

ユアンは後ろ手で扉の取っ手をつかみ、何も言わずに支度部屋に姿を消した。幸いなことに、トランクの上のほうに、糊をきかせてアイロンをかけたコットンのナイトガウンがあった。アナベルはシルクのナイトガウンを脱いで、トランクへしまった。それからコットンのナイトガウンを引き出した。ベッドへ駆け足で戻るとき、帆船の帆のようにナイトガウンのすそがふくらんだ。

ユアンが部屋へ戻ってくるのを、アナベルは上掛けの下からのぞき見た。むろん、コットンのナイトガウンは、顎の下までボタンをかけてある。ユアンの髪は濡れ、後ろへ撫でつけられていた。だが、服を着たままだ。アナベルは眉を上げた。

「急いで風呂に入ってきたんだ。それと、すっかり忘れていたことがある」

「なあに？」

「僕は寝巻きを着ない。好きじゃないんだ」

「でも、それじゃあいったい――」アナベルは目を見開いた。

「裸で寝るんだ。もちろん、今はそれはできない」

「当然よ！」

「でも、僕の胸はすでに見たじゃないか」

「二度と見たいとは思わないわ」

ユアンはため息をついた。「それならシャツとパンツは脱がないでおくよ」そう言うとさっさとブーツを脱いで脇に放った。それからズボンに手をかけた。アナベルは頬が真っ赤になったのに気づき、仰向けになって天井を見つめた。

ほどなくして、大きな体が隣に入り込んできた。

「こんなバカバカしい状況に陥るとは思ってもいなかったよ」ユアンがつぶやいた。アナベルはもう一度横向きになり、ユアンを見た。

ユアンは仰向けになって天井の梁を見つめていた。腕は交差させ、背中の下に入れている。リネンのシャツの袖はまくり上げてある。首元は開いていた。アナベルの心臓が早鐘を打ち始めた。すぐにでも逃げ出したい気分だ。

「特別許可書を持って司祭のところへきみを連れていき、式を挙げるべきだった。そうは思わないか？」ユアンは現状に耐えるのがやはり苦しいらしい。

「いいえ。わたしは口説かれるのが好きなの」アナベルはひどく恥ずかしい気分だった。まるでこれまでの人生のすべてが、男性と一緒にベッドに入っているこの瞬間につながっていたかのようだ。しかもそれは、実に奇妙な状況で起こっている！

「きみを見ることもできない」しばらくしてからユアンが言った。

アナベルは声を出して笑いたくなった。「それなら、目を閉じたら？」アナベルももう一度仰向けになった。

「あと二週間か」ユアンはうなった。ユアンが体を動かし、自分を盗み見ているのをアナベルは感じ取った。「間に枕を置いておこう。きみが寝返りを打って、僕の腕の中に入ってきてもらっても困る。忍耐にも限度があるからね」ユアンは身長の半分の長さはあろうかという長枕を見つけ、ふたりの間に置いた。

アナベルはもう一度横向きになり、眠ろうとした。だが、ふと気がつくと、のしかかるようにアナベルを見下ろすユアンの存在を感じた。アナベルは目を開け、ユアンを見上げた。

「まだ、キスが二回分残っている。一回分は明日にとっておくよ」

「でも、寝室ではキスはしない、って言ったでしょ」アナベルが答えた。不安とそわそわと落ち着かない気持ちが入り混じっている。

「じゃあ、これはただのおやすみのキスだ」ユアンは首を曲げてアナベルにキスをした。甘い、短いキスだった。「今のは一〇回のうちに入らないよ。でも、これだけは言っておきたい。僕は、イモジェンがダンスフロアで抱きついてくれたことを神に感謝している」

アナベルはにっこりと微笑んだ。するとユアンは反対側を向いてしまった。彼の穏やかな息遣いを聞きながら、やがてアナベルも眠りに落ちた。

14

ユアンがそのゲームを考えたのは、旅が始まって一週間がたった頃のことだった。ユアンには、一〇回のキスでは物足りないらしい。一方のアナベルも、もちろん気持ちは同じだった。しかも、ユアンにキスをすればするほど、物足りなく感じる。その結果、馬車に乗っている間中、ときおりユアンを盗み見ては、相手もこちらを見ているのに気づくという具合だ。しかもそのときのユアンの目つきときたら――。

それは午後二時、昼食の時間だった。ふたりはすでにその日の一〇回分のキスをし終えてしまっていた。一回目のキスは、その日の朝、寝室ではキスをしないという自ら定めたルールを破って、ユアンが長枕越しに盗み取ったキスだった。

「次の村で馬車を止めて、司祭に結婚式を執り行ってもらおう」

しかし、アナベルは反対した。「だめよ」首を横に振る。「わたしは嫌。アルマイヤック神父にお願いしたいの」それまで――少なくともユアンが馬に乗って馬車と並走していないときは――馬車の中で話をしながらのんびりと過ごしていたアナベルは、ユアンが父親のようだと語る真面目で優しい修道士に、ますます興味を引かれていた。「それに、次の村といっても着くのは夜になってからでしょ？　お昼はピクニックをするんだもの」

手はずはすべてマックが整えてくれていた。先導する馬車に大きなバスケットを積み込み、ふたりが到着するまでに用意をしておくと約束してくれたのだ。こんなに楽しい旅ができるのも、すべてマックのおかげね、とアナベルは思った。

「ピクニックか。やっぱり、キスは――」

「なしよ」アナベルが即答する。キスの回数を制限するゲームをこれほど楽しんでいる理由は自分でもよくわからない。でも実際、楽しんでいた。互いに触れ合ったり、我慢したりすることも、何度も〝だめ〟と言うことも、最後にはユアンの腕に抱きしめられることも、楽しくてしかたがなかった。ただひとつの問題は、キスの終わりをどこで区切るか、ということだ。ユアンの考えでは、一度のキスには少なくとも三〇分かかるらしい。〝僕はスコットランド人だからね〟ユアンはそう主張した。〝きみはイングランド式のやり方に慣れているだけだ。イングランド人がせっかちだということは誰でも知っている〟

なんのことを言っているのかよくわからなかったが、アナベルはそれ以上訊かないでおくことにした。どうやら寝室ではせっかちは好まれないものらしい。

馬車が昼食の場所に近づいた頃、ユアンはある提案をした。「この旅の目的は、お互いのことをよく知ることだ」いたずらな笑みを浮かべながら言う。「だから、それに向けた努力をもっとすべきじゃないかな」

「そうね」

「そこでだ、質問ゲームをしよう」

「質問なら、もうしているじゃない」アナベルは反論した。

「もっと難しい質問だよ。そして、その質問に対して、正確に、隠し立てせず、ここに」ユアンは自分の胸に手を置いた。「正直に答えたら、ご褒美としてキスがもらえる」

「じゃあ、正直に答えなかったら、キスはなし？」

「なしさ。でも、きみも同じように質問してくれないとね」

「その答えが心からのものかどうかは誰が判断するの？」

「もちろん、答えた本人だ。僕から始めよう。さて、ミス・アナベル・エセックス、きみは今、偉大なる記録天使の前にいるとしよう。きみの最大の失敗は？」

「失敗なんかしたことないわ」ふざけた口調でアナベルは答えた。

召使が馬車の扉を開けた。ユアンはアナベルの手を引いて馬車を降りた。「今のは本当かい？」ユアンが尋ねた。アナベルが足をつけたのは、美しい草地の一角だった。

「いいえ。それよりもユアン、なんてすてきな場所かしら」

マックの姿が見えた。書類の束を持ったまま頭を下げている。「アードモア伯爵、あの林を上った空き地にピクニックの用意を整えてございます。草地の中をお歩きになるのはお嫌でしょうか。地面はよく乾いておりますが」

「マック、なんてすてきな場所なの！」マックに向かって微笑みながら、アナベルは言った。

「きみや、他の者たちは？」

マックは道路の反対側に向かってうなずいた。林とは逆の方向だ。日の当たる場所に粗末なテーブルが一台、置かれている。横にビールの樽らしきものもあった。「ウィザム・コモンまではまだまだ長い道のりでございます。ここでゆっくり休憩を取ってから先へ進むのが最良と考えました。夕食は一〇時過ぎ、あるいはそれ以降になると推測されますので」

ユアンの顔にゆっくりと笑みが広がった。「マック、きみの棒給を倍にしよう。忘れていたら言ってくれ」ユアンは言い、アナベルに腕を差し出した。

五月初旬にしては、天気も申し分なかった。空は高く、淡いブルーに染まっている。雲は高い所に少しあるだけだ。草地にはシャクの花が咲き乱れ、青い草に白い花が映えている。ふたりは草地を横切り、林間の小さな空地との境をなすハンノキの林の奥へと足を踏み入れた。ハンノキの下に咲いているのはツリガネスイセンだ。小さな頭をもたげるように紺や青の花が垂れ下がっている。

「まあ、見て」アナベルはひざを突き、ツリガネスイセンの花を摘み始めた。「こんなにたくさん！　これほど咲いているのを見たのは初めてよ！」

ユアンはアナベルの横にしゃがみ込んだ。「この花の色は、きみの目の色にそっくりだ」花をひとつ摘み、アナベルの頬の隣に並べた。「いや、違うな。きみの目の色のほうがずっと美しい。自分でわかっているかい？」

アナベルは笑みを返そうとした。だがその瞬間、ふたりの間に気まずい空気が流れた。

「お世辞がお上手だこと。あなたの最悪の失敗談を聞かなくちゃ。それから、その答えが正しいかどうか判断させていただくわ」

ユアンがアナベルに笑いかけた。ゆがんだ笑顔だ。だが、ユアンは何も答えなかった。アナベルはひざいっぱいにツリガネスイセンの花を摘んだ。こぼれないようスカートを持ち上げて抱え、マックがオークの木の下に敷いてくれたブランケットのところまで歩いた。オークの小さな葉の間から差し込む木漏れ日が、木の葉をサフラン色に染め、ブランケットに小さな葉っぱの影のまだら模様を作っている。ユアンは真面目な顔で用意されたグラスすべてにツリガネスイセンを挿し、小川の水を入れた。おかげで、銀食器と糊のきいたリネンがたっぷりと揃えられたフォーマルなはずのピクニックが、まるで子供のティーパーティーのようになった。

ユアンはアナベルの前に大の字になって寝転んだ。アナベルは、自分が失敗などしたことがないと言ってからユアンがほとんど口をきいていないことに気がついた。

「あなたの最大の失敗はなあに?」

「失敗なら山ほどあるさ。今はいわば、どれが最大か思案しているところだ」

「そうなの」ユアンが真剣に考え込んでいる様子を見て、アナベルは少し戸惑いを感じていた。「それなら、一番最近の失敗はなあに?」

「きみに対して欲望を抱いてしまうことさ」ユアンは言い、ニヤッと笑ってみせた。「キス一回分をいただきだ。正直に言ったからね」

アナベルの胸に笑いがこみ上げた。「それはずいぶん寿命の短い失敗ね。わたしの村の奥さま方から聞いた話では、男性の妻に対する欲望は、ほんの短い間しかもたないんですって。仮にそれがあったとしても」

「僕は違う」アナベルのふざけた口調を無視してユアンは言った。「僕は死ぬまできみに欲望を持ち続けると思う」

アナベルは眉をつり上げた。どうやらユアンには皮肉が通じないらしい。確かにユアンには嫌味を言う気にならない。口から出る前に、いつの間にか消えてしまうのだ。しかたなくアナベルはきゅうりのサンドイッチをつまんで食べた。

その後もユアンは何も話そうとしない。ついに沈黙に耐えられなくなり、アナベルは言った。「夫と妻の間で、欲望は罪になるものなのかしら。わたしはまだ正式な妻ではないけど――」

「でも、いずれ妻になる。僕も同じことを考えていたところだ。アルマイヤック神父に訊いてみなくては」

「ずいぶん真剣に受け止めているのね」

「グラスがなくなってしまった」栓の開いた白ワインの瓶をアナベルに渡しながら、ユアンは言った。

アナベルは驚いたようにユアンを見つめた。「グラスがなくては飲めないわ」

「飲めない？　どうして？」ユアンは瓶をもう一度受け取り、顔の前で傾けた。

アナベルは笑った。「そんなふうには飲めないわ」

「女性には面倒な制約がいっぱいあるんだね」ユアンはワイングラスに入ったツリガネスイセンを抜き、同じようにツリガネスイセンの入ったウォーターグラスに挿し込んだ。それからアナベルのためにワインを注いだ。「もちろん、さっきの質問は真面目に受け止めているとも」

「どうして?」ワインにはかすかな発泡感があり、のどを滑り落ちていくときに花の香りがした。

「どうして? それは僕が自分の魂を大切に思っているからさ」そう言うと、ユアンはもう一度瓶からワインを飲んだ。

アナベルはじっとユアンを見つめた。いったいどういう意味かしら? しかし、長く考え続けることはできなかった。指に絡ませたときのユアンの髪の柔らかな感触、その髪が襟足でカールするさまが脳裏をよぎる。アナベルは、ユアンにひげが生え始めたときの肌触りも知っている——ちょうど今ぐらいだ。それにその柔らかな唇、その唇のせいでひざの力が抜け、彼の腕の中へ頽《くずお》れてしまう自分。そして彼の目は——。

「そんな目で見つめられると」未来の夫が静かに言った。「誓いを破った許しを神に請わなければならなくなりそうだ」

アナベルは目を瞬いた。「あなたの魂ってどういうことかしら、って考えていただけよ」

声がうわずっている。

「僕は自分の魂を大事にしたい、それだけのことだ。他には言いようがないよ。思いつかないんだ。僕の魂は神様からの貴重な贈り物だからね。傷をつけるわけにはいかないだろう」

アナベルは顔をしかめ、ぼんやりとグラスに残ったワインを飲み干した。「つまり、あなたは信仰心が厚いということ？」

ユアンは少し驚いた顔をした。「きみの言っている意味がよくわからないが、おそらく答えはイエスだ」

信仰心が厚い？　アナベルも毎週のように姉妹と教会に通ったものだ。だが、それは格式を遵守していたにすぎない。特にここ数年は、司祭とも一言、二言しか言葉を交わしていない。父親などは、司祭のことを安っぽい物乞いも同然だと言って、オルガンの音が鳴りやむ前によく教会を出ていった。父親に収入の一〇分の一の献金を頼む司祭のほうが間違っていたのだが。

イングランドに移ってからは、レイフが日曜日の礼拝に間に合う時間に起きてきたことはめったになかったし、グリセルダは真珠で覆われた小さな祈とう書を持っていたが、教会から戻ったときに友人と会った話はしても、お説教の内容を話題にしたことは一度もなかった。

ユアンはまた瓶からワインを飲んだ。「僕の告白のせいで、すっかり会話が止まってしまったね。まるで僕にもうひとつ頭が生えてきたような顔をしているよ。どうやら僕はもう一回分のキスを勝ち取ったようだ。どちらにしても、もともときみからしてきた質問だ」

アナベルはなんと答えていいかわからなかった。もちろん信仰心が厚いことはよくないなどと言うつもりはない。かなり地位の高い人物が聖職につき、大主教になることがあるのは知っている。しかしそれは、彼らが次男だからだ。それにもちろん、労働者には縁起をかつぐ人が多いこともわかっている。子供が天国の存在を信じるのはすばらしいことだし、母親が亡くなったときは、それがとても役に立ったものだ。でも、大人になってからは……。

「どうやらきみは信仰心が厚いほうではないらしいね」

「ええ、まあ。でも、わたしは気にしないわよ。たとえあなたが――その……なんというか喜んで――」困惑して言葉に詰まった。他に言うべき言葉も思いつかない。

「それじゃあ、僕が正直に答えたと思ってくれているんだね？」ユアンはくるりと転がり、アナベルに近づいた。

「なんですって？　ええ、まあ」あわてた様子でアナベルは答えた。

「質問に答えたのは僕だから、自分ではわかってるよ。正直に答えた」ユアンは期待に満ちた目でアナベルを見つめた。

「ええ」つぶやくように言う。「キスでしょ。いいわよ」アナベルは身を乗り出してユアンの唇に軽くキスをした。いつまでも子供っぽい男のわがままをなだめるかのようなキスだった。

アナベルはすぐに体を引いた。だが、ユアンも同時に起き上がった。「イングランド式のキスじゃだめだ」うなるようにユアンが言った。次の瞬間、アナベルの体が後ろへ傾いた。まるで川岸でもがく魚のように。そして大柄なユアンがのしかかるようにアナベルを上から見下ろしていた。

ユアンに見つめられたアナベルは、教会や司祭、そして信仰に関するさまざまな疑問を一瞬にして忘れ去った。

「きみにはキスの貸しがある、ミス・アナベル・エセックス」温かい息がアナベルの頬にかかる。「二回分だ。僕の計算が正しければ」ユアンがあまりに近いところにいるせいで、アナベルの鼓動が激しくなった。一方で、まったりした静けさが体を包みこむ。ユアンがそばにいるときにいつも感じる安らぎだった。

ユアンはひじを突いて、アナベルの上に身を乗り出していた。彼の頭が近づいてくる。アナベルは目を閉じた。空の薄いブルーと光沢のあるユアンの赤毛が視界から消えた。今や、ユアンの唇と、頬に触れる手の感触だけがアナベルの世界のすべてとなった。ユアンの口は温かく、巧みだった。アナベルの唇に沿ってゆっくりと、丹念に唇を這わせていく。ユアンの無言の願いに応えるようにアナベルは口を開き、受け入れた。

「僕を締め出すのが好きなんだな」彼は低い声でささやいた。

アナベルは喜びの笑みを浮かべずにはいられなかった。

「少しの間だけよ、そうすれば――」

アナベルは息を呑んだ。ユアンの口で口をふさがれ、アナベルの声は聞こえなくなった。ユアンのキスは身を焦がすほどに熱く、アナベルを支配するほどに尊大だった。身を震わすことしかできなかったアナベルは、やがてユアンの髪に手を差し入れ、キスを返した。

永遠とも思えるような時間がたち、体全体が燃え立つかのように感じた頃、ユアンはようやく体を引き離して言った。「もう一回分残っている」うなるような口調だ。

アナベルはユアンに向かって微笑んだ。ユアンの首に回した腕にさらに力をこめ、体を反り上げてユアンの唇に口を寄せた。「それなら、もう一度来て」アナベルは息を吐きながらつぶやいた。

アナベルは、今度は口を開いてユアンの唇を受け入れた。とろけそうなキスの甘さに、とたんにふたりの息が乱れた。ため息混じりの小さな声が聞こえ、それが自分の声であることにアナベルは気づいた。ユアンのたくましい体の湾曲や、盛り上がった筋肉を感じたい。アナベルはユアンの体を引き寄せようとした。

ユアンが笑った。だが、口がふさがっていて音にならない。「だめだ、キスの最中はまずい」

しかし、ユアンの大きな手がいきなり腰に当てられ、アナベルは喜びのあまり体を震わせた。ユアンの唇が離れたが、アナベルは目を閉じたままでいた。目を開けると、ユアンが手を離してしまうかもしれないからだ。その間も、彼の手は少しずつ上がっていく……。

ほんの一瞬の出来事だった。だが、至福の瞬間でもあった。ユアンの手がアナベルの乳房を包み込んだのだ。アナベルも本能的に、背中を反らして胸を突き出した。のどの奥からあえぎ声が漏れる。親指が乳首をかすめた。初めて味わう感触だった。指先がわずかにかすっただけなのに、体全体が熱くなる。彼の指が再び乳首をかすめたので、アナベルは目を開き、顔をのぞきこんだ。ユアンは歯を食いしばってアナベルに覆いかぶさっている。ふたりの目が合ったとき、再び乳房に触れた。アナベルは声を上げ、ユアンの頭を、そして体を引き寄せた。次の瞬間、ユアンはふたりの体に片手を挟まれた状態で、彼女の唇をむさぼっていた。

ユアンがふと唇を離し、ごろりと脇へ転がった。耳の奥の激しい鼓動に重なるように、彼の荒い息遣いが聞こえる。

アナベルは目を開き、薄青い空を見上げた。どうしたらいいのかわからない。なんてふしだからなことをしてしまったのだろう。ユアンを驚かせてしまっただろうか。聖人のような人だから。「これでキスは終わり」口から小声が漏れた。

同時に、恥ずかしさが込み上げてきた。自分が何を求めていたのかはよくわかっている。胴着を下げて、ユアンの手で乳房に直接触れてほしい――そう願っていたのだ。あれほど戸惑っていなければ、おそらく自分で頼んでいただろう。なんて恥知らずなのかしら。アナベルは唇を噛んだ。あのまま目を開かずにいられればよかった。せめて、なかったことにできればいいのに。

「どうだろう」ユアンはいつもどおりの声に戻っていた。「今のはなかったことにしないか?」

ユアンも同じことを考えていた! アナベルは強烈な恥ずかしさを覚えたが、すぐに振り払った。すんでしまったことはしかたがない。

ユアンの視線を避けながら起き上がり、髪をいじった。ワイングラスが目に入ったので手を伸ばした。驚いたことに両手が震えている。アナベルはワインを飲み干した。アルコールが入ったことで、いくらか震えが治まった気がする。花の香りの入り混じった苦味が、のどをひんやりと刺激した。それでもまだユアンと目を合わせることができない。

ユアンがグラスにワインを注いでくれた。「何か食べてから飲んだほうがいい」元のからかうような口調に戻っている。

いつも、からかうような口調で話すのね、嫌だわ、とアナベルは思った。ようやくユアンを見る勇気が湧いてきた。当然のことながら、彼は何事もなかったかのように、穏やかな表情を浮かべている。何があっても決して動じない人なのかもしれない、とアナベルは思い始めていた。あたりさわりのない、いい質問はないだろうか。わたしだって、まったく気にしてないのよ――ユアンにそう思わせる質問が……。

「旅はあとどれくらい続きそう？」アナベルは尋ねた。ユアンが笑ったので、すぐに自分の過ちに気づいた。

アナベルの頬が真っ赤に染まった。だが、ユアンは「八日だよ」と答えただけだった。

アナベルはうなずき、きゅうりのサンドイッチを食べた。

「さてと、今度は僕がきみに尋ねる番だ」ユアンは砕けた調子で言った。

「どうぞ、訊いてちょうだい。でも、正直には答えないわよ。だから、心配することはないわ」

「いいだろう。僕のキスは気に入ったかい、アナベル？」ユアンのけだるい声を聞いたとたん、アナベルの背筋がぞくっとした。しゃくにさわるわ。

っていた。「上達しているんじゃないかしら。サイモン・ガスリー卿といい勝負ね。とっても上手になったわよ」

ユアンは大笑いした。「きみが答える番で唯一よかったのは、僕にはキスがもらえないということだな」

アナベルは唇を噛み、浮き足立っている自分を落ち着かせようとした。

「こんなふうでは、キスをもらうわけにはいかないよ。僕が答える番じゃないから、本心を言おう。女性とキスをしてあんな気持ちになったのは初めてだ。これまで、そんな気持ちになるなんて思ったことすらなかった。それに」ユアンは続けた。「心配なのは、僕たちがあのいまいましい誓いを破ってしまった場合、間違いなく自然発火するということだ。聞くところによると、そうなる可能性が高いらしい」

アナベルは唇に笑みを浮かべたが、まだユアンを見ることはできなかった。目を合わせられないのだ。

「僕は正直すぎた。胸に触れてしまったことで、きみに嫌われたのではないかと気になっている。わざとじゃなかったんだ」気がつくと、それまでピクニックシートの反対側に座っていたユアンがアナベルの目の前にひざを突いていた。「許してほしい、アナベル。結婚式を挙げる前に、あんなふうにきみに触るべきではなかった。ましてや戸外なんかで……。僕は――僕は、どうかしていた。僕が無骨な男だからと思っているだろうが――」

ユアンの声は心底から苦しんでいるようだった。「ユアン」アナベルは優しく言った。

「ん？」

「わたしにキスをするのが好き？」

「正直に言うよ。起きてから眠るまで、僕はそのことしか考えていない」

「一回分のキスは獲得したわね」アナベルは勇気を出してようやくユアンの緑色の目をのぞき込んだ。彼の清らかな瞳に、アナベルの笑みが揺らいだ。腕を伸ばし、彼を引き寄せる。ふたりは折り重なるようにシートに倒れ込んだ。一度止めたとは思えないようなキスで、ふたりは瞬く間に燃え上がった。アナベルは息をすることも、考えることも、何もできなくなった。ただひとつのことを除いて。

アナベルはユアンの手を頬から引き離し、移動させた。

手がアナベルの乳房を包み込んだ瞬間、ユアンはうなり声を上げた。ユアンはそれがアナベルの乳房を包み込むためにあるかのように、手のひらをふくらませた。しかし乳首には触れず、キスだけをした。それまでユアンを悩ませていた激しい欲望は、近い将来への期待感とふたりの信頼関係によってどうにか和らいだ。

ユアンが唇を離して顔を上げた。今回、アナベルは笑みを浮かべて彼を見上げている。

「すっかり手が凍りついてしまったよ」

「マックが知ったら驚くわね」アナベルは笑いながら言った。

ユアンはしぶしぶ体を離し、起き上がった。「もう質問ゲームはやめよう」

「わかったわ」

「ただし、今日のところは、だ。チキンを食べないか？」

皮肉なことに、アナベルの頭に浮かぶのは疑問ばかりだった。リンゴを食べ、ユアンを見つめる。その間も、ユアンの胸は自分が覚えているほど筋肉質なのだろうか、日焼けしていただろうか、あるいは単なる思い違いなのではないのか、そんなことばかり考えていた。そして、とても言葉では言い表せないような疑問の数々……。

ワインは、花で味をつけただけの澄んだ水のようだった。それを飲んだアナベルは自由で開放的な気分になった。

「きみには訊きたいことがあるはずだ。そもそも、きみにはどんなことであれ要求する権利があるからね」

「どういう意味？」

「アーチェリーの腕比べに勝ったのはきみだ。だから僕に罰を与える権利がある。忘れたのかい？」ユアンの目は暗く、厚かましいほど挑発的だった。「なんでも好きなことを要求すればいい。僕はそれに応えよう」

アナベルはさっと体を倒し、ユアンと同じようにひじを突いて横向きにシートに寝転んだ。淑女にあるまじき格好だ。アナベルはユアンに向かってにっこりと微笑んだ。

「例えば、どんなこと？」温めたハチミツのように、サラサラと言葉が口から流れ出る。

「ご存じでしょう、アードモア伯爵？　わたしはあなたほどこういう経験が豊富ではないの」

「どんなことでもいい、考えてごらん」

ユアンはニヤニヤ笑っている。どういう意味なの？　アナベルは口を開き、質問しようとした。だが、質問ゲームは終わりにしたはずだ。

「質問はなしだったわよね？」

「じゃあ、僕がきみの訊きたいことを推測しよう」ユアンの目が躍っている。

「いいわよ」

「クラシンダーロッホの森という原野には、僕が愛せそうな女性は多くはいない」彼は臆面もなくアナベルを見つめた。「まだ子供だった頃、短い間だったけど、村のある積極的な女性と接触する機会があったのは確かだ。だがある日、ピアスおじさんに呼び止められて、責任がどうのとか、女性が妊娠したらどうなるかについて厳しく言われたんだ。僕は伯爵だからね」

アナベルはうなずいた。

「僕は家で教育を受けていた。普通ならば、大学へ行って、そこで若い女性たちと出会い、彼女たちから女性というものについて教わるところだろう。だが不運にも、そうなる前にロージーをもらい受けることになった。父親同士の約束があったからね。ロージーは僕が大学へ行っている間、我が家で暮らし、その後、正式に結婚することになっていた。何しろ、まだ一三歳だったから」

「一三歳？」アナベルは思わず起き上がった。「なんて恐ろしいことでしょう。かわいそうに。かわいそうなロージー！」

ユアンは口を引き結んだ。「ロージーを放っておくことなどできなかった。ましてや、彼女が妊娠しているとわかった以上は」

「いや、ロージーは、何が起きたのかわかっていたのかしら？」

「いや、わかっていなかったと思う。だが子供を産んだあの夜……」ユアンの目が苦悩に満ちた。「その頃には、僕がいてもなんとか耐えられるようにはなっていたんだ。それどころか、僕のことを気に入ってくれてもいた。だけど陣痛が始まったとたん、混乱してわけがわからなくなった彼女は、その痛みの原因が僕にあると思い込んでしまった。僕が姿を消すと、何度も部屋を逃げ出して僕を探そうとしたんだ。とうとうナナは、ロージーに自分の思いをぶつけさせたほうがいいと判断した。そこで、僕は彼女の部屋へ行った」

アナベルはピクニックの荷物を脇へよけ、横になっているユアンの隣に座った。ユアンの豊かで美しい髪に指を絡ませて言った。「続きを話して」

「ロージーは懸命に立ち上がって、僕の胸をこぶしで叩いた」ユアンは無表情のまま言った。「それ以上立っていられなくなると、泣き出した。そして僕の手を嚙んだ」

「手を嚙んだ？」アナベルは驚いて繰り返した。

ユアンは仰向けになり、右手を挙げた。親指の下に深い傷がある。

「まあ、なんてこと！　それにロージーも……かわいそうに。ロージーは子供が生まれるということをわかっていたのかしら？」

「いや、僕たちが見た限りでは、理解はできていなかったと思う。自分がつらい思いをしているのは、僕のせいだと思っていたようだ」

アナベルは息を呑んだ。「赤ちゃんは?」

「元気だったよ。彼の出生に居合わせたことがいい経験だったとは言えないけど、グレゴリーは泣きすぎて紫色になるくらい元気な赤ん坊だった。そういうわけで、僕は大学へ行って女性を口説く技術を身につける機会を失ったんだ」

アナベルは、ユアンがつらい思いをしてまで当時の詳細を語ろうとした理由をすっかり忘れていた。「グレゴリーが生まれたとき、ロージーはまだ一三歳だったの?」

「その頃には一四歳になっていた。母親の役目を果たしたことはないが、グレゴリーが小さいときは、よく遊び相手になってたよ。グレゴリーが成長したときに、他の男に対するような恐怖心を持たなければいいが」

「グレゴリーは、ロージーが母親だとわかっているの?」

「さあ、わかっているような気もするし、わかっていないような気もする。僕の言う意味を理解してくれればいいんだが。グレゴリーは、ロージーのことは気に入っている。それは確かだ。思いやりのある、気持ちの優しい子なんだよ。でも、母親として見ているかと訊かれれば、答えはノーだ」

「あなたはいい人なのね」ユアンはアナベルの隣で仰向けに寝ていた。日射しが作るまだら模様のひとつに、ふさふさした赤毛が沈んで見える。なんてハンサムなのだろう。「ちゃんとロージーの面倒を見てあげているんだもの。ほんとうに優しい人だわ」

「僕が自分で面倒を見ているわけじゃない」ユアンは手を伸ばし、アナベルの髪のカールのひとつを引っ張った。「出産後しばらくは、ロージーは僕の姿を見るのにも耐えられなかった。だから、彼女の面倒を見ていたのは祖母と修道士たちさ」

「でも、あなたは逃げ出さなかった。ロージーに噛まれても」アナベルはユアンの手を取って唇を寄せ、白い傷跡に沿ってキスをした。

「傷ならほかの場所にもある」ユアンは目にいたずらっぽい笑みを浮かべている。「ひょっとして、全部の傷跡にキスをしてくれるつもりかい？」

アナベルはふと、花の香りのワインのように体中をめぐり始めた衝動を感じた。とたんに勇気と好奇心がむくむくと頭を持ち上げた。「わたしに貸しがあるんだったわよね。わたしの願いならなんでも聞いてくれるの？」

「もちろん」日光に照らされた草地全体が息を止め、アナベルが何を言うのかと聞き耳を立てているかのようだ。ブーンというハナバチの低い音さえ、聞こえなくなった。

アナベルはきわめて正気だった。それまでのけだるい午後のまったりした雰囲気に、欲望という激しい流れが加わり、ふたりの間に緊迫した空気が漂い始めた。「それならまず、上着を脱いでちょうだい」思いきってアナベルは言った。「それからシャツも」

アナベルのぶしつけな言葉に、ユアンは目を見張った。「それで、僕がここで――こんな屋外で――服を脱いだら、きみはどうするつもり？」

「わたし？　貸しがあるのはわたしのほうよ、あなたにね」彼女は念を押すように付け加えた。

ユアンはわざとため息をつくと、上体を起こして上着を脱いだ。体をぴったりと包む、上等な上着だった。アナベルはつい、腕を伸ばして脱ぐのを手伝いそうになった。だが、それはあまりにも親密すぎるしぐさだ。アナベルはじっと我慢した。

ユアンはアナベルを見つめたままクラバットを外し、脇へ放った。

「それ、着け心地が悪いと召使に言ったほうがいいわ」アナベルは少しばかりめまいがした――なぜかはわからない。

ユアンはアナベルに向かって微笑んだ。しかし、何も言わずに首元のボタンを外した。それからゆっくりと立ち上がり、シャツを頭から脱ぎ捨てた。シャツは大きな船の帆のように、一瞬ふくらみ、それから脇へポトリと落ちた。

「さあ、どうだい、ミス・アナベル・エセックス？」声に笑いと欲望が混ざっている。ぴりりと刺激のあるさまは、グラスに入ったワインに負けていない。

ユアンはアナベルにのしかからんばかりに立ちはだかった。サフラン色のオークの葉の影で体にまだら模様ができている。アナベルの記憶は正しかった。ユアンの胸は筋肉で盛り上がって美しい形をなしていて、表面を覆う肌は太陽に口づけされた粗いサテンのようだ。

ユアンはスムーズな動きでアナベルの横にひざまずいた。「そんな目で見つめられると、まさしく神の創造物になった気分になれる」

神とどういう関係があるのかアナベルにはわからなかったが、気にしないことにした。間近で見ると、ユアンの腹には一筋のぜい肉もなく、ひたすら筋肉が波打っていることがよくわかる。触れてみたい——アナベルは思った。

「きみを敬愛するためだけに地上につかわされた神の創造物だ。スコットランド式の結婚式で使われる、こんな言葉を知っているかい？『我、肉体をもって汝を敬愛せん』」

アナベルの唇が緩んだ。「敬虔なるキリスト教徒にしては、肉欲にとらわれていないかしら？」

「そんなことはない。きみを敬愛することは、神を敬愛することだ。きみだって神がお造りになった美しい創造物のひとつなのだから」

アナベルの好みからすればやや神学的すぎるほめ言葉だが、悪い気はしない。ユアンの好きなように呼んでくれればいい。彼の視線は熱望に満ちていた。アナベルに対する熱望に。

未来の妻が満足気な笑みを浮かべている。ものうげな午後に肌を空気にさらしていることで、ユアンは気が大きくなり、酔いが回り始めた気がした。肉欲にとらわれているのは妻である彼女のほうだ——神々しく、狂乱せんばかりに美しい快楽主義者。ユアンは自分が何をしようとしているのかわからないまま腕を伸ばした。

ユアンの指は器用で、稲妻のように素早かった。アナベルの旅行用のドレスはボタンが前についている。メイドがいなくても脱ぎやすいようになっているのだ。ユアンの指が触れただけで、そのボタンが外れた。アナベルは生まれたばかりの子鹿のように体を震わせたが、ユアンは手を止めようとはしなかった。アナベルがだめと言ったらやめよう——ユアンはそう自分に言い聞かせた。だが、アナベルは何も言わず、ただ息を震わせている……その息遣いに魅了され、ボタンを外すユアンの手はますます速まった。

数秒後には、ユアンはドレスを肩から外していた。もちろん、アナベルは何枚も重ね着をしている。

「それは――」ユアンの声が詰まった。アナベルは笑みを浮かべていた。それはどこか神秘的で、時代を超越した女らしい笑みだった。そのうえ、コルセットのひもを自分でほどいている。

ユアンは黙ったまま、アナベルの胴着を引き上げた。アナベルの頰が赤みを帯びたが、何も言わずに、ユアンが胴着を脱がすに任せている……そして、ついにそのときが来た。

アナベルは脚を曲げて横座りしている。ドレスが腰にかろうじて引っかかっているものの、上半身は何もつけていない。

そんなアナベルのなんと愛らしいことか。「ああ、アナベル」ユアンがささやいた。「きみこそ、神のお造りになった最高の創造物だ」アナベルの肌にあますところなくキスがしたい、自分と同じように彼女を内側からうずかせたい。太陽の光を浴びた彼女の体は、成熟した女性の色気に満ち、絶妙な曲線と陰影を見せている。アナベルに触れたい――そんな思いにユアンの手が震えた。

「きみに近づくのはやめておくよ」声がのどの奥で絡んだ。

そんなユアンを見てアナベルは愉快な気分になり、いつもの生意気な笑みを見せた。「わたしも、あなたに触れるつもりはなくてよ」さらに続けた。「さっきの続きだけど、子供のとき以来、一度も女性の裸を見たことがないということ?」

「子供というほど小さくはなかったけどね。でも、きみを見た瞬間、今まで待った甲斐があったと思った」ユアンの声には強い意志が感じられた。心の底から語られた本心だ。

ユアンはアナベルが摘んだツリガネスイセンの花を抜き取った。茎の先から垂れ下がったボンネットのような小さな花を、彼女の繊細な肩の曲線に合わせてゆっくりと這わせる。スコットランドに着いた暁には自分の舌で愛撫してあげるよ。そう伝えるかのように。

アナベルは体を震わせ、うつむいた。濃いブルーの花は、ふくよかな乳房の曲線を伝い、バラ色の乳首へ——。

「やめて」アナベルは息を吐き出した。

しかし、ユアンは手を止めない。花びらの愛撫に身を震わせるアナベルの姿に魅了され、濃いブルーが映える滑らかな肌の輝きにすっかり目がくらんでいた。

アナベルは胴着に手を伸ばし、さっと頭からかぶった。勢いでツリガネスイセンの花は脇に飛ばされ、ユアンのワイングラスの中に着水した。

ユアンはため息をついた。アナベルの言うとおりだ。実際、ズボンの前部は痛みを感じるほどに張り詰めている。

「なかったことにしましょう」アナベルがようやくユアンを直視すると、彼はクラバットを結んでいた。完全に落ち着いた手つきに見える。「二度と口にするのもやめましょう」

「口にする必要などないさ」ユアンの声を聞いただけで歓喜の震えがアナベルの脚を駆け下りた。あるいは、その視線のせいだったのかもしれない。「僕は決して忘れない」

アナベルは頭をのけぞらせて、空を見上げた。ひょっとしたら――あくまでもひょっとしたらだけれど――ツリガネスイセンの美しい青が時間とともに空に映って、あの夜空の色になるのかしら。でも、どれほど自然が美しくても、ユアンのグリーンゴールドの瞳の美しさにはかなわないわ。絶対に。

15

明け方、アナベルは目を覚ました。頭の奥に、どうしても引っかかっていることがある。それがなんなのか、自分でもよくわからない。隣からユアンの寝息が聞こえた。長くゆっくりとした呼吸だった。まるで猫のようだ。起きているときと同じくらい、静かで落ち着いている。

寝室のカーテンの隙間から太陽の光が射している。しばらくの間、眠いのをこらえてアナベルは見つめた。光は、ふたりの泊まっているクイーンズ・アームズの寝室のよく磨かれたマホガニーを伝ってゆく。まさに最高級の寝室だ。ユアンは昨夜、寝室用の便器がブロンズ製で、男が女の尻を追いかけるさまを描いた装飾が施されているのを見つけ大笑いした。アナベルは顔を赤くして、目をそむけた。夫婦生活には、アナベルの知らないさまざまな側面があるらしい。実際、ユアンがそれらしいことを言うこともあった。

それにしても……。ブロンズ製の寝室用便器。マホガニーの机。リネンのシーツ。しかも、ユアンの私物で、毎晩、清潔なものが敷かれている。

アナベルはハッとして口を開けた。

真実は火を見るより明らかだった。

ユアンはお金持ちなのだ。

しかも大金持ち。そうに決まっている。何しろ馬車には、一二人もの騎馬従者がついている。父親の爵位を引き継いだだけの、浪費家で一文無しのスコットランド人などではない。アナベルの知るユアンは、ぜいたく品に無駄な金をかけるような人間ではなかった。ただし、彼がかなりのお金持ちで、この程度のぜいたくなど取るに足りないことだと思っているなら、話は別だ。

アナベルはしばらくの間、真珠のような朝の光をじっと見つめていた。ユアンはお金持ちに決まっている。彼の身のこなし、ブーツの磨き具合、マックを信用してすべてを任せきっている様子、そして馬車の豪華さ。どれひとつとっても豊かさをはっきりと語っているではないか。不安のあまりに、わたしには何も見えていなかったのだ。

歓喜の波に呑み込まれたのもつかの間、アナベルはたちまち恥ずかしさに襲われた。だが、そんな思いは即座に振り払った。神を信じる男と結婚したからといって、自分の魂の高潔さをむやみに心配する必要はない。お金持ちの男との結婚を願うのは、当然のことではないか。イングランドにいたときは、自分がそれほど欲張りだとは思ってもいなかった。清教徒と結婚したからといって、自分まで清教徒に改宗するつもりはない。

そのとき、ユアンが目を覚ました。ふだんとまったく変わることなく、静かに、落ち着いた様子で、寝覚めのよさも抜群だった。

「ねえ、家のことを教えて」

「やあ、おはよう」ユアンはものうげな笑みを見せた。

「どんな家？」長枕を越えて伸びてきて、みだらな動きを見せた手を払いのけながら、アナベルはもう一度尋ねた。

ユアンはあきらめ、伸びをしながら上を向いた。「古い石造りの家でね、一族が何世代にも渡って暮らしてきた。幸いなことに、僕の曾祖父というのが気難しい人間でね。プリンス・チャールズの氏族《クラン》の召喚にも応じなかったんだ。誰が王位につこうと知ったことか、ハノーバー王家だろうが、スチュアート王家だろうが愚かなことには変わりない、ってなものさ」

「お城、ってことよね？」答えはわかりきっている。

「そうだ」あくびをしながらユアンが言った。「直したいところがあれば、好きにしてくれてかまわない。母が死んでから、誰も調度に手をつけていないんだ。もう二〇年以上になる。ナナは家庭的じゃないから」

アナベルはどう答えていいのかわからなかった。無理もない話だ。結婚相手がお城に住んでいるだなんて。自然と笑みが浮かんでくる。高潔さなどどうでもいい。お城のことで頭がいっぱいだった。

「ナナは出かけるのが好きでね。城の中でじっと座って、部屋の中をどう飾ろうかなんて考えるタイプじゃない。一日中、小屋を回っているよ」

「小屋？」アナベルは自分が冷静でいられるのが不思議なくらいだった。

「僕の地所では、かなりの人が働き暮らしている。いわゆる小作人たちだ。僕らはそう呼んでいる。ナナはあちこち回っては世話を焼くのが好きでね。ありがた迷惑な存在だと思うんだが、そのおかげで好かれてもいるんだ。中でも子供を取り上げるのは大の得意だ」

アナベルは、手作りのジャムや体力をつけるためのスープを配って回る、優しそうな年配のスコットランド貴婦人の顔を思い浮かべた。「すてきな女性なのね、きっと。ご両親が亡くなったときに、おばあさまがいてくれてよかったわね」

「そのとおりだとも。ただ、祖母がすてきと呼ばれているかどうかは、よくわからない。祖母は――そうだなあ。やっぱりナナだ」

ユアンがベッドを抜け出した。「下へ行って水を浴びてくる。朝食のときにまた会おう」

ユアンはきれい好きだ。毎朝、水を浴び、夜には風呂に入る。アナベルはそこが好きだった。清潔なシャツを着るときに少しずつ肩が見えなくなるさまも。そのうえ、城を持っている。

アナベルは幸せすぎて、少し怖くなった。

ベッドの端に座り、ユアンが部屋の中を歩き回るのをじっと眺めた。男性にしてはめずらしく、自分でなんでもさっさと片付ける。召使がしてくれるのを待っていられない性分らしい。

ユアンとの結婚に抱いていた不安は、どうやら間違っていたようだ。朝食代さえギャンブルですってしまうような、先のことを考えないスコットランド男と結婚するわけではなかった。それどころか――それどころか、ユアンと一緒にいれば、何も心配する必要がないのだ。アナベルの気持ちが空気のように軽くなった。息もできないほどに。

「どうしたんだい？　真剣な顔をして」ズボンをはきながらユアンが言った。

「世界で一番怖いものはなあに？」

ユアンは顔をゆがめて笑いながら振り向いた。「難しい質問だ……キスが欲しいのかい？　こんなに朝早くから」

アナベルはユアンをにらみつけた。

すでに部屋の中はきちんと片付いている。唯一整っていないのは、アナベルだ。しかたなくサイドテーブルからブラシを持ち上げた。

「僕がやってあげよう」アナベルからブラシを取り上げ、ベッドに腰を下ろして彼女の髪をとき始めた。

「僕が怖いのは、自分の魂を失うことだ」しばらくして、ユアンが言った。「言うのは簡単だし、それを防ぐのも、たぶんそれほど難しいことじゃない。それでも、魂を失ったらどうしようと思って夜も眠れなくなることがある」

「何が原因で、魂を失うと思うの？」壁を見つめながらアナベルは尋ねた。結婚生活を円満に進めるためには、もっと教会で勉強しなければならないかもしれない。

「原因はひとつ、恐ろしい過ちだ」ユアンはキスができるよう、アナベルを自分のほうに向かせた。「たとえば、欲情したせいで大切な魂を失うわけにはいかない」ユアンの視線はじっとアナベルに注がれている。これでは、ハイネックのコットンのナイトガウンを着ていようと、麻袋を身につけていようと、同じことだわ。ユアンはわたしを求めている。わたしに欲情しているのよ。

「それで？」アナベルが促した。

「恐ろしいのは……」今度は軽い口調だ。「いや、まずこれだけは言っておく。僕は大丈夫だ。恐ろしいというのは、密通のことだ。つまり、きみとの結婚によって、僕は自分の魂を永遠に救うことができる。僕は、きみ以外の女性と寝ることはできなくなるからね」

「どうかしら」アナベルはユアンから体を引き離した。「密通というのは、貴族の殿方が気楽に行う娯楽のようなものではないの？　殿方ばかりではないかもしれないけど」

「男なら誰でもするわけじゃない。きみも、密通をするつもりだったのかい？　それは問題だな、アナベル」

「わたしは、もっと現実的な理由で結婚するつもりだったの」アナベルは自分が真実を話そうとしていることに初めて気づいた。「安らぎと安楽のために。わたしを求めてくれて、それとひきかえに安心を与えてくれる人と結婚するつもりだったの。それで、結婚という責務を果たすことができたら、相手は他の女性に目を向けるだろうし、わたしはいつか自分なりの喜びを見つければいい、そう思っていたわ」

「やっぱり不義に走るつもりだったんだ」ユアンが興味深そうに言った。

「違うのよ」アナベルは不機嫌な口調になった。「ただ、もっと醒めた目で、人の行動を見ていたの。イモジェンはロマンスに溺れることもできるけど、わたしはだめ」

「かわいそうな人だ」ユアンはアナベルを抱きしめた。同時にアナベルの腕は自然とユアンの腰に回った。まるでそこが定位置であるかのように。そしてユアンの胸に頭をもたせかけ、心臓の力強い拍動に耳を傾ける。「きみはきっと、魂のようなはかないものについて考えながら時を過ごすぜいたくを味わったことがないんだろうね。じゃあ、きみが一番恐れていることはなんだい？」

「まだしていないキスの回数が増えていくこと」

「ふーむ……それは今夜のお楽しみだ」アナベルはそれに応えるかのように身を震わせた。

「天国を信じていないなら、人が何かを恐れる必要があるだろうか？」好奇心に満ちた問いだった。

「天国を信じていないわけじゃないの」そうは言っても、あまり信じていないことは確かだ。

「ただ、気にしていないだけ」

「じゃあ何が気になるんだい？」

「また貧乏になることよ。それだけは絶対に嫌」

ユアンは彼女を抱きしめている腕に力をこめた。「食べるものがないというのはつらいだろうね」

「食べるものがなかったわけじゃないの。食べるものはいつもたっぷりあったのよ。ただ、来る日も来る日も同じものを食べていただけ。それがなくなってしまうことが怖かったの。

支払い期日を過ぎても、お金が払えないという重圧も。支払いを待ってもらうように頼まなければならないのも嫌でしかたがなかったし、穴の開いてない胴着が一枚もなかったことだって」

ユアンは黙っている。

「あなたはお金持ちなんでしょ？」アナベルは勢い込んで尋ねた。

ユアンはアナベルにキスをした。「ああ」

「どうして言ってくれなかったの？」

「まず、僕自身を好きになってほしかった。今のきみはそうだろう？　少なくとも、僕がきみに対してすることのいくつかは気に入ってくれている」

ユアンはアナベルが頰を赤らめるのを見て笑った。しかし、アナベルは恥ずかしくてしかたがなかった。わたしはなんて卑しくてちっぽけな人間なのだろう。

「僕の計算では、僕らは少なくとも五回分ずつ余分にキスをすることができそうだ」笑みを浮かべながらユアンが言った。その目に非難の色はまったく見られない。

「気にならないの？」

「何が？」

「わたしが――その、お金持ちと結婚したがっていたこと。わたしたち、これから結婚するわけだし――」

「神様からの贈り物のような気がしないか？　僕は金のことなんかどうでもよかった。金に困ったことはなかったからね。だけど、家族はなかった。もともと金に執着するほうじゃないんだ。でも、きみにとって金が重要なものであるなら、持っていてよかった」

アナベルはユアンの胸に頭を埋めて考えた。彼の人生観はなんて単純なのだろう、それに──アナベルの心の中で炎が燃え上がった──ユアンのような人を愛するのはなんて簡単なことだろう。そう、彼のような。「でも、あなたが恐れているのが自分の魂を失うことだとしたら、プライドを捨てることはまるで気にならないの？」

「どういう意味だい？」

「ほら、ホテルの部屋に強盗が押し入ったとき、あなたはひどく腹を立てているように見えたわ。それなのに、抵抗もせずに衣服を脱いでしまったから」

「腹は立てていたさ。きみや、きみの妹たちのことも心配だった。だが、抵抗する理由にはならない。僕が抵抗すれば、やつらは発砲しただろう。そうすれば誰かがけがをしてしまう。やつらに望みのものを差し出せば、おとなしく出ていってくれるだろうと思ったんだ」

「身ぐるみはがれて、辱めを受けてまでも？」

ユアンはニヤリとした。「僕の姿に気づいた瞬間、きみが目を見開くのがはっきり見えたよ。あの瞬間、強盗に受けた辱めは報われたんだ。それに、僕が抵抗したらどうなったと思う？」

「あなたは、あのふたりよりずっと大柄だったわ」

「おそらく銃のひとつは奪えただろうね。それで、その銃で僕はどうしただろうか？」

「あの男たちを脅した？」

「僕が、人の頭に銃を突きつけて、殺すぞなんて脅すような男に見えるかい？」

「どうして？」アナベルは不思議そうに尋ねた。「誰でもするような気がするけど」

「まさか本気で言っているんじゃないよね。僕は誰かの頭に銃を突きつけたりなんかしない。人殺しをするつもりはないからね」ユアンは言葉を切った。「これもひとつの答えと言えるかもしれない。僕の不滅の魂を奪うものの正体――それは人を殺すことだ。そいつに僕の金をやるのが嫌だというだけの理由でね。さて、これは何回分のキスに相当するのかな？」

アナベルは笑うしかなかった。ユアンに再び唇を奪われるまでは。

16

メイン伯爵は、グラフトン飼育場から譲り受けた将来の楽しみな二歳馬の請求明細書を置き、ため息をついた。執事は書斎の扉の脇に立っている。体が強張っているのは、苛立っているからだ。リンプルは高潔な人物で、主人の放蕩にも口を出さない。ただし、それは礼儀が守られていればの話だ。

「彼女がここへ？」答えを承知のうえで、メインはあえて尋ねた。

「メイトランド家の紋章の入った馬車が、玄関に横付けされております」リンプルは伝えた。昼がほとんど動いていない。「お望みとあらば、レディ・メイトランドが乗っておいでかどうか、わたくしが確かめてまいります。ただ、ご本人が馬車から出ておいでになりませんので、ご主人さまが馬車に乗られることをご希望なのではないかと推測いたしております」

男性が未婚の女性を訪問するものであり、その逆ではない、というのがリンプルの考えだ。リンプルだけではない。ロンドンの上流階級の人々はみなそう思っている。だが、どういうわけかメインは、イモジェンにその事実を納得させることができないでいた。彼女は今週に入ってすでに二度、まだ日の高い昼間にメインのもとを訪れている。おかげでセント・ジェイムズ・ストリートに面した屋敷に仕える召使たちは、うわさ話のネタに事欠かず、記事になる材料を求めているゴシップ紙を喜ばせることにも貢献した。

メインは立ち上がった。たったひとりの女性――イモジェン――とプラトニックな関係を結んでいる今よりも、数多くの女性たちと浮名を流した以前のほうが、人生はどれほど楽だったことだろう。昔の恋人たちはみな、うわさの力や慎みある態度の必要性、そして秘密を持つことの楽しさをちゃんと理解していたものだ。それに比べると、イモジェンは子犬のようだ。どこへでも好きなところへ突進し、それがどんな結果を引き起こそうとまるで気にしない。

リンプルはメインに厚手の外套を手渡した。「おそらくレディ・メイトランドは、公園での短いお散歩をお望みではないかと」

メインにはわかっていた。イモジェンを邸に通すのではなく、メインが馬車に乗り込めば、ちょっとしたスキャンダルが湧き起こる。メインは外套を着て肩をすくめ、召使の差し出した三つの帽子の中からひとつを選び、朝の太陽の下へ足を踏み出した。自分がこれほど早起きになったなんて、いまだに驚きだ。

前の年まで、メインは朝の五時より前に寝ることなどめったになかった。夜はダンスをしたり、美しい女性の曲線に寄り添って過ごしたりするものと相場が決まっていた。当然のことながら、もう何年も朝の太陽を浴びたことがなかった。メインはあらためて周りを見やり、肩をすくめた。玄関先のラッパスイセンの尖った葉の上で光っている露が、恍惚として閉じている女性の目を見る喜びからとんとごぶさただったことの埋め合わせだ、なんて気取ったことを言って自分をごまかすつもりはない。

メインがイモジェンの馬車に近づくと、待っていた召使が扉を開けた。今朝は遠乗りに行く約束などしただろうか？　いや、していないぞ。それに今はまだ朝の九時だ。自分が上流社会の生活をしているといまだに錯覚してしまう。もっとも最近は、夜はたいてい本を片手に自宅で過ごすことが多いが。

メインは帽子を脱ぎ、馬車の中へ入った。しかし最初に目が合ったのは、不体裁なことに夢中のおてんば娘ではなく、意外とまともな人物だった。

「やあ、グリッシー」体をかがめて妹の頰にキスをしながらメインは言った。「それに、ミス・ジョセフィーンじゃないか」イモジェンの妹に向かってうなずいてから、ようやくイモジェンに向き直った。「申し訳ないが、今朝きみと遠乗りをするという約束をすっかり忘れていたらしい」

「約束なんてしていないわよ」イモジェンはのん気な口調で返した。

「それなら、どういうことなんだい？　グリセルダはひどい風邪を引いて寝込んでいると聞いていたのに」メインはグリセルダの向かいの席に座った。

「ようやく治ったところよ」だが兄の目から見ると、まだあまり元気そうではない。もちろん、社交シーズンが始まって以来、グリセルダがこんな時間から起きているのが初めてであるせいかもしれないが。

「体調が悪いなら、どうしてこんなところへ?」困惑気味にメインが訊いた。馬車は一瞬ガタガタと揺れたが、その後は何の問題もなく道を進み始めた。「どこへ向かっているのか教えてくれないか?」

馬車の中が静まり返った。妙な雰囲気だ。

メインは眉を上げ、同乗者の顔を眺めた。グリセルダは目を閉じ、聞こえないふりをしている。つまり、知らん顔はしているが、この遠出には同意しているということだ。

イモジェンはメインにいたずらな笑みを向けた。夫への悲しみが薄れるにつれ、ますますおてんばぶりが増してきたように思える。彼女の本性が姿を現し始めたのかもしれない。正気の男ならそう考えて震え上がるはずだ。

「できれば、きみの答えは聞きたくない」

「わたしは、あっと驚かされることが好きよ。何しろ八歳のお誕生日には、アナベルお姉さまとテスお姉さまには本当に驚かされた——」

「イモジェン」メインがさえぎった。

イモジェンはメインに向かって口を尖らせた。肉感的なえんじ色の唇は、ラズベリーのごとくふっくらとしている。こういう瞬間に出くわすたびに、近頃のメインは自分の体がどうかしてしまったのではないかと感じるようになった。欲望を少しも感じないのだ。彼女が魅力的なことはよくわかっているというのに。

そう考えただけでメインはついしかめ面になった。「やめてくれないか。頼む。僕たちはどこへ向かっているんだ？」

「スコットランドよ」イモジェンはうれしそうだ。「なんだかワクワクしない？」

「僕を誘っているつもりなら、断る。アスコットのレースが近づいている。忙しいし、スコットランドなどに興味はない。いったい、いつ行くことにしたんだ？　理由は？」

「お願い、一緒に来て」イモジェンは黒くて美しい瞳を悲しげに曇らせた。そんなふうにして頼まれれば、僕以外の男なら彼女の足元にひれ伏すことだろう――メインは冷静に考えた。やんちゃな小悪魔かと思えば、次の瞬間には大人の女に変身して、ギロチンから自分を救えるのはこの世にあなたしかいないの、とでも言うような目で見つめる。目は涙で光り、口を尖らせ、胸を突き出して――。

「お断りだ」きっぱりと言ったものの、単なる好奇心から訊いてみた。「この小芝居を舞台でやるつもりだったわけじゃないだろうね？」

「どのお芝居？」イモジェンは、クリームの匂いを初めて嗅いだ猫のように目をギラギラさせている。

「たった今、きみが演じたやつだよ」

その瞬間のイモジェンの笑みは、本人は知ってか知らずか、彼女が練習で磨いた色気のある目つきの五〇倍も魅惑的だった。「舞台なんて考えたこともないけど、あなたの言うとおりね。女優になればいいのよ！」

メインはもう少しでうなり声を出すところだった。すばらしい。自ら堕落への道を歩もうとしている女性に、評判をおとしめる別の道を示してしまったとは。

「でも、今はまだだめ。まずは、アナベルを救わなくちゃ」

「アナベル？　それでスコットランドがどうのと言っていたのか？」

「わたしたちはスコットランドへ向かっているのよ！」グリセルダが口を開いた。そして目を開け、痛々しい表情でメインを見つめている。「それ以外に、わたしがスコットランド行きの馬車に乗る必要があると思う？　そうでしょ？」グリセルダは車酔いするたちで、長い馬車の旅が大嫌いだった。

「子供の頃、馬車に乗るとしょっちゅう僕の足元に吐いていたことを忘れたのかと訊いているなら、答えはノーだよ」メインは苛立たしげに答えた。

「イモジェン、この馬車はどこへ向かっているんだ？　今現在のことを話してくれ」

イモジェンは悪びれる様子もなくメインと視線を合わせた。「スコットランドよ。正確に言えば、スコットランドのアバディーンシャー。アードモア伯爵の保有地」

メインは目を細めた。「ここで下ろしてくれ」磨かれた鋼のように冷たい口調でメインは命令した。

「嫌よ」イモジェンは胸の前で腕を組んだ。

メインは身を乗り出し、馬車の壁板をたたいて御者を呼ぼうとした。

「まあ、大変、忘れていたわ」グリセルダの顔はすでに青ざめている。「メインにレイフからの手紙を渡してくれる、イモジェン？」

メインは無言のままイモジェンが手提げ袋《レティキュール》から取り出した手紙を受け取り、封を開けた。

メインへ

とんでもないことが起こった。どうやらわたしには、身に覚えのない家族がいるらしい。今は説明できないが、折り入って貴殿に頼みがある。どうかエセックス家の娘たちの後見人代理として、問題解決に手を貸していただきたい。フェルトンが例の騒動をうまく収めてくれたおかげで、アナベルは結婚しなくてもすむようになったのだ。だが、結婚を阻止するめには、アナベルとアードモア伯爵がスコットランドに到着する前に、先回りしなければならない。あいにく、フェルトンは都合がつかないし、わたしは法的な事務処理で手一杯だ。ぜひ、グリセルダ、イモジェン、ジョージーに同行してやってほしい。頼む。

レイフ

「レイフの身に覚えのない家族って、いったい誰なんだ?」妹を見てメインが尋ねた。

グリセルダはうめいた。

「我々はまだロンドンのど真ん中にいるんだぞ。今から酔ったふりをすることはないだろう」

「ふりなんかしていないわ！」グリセルダは腹を立て、目を見開いた。「二週間も馬車に揺られ続けるのかと思うだけで、気持ちが悪くなるのよ」

「レイフの家族って？」兄としての最大限の苛立ちを示しつつ、メインは尋ねた。それでも、ブーツを履いた足を妹からできるだけ引き離すことは忘れない。

「ある芳しくない人物が、レイフの兄弟だと名乗り出たの」再び目を閉じながらグリセルダは言った。「もちろん、愛人の子よ。ちらりと見たけど、確かにレイフそっくりだったわ」

「わたしは見られなかったけど」イモジェンが口を挟んだ。

「こんなはしたない話はよしましょう。ジョージーもいるのに。そんな男の存在は忘れてちょうだい」

「かまわないわよ。悔しいことに、わたしも見られなかったの」ジョージーはいかにもやんちゃそうに目を輝かせている。ジョージーとイモジェンに同じ血が流れているのは間違いないようだ。

イモジェンはグリセルダの言うことなど気にも留めなかった。「何がはしたないって、これはレイフから聞いた話なんだけど、レイフと、そのレイフの異母兄弟の誕生日が一週間と違わないことなのよ」

「それはともかく、きみたちがなぜこんなふうに僕を連れ出したのか、その理由が聞きたい」車輪の音から判断して、馬車はすでにロンドンの丸石を敷いた通りを離れ、グレート・ノース・ロードへ向かっているらしい。

「あなたが必要なの。アナベルお姉さまを結婚させるわけにはいかないのよ、どうしても」

イモジェンの目は笑っていない。本気でアナベルのことを心配しているようだ。

「もう手遅れだ」メインはきっぱりと言った。「フェルトンがどんな解決策を持ち出したにせよ、それは僕の知ったことじゃない。それに、アナベルがアードモア伯爵と出発してもう何日たったと思っている？　今さらその事実を覆せるはずがない」

グリセルダが目を開けた。「そうよ、でも、わたしはひどい風邪を引いていたわ。だからその旨をしたためた手紙を送ったのに、お兄さまったら、お見舞いのカードも、お花も、何ひとつ――」

「いいかげんにしてくれよ、グリセルダ」イライラしながらメインは言った。「風邪を引いたのは――」ふと気づいた。「アナベルたちに同行していたと世間に言いふらすつもりなのか？」

「もちろんよ」

「すぐに嘘だとわかるに決まっている」

「そうかしら。わたしはずっと家に閉じこもっていたのよ。鼻が真っ赤だったから」グリセルダはそれで十分な説明になっていると思っているらしい。「それにジョージーも一緒だから、いわば家族旅行みたいなものでしょ」

「でも、そんな行き当たりばったりの計画じゃあ――」

「レイフに最速の馬を借りてきたのよ」イモジェンは身を乗り出し、手をメインのひざの上に置いた。「それにね、レイフはノース・ロード沿いのあちこちに馬を用意してあるわ。でもアードモア伯爵のは、おそらく借り物の馬だと思うの。この馬車はよく走るのよ。追いつくのなんて簡単だわ。多少の不快さと、一日に走る距離が長めになるのを我慢すれば、だけど」

「不快さだと？」メインはめまいがしてきた。そういえば、召使たちは僕が公園へ遠乗りに行っているものだと思っている。それに――。

「着替えも持ってきていないじゃないか！」

イモジェンがメインのひざを軽く叩いた。お気に入りの毛糸玉をなくした小さな子供をあやすしぐさそのものだ。「心配は無用よ。レイフの召使に、あなた用の荷物をまとめるよう頼んだから」

レイフの服を着ろというのか？　冗談じゃない。「おまえのメイドは？」グリセルダに向かって言った。

「後からついてきているわ。お兄さま、他にアナベルを救える手があるなら、間違いなくそちらを選ぶわ」

「そこまでして結婚を妨害する理由はないだろう」

「かわいそうに、あの子は出発するまでずっと泣いていたのよ。アナベルが泣いたの」

「女は結婚式には泣くものだ」

「アナベルお姉さまは泣いたことなんかないわ」ジョージーが割って入った。

「わたしが泣いたのは、ウィロビーと結婚するようお父さまに言われたときだった」グリセルダが思い出すように言った。メインから視線をそらしている。

「ウィロビーはいいやつだったじゃないか」グリセルダが何も言わないので、メインは同意を求めた。「そうだろう?」

「もちろん、いい人だったわ。どうしてわたしの短い結婚生活なんて陰うつな話題を持ち出してしまったのかしら。かわいそうなウィロビー」

メインは義弟の顔をほとんど思い出せなかった。しょせん、結婚して一年かそこらで夕食時にあっさりと逝ってしまった男だ。当時、彼の両親は食べすぎのせいだとか何とか言っていた。ウィロビーは陽気な男だと常々思っていた。だがグリセルダは別の男と結婚したかったのではないだろうか。

「この一〇年、いつだって再婚できたじゃないか」グリセルダを見つめてメインは言った。

「確かにそのとおりね」グリセルダは再び目を閉じた。「どうして再婚しようと思わなかったのかしら。自分でもわからないわ」

「そんな皮肉な言い方はおまえらしくない」

イモジェンが説明する。「アナベルお姉さまを不幸な結婚から救えるなら、わたしたちの予定が狂っても、少々の不快さを我慢しても、それだけの価値はあるのよ」

「さっきから少々の不快さをやたらに強調するのには、何か理由があるのか? だいたいきみは、僕がレイフの服で満足すると思っているのか? どうして昨夜のうちに伝言してくれなかったんだ？　そうすればきみのメイドと一緒に、僕の召使も連れてくることができたのに」

「そんなことをしたら、来てくれなかったでしょ」

「来たに決まっているじゃないか！」

「いいえ、来なかったわ。あなたは自分に関係のないことにわざわざ首を突っ込むような人じゃないもの」イモジェンはきっぱりと否定した。

メインは歯ぎしりした。

「残念だけど、その点はイモジェンと同意見だわ。わたしたち兄妹は、どちらも自分勝手ですもの。わたしだって、スコットランドの原野を旅行するだなんて、できればお断りしたいところよ」グリセルダが言った。

「だが、こうしてここにいるじゃないか。ちゃんとメイド付きでね。僕は召使もなし、着替えもなしで旅行しなきゃならないんだぞ」

「たまにはそういうのもいいんじゃないかしら」グリセルダが妹らしい尊大な目つきでメインを見つめた。「お兄さまって、昔から衣装にやたらと固執していたわよね。まさか、いくら暇だからって、用品店を開くつもりじゃないでしょ」

腹が立ちすぎて、言い返す気もなくなった。メインはしかたなく壁にもたれて目を閉じた。どうやら、このままスコットランドまで眠り続けるしかなさそうだ。

17

ピクニックの後、数日間は、アナベルもユアンも一日一〇回のキスというルールを守り、質問ゲームもせずに過ごした。とはいえ、どちらかが質問しそうになってあわてて口をつぐむこともたまにはある。答えるのが楽しくて相手の質問に返事をすることもあったが、それは質問ゲームとは違うものだ。

このままでは、話が尽きてしまうのではないかしら、とアナベルは思った。ユアンは思いやりにあふれたまなざしを浮かべながら、手を変え品を変え、アナベルの父親についてさまざまな話を訊き出した。

「つまり、お父上は家中の金をすべてギャンブルですってしまったんだ」ある日の午後、ガラガラ音を立てながら走る馬車の中でユアンは言った。

「違います！　父はギャンブルなんかしたことないわ」

「なるほど《アイ》。でも、家から金を持ち出して、馬に注ぎ込んだ。競技場の馬に賭けたか、自分の家の厩舎にかけたかはともかくとして。それをギャンブルって言うんだよ」ユアンはゲーム盤越しにアナベルを見つめた。

「それからこれも言っておこう。お父上がきみを帳簿係にしたという事実も気に入らないな」

「数字を記録するのは好きなの」アナベルは弱々しく答えた。

「それなら、お父上はきみの足にキスをするべきだったね」ユアンの目が再び笑っている。そして、ふざけてアナベルの足にキスをし始めた。

だが、アナベルは考えずにはいられなかった。ユアンはギャンブルなど決してしないだろう。競馬場へ行って賭けることもなければ、自分の馬に金を注ぎ込むこともないはずだ。ユアンは父とはまったく違う。

ふたりの馬車は高地に差しかかっていた。「考えたんだけど、家に着いたらその日のうちにアルマイヤック神父に式を執り行ってもらおうと思うんだ」昼食を取りながら、ユアンは言った。「賛成してくれるね、ダーリン?」

ユアンの口から出たスコットランド訛りの強いダーリンという言い方には、アナベルにノーと言わせない何かがあった。ダーリンと呼ばれたからというわけではない。でも、このことは秘密にしておかなくては。そして、彼女は返事を考えているふりをした。

「あなたが正式に結婚するまでわたしの純潔を守ったと聞いたら、レイフは喜ぶわ」

「ああ。それに想像してほしい。時がたてばたつほど、僕はきみに興味を失って、安全な場所へ逃げ出してしまうかもしれないだろう?」

アナベルはユアンの真剣な目つきに思わず笑みを浮かべた。「それは問題よね」

「もちろん、そうなればピアスおじさんが介入してきて、きみと結婚するだろう。家族の名誉を守るためだ。それにきみがかなり無慈悲なトランプ師だとしたら」

「生涯の伴侶は、大人の男性がいいとずっと思っていたわ」

「ああ、もう、アナベル」ユアンがうなった。手を突っ込んだせいで、頭上の髪がまっすぐに立ち上がった。「今すぐに結婚してくれないか？　お願いだ。このままでは死んでしまう」

「結婚なんか誰としてもよかったんじゃなかった？」

「今は違う」

「じゃあ、いいわよ。今のは正直な答え」アナベルはうれしそうに認めた。

それを聞いたユアンの笑みはアナベルの心にまっすぐに突き刺さった。「キスは今夜のためにとっておくよ。それからアナベル、今のうちに警告しておく。寝室ではキスはなしというくだらないルールを僕は破るつもりだ。きみは僕のものだ。きみに結婚を申し込んだ瞬間にそう思ったし、ロンドンでの出来事などすっかり忘れることにしたんだ」

アナベルは息を呑んだ。

「マックに頼んで、アルマイヤック神父に伝言を送ってもらう。それから、午後の行程を僕は馬で行く。そうでないと、夜までキスをとっておくことができそうにない」

馬車の中から長々と横たわる薄暗い森が見え始めた。同時に自分の気持ちが軽くなったのに気づき、アナベルは驚いた。イングランドの手入れが行き届いた芝生や、こぎれいな茂みも嫌いではないが、馬車の窓から見える、うっそうとしたもみの木に覆われた起伏の激しい丘陵には、一種の荘厳さが感じられる。大きな鳥――トビ、それともタカ？――が深緑色の木々の上方を大きな円を描いて飛んでいた。ユアンが窓の外を通り過ぎた。髪が風で後ろへなびいている。赤毛で、筋骨たくましくて、骨の髄までスコットランド人だ。

アナベルは心の中で歌った。〝わたしは愚か者になっていく。彼のせいで愚か者になっていく〟

だが、愚かさも悪くはないような気がする。五月のすがすがしい日に、もうすぐ夫になる人があんなふうに笑いかけてくれるのだから。問題は、ユアンが馬車の横を馬に乗って走っていると、彼に訊きたい質問を考える以外にすることがなくなってしまうことだ。

「これは質問ゲームの質問じゃないのよ」その晩、アナベルはユアンに言った。ふたりは、とても古くていかめしい宿にいた。在位前のジェイムズ四世が泊まったことを誇りにする宿だ。王さまのように食事をとると、ついにふたりきりになった。銀のボウルに入った山盛りの果物が、ロウソクの明かりを受けてぼんやりと光っている。アナベルは金色のコニャックが満たされた小さなグラス越しに、ユアンをじっと見つめた。「洪水で両親が亡くなられたとき、あなたは何歳だったの？」

「七歳だ」

「ご兄弟は？」

「妹と弟は双子でね、まだ赤ん坊だった。夜になると泣いていたことしか覚えていない。ひとりが泣きやむと、もうひとりが泣き出すんだ。母と乳母がふたりの揺りかごの間を走り回っていてね。僕はそれを見ていつも笑っていた」

「じゃあ、ご両親のことは覚えている？　わたしは、母のことはほとんど覚えていないの」

ロウソクの明かりの影になって、ユアンの目ははっきりと見えなかった。「母親のことは覚えている。だが父親の記憶はない」

父親のことを覚えていないのを悔やむ気持ちが、ユアンの口調から伝わってきた。「そう、残念ね。イモジェンはお母さまのことを全然覚えていないのよ。イモジェンも悔やんでいると思うわ。小さかった頃、お母さまの話をして、ってよくせがまれたもの」

「それこそが、きみの妹の問題だよ」

「どういう意味？」アナベルはユアンをにらみつけた。

「向こう見ずな性格なのに、不運に見舞われるとたんに落ち込んでしまうところさ。きみだってわかっているはずだ、ダーリン。何しろ、まず気の毒な男と駆け落ちして——まあ彼女のほうが相手をけしかけたんじゃないかという印象を僕は受けたが——次は僕の気を引こうとした。実に危険な女性だ」

「下品に振る舞うつもりはなかった」ユアンはつらそうに言った。「彼女には、ご主人のことをわざと忘れて、魂を安売りするようなみじめなまねはしてほしくなかった。ほかにも言ったことがある。彼女の考えを変えさせたのは、その言葉だと思う」

「なんて言ったの？」

ユアンがアナベルを見つめた。

「あら、そうね、これは質問ゲームにしましょう」

「僕が特に好きなのは、コーニーズ・キスだと言ったんだ」

アナベルは目を瞬いた。「なんですって?」

ユアンは首を横に振った。「これはかなり勉強が必要だな……下手をすると一生かかる」

ユアンはアナベルを見て笑っている。だが、アナベルは興味津々の様子だ。

「イモジェンは、そのキスの意味を知っていたの? 信じられない!」アナベルはよく村の女たちと話をした。買い物などの交渉をしたのがアナベルだったからだ。それにひきかえ、イモジェンはいつも家にいて、ドレイブンのことばかり考えていた。アナベルでさえ聞いたことがない言葉を、妹がどうして知っているのだろう。

「そのキス、わたしたちはもうした?」アナベルが言った。

ユアンの笑い声がさらに大きくなった。「いや、残念だが、アナベル、きみが村のうわさ話から学んだことがすべてというわけじゃないんだよ。さてと、僕はいくつキスがもらえることになったのかな」ユアンはさっとアナベルの横に腰かけた。あまりの速さに、アナベルはユアンが動いたのにも気づかなかった。

キスが終わる頃には、アナベルの頭はどうにかなりそうだった。ユアンに対する欲望で。

「今のがコーニーズ・キス?」椅子にもたれ込みながら、アナベルは尋ねた。

ユアンはただニヤニヤしている。「いや、違う」ユアンは炉だなからトランプ一組を取り上げた。「一勝負するかい? スペキュレーションのしかたを教えよう。そうすれば、ピアスおじさんも罪の意識を感じることなくきみから金を巻き上げられる。といってもおじのポーカーフェースはかなりのものだよ」

「スペキュレーションなら知っているわ」キスにつながる話題には触れないほうがよさそうだ。「ジョージーが大好きなの」

「それなら」ユアンは目に意地の悪い笑みを浮かべた。「罰を賭けて勝負しよう」

アナベルは微笑んだ。「五回勝負ね？」

一回目はユアンが勝った。二回目はアナベル。三回目はユアンで、四回目はアナベルが勝った。「僕が分別のない人間だったら」ユアンはカードを置いてうなった。「きみがズルをしていると思ったところだ、お嬢さん。さっきのは僕が勝つはずだった」

「さあ、決着をつけるとしましょうか」笑いながらアナベルが言った。

「今度こそ、僕の勝ちだ」ユアンがカードを見ながら言った。「わかっているだろう」ユアンが顔を上げてアナベルを見つめた。興奮した様子のユアンの瞳を見て、アナベルの血管を稲妻が走った。「僕はきみに罰を与えたい」

アナベルはカードを見下ろした。だが、ユアンのせいですっかり冷静さを失っている。こんなふうに目を光らせるユアンは初めてだ。まるで別の人格が顔を出したかのよう。つい寝室や親密な触れ合いのことを考えてしまう。アナベルは適当にカードを選んでテーブルに置いた。

ユアンが手を伸ばし、アナベルの頬を指でなぞった。アナベルは身震いして、勝負を考えずにカードを置いた。

「どうやら負けてしまったみたいね」しばらくして、アナベルは言った。「わたしに何をさせたい?」ユアンはゆっくりと笑みを浮かべた。ふいに、重たげなまぶたの下から注がれたユアンの視線に、アナベルは身を焦がされるような感覚を覚えた。「今日のあなたはどこか違うわ」

「どう違う?」

「いつもなら、笑わせてくれるじゃないか、という目でわたしを見るもの。実際、あなたは面白い見世物を見物するような目で、世の中を見ているような気がするわ」

「笑わせてくれる、なんて思っていないさ」ユアンは唇をゆがめ、ねじれた笑みを浮かべた。

アナベルの顔がピンク色に染まった。「今みたいに……」

「今みたいに、きみが欲しくてしょうがないときは」ユアンはさらに続けた。「それ以外のことは何も考えられない」

アナベルの顔がさらに赤くなった。

「ほの暗いブルーのドレス——どちらかといえば旅行にはふさわしくないが、きみの髪の色にはこれ以上ないほど美しく映えている——を着て、そこにきみが座っている。僕はきみの服装について事細かなところまで、詳しく言うことができる。袖周りのブロケードから、肩についた愛らしい房飾りまでね」

「イモジェンが贈ってくれたドレスなの」アナベルは話題を変えようとした。このままでは自分を抑えられなくなってしまう――本能的にそう感じていた。

しかし、ユアンのねじれた笑みはさらに度を増していく。「今僕の頭の中にあるのは、それを脱がせることだけだ」ユアンの声にはどこか淫靡《いんび》な響きがあり、アナベルは息を呑んだ。

「そろそろ寝ない？」口早に言い、アナベルは立ち上がった。

アナベルから目を離さずにユアンも立ち上がった。「きみがそう言うなら」

「長枕を置くのを忘れないで」ユアンに向かって顔をしかめながら言ったあと、アナベルはハッとして体を強張らせた。「今夜、今から――罰を与えるつもりなの？」

ユアンはアナベルの顎を指で押し上げた。「そうしてほしい？」

「嫌よ」ユアンの唇が迫ってくるのを見ながら、アナベルは息をついた。「嫌」嘆願するような口ぶりだった。

ユアンのうなり声はアナベルへのキスでかき消された。長い時間がたち、ようやくアナベルが体を引いた。ユアンはくるりと後ろを向き、頭の後ろに手をやった。「危なかった」

「何？」

「あやうく自分を見失うところだった」ユアンの声に楽しげな調子が戻っている。「絶対に、自分を見失わないのが自慢だったのに」

「人は堕落するものだとよく言われるけど、あなたの人生には、自分を見失うような出来事はほとんどないと思わない？」

「そうかもしれないな」

「簡単なことよ」ユアンがトランプを集めてきちんとまとめ、元の場所に置くのを見ながら、アナベルは言った。「マックがなんでも仕切ってくれるもの。だからあなたはいつも面白がっていられるのよ」

「そう。マックは実に貴重な存在だ」

「だからあなたは怒ったことがないのね。その必要がないんだもの」アナベルは締めくくった。

ユアンはアナベルに向かって苦笑いした。「きみは僕にとって最高の花嫁だ」

しかし、アナベルは急に腹が立ってきた。賭けに負けたことを思い出したのだ。もっと気持ちをゲームに集中させるべきだった。また戸外で服を脱がされるとか、恥ずかしいことをさせられてしまうかもしれないのに。「イライラの種がなければ、冷静でいることなど簡単だわ」アナベルの口調は厳しい。

「僕にもイライラの種はある」ユアンがアナベルの前に立ちはだかった。だが、アナベルに手を触れようとはしない。「きみだよ」

アナベルは笑うしかなかった。

寝る前の支度は、結婚した夫婦のように一定の手順ができていた。メイドの手を借りてアナベルがドレスを脱ぎ、ベッドに潜り込む。それからしばらくすると、井戸のポンプで体を洗い終えたユアンが部屋に戻り、下着以外の洋服を脱いで、ベッドに滑り込む。そのあとはたいてい、一度ベッドから出て枕のようなものを探してきて、それをふたりの間に置く。目を覚ましたときにアナベルが腕の中にいたら大変だから、とユアンは言い張った。「男というのは」ある晩ユアンはアナベルに言った。「朝だろうと、昼だろうと、夜だろうと、喜んで愛し合えるものなんだ。特に朝は準備万端なんだよ。きみに意味が通じるかどうかはわからないけど」

アナベルはわかっていた。村の女性たちが自分たちの結婚生活について愚痴を言い合うのを長年聞いてきたからだが、それがようやく役に立とうとしていた。

しかし、今晩のアナベルはどこかが違っていた。一日中馬車の中に座っていたせいで夜になるといつも感じていた体の強張りが消え、かき立てられるような興奮と不安に包まれている。ひとつには、賭けに負けた罰としてユアンに何を求められるのか、まったく想像がつかないせいでもあった。

ユアンが部屋に入ってきた。アナベルはレディ・フェドリントンの舞踏会で初めて会ったときのように、ユアンのことなどまったく知らなかったときのように、客観的な目で彼を見ようとした。背が高くて、がっしりとした体つき……しかし、そうやって外見だけに注目するのは、すでに無理な話だった。ユアンの胸に目がいっただけで、ピクニックのことを思い出してしまう。おまけに――。

「ユアン！　いったい何をしているの？」

「ベッドの中でシャツを着るのはやめにする」ユアンはいたって冷静だ。「下ばきは着けるよ。僕たちふたりのためにも。だけど、胸はもうきみに見られているからね。結婚すれば、何度も目にするわけだし」

アナベルは息を呑んだ。ユアンが頭からシャツを脱いでいく。肩と腕の筋肉が盛り上がった。戸惑いというよりむしろ、体の中で何かが溶けていくような妙な感覚を覚えた。彼の広い胸は下へ向かって徐々に引き締まっていき、その終着点でもある小さなお尻には白い下ばきが張り付いていた。今にも落ちてしまいそう……アナベルは思わず目を閉じた。そしてふいに自分の体の曲線と柔らかさを意識した。ユアンの体が男らしさを象徴しているように、わたしだって……。

その夜のふたりのベッドは、中世に作られたかのように古くて、彫刻が施された巨大なものだった。ユアンがベッドに乗ると、マットレスが大きくきしんで傾いた。

「まだ式を挙げる前でよかった。このベッドでは揺れに耐えられそうにない」布団を掛けながら、ユアンがつぶやいた。

ベッドには長枕が置かれていない。

「さっきコーニーが何かと訊いたよね、マイ・ラブ?」ユアンはそっと尋ねた。

アナベルは唇を嚙み、ベッドスタンドに置かれたロウソクのぼんやりした明かりの中で、ユアンを見つめた。彼の目は緑色そのものだった。

「コーニーというのはウサギのことだ」アナベルに身を寄せ、ユアンがささやいた。「柔らかくて、ビロードのように滑らかなウサギだ」

アナベルはウサギとキスがどういう関係にあるのか考えようとした。しかしユアンの体がすぐそばにある。ふたりを隔てているのは、アナベルのナイトガウンだけだ。実際には触れてもいないのに、ユアンの胸の温かみが伝わってくるような気がした。

ユアンは近い未来の花嫁を見つめ、大丈夫、自分を見失うことはないから、と自らに言い聞かせた。これで一〇〇回目だろうか。アナベルは浅く息をしていた。少し前にアナベルがひそかに見せたうれしそうな表情から考えると、ユアンをベッドから蹴り出すつもりはないらしい。ただ――。

「アナベル？」ユアンは尋ねた。「どうして目を閉じる？　僕が怖いわけではないだろう？」

ありがたいことに、アナベルの肉感的な唇にはかすかな笑みが浮かんでいる。「それは質問？」

「ああ」ユアンは待ちきれなくなった。もうすぐ妻になろうとする女性の繊細な体を腕で包み込む。ユアンはアナベルにキスをした。やがて、彼女は彼の腕の中で体を震わせ始めた。ふたりは理性を失いかけ、彼女の舌も彼に負けないほど大胆な動きを見せた。そして、ユアンはアナベルを腕に抱いたまま、ゆっくりと寝返りを打った。

アナベルが目を見開いた。ユアンの股間のふくらみをアナベルはじかに感じているはずだ。それが意味するところをアナベルが理解しているのかどうか、ユアンにはよくわからない。もっともアナベルがまったくの無知だとも思えない。

思ったとおり、アナベルはユアンの強張ったものの正体をはっきりと理解しているらしい。

アナベルは眉間にしわを寄せ、ユアンを見下ろした。アナベルの脳裏をかすめている不服を、ユアンは読み取った。

「心配しないで」アナベルの頭を引き寄せてキスをした。「約束する。何も心配はないよ、アナベル」そう言うと、ユアンはアナベルの唇の間に分け入った。アナベルを味わいたくて体中がうずいている。アナベルがユアンの髪をつかみ、キスを返してきた。やがてアナベルはユアンの脚の間に体を入れた。やっぱり僕たちはうまくいく。ユアンはあらためてそう思った。

やがてユアンは唇を離した。それまでアナベルの小さな背を撫でていたはずが、これまで触れたことのないほど美しい形をした柔らかい尻に触れていることに気づいたからだ。

このままでは間違いなくどうかなってしまう。そう思ったユアンは愛撫の手を止め、片脚をアナベルの脚に重ねたまま、彼女に覆いかぶさった。自分を取り戻すまで、アナベルに触れることはできない。でも、なんて美しいんだろう、僕の花嫁は。たとえその煙るようなブルーの目をギュッと閉じていても。

ユアンはアナベルの目とバラ色の唇の端にそっと口づけた。それでも、アナベルは目を開けない。「コーニーがなんのことか、知りたくないのかい?」ユアンはアナベルの耳を軽く噛んでささやいた。

アナベルは驚いたように息を呑んで目を開けた。これはすばらしい。なんて世間知らずなんだ、僕のお嬢さんは。「教えてくれたじゃない。ウサギのことだって」アナベルの声は低く、色気にあふれている。ユアンの股間がうずき、また理性を失いそうになった。

ユアンは深く息を吸い込んだ。「その言葉の由来を知りたくはないかい?」

「知りたいわ」アナベルがささやくように返した。

アナベルの長く滑らかな脚に沿って、ユアンは自分の脚を滑らせた。いざとなったら僕は自分を抑えられるだろうか。いや、抑えてみせる。これまで、さんざん好き放題にしてきたじゃないか。最も自制すべきときにも。ユアンはゆっくりと、そしてうやうやしく、手をアナベルの乳房に置いた。

乳房の温かみを感じたとたん、ユアンはうなり声を上げそうになった。だが、かろうじて自分を抑えてアナベルを見つめた。アナベルはもちろん、しっかり目を閉じている。親指で乳首をさすると、本能的に体をそらした。アナベルがユアンの手首をつかみ、声を震わせながら言った。「ユアン!」だが、目を開けようとはしない。ユアンはそれを了承のしるしと取った。

「ここにいるよ、愛しい人」ユアンはささやいた。手——親指も——乳房に当てたままだ。ユアンは再びアナベルにキスをした。その瞬間、ふたりを激しい欲望が包み込んだ。ユアンの手の下で身もだえするアナベル。ベッドが小さくきしみ、その音がさらにユアンの血を沸き立たせた。ゆっくりと、あくまでもゆっくりと、ユアンは手をアナベルの乳房からお腹に向かって移動させた。さらにお尻、そして滑らかな長い脚を撫でていく。ついに太ももの上で絡まるナイトガウンのすそに届いた。

アナベルが目をパッと開いた。「何をしているの?」ユアンの手首をつかんで言った。

キスの出番だ。ユアンのキスでアナベルはあっけなく目を閉じた。やがて手首をつかんでいた手を離し、両腕をユアンの首に回した。その間にもユアンの手はアナベルの柔らかな太ももの内側を撫で上げ……とうとうそこへ行き着いた。

アナベルが体を強張らせた。「わたしたち、まだ……」あえぎながら言った。

「まだだよ」ユアンはアナベルに、そして自分自身にも言い聞かせた。「まだだ。これもひとつのキスの形なんだ、アナベル」

しかし、アナベルは目を開け、ユアンをにらみつけていた。「こんなの聞いたことないわ!」

「きみが村で覚えたことがすべてというわけじゃないんだ」冷静な声で答えながら、ユアンは指を動かし続けた。生まれて初めて感じる柔らかな茂みの感触だった。呼吸が乱れ、今にも胸が破裂しそうだ。

「だめよ、こんなこと。わたしたちは、まだ――」

アナベルが叫び声を上げた。ユアンは口で口をふさいだ。熱のこもったキスをしながら、ユアンはアナベルへの愛撫を続けた。やがてアナベルの脚から力が抜け、彼女は唇をユアンの唇に押し付けて何度も声を上げた。ついには顔をユアンの肩に埋め、体を相手に密着させたままよじった。

「これはキスなんだ、アナベル」ユアンは言った。理性がなくなりつつあるのは自分でもわかっている。このままだと今にもアナベルの上に乗って――。「さあ、最後のキスだ。僕からの贈り物だよ……」

アナベルは何も言わずにユアンの頭を引き寄せようとした。

「違う。そうじゃない」

次の瞬間、アナベルがその美しい目を見開きベッドから飛び出す前に、ユアンは下のほうへ移動した。

アナベルは熱と欲望でぼんやりしていた。そしてふと気がついた。太ももに押し付けられているのは、ユアンの――ユアンの――。ユアンは大丈夫だと言ったが、アナベルにはどうしても信じられなかった。けれども疑いの気持ちがふくらむたびに、ユアンのキスで再び感覚を失い、何もかもを忘れてしまう。快感の波に呑み込まれて。

ようやくユアンが乳房から手を離した。でも――。

「何をしているの？」言ってしまってから、アナベルは自分の声に驚いた。

ユアンはアナベルの脚の間にいた。アナベルのナイトガウンは、まるでみだらな女のように腰までめくれ上がっている。「やめて！」起き上がろうとしたが、筋肉質の大きな腕が腹部に伸びてきて、アナベルの上半身をベッドに押し付けた。そして、もう一方の手は……。

ユアンはアナベルの秘部を触っていた。だめ、お願い。アナベルの唇からあえぎ声が漏れた。ユアンに見られてしまう。そんなところにいないで。「ユアン！」アナベルは叫んだ。理性を失ってはいけない。はしたないまねも――。

アナベルは思考の脈絡を失った。ユアンの指が――。

指ではないわ！

「ユアン！」むせぶように叫んだが、ユアンは答えてくれない。ユアンの手に押さえ付けられ――そして乳房を愛撫され――ているせいで、体を起こすこともできない。ただ目をギュッと閉じ、ビロードのように滑らかで何もない暗闇に体を沈めているよりほかはない。その間も、ユアンの舌と炎がアナベルの体をなめ回し続けている。アナベルはどうすることもできず、ユアンに向かって体をそらした。名前を呼ぼうとしたが、言葉にならない。ユアンのキスの甘さに、アナベルの声はズタズタに引き裂かれた。

これが――これが――。なんと呼ばれるものなのか思い出せない。自分の名前もわからない。体のすべての感覚が、ユアンの口の退廃的で荒々しいタッチに集中している。

「だめ――だめよ――」アナベルは懸命に声を上げ……そして身を震わせた。ユアンに向かって体をねじるように押し付け、これまで感じたことのない、痺れるような強い快感の波に呑まれていく。激しい歓喜の中、アナベルはあえぎ、声を上げた。そして弱々しく、ベッドに倒れ込んだ。

18

二日後、午後の早い時間のことだった。馬車はあいかわらずガタゴトと道を進んでいく。ユアンが馬に乗るために馬車を下りると、退屈と長旅の疲れでぼんやりしていたアナベルはついに座席の上で体を丸め、眠ってしまった。目を覚ましたのは、馬車が左側へ大きく傾いたのを感じたときだった。目を瞬き、夢ではなく本当に馬車が傾いていることに気づいたとたん、踏ん張る間もなく馬車が横倒しになり、アナベルは壁に向かって放り出された。続いて甲高い、引っかくような音がした。馬車は土手のようなところを滑り落ちているらしい。太い木の幹が折れるバキバキッという大きな音がして、ようやく止まった。

アナベルは、馬車の扉、と言ってもそのときにはすでに床の役割を果たしていた部分に、激しく体を打ちつけた。いきなり訪れた静寂を切り裂くように、人の叫び声と馬のいななきが聞こえた。しかし、アナベルは厩舎の中で育った女だ。息を止め、冷静に馬の鳴き声に耳を傾けた。大丈夫だ。馬たちはおびえて怒ってはいるが、けがはしていない。

そのとき、喧騒の中からユアンの声が聞こえた。「アナベル！　アナベル、聞こえるか？　けがはしていないか？」不安に駆られている様子が声に現れている。

「ユアン！」アナベルは叫んだ。座面が垂直に立っているため、ひざまずいている。「驚いているだけよ」ぺちゃんこになったボンネットが耳に引っかかっている。アナベルはボンネットを外し、脇へ置いた。「馬の具合はどう？」

「馬車が横滑りする前に、ジェイクスがどうにか綱を切って逃がしてくれた。だから、あとはきみを助けるだけだ」そして、馬車の壁のすぐ横で声がした。「心配しないで。僕はここにいる」

「心配なんかしていないわ」アナベルは答えた。本音を言えば、馬車での旅にはうんざりしていた。馬車を修理してもらっている間、ゆっくり脚が伸ばせそうだ。

「馬車を起こさないといけないんだ」ユアンの声には、まだ不安の色が混じっている。アナベルはユアンが自分を心配してくれていることをうれしく思った。「どうするのが一番いいかを決めるのに少し時間がかかるかもしれない。きみを傷つけたくはないからね。それにこの水路は意外と深い。足場を保つのが難しそうだ」

アナベルもそれに気づいたばかりだった。ひざを突いている扉の隙間から、水が浸み込んできたからだ。

アナベルは立ち上がり、壁にもたれた。

「深いって、どれくらい？」アナベルは冷静な声で尋ねた。水はどんどん入ってきて、すでに扉は浸かった状態だ。濁った水は徐々にアナベルの靴のほうへ向かっている。手を伸ばして、つぶれたボンネットをつかんだ。どうにか濡れずにすんだようだ。

「溺れるほどじゃない。せいぜい足首が浸かる程度だ」

アナベルは顔をしかめた。窓は上にある。なんとか通り抜けられそうだ。

「ユアン！　窓は開けられる？」

「窓は開けられても、通り抜けられないさ」ユアンはそう言うと、土手の上にいる召使に向かって何か叫んだ。

「できるわよ」憤慨した口調でアナベルは言い返した。すでに水はつま先まで達していた。冷たいうえに、ひどく濁っている。「ただ、背が届かないの」

「わかった！」馬車が揺れた後、頭上にある泥だらけのガラスにユアンの顔が現れた。「やあ！」ニヤニヤ笑っている。「髪がくしゃくしゃだ」

アナベルはユアンをにらみつけ、靴を濡らしている真っ黒な水を指差した。ユアンは下を見て顔をしかめた。「後ろを向いて」

アナベルは後ろ向きになり、馬車の座席に顔を埋めた。だがガラスの破片は飛んでこない。その代わりに、留められていた木材が剝がされる、バリバリという音が聞こえた。もう一度向き直ると、太陽の光が差し込んでいた。ユアンは馬車から窓を枠ごと外し、ポンと放り投げた。窓枠が水路に落ちるボチャンという音がした。「ちょっと待っててくれ。体勢を整えないと……」ほどなくユアンは再び姿を見せた。馬車の上で寝そべり、窓から上半身を乗り出して、アナベルに向かって腕を伸ばしている。

「さあ、おいで、ダーリン。赤ん坊を揺りかごから抱き上げるくらい簡単なことさ」

「楽しんでくれてうれしいわ」アナベルは皮肉を言ったが、それでもユアンに向かって腕を上げた。ユアンの大きな手がアナベルの手に近づいた。ユアンにつかまれた手は力強く引き上げられ、アナベルは文字通り宙に浮いた。ユアンは次に、アナベルの腰をつかんだ。ウッとうなりながらアナベルを窓から引き上げ、座らせた。スカートのすそが馬車の中に垂れ下がっている。

アナベルはユアンを見つめた。ふと気がつくと、ポカンと口を開けたままだった。「いったい、どうやって？」

「きみのように体重の軽い人を持ち上げることぐらいわけないさ」

アナベルは一度も体重を気にしたことがない。その点は常に自信があったし、率直に言って、男性たちもアナベルのスリムな体型を好んでいた。それでも、風に吹かれたとたんに飛んでいきそうなほどガリガリに痩せているわけではない。

ユアンはいつの間にか上着を脱ぎ、シャツの袖をまくり上げていた。ユアンの前腕は筋肉で盛り上がり、肩もシャツの薄いリネンが破れそうなほどだ。ピクニックでシャツを脱いだときのユアンを再び思い出し、アナベルは息を呑んだ。しかもユアンは息も乱していない。

「何をすれば、そんなに筋肉がつくの？」

「困っている娘を抱え上げるのさ」ユアンが笑いながら答える。すると馬車が揺れ、バシャン、と水がはねた。ユアンが馬車から水路に飛び降りたのだ。

ユアンは腕を伸ばして言った。「さあ、きみも飛ぶんだ！」

アナベルは思わず笑みを浮かべた。下に立っているのが普通のイングランド人の男性だったら——イングランド人に限らず、普通の男性だったら——こんなところから飛び降りて相手をつぶしてしまわないかと心配するところだ。でもユアンなら……。

アナベルは壊れた馬車の窓から脚を抜いて立ち上がった。はるか彼方まで続く濃いエメラルド色の森が見渡せる。森の奥から数羽の鳥が飛び出した。海をかすめるように飛ぶトビウオのようだ。空気は冷たく澄んでいて、モミの木や、深いローム質の土、それに春の匂いがする。

「アナベル！」ユアンが呼んでいる。

アナベルは下を見下ろした。やはり水の中に立っているのはユアンだ。彼女はなんの迷いもなく壊れた馬車を離れ、ユアンの腕の中に飛び込んだ。

抱きとめられた直後は、彼の体温しか感じられなかった。石鹸と、清潔なシャツと、日光の下で乾いたリネンの匂いがした。召使たちが自分の無事を喜ぶ声がぼんやりと聞こえる。しかしユアンはアナベルの顎を持ち上げ、海緑色の目で見下ろした。「質問はないかい、お嬢さん？　もうキスが残っていないんだ」

「わたしを早く下ろしたい？」

「答えはノーだ」ユアンはアナベルの口を口でふさいだ。ユアンの唇は、体と同じくらい力強かった。見た目には体が大きくてお人好しな農夫のようなユアンだが、そのキスは罪深い領主のものだった。アナベルが心の底に隠し持った秘密を、ユアンのキスによって目覚めさせられるまで知らなかった欲望を教えてくれる放蕩者のキスだ。

ようやくユアンが体を引いた。ユアンを見つめ返したアナベルは、ふと気づいた。彼が抱いてくれていてよかった。脚に力が入らないし、体中が震えている。

ユアンは笑っていなかった。心配してくれているんだわ――アナベルはうれしくなった。

「閣下!」道路からマックが呼んだ。「付近の様子を見に行かせた男が戻ってきました。この道路を五キロほど行った先に、小さな集落があるそうです。馬車の修理をしている間、そちらへ行かれてはいかがでしょうか。後発隊が間もなく追いつくはずですので、直接そちらへ向かわせます」

ユアンが手を出した。アナベルがその手を取ると、道路へ続く斜面へ引っ張り上げた。アナベルは後ろを振り返った。上等で光り輝いていた車体はぼろぼろになり、すっかり壊れて横たわっている。飛行中に撃たれた鳥のようだ。

「アナベルと一緒に馬でとりあえずその村へ向かう。後発の馬車を迎えによこしてくれ。今夜の宿が見つかるまでとにかく進まなければ」

アナベルは首を横に振ってユアンを見つめた。「片鞍は持っていないんだ、アナベル。僕の前に乗ってもらわないと」

「あの馬たちは、人間をふたりも乗せられるほど強くはないわ。二頭に分かれて乗りましょう。片鞍なんかなくてもわたしは大丈夫よ」

ユアンは眉を上げた。それでも「わかった」とだけ言い、マックのほうを向いた。

ユアンは召使を数人、村まで同行させるつもりらしい。アナベルはユアンの袖に手を置いて言った。「召使には先に行ってもらって」
ユアンは戸惑いながらも、何も言わずにアナベルに従った。アナベルはその場に立ったま
ま、しばらく考えた——余計な詮索をすることもなく、こちらの意見を聞いてくれる男の人
もいたのね。お父さまには決して理解できなかったでしょうけれど。
数分後には、四人の騎馬従者が村へ向かって急ぎ足で出発した。村人に助けを求め、馬車
がすぐには使えない場合に備えて農作業用の荷車を借りるためだ。
アナベルは道端につながれている馬たちに向き直った。落ち着かない様子で動き回り、草
をむしゃむしゃ食べている。アナベルは馬たちの間に入って行った。落ち着きのない、一頭
のまだら模様の賃借馬の前で足を止めて軽く背中をたたき、耳をかいてやった。ふと黒いた
て髪の赤茶色の去勢馬が目に入った。大きくて優しそうな目をしている。アナベルが手を差
し出すと、馬は草を食べるのをやめ、ベルベットのような鼻で手のひらに息を吹きかけてき
た。
「あなた、名前はなんていうの？」小声で尋ねた。しかし馬はアナベルの指に唇を当て、頭
絡を振るばかりだ。「それなら、ジンジャーって呼ぶわ。ジンジャーというのは、わたしが
初めて持たせてもらった馬の名前なの。あなたにそっくりだったわ」
ジンジャーは礼儀正しい姿勢で、贈り物の草を食べてくれた。
ユアンはジンジャーに鞍を乗せ、アナベルを振り返った。「手を貸そうか？」
「いいえ、けっこうよ」騎乗従者と召使たちは道でうろうろしている。馬車を引っ張り上げ

る方法を考えているマックの決断を待っているのだ。マックは泥水を跳ね飛ばしながら、馬車の周りを歩き回っている。馬車への負荷が最も少ない方法をあれこれ考えているようだ。

「このすてきな紳士としばらく歩いていきたいの」

ジンジャーは歩くのが好きなのか、うれしそうにアナベルの耳に息を吹きかけた。ユアンも馬に長い手綱をつけ、すぐにアナベルに追いついた。アナベルの顔に暖かな太陽の光が射している。日光はユアンの髪に反射し、まるでルビー色のプリズムが房の中から光を放っているように見えた。

馬車を引き上げようとしている男たちの叫び声からふたりはゆっくりと遠ざかり、やがて曲がり角を曲がった。アナベルは後ろを振り返り、召使たちがすっかり見えなくなったのを確かめた。

「手を貸してくださる？」ユアンに向かって言った。

アナベルは鞍に飛び乗り、スカートを丁寧に整えた。しばらくして、ユアンがジンジャーの肩の横で凍りついたように立ちすくんでいるのに気がついた。アナベルはいぶかしげに眉を上げた。

「きれいな靴下だ」声は冷静だが、瞳は燃えている。

アナベルはレース編みのウールの靴下を見下ろした。ほの暗い光の中でそれは真っ白に輝き、アナベルの細い足首からひざの下までを覆っている。「召使たちの前で馬に乗りたくなかった理由が、これでわかったでしょ？」ユアンに笑いかけた。

ユアンは黙ったまま、アナベルの足首を手で軽くつかんだ。「美しい脚だ」声が低く、かすれている。

アナベルは笑いかけ、スカートのすそを少しだけ持ち上げた。ユアンは、アナベルの太ももにぼんやりと目をやり、馬の背中につかまった。ユアンの表情が妙なのに気づき、アナベルは眉を上げた。

「どうかしたの、ユアン？」

「ひとりでは鞍に乗れないかもしれない」声がさらにかすれている。

「やってみたら」アナベルはぞんざいな口調で言うと、ひざをわずかに動かして、ジンジャーを歩かせ始めた。

「馬に乗れるなんて言わなかったじゃないか」アナベルの背に向かって、ユアンが叫んだ。

「訊かなかったでしょ！」アナベルの心は喜びにふくらんでいた。ジンジャーがおずおずと駆け出した。四本の脚を伸ばしつつ、騎乗者に走る速度を速歩《トロット》と常歩《なみあし》に制限されることがないよう願いながら。

アナベルはジンジャーの首に体を寄せ、手綱を緩めた。「行け！」ジンジャーにそれ以上の動作は無用だった。

ジンジャーの大きな筋肉が盛り上がり、前へ跳び出した。満足げに鼻を鳴らし、風の香りを確かめるように頭を上げる。やがて薄暗いモミの木立を駆け抜け、土煙を上げて道を疾走し始めた。アナベルは体をまっすぐに起こして笑い声を上げた。片手に手綱を握り、ひざで軽くジンジャーを挟むようにして襲歩《ギャロップ》で走らせる。

後方から、リズミカルな馬のひづめの音が聞こえてきた。アナベルは後ろを振り返り、にっこりと笑った。ユアンたら、ひとりでもちゃんと乗れたじゃない。きっとジンジャーがアナベルを乗せて勝手に走り出したと思っているのだろう。淑女はこんな乗り方をしない。ユアンが手を伸ばしてわたしの頭絡をつかもうとしたら、彼を——彼を引きずり下ろしてあげる。

もちろん、ユアンはすぐにアナベルに追いついた。しかしアナベルの手綱に手を伸ばそうともせず、笑っているだけだ。馬のひづめの音や、耳の周りで髪が乱れて音を立てているにもかかわらず、その楽しそうな笑い声がアナベルにも聞こえた。

ふたりはカーブした道を曲がり、ギャロップのままやや陰った道を進んだ。もう一度角を曲がると、再び日光がさんさんと降り注ぐ明るみに出た。ジンジャーがあえぎ始めた。アナベルは手綱を引き、並駈足《キャンター》からさらに常歩へ落とした。ユアンもアナベルと同じペースで馬を進めている。

ふいに、ユアンが急に馬の向きを変え、ジンジャーにぴったり寄り添わせた。二頭は、肩と肩が触れ合わんばかりに近づいた。

「一緒に過ごす時間が長くなればなるほど、きみのことがわからなくなる」ユアンは頭を横に振りながら切り出した。「きみという人は、ロンドンで会ったときに思っていた女性と似ても似つかない」

「わたしをどんな女だと思っていたの？」アナベルはそう言ったものの、答えが聞きたいわけではなかった。

「淑女だと」ユアンは即答した。「真の淑女だとね」

「まあ失礼ね、わたしが淑女じゃないというの？」アナベルはユアンをにらみつけた。

「きみだってわかっているだろう。きみは、レディ・ミットフォードのガーデンパーティーのとき、馬車の上でいきなりキスをした僕をたたこうともしなかった。あれには驚いたよ。きっと暑さにやられたんだと思ったんだ。だって、レースのドレスに身を包んで、柔らかくて、今にもとろけそうな――」

アナベルはユアンに向かって笑った。「アーチェリーでわたしが勝ったことを忘れたの？あれが淑女のすることだと思う？」

「そうだった。きみは実に有能な人だ」

「今にもとろけそうに見えることのほうが、よほど有能なんじゃないかしら？」アナベルは小さな笑みを浮かべた。

「そうかい？　どうして？」

「だって、弱々しくてとけてしまいそうな女性がいると、近くにいる男性は喜んで彼女のために尽くそうとするわ。それに男性って、無力な女性は自分が守らなければと思うものじゃない。なんてかわいらしいんだ、抱きしめてあげたい、とね。自分では気がつかないうちに、その女性を家に連れ帰って、安全な場所に永遠に閉じ込めておきたいって、思っているの」

「きみを家に連れ帰りたいのは確かだが、僕の家は安全とは言えないな」

アナベルはニヤニヤした。「わたしには、もうひとつ役に立つ能力があったわ」

「なんだい？」

「わたしに欲情すれば、あなたはなんでもしてくれるわよね。わたしからのお返しを期待して。たとえば、高価な宝石をくださるとか。結婚指輪なんかいいわね」

「じゃあ、僕を欲情させてくれ」アナベルを見つめながらユアンは言った。

アナベルは肩越しにユアンを見やり、彼の唇を見つめた。視線が下を向き、伏し目がちになる。それから唇に小さな笑みを浮かべた。アナベルが一四歳の頃、そうやって微笑むと肉屋が何切れかおまけしてくれることを知って以来、ずっと練習してきた笑みだ。もちろん、パン屋に笑いかけても、勘違いしたパン屋が余分に何斤か分けてくれることだろう。

ユアンはヒューと口笛を吹いた。「それは効果がありそうだ」

「そう？　指輪がいただけると考えていいのかしら？」

「よし、今のは質問だ！」ユアンが馬を止めたので、アナベルもジンジャーの足を止めた。ユアンはその大きな手をアナベルのうなじに回し、そっと引き寄せた。近頃のキスは以前とは違う。前のキスの続きのように始まるのだ。唇が合わさったとたん、ふたりは口を開けて貪欲に互いの味を求めた……。だが、ユアンは手を自分の体の横に置いたままにしていた。アナベルもユアンの髪に両手を絡ませ、自分を抱かせようとはしなかった。そしてふたりは、コーニーズ・キスのような淫靡なキスは決してしようとはしなかった。

ユアンのキスのうちどれを一番気に入っているか、心の奥でアナベルは考えた。口をピタッと閉じて決してユアンの進入を許さなかったときもあれば、わざとじらして進入を拒む一方、無言で懇願していた彼が隙を見て入り込んでくることもある。そういったキスが一番だと思うこともあれば、ふたりの舌が絡み合い、体がたちまち震え出す……そういうキスが一番だと思うこともあった。それ以外にも、ユアンが数には入れないキスもある。朝、アナベルの頬や目に軽く触れるだけのキスや、夜、長枕越しにアナベルの唇にタッチするだけの甘いキスだ。

「きみの笑顔が見られるなら、僕はどんなことでもする」しばらくしてユアンが優しく言った。「ああいうキスのためなら――」

アナベルは急に恥ずかしくなり、目をそらした。そういう種類のキスは、自分の体やたしなみとひきかえに、男性から指輪や財産をもらうという自分の人生設計の中にはまったく含まれていなかったものだ。

ユアンは手綱を左手に持ち替えた。そして右手の指をアナベルの指に絡めた。馬が鼻息を掛け合えるほどまで近づかせ、ふたりはゆっくりと道を進んだ。アナベルはユアンを見ようとはしなかった。アナベルが考えていた男と女の関係に関する先入観は、すべて足元から崩れさったような気がした。彼女の防御は、ユアンによって見事に破られてしまったのだ。

村へ続く小さな分かれ道へ近づいた。ユアンの手を借りてアナベルは馬を下り、ふたりは黙り込んだまま、それぞれの馬の横に立って歩き始めた。

ほどなくして、ユアンの騎乗従者とすれ違った。どうやら村には借りられる荷車もなかったらしい。従者たちはそのまま事故のあった場所へ戻っていった。

その村は小さいなどというものではなかった。土がむき出しになった広場を中心に三軒の家が並んでいるにすぎない。店も、パブも、宿屋もないその村の入り口で、団子鼻をし、陽気な笑みを浮かべた大柄の若い男がふたりを出迎えた。

「ケトルといいますだ、ご貴族さま。まさかご貴族さまがおいでになるとは。あいにくなんの準備もござぇませんで、申し訳ねえ」泥壁で作られた家に挟まれた狭い場所で威嚇するように鳴き始めた鶏を、男は手を振って追い払った。

「申し訳ないが、妻に水を一杯いただけないだろうか？」ユアンはお辞儀をしながら尋ねた。

ケトルはにっこりと笑った。「水だなんて、とんでもねえ。奥方さまには、妻に言ってすぐにエールを持ってこさせますだ」ケトルは一軒の家に入っていき、ブリキのカップを注意深く運んでいる女と一緒に戻ってきた。女は、燃えるように赤い髪を顔にかからないよう三つ編みにしている。両頬にえくぼがあるせいで、まるで今にも笑い出しそうな表情だ。そしてそのお腹は、必死に重力に耐えているかのように大きなアーチを描いている。

女はエールを一滴もこぼすことなく、ペコリとお辞儀をした。「申し訳ねえ」女がおずおずと言った。「うちにはコップがひとつしかねえだ。だども、もしお待ちいただけるならば、すぐに注ぎ足してきます。ちょうど、オーツ麦のビスケットを焼いているところだで、よければ、ひとつ食べていってくだせえ」

「あら、いいえ、けっこうよ、ミセス・ケトル」とアナベル。同時にユアンも言った。「ぜひちょうだいしよう。ありがとう！」

ミセス・ケトルの顔に満面の笑みが広がった。「今、ミセス・ケトルと言っただか？　それ、あたいのこと？」

ケトルは妻の肩に腕を回した。「うちにゃ客人はめったにない。メソジスト派の巡回牧師さまが先月回ってきたばかりだ。妻をそんなふうに呼んでくれたのは、奥方さまが初めてだ」

「でも、ここに住んでいるのはあなた方だけではないのでしょう？」アナベルが尋ねた。

「へえ、普段は」もう一度お辞儀をしながらミセス・ケトルが答えた。「ご覧のように、ここには家が三軒あります。だども、今年の冬にファーナルドの奥さんが体を悪くして、元気になるまでしばらく世話になるとかで夫婦で親戚のところへ行っとるだよ。もう一軒は、イアン・マグレガーの家だ。イアンは、夏の間の農場での働き口を探しに行っとるだよ。妻もおらんし」気の毒なことに、ミセス・ケトルから見ると、マグレガーはどうしようもない男らしい。

アナベルから見れば、マグレガーが妻をめとらないのは正しい判断だとしか思えなかった。なにしろ、あんなぼろ家しかないのだから。アナベルはエールをすすった。味は薄いがさっぱりしている。それに冷たい。

四人はしばらく決まり悪そうに立っていたが、突然ミセス・ケトルが声を上げた。「おやまあ、いけない――」ミセス・ケトルの声が家の奥へ消えた。しかし、すぐに今度は椅子を持って現れた。ケトルとユアンのふたりがすぐにミセス・ケトルに歩み寄った。最初にそばに行ったのはユアンだった。そこでケトルは丸椅子を取りに行き、ふたりは土ぼこりが舞い鶏が行き交う中庭の中心にふたつの椅子を置いた。アナベルは背もたれのある椅子に座り、ミセス・ケトルは丸椅子に座った。男たちは庭の端へ移動し、ホップやエール、それに小麦の生長具合などについて話し始めた。

「ご親切に感謝いたしますわ、ミセス・ケトル」

「奥さま、どうか」ミセス・ケトルがえくぼを見せて言った。「よろしければ、あたいのことは、ただペギーと呼んでくだせえ。そのほうが落ち着くだ」

「わかったわ。じゃあ、わたしのこともアナベルと呼んでちょうだい」

「いや、それは、だめだ」ペギーはとんでもないとばかりに否定した。「でも、あたいは生まれてからずっとペギーだったから。名前が二種類あるってのが、どうもピンとこないんだよ。二種類だよ！」ペギーが笑った。「金持ちみてえでさ！」

「ま、まあ、そうね」アナベルは答えた。と、ペギーが急に立ち上がった。

「しまった。ビスケットのことをすっかり忘れていただ！」

ケトルも、ユアンに薪置き場がどうのと話した後、ペギーと一緒に家の中へ入っていった。

一羽の鶏が何を思ったか勢いよく近づいてきて、アナベルの靴から垂れている濡れそぼったリボンをつつき始めた。アナベルは身震いした。

「寒い？」ユアンが尋ねた。

アナベルは首を横に振った。「貧乏のにおいがプンプンしているわ」

「で、気に入らないのかい？」

アナベルは鶏を足で追いやった。「嫌よ、大嫌い。こんな貧乏暮らし、考えただけでもゾッとするわ」

「あのふたりは不幸せには見えないけどな」

「ここにはブリキのカップがひとつしかないのよ。それに椅子もひとつ。どうせ丸椅子もひとつきりだわ」

「服も一着だけなんだろうね」

「子供は、もうすぐ生まれてくる子がひとり」

「ふーむ。それでも幸せそうだ」

「こんな状況で幸せだなんてありえないわ」

「僕はそうは思わない」

ユアンが落ち着いた口調で言うのを聞いて、アナベルは無性に腹が立ってきた。「あなたは貧乏のつらさを知らないからそんなことが言えるのよ。毎日好きなだけお湯を使っているくせに。かわいそうに、あの奥さんは結婚してから一度も温かいお風呂に浸かったことなんてないわよ。その前だってどんなものかしら。水を温めるのがどれほど大変なことか、あなたにわかる？　そもそも湯船なんてものは、このうちにはないでしょうけど」

「確かに。僕の領地でも、ブリキの風呂のある家はめずらしい。ここの人たちには領主がいないんだろうね」

「奥さんの主食はきっとオートミールのおかゆよ」ついつい非難がましい口調になる理由が、アナベル自身にもわからなかった。「お腹に子供がいるというのに！　太ったおいしい鶏を毎晩食べるべきなのに」アナベルは、後ろで靴のリボンをついている痩せためんどりを足で蹴飛ばした。「どうしてビスケットを食べたいなんて言ったの？　あの奥さんの夕食がなくなってしまうじゃない」

「断ったら、かえってあの人を侮辱することになったんじゃないのかな。せっかく僕たちにごちそうしてくれるつもりなのに」

　アナベルは顔をしかめた。

　ペギーが出てきて、ふたりに焦げめのついたビスケットを差し出した。「まだ料理は勉強中で」手に持ったビスケットを振りながらペギーが言った。「あと、ハチミツがなくて申し訳ねえ。どこかにハチミツの木でもあるといいんだけど。ここら辺にあるのはわかっとるんだ。ハチがお日さまの当たるとこによく出てくるし。ハチを追って森に入っていくんだけど、すぐ道に迷ってしまうだよ！」ペギーは笑った。

「おいしそうなビスケットね。わたしは料理は全然だめなの」

「そりゃあ、そうでしょうとも」

「覚えなくてはね」

「そうだな」ユアンが二枚目のビスケットを食べ終えた。三枚目に手を伸ばそうとするユアンを見て、アナベルは顔をしかめた。「きみがミセス・ケトルのようにビスケットが焼ければ、僕の機嫌を損ねる心配をしなくてもすむぞ」

「そんな心配などするものですか！」アナベルはぴしゃりと言い、ペギーに向き直った。ユアンは笑っている。ペギーは、笑いたいけどご貴族さまの前では失礼なんじゃないかという表情だ。

「お忙しい時間にお邪魔してごめんなさいね。何かお手伝いすることはあるかしら？」アナベルが言った。

ペギーはアナベルの美しいドレスを見つめた。「とんでもないだよ」ペギーが高笑いした。「ちょうどクリームを温めてバターを作っているところだ。奥方さまにしていただくようなことは何もない」

アナベルはパッと顔を輝かせた。「料理はだめだけど、バターをかき回すことならできるわ！　毎週、妹たちとコックの手伝いをしたものよ」

ペギーは目を見開いた。「まさか、冗談じゃろ？」

しかしアナベルはペギーを引っ張って、すでに家の中へ向かっていた。アナベルの声が扉の向こうへ消えていく。「にんじんを使っているの？　それとも……」

「じゃあ、僕はケトルの薪置き場でも見に行くとするか」誰にともなくユアンは言った。あの調子では、小作人の世話を焼きたがることにかけては、アナベルはナナといい勝負をしそうだ。

一時間がたった。だが、馬車は一向に現れる様子がない。ユアンは、アナベルがどうしているかと探しながら、ぶらぶらと開拓地へ戻ってきた。小屋の扉を開けると、中にアナベルの姿があった。ユアンが入ってきたのに気づいていないようだ。

ケトル夫妻の家には、部屋がひとつしかなかった。大きなベッドが壁際に据えられ、荒ごしらえのテーブルが中心に置かれている。アナベルはテーブルの前に立ち、大きなバターの塊を水で洗っていた。ペギーはたったひとつしかない椅子に腰かけている。

「いいのよ、あなたは休んでいてちょうだい」アナベルがそう言うのはこれで二〇回目ぐらいだ。「バターの成形なら任せて」アナベルは木のボウルからバターの塊を手際よく取り出し、塩を振りかけた。「さてと、成形器はどこにあるの?」辺りを見回しながら尋ねた。

そのときペギーは戸口に立っているユアンに気づき、立ち上がった。「まあ、とんでもないところを! 奥方さまがどうしてもとおっしゃっただよ、ご貴族さま。どうしようもなかっただ!」

ユアンはペギーに笑いかけた。アナベルは壁にかかった成形器を見つけ、バターを詰め始めたところだ。

「ペギーに休まなきゃだめ、ってずっと言っていたのよ」アナベルはユアンに言った。「あと一日か二日で赤ちゃんが生まれそうだというのに、朝から晩まで立ちっぱなしだなんて!

ペギー、しばらくベッドで横になっていなさいな。ずっと起き上がったままなんでしょう?」

ペギーは、どうしようもないという表情でユアンを見やった。ユアンはペギーに向かってウインクしてみせた。ペギーはハリケーンに脚を吹き飛ばされてしまった遭難者のように、なすすべもなくベッドに横になった。

アナベルは成形器を皿の上にひっくり返して置き、ボタンを押して型を外した。平らになった金色のバターがポンと飛び出した。バターの上にPの文字が記されている。

「ペギーのPか、これはおもしろい」次のバターを型に詰め始めているアナベルを見ながら、ユアンはペギーに言った。それまでバターの表面など気に留めたことはないが、紋章付きのバターがテーブルの上にあるのも悪くないな。

ペギーの顔が輝いた。「そのチーズ成形器は孤児院でもらっただよ。送別の贈り物として」

「ミスター・ケトルと結婚するときに?」アナベルが尋ねた。

「ああ、そうだ」

横になったペギーは確かにつらそうだった。ユアンも認めざるをえなかった。痩せた体からお腹が突き出ている様子は、まるで小川から小島が盛り上がっているようだ。

「もちろん孤児院を出たときは、結婚する相手がミスター・ケトルになるか、ミスター・マグレガーになるかはわからなかっただが」

「どういうこと?」大皿にバターを載せようとしていた手を止めて、アナベルが言った。

「ケトルとマグレガーが結婚相手を探しているという話を孤児院に持ってきたのは、行商人だっただ。だけど、年頃の娘で北の森へ行きたがったのはあたいだけ。それで、あたいだけが行商人と一緒にここまでやってきただよ。孤児院はその成形器をくれて、行商人はチーズ型をくれた。ここまで来る間にいろいろ世話になったからって。けっこういい人だったよ」ペギーはにっこりと笑った。「今度、牛乳が余ったら、チーズを作るつもりだ」

「じゃあ、ここへは行商人と一緒にやってきて、それからミスター・ケトルを選んだの？」アナベルはふたりの馴れ初めにすっかり聞き入っている。

ユアンはリラックスした様子で腕組みをし、戸口にもたれかかっていた。「じゃあ、ケトルも、マグレガーも気に入らなかったらどうするつもりだったんだい？」

「その頃には、行商人にも結婚を申し込まれてただよ！」ペギーは自分の人気ぶりがいかにもうれしそうだった。「でもケトルを一目見て、ああ、この人だ、と思った。行商人は、あたいの気を変えようとしたんだよ。もちろん、行商人と一緒になれば、好きなだけ鍋は持てただろうけど。でも最後には、ケトルを選んだあたいの気持ちを快く受け入れてくれた。何しろ、結婚祝いとして布切れまでくれたくらいさ。ホントにいい人だったよ。赤ん坊が生まれたら、それでベビードレスを作るつもりだ」

アナベルは黙ったまま、顔をわずかにしかめてバターを詰めている。

ユアンが笑みを返した。「なるほど、行商人は鍋をたっぷり持っていたわけか。でも、ミスター・ケトルは牛を持っている」

「そこが悩みどころだった」片手に頭を載せて横になっているペギーは眠そうだった。「でも、行商人は腹が出てただよ」眠そうに笑った。「アイ、それにひげも長かった。その点、ミスター・ケトルはあたいにぴったりだった」

アナベルがペギーを見て微笑んだ。ペギーは下卑た笑みを見せて言った。「あそこの寸法まで！」

ペギーがにやけた。ユアンの低い笑い声が小さな家に響き渡った。少し遅れて、アナベルも笑い出した。ペギーの目が閉じてゆく。ユアンは唇に指を当て、後ろ向きのまま外へ出た。外に出ると、ユアンはアナベルの手を握って言った。「つまり、きみはバターなら作れるわけだ。それに的に向かって正確に矢を放つこともできるし、天使のように馬にも乗れる。できないことはないのかい？」

アナベルは歪んだ笑みを浮かべてユアンを見つめた。「わたしには、ペギーがしたような決断はできないわ。鍋と家畜のどちらかを選ぶなんて、絶対に嫌」

「きみには関係のない話だ」アナベルの頬に鼻をすり寄せて、ユアンは言った。「ここら辺の行商人が花嫁を探しているという話は聞いたことがある。でも、きみを渡すつもりはない。たとえ世界中の鍋やフライパンと交換してくれると言われてもね」

「質問があるの」家から離れたほうへユアンを引っ張りながら、アナベルは小声で言った。

ユアンはアナベルをケトルの薪置き場へ連れていき、壁にもたれて彼女を引き寄せた。アナベルは驚いて息を呑んだが、逆らいはしなかった。

「寸法がちょうどいいってどういうこと?」

「なんだって?」

「ミスター・ケトルはちょうどいいって、言っていたでしょ」声をひそめているものの、アナベルの興味は伝わってくる。「あそこの寸法まで、って」

残念なことに、ユアンが意味を説明するにはいたらなかった。声に出したことで、アナベルもピンときたらしい。驚いたような顔をしたあと、小さな笑みを漏らした。「ミスター・ケトルは運のいい人ね」

「ああ、気の毒に行商人は彼女の基準に達しなかったんだろう」ユアンが小声で返した。

「嫌ね」

ユアンはアナベルの首にキスをした。「バター作りの感想は?」

「大変な仕事だわ」アナベルはそのままユアンに体をあずけた。「かわいそうなペギー。過酷すぎるわ、何もかもが。そのうえ、赤ちゃんまで生まれるのよ。あと一、二日ですって。知ってた? この近くには、どこを探しても女の人はいないのに、どうするつもりなのかしら?」

「ケトルが手を貸すよりしかたないだろう」そのとき、ユアンはふとあることを思いついた。すごいアイデアだ。

「あんまりだわ」ユアンが耳にキスをしているのに気づいていないかのように、アナベルはつぶやいた。いや、気づいているとユアンは思った。耳を噛んだときにアナベルが小さく体を震わせたからだ。「ミスター・ケトルはきちんと介添えをしてくれる人がいる場所へペギーを連れていくべきよ」

「ケトルがちゃんと面倒を見るさ」

「お産のときは女性にそばにいてほしいものよ！　それに、あんなに重いバターのかくはん器を持ち上げるのもよくないわ」

ユアンは思いきって言った。「きみにはキスの貸しがある」

アナベルはユアンを見上げ、真っ赤な唇の口角を上げた。まるで自尊心の高い地中海のセイレーンのように、心をそそられる口だ。

しかしユアンははやる気持ちを抑え、羽毛のように軽くて上品なキスを返した。

「まだきみは罰を受けていない」

アナベルが頬をピンク色に染めた。「ええ、そうね」

「今からここできみに罰を申し付ける」考えながらユアンは言った。

アナベルは、日光の照りつける埃っぽい中庭を恐る恐る見渡した。「ここで？」

だがユアンは言葉を交わす気はなかった。ふたりの舌が触れ合う。アナベルの浅く、小刻みな息遣いがユアンの耳に入ってきた。股間が脈打った。ユアンはゆっくりとスカートの間にひざを押し入れ、アナベルを引き上げるように抱き寄せた。手の中の彼女は溶けたロウのように柔らかく、熱い。いつものように目を閉じ、ユアンが虜になりつつある例の官能的な表情を浮かべている。

「アナベル」あまりにも低く、卑猥な声にユアンは自分で驚いた。

「なあに？」アナベルも目を開けることなく、ただユアンに寄り添っている。

「僕からの罰だ。受けてくれるかい？」

「ドレスを脱いでほしいの？」

その言葉は、けだるい午後に張り詰めた空気をもたらした。ふたりは、ハチの羽音や、ケトルの牛が歩き回る小さな足音に囲まれていた。「もちろん、脱いでほしい」アナベルの耳にささやいた。「でも、受けてほしい罰はそれじゃない」

「あなたが脱ぐつもり？」期待するようなアナベルの口調にユアンの心臓の鼓動が再び速まった。

しかし、ユアンは首を横に振った。「違う。衣服とは関係ない」

アナベルは顔の向きを変え、ユアンの胸にもたれた。「それなら、受けてあげるわ。あなたは正々堂々と権利を勝ち取ったんですもの」

ユアンはアナベルの髪に顔をうずめてほくそ笑んだ。まるで自宅である城の中庭で旅の一座が演じたシェイクスピア劇のようだ。あのときは全然おもしろいとは思わなかった。だが、今は違う——自分の妻が目の前にいる。

「シェイクスピアを読んだことはある？」

「なんですって？　ええ、ほとんど読んだわ」

「ひとりの男が、誰も結婚したがらない女と結婚するという作品がある」ユアンはアナベルを抱く腕に力をこめた。「確か、その女には美しい妹がいるんだ」

「その妻は、じゃじゃ馬なのよ」ユアンにもたれたまま、アナベルは言った。「『じゃじゃ馬ならし』というお芝居でしょ。まさか、わたしがそのじゃじゃ馬にそっくりだ、なんて思っていないわよね」

「まさか、きみはじゃじゃ馬なんかじゃない」

「そのお芝居とどういう関係があるの？　もう何年も考えたことはなかったけど……その男性の妻に対する態度って、不愉快だと思わない？」アナベルはさらに続けた。「馬車、ずいぶん遅いわね」

ユアンはその芝居の詳しい内容をアナベルに思い出させるのはやめようと決めていた。芝居に出てくる男と同じ手を使おうとしていたからだ。喜劇『じゃじゃ馬ならし』に出てくる夫は、妻を田舎へ連れていき、じゃじゃ馬だった彼女を従順な女性に変身させてしまった。同じ方法で貧乏に対するアナベルの恐怖心を取り除こう。ケトル夫妻は、誰が見たって世界一幸せな夫婦だ。ここで、アナベルとふたりで二、三日過ごしたらどうだろう。貧乏ではあってもギャンブル好きな男の気まぐれの犠牲にならなければ、それなりに幸せな生活ができるということを証明したい。それにお互いの信頼感も生まれる。ユアンの唇にゆっくりと笑みが浮かんだ。他に頼れる者は誰もいないのだから。

アナベルの言葉に応えるように、遠くからゴトゴトという音が聞こえてきた。おそらくユアンたちの荷物を満載した馬車が、次の村へふたりを運ぶためにゆっくりと近づいている音だろう。ユアンはためらわなかった。

「ケトルとペギーを馬車に乗せてやりたい」

アナベルは目を開いた。「まあ、ユアン、それはすてきなアイデアよ！」

「マックに言って、宿にペギーの部屋を取らせよう。それとも産婆を頼んだほうがいいかな。赤ん坊が生まれるまで彼らと一緒にいてもらおう。あと一、二日と言ったよね」

「ペギーはそう思っているわ。わたしには出産のことなんかさっぱりわからないもの」

「なら、生まれるまでずっとだ」

アナベルはユアンに向かってにっこりと微笑んだ。「それはすばらしいことね」

「ただ……」ユアンが黙り込んだ。

アナベルは顔をしかめた。「ただ？」

「誰かがここに残って、牛や鶏にえさをやらないといけない。家のこともある」

「召使に言い付けたら？　この近くの出の人もいるはずよ」

「罰を申し付ける、って言っただろう？　僕たちが残ろう」

「わたしたちが何？」

「僕たちが残って、ペギーのバターとケトルの牛の世話をするんだ」ユアンの美しくて魅力的な妻はすっかり困惑している様子だ。「一、二日のことだろう？」ユアンはアナベルに軽い口づけをした。キスの数に入らないキスだ。「僕たちは別に先を急ぐ必要はないからね。聖書にあるよきサマリア人になったと思えばいい」

「よき何？」

「気にしなくていい。僕たちは急がない。僕の領地に入るまで、まだ最低でも一週間はかかる。ここで少し気分転換するのも悪くないんじゃないかな」

「気分転換！」アナベルは唖然としている。

ユアンは肩をすくめた。アナベルの乳房がユアンの胸をこする――彼はこの感触が好きだった。

残念なことに、アナベルが突然身を引いてまっすぐに立ち、呆気に取られた顔でユアンを見つめた。「ここで、こんなところで楽しく暮らせると思う？　この家で、よ。あなた、頭が変になったんじゃない？」

ユアンは笑いそうになるのをグッとこらえた。「思うよ。けっこう楽しくできるんじゃないかって」

「ユアン・ポーリー、わたしのことを、あなたに一所懸命つき従う聖歌隊員のような女だと思ったら大間違いよ。わたしは伝道師じゃない。インドへ旅に出るつもりなんかないわ」

ユアンはとうとう笑い出した。シルクで着飾った贅沢の大好きなフィアンセからは、伝道師の姿など想像もできない。「僕だって伝道師じゃないさ」馬車が音を立てて開拓地へ入ってきた。ユアンはアナベルの手を取った。「ペギーを助けるためだ。それに……」

「それに？」アナベルはユアンをにらみつけながら、ため息をついた。

「それに僕たちも楽しめると思う」

「あなた、頭がどうかしているわ」アナベルは断言するように言った。

「きみとふたりきりになりたい」アナベルの手を自分の口に近づけながら言った。「きみがバターを作るところを見たいな」ユアンはキスをした。本当はルール違反だ。まず真面目な質問をしてからキスをするのがふたりの決めたルールなのだから。「きみに牛の乳搾りを見せてあげるよ」彼女の口に向かってささやいた。

「まあ、それは魅力的な話よね」アナベルはつぶやいた。

馬車はすでに到着していた。静かな中庭に、ユアンの騎乗従者の騒々しい話し声が響き渡っている。マックがユアンを待ち構えていた。

「いいだろう？」ユアンはアナベルから離れながら訊いた。

アナベルは唇を噛んだ。「一日か、二日のことよね？」

ユアンはうなずいた。

「本当にわたしたちだけ？　メイドもなし？」アナベルは不安そうだった。

ユアンは躊躇した。僕は女性のことをどれほどわかっているのだろう？　アナベルはメイドなしではやっていけないかもしれない。

「いいの、気にしないで」アナベルはつぶやいた。「二〇年間、メイドなしでやってきたんだもの。一日や二日くらいなんとかなるわ」

ユアンはアナベルに向かって微笑んだ。「きみのメイドには、ペギーのお産を手伝ってもらおう」

「でも、シーツは自分のを使いたいわ」

ユアンはうなずいた。「もちろんだ。宿屋に泊まるときだって、自分たちのを使っているじゃないか。ここでも使えばいい」

「本当にわたしたちだけで残るつもり？」楽しみではあるが、恐ろしくもある。「また変なうわさが立たないかしら」アナベルはつぶやくように言った。「まだ結婚していないのよ」

ユアンはうなずいた。アナベルから手を離したままだ。「でも結婚する。どのみち、毎晩同じベッドで寝ているじゃないか」

「ここで過ごすのも、あなたにはいい経験になるかもしれないわね」アナベルは目を細め、意を決したように言った。「あなたは全然わかっていないわ、ユアン・ポーリー。まったくよ。こういう場所で生活することがどれだけ大変か」

ユアンは笑いを呑み込み、マックに向き直った。

アナベルはユアンの腕をつかんだ。「ドレスを入れたトランクがいるわ」アナベルはあわてて言った。

ユアンはうなずいた。もちろん、衣装は必要だとも。

ほとんどの時間は。

19

二台の馬車がゴトゴトと走り去ってゆくのを、アナベルは信じられない思いで見つめた。彼女は埃っぽくて何もない広場の真ん中に立っていた。一緒に残ったのは、まだ式を挙げていない男、ただひとりだ。

「わたし、きっと頭がどうかしてしまったんだわ」アナベルは現実を目の当たりにし、あらためて呆然としていた。

ユアンも驚いているようだ。「マックは、すっかり僕がおかしくなったと思っているよ。言っておくが、マックの判断が間違ったことは一度もない。なのに、赤ん坊が生まれるまで、ここへ来ないよう命令しなければならなかった。マックに命令などしたことはないのに」

「きっとすぐに生まれるわ」

「宿に入っただけで、生まれるかもしれないな。ペギーは今にも卒倒しそうなほど興奮していたから」宿屋へ連れていってもらえるうえ、産婆までつけてもらえると聞き、ペギーの目は喜びに輝いていた。

「さあ、これからどうするの?」広場を見渡しながら、アナベルが言った。

四方が森に覆われているが圧迫感はなく、むしろ森が三軒の小さな家を守っているような安心感さえある。騎乗従者や馬車の姿がなくなると、森の中の鳥のさえずり以外、なんの音もしない。

「牛の乳搾りをしよう。ケトルがとっくに時間を過ぎていると言っていた。ここの牛は勝手に野原へ出ていって、乳搾りの時間になると小屋に戻ってくるんだろう」

さびたような茶色の牛だった。苛立った目をしている。挨拶のつもりか、後ろ足のひづめで小屋の壁をバン、と蹴った。

「イライラしているみたい。父がよく言っていたわ。馬がああいう目をしているときは小屋に近づくな、って」

「苛立っているのは、乳搾りの時間を過ぎているせいだ」上着を脱ぎながらユアンは言った。

ユアンが近づくと、牛は男の胸にやすやすと穴を開けられそうな勢いで再び壁を蹴った。

「今は待っていてもらったらどうかしら」アナベルは少しだけ後ずさりした。「明日の朝になれば、機嫌も直っているわよ」

「待つ?」ユアンの髪はくしゃくしゃだ。袖をひじの上までまくり上げた。「牛がおとなしく待っていてくれるものか」ユアンは小屋の脇にある空間へ入り、壁を手探りし始めた。

「あった」

ユアンは低い壁の下部のパネルを引き上げた。「たぶん、この牝牛は相当扱いにくいんだ。乳搾りの最中に蹴飛ばされないよう、これを作ったんじゃないかな」ユアンは開いた部分から手を差し入れ、乳搾りを始めた。

「ずいぶん上手なのね」しばらくしてからアナベルは言った。

「僕たちふたりがいれば、牛の乳の扱いは心配ないな」アナベルを見上げてユアンが言った。

「僕は乳搾りができるし、きみはその乳でバターが作れる。簡単なことだ」

「そうかしら」アナベルは、白いリネンのシャツの襟元でカールするユアンの髪が気になってしかたがなかった。「あなた、料理をしたことはあるの?」

「一度もない!」楽しげにユアンは答えた。「きみは?」

「ないわ」

「じゃあ、ひとつの実験みたいなものだ」ユアンは乳を入れた手桶を引き寄せ、パネルを下ろした。最後に股鍬《またぐわ》でかいば桶に干し草を足し、ふたりは小屋を後にした。

小道を歩きながら、ユアンは空いているほうの手をアナベルの腰に回した。「なんて不道徳なことをしているのかと思うと、自分でも驚きだ」

「わたしだって!」アナベルは頰にキスを受けられるよう、顔を横へ向けた。「わたしたち、まだ結婚していないのよ」

「僕が愚かだった」ユアンは嘆くように言った。「きみの支度が整っていてもいなくても、さっさと主教さまのところへ連れていけばよかった」

アナベルは頰が紅潮するのを感じた。今の自分の状況が世間に知られれば、大恥をかくところだ。女性として、これまで聞いたこともない大恥を。

「見て！　ペギーの鶏よ！」首まわりの羽が抜け落ちている痩せこけた白い鶏が、開拓地の端をうろうろしていた。「小屋があるはずよね。暗くなる前に中に入れないと、キツネに食べられてしまうかもしれないわ」

鶏はうさんくさそうな目でふたりを見つめた。アナベルが近づくと、怒ったように鳴き声を上げ、低い切り株の上に飛び乗った。「あれは野生の鶏じゃないのかな。それだったら、夜だからって小屋の中には入りたがらないぞ」

「野生の鶏なんているはずがないわ。他の動物の餌にさせるわけにはいかないのよ。ペギーには鶏が三羽しかいないんだもの。さあ、おいで、おばかさん」アナベルはコッコッコッと鳴き声をまねたが、鶏は骨ばった首をくるりと回して、アナベルをジロリとにらみつけた。

「おとなしく言うことを聞くようなやつじゃないよ。どうだろう——」

その瞬間、アナベルは鶏に向かって突進し、片方の羽をつかんだ。鶏は真っ赤な口を開け、その場でシチューにでもされてしまうとばかりにギャーギャー叫び声を上げた。「助けて！」アナベルが叫んだ。「早く代わってちょうだい！　お願い！」

「それは無理だな」笑いながらユアンは言った。「そのまま小屋の中へ放り込めばいいじゃないか」

「小屋はどこ？」あたりをキョロキョロ見回しながらアナベルは言った。

森は穏やかな黄昏を迎えようとしていた。三軒の小さな家とケトルの牛小屋以外、建物らしきものはない。

鶏は必死になって体をひねり、バタバタ羽ばたいている。「きみを噛もうとしているんじゃないかなあ」ユアンはそう言いながら、家の扉を開けた。「ほら、ここへ！」

羽毛が舞い上がると同時に、鶏の怒ったような鳴き声がした。アナベルは扉をバタンと閉め、後ろへ下がった。しかし、はずみでバランスを失い、体が傾いた。アッと思った瞬間、ユアンがアナベルの腰をつかんだ。

「ありがとう」彼女はあえぎながら言った。「他の鶏たちの姿はない？」

「いや」ユアンの両手はまだ腰にある。「その代わり、ミルクが一桶分減ったけどね」

アナベルは下を見下ろした。泡の立ったミルクが地面いっぱいに広がっている。「落としたのね！」

「きみかミルクか、どちらかの選択だった。僕はきみを選んだんだ」

アナベルが体を引き、ユアンに向かって顔をしかめた。「それでバターを作ろうと思っていたのよ。ペギーがしばらくの間バターの心配をしなくてもいいように、たっぷり作っておこうと思ったのに」

ユアンは申し訳なさそうな顔をした。

「とにかく、まずお湯を沸かさなくちゃ」アナベルは言い、扉へ向かった。

「風呂を入れてくれるのかい？」風呂に入りたいという僕の気持ちを察してくれたに違いない。もちろん、僕だってアナベルのメイド代わりになって……。

「湯船なんかないでしょ、忘れた？　料理に使うの。そろそろお腹が減ってきたもの。違う？」

　そう言われてみると、確かにユアンも腹ぺこだった。ユアンはアナベルについて家に入った。「何を作る？」

「ジャガイモがあるわ」壁の脇にある箱を指差してアナベルは言った。

「鶏を焼いてもいいんじゃないか」それにしても腹が減った、とユアンは思った。

　アナベルは白い鶏に目をやった。羽をふくらませ、ペギーのバター型の上に座っている。居心地がよさそうだ。「あの鶏を殺さなければならないのよ。わたしたちにはできないわ」

「僕がやるよ。腹が減ってしょうがないんだ」

「あの鶏は、ペギーが結婚祝いに近所の人からもらったのよ」アナベルは扉の脇にあるバケツから鍋に水を注いでいる。「ジャガイモで我慢しましょう」水を張った鍋にジャガイモを入れ、炉火の上の小さなフックに引っかけた。

　ユアンは炉火に薪をくべた。アナベルはペギーのものを片付けながら家の中を歩き回ると、トランクを開けた。「確か、この中にあったわ……」タオルと石鹸を取り出し、さらにトランクの中を探った。ほどなくして、喜びの声を上げながら一枚の布を取り出した。「これを見て、ユアン！」

　見ると、えんじの布だった。ちゃんとしたものだ。

「これをテーブルクロスとカーテンにするわ！」アナベルは勝ち誇ったように言った。ユアンが笑い始めたので、アナベルはにらみつけた。「馬鹿にしないで」アナベルはもう一度トランクの中を探り、裁縫箱を取り出した。数分後には布を引き裂き、炉火の近くに置いた椅子に座って縫い物を始めた。

「社交界の連中が今のきみを見たらいったいなんて言うだろう！」

アナベルは次の縫い目にとりかかった。「わたしに縫い物ができるなんて驚いたでしょ、ユアン・ポーリー！」

「きみが知らないことのほうが、僕は興味を引かれるな」アナベルの頬が紅潮するのを見て、ユアンはうれしくなった。

一時間後、ひとつしかない窓にきれいな縫い目の入ったカーテンがかけられた。カンテラの明かりがえんじ色のカーテンに反射して、バラ色の光を放っている。鶏は眠ってしまったらしい。

アナベルは長いフォークをジャガイモに突き刺し、鍋から取り出そうとした。ところが力を入れすぎたせいで、フックが外れ、鍋が炉火の上に落下した。

ユアンはあわてて後ろへ下がり、かろうじて沸騰した湯を浴びずにすんだ。ジュッという大きな音がして、火が消えた。ジャガイモが鍋から飛び出して床に転がり、そこらじゅうに灰を撒き散らす。鶏が目を覚まし、ワシのように羽を広げてヒステリックな鳴き声を上げた。

「あら、嫌だわ」ジャガイモを追いかけながら、アナベルは言った。「お願い、捕まえて、ユアン！」

「森まで転がっていくことはないよ」ユアンはそう言いつつも、ジャガイモを追いかけ始めた。

「まあ、どうしましょう。こんなに汚れてしまったわ」ジャガイモをテーブルの上に置きながら、アナベルはつぶやいた。「水を取ってきてくれる？」

ユアンは扉の脇にあるバケツのところへ行き、足を止めた。外は真っ暗だ。「アナベル、水はどこにある？」

「どこ、って――」アナベルが振り返った。「水がどこにあるのか知らないということ？」

ユアンは首を横に振った。「マックの言うとおりだったな。僕は頭がどうかしていたに違いない。井戸があるかどうか、ケトルに訊くのを忘れていたよ」

「そのバケツの中には、どれくらい残っているの？」ユアンの頭に、この惨事の話を聞いたときの祖母の反応が思い浮かんだ。祖母がいたら、さぞかし長々と説教していたことだろう。もっともアナベルは、ただ驚いたような顔をして、両手にひとつずつジャガイモを持って立っているだけだった。落ちてきた髪はピンで留め直したが、頰に灰の黒い筋がついている。「今夜の飲み物ならたっぷりある」ユアンはバケツを置き、アナベルに歩み寄った。「夕食にワインを飲むならね」

「ワインがあるの？」アナベルは声を上げた。しかし、ユアンはアナベルの美しい声を黙って聞いていられなくなり、夢中で彼女の唇を奪った。悲鳴を上げられてもしかたのない状況だったが、未来の妻はただ驚きに目を見張っているだけだ。ユアンがアナベルを抱きしめて体を揺らしても、彼女は黙ったままだった。

ジャガイモがアナベルの手から落ちる音がした。続いてもう一方の手のジャガイモも落ちた。しばらくして、ようやくユアンがアナベルの体を離した。アナベルの目は眠たげで、すっかり体の力が抜けている。欲望でユアンの体が震えた。キスをやめなければいけない――そう考えるだけで頭がどうにかなりそうだ。これ以上キスをするのはやめよう。

「ワイン？」アナベルがもう一度尋ねた。「本当にワインがあるの？」

ユアンはジャガイモを拾い上げ、ベッドへ向かった。それから体を曲げ、やなぎ細工の大きなバスケットを取り出した。

「ピクニック用のバスケットね！」

「これには、いつもたっぷりと食べ物が入れてあるんだ。道端で馬車が故障した場合に備えてね」ユアンはバスケットを持ち上げてテーブルにドスンと置いた。はずみで形の悪い真っ黒なジャガイモがテーブルの端から床に転げ落ちた。

アナベルは幸せそうに鼻歌を歌いながらバスケットの中身を取り出した。「チキンがまるごと一羽、まあなんて素敵。それにパンに――」

「ワインが一本」ユアンはコルク抜きを取り出した。

「まあ、テーブルクロスは作らなくてもよかったみたい」アナベルは後悔するように言った。

「ここにリネンが入っていたわ」

「僕は、きみの作ったクロスのほうが好きだ」ユアンはうまい言葉が見つからず、両手を弱々しく振った。「家の中が明るくてにぎやかになった気がする」

あまりにもうれしそうなアナベルを見て、ユアンは決めたばかりのキス禁止令をすぐに破った。ふたりは夕食を取った。ユアンはジャガイモにできたてのバターをつけて四個食べ、こんなおいしいジャガイモは食べたことがない、と感激した。

アナベルは丸椅子に腰かけて、ユアンが五個目のジャガイモを食べるのを見守った。頭の中では、質問にならないような言葉を探していた。ふたりのキスが、これ以上行くと引き返せなくなる、そういう曲がり角に差し掛かっているのを感じていた。わたしはそんなことは望んでいないわ……と自分に言い聞かせた。

それでもベッドを盗み見ずにはいられなかった。この一時間で、ベッドの大きさが倍になったような気がする。

「ペギーは長枕なんて持っていないわよ」やっとの思いでアナベルは言った。

「じゃあ、今日は長枕なしで寝るしかないね」ユアンはアナベルを見ようとはしなかったが、セクシーで優しげな声だった。

アナベルの脚を欲望が伝い下りていき、肺から息が抜け出た。アナベルは口を開き、話そうとした――でも、いったい何を……？　拒否の言葉？　でも、どうして？　ふたりはすでに夫婦も同然だ。司祭の前で誓いの言葉を述べていないだけで。ユアンが立ち上がり、まるで赤ん坊を抱いているかのようにやすやすと、薪を両腕にいっぱい抱えて戻ってきた。

「とてもうまいジャガイモだったよ」肩越しに振り返ってユアンは言った。「人は、あんなふうにジャガイモを食べても生活できるんだな」

「冗談じゃないわ！　まるで灰を食べているみたいだった」

「少しばかりスパイスが利いていたほうが美味しいよ」

そう言うと、そっとアナベルを立たせた。「アナベル？」そこには口に出す必要のない問いかけが込められている。

アナベルは一瞬のうちに、自分がこれから手放そうとしているものについて考えた。これまでもずっと、結婚もしていないのに妊娠してしまう若い女性たちを軽蔑していた。だが、それはユアンとはなんの関係もないことだ。彼の目に浮かぶ欲望や、しわがれた声にも。そしてアナベルの感じている心の痛みにも。

もうキスはいらない——少なくとも、ただのキスは。もうすっかり嫌になったわ——心臓をドキドキさせながら眠るのも、シーツに身をこすりつけるのも、欲求不満と好奇心と欲望に体を苛まれるのも。

アナベルは唇をユアンののどに近づけ、やさしくキスをした。唇を触れただけにもかかわらず、アナベルの体は興奮に打ち震えた。「ええ」アナベルはささやいた。「いいわ、ユアン……どうか、お願い」

20

アナベルはユアンに笑みを向けた。ずっと練習してきたけれども、一度も使ったことのない笑みだ。オデッセウスを手招きするセイレーンの笑み。アドニスを呼ぶビーナスの笑み。美しい男を前にした異教の女神の笑み。「領地へ着いたらすぐに結婚するのよね」

「今夜というわけにはいかない」ユアンの目は真剣そのもので、声にもふざけた様子はみじんもない。「結婚の契りを結ぶのを楽しみに待とう。今はまだ――」

「今夜がいいの」やるせない口調でアナベルは言った。「今夜、あなたが欲しいの、ユアン。わたしを抱いてちょうだい。コーニーズ・キスが好きなの。本当よ。でも、それだけじゃないんでしょ？」

部屋の中は静まり返っていた。「ああ、アナベル、そうだとも。きみはわかっているじゃないか」

「わたしに教えてちょうだい。お願い」アナベルはユアンの顔を両手で挟んで引き寄せ、唇を彼の唇に這わせた。「ふたりきりだもの」アナベルは口をつけたまま言った。ユアンの唇の大きな曲線、尖った顎、そして耳にも軽くキスをした。

ユアンが心変わりしたのではないか、道義が欲望に打ち勝ってしまったのではないか。アナベルがそう思った瞬間、ユアンが顔の向きを変え、彼女の唇をとらえた。独占欲の強さを感じさせるキスから、アナベルは彼の本心を読み取った。

「後悔しないかい?」ユアンがしわがれた声で尋ねた。「僕たちはまだ結婚していない」

「後悔なんてしないわ」アナベルはあえいだ。

ユアンはアナベルをベッドのほうへ向かせた。アナベルを抱きしめてベッドへ行きかけたところで急に足を止めた。

「どうしたの?」

ユアンはアナベルを抱いていた腕を緩めた。「ベッドのことを忘れていた」口調が硬い。「召使に僕たちのシーツを敷いておくよう頼むのを忘れたんだ」ユアンは部屋の中を見渡した。「そもそも、馬車からシーツを持ってきていない」

「まあ」アナベルはベッドの薄い上掛けを引っ張った。シーツは灰色に汚れている。「ペギーの体ではシーツを洗うのも大変なんだわ」

「大丈夫だ。リネン入れを探すよ」

家の中をうろつくユアンを見て、アナベルは小さな笑みを浮かべた。「ユアン、リネン入れなんてないわよ」

「じゃあ、ペギーはきれいなリネンをどこにしまってあるんだい?」

「持っていないのよ」

「まいったな」小さくうなるようにユアンが言った。なんて美しいのかしら。ユアンの広い肩と角ばった顎を見ているだけなのに、アナベルは体中がうずくのを感じた。

「テーブルクロスがあるわ」声がかすかに震えている。「ピクニックバスケットに入っていたテーブルクロスを使いましょうよ」

ユアンがバスケットからテーブルクロスを勢いよく引き抜いたので、パンくずが宙に舞った。アナベルはベッドのシーツをはがした。美しいリネンのテーブルクロス――四辺にアードモア家の紋章が隙間なく刺繍されている――はケトル家のベッドにぴったり収まった。

「さてと」すっかり満足したようにユアンが言った。「こちらへおいで、アナベル」ベッドに腰かけ、腕を広げた。

行きかけて、アナベルは急に恥ずかしくなった。

「僕の妻よ」アナベルを引き寄せながらユアンは言った。

「まだよ」アナベルがささやいた。

「心の中では、きみはすでに僕の妻だ。僕が魂を大切にしていることは知っているね、アナベル。ただ」ユアンは言葉を止め、アナベルの口の周りを唇でなぞった。「教会の教えがすべてとは思っていない。僕の心と魂の内ではきみは僕の妻だ。この瞬間から永遠に」

アナベルは体を震わせながら息を吸った。思いを言葉にすることさえできなかった。体の奥からユアンを求めていた。ユアンの唇と、愛撫、そして体の重みを。

その直後、アナベルは冷たいリネンに横たわっていた。衣服は着ていない。まるで多くの女性たちを裸にしてきたかのようにやすやすと、ユアンは衣服をはぎ取ってしまった。でも……心に迷いが生じ、アナベルは突然、体を強張らせた。どうすればいいのかわからない。それにユアンの言うことが正しいなら、彼もよく知っているわけではない。

アナベルは村の女たちから、床入りは必ずしも痛みを伴うわけではないと聞いていた。ただし、どうすればいいか十分に知っている男と結婚すれば、である。〝遊び疲れた放蕩者と結婚するといいよ〟とミセス・クーパーは言っていた。〝そういう男はなんでも知ってるからね。遊び疲れて、そろそろ身を落ち着けようとするのが一番さ。その代わり、梅毒を持ってない男を選ばないと〟ユアンに梅毒の心配はない。だが痛むのではないかと思うと、つい太ももに力が入る。

ユアンはすぐに気づいた。「どうした、お嬢さん、怖いのかい?」アナベルの肌にささやいた。

「あまり痛くないようにする方法があるんですって」アナベルは期待を込めて言った。

「くだらない迷信だよ、ナナに言わせれば」

「おばあさまにそんなことまで訊いたの?」

「ナナは女性の体のことならなんでも知っているんだ。かなり痛がる女性もいれば、全然気づかない女性もいるらしい。処女じゃなかったみたいに」

今さら気が変わったとは言えない。しかたなしにアナベルはぎこちなくうなずいた。

ユアンは自分の未来の花嫁を見下ろした。実に魅力的な、そそるような笑みを見せたかと思えば、次の瞬間には体を震わせ、ひどく怖がっている。アナベルはぎゅっと目を閉じていた。エキゾチックなカーブを描くその目は、結婚相手を決める前から密通する計画を立てていた現実的な女性のものとは思えないほど、純真さがにじみ出ている。ユアンの顔に笑みがこぼれた。だが彼女のように情熱的で、金持ちの男と結婚することを心に決めている女性にとって、密通は実際的な方法なのかもしれない。

ラズベリーとクリームがたっぷり盛られたごちそうのように目の前で横になっているアナベルを見て、ユアンの中でめらめらと欲望が燃え上がった。結婚に伴う神聖な義務についてさまざまな考えが支離滅裂に脳裏をよぎる。だが、もはやどうでもいいことばかりだった。アナベルは僕のものだ。死がふたりを分かつまで。

考えてみれば、すばらしいことじゃないか。あらかじめすべての不安を取り除いておけば、結婚初夜には、きちんとした儀式を執り行うことができるのだから。アナベルが小さくあえぐたびに、乳房が上下するのが見える。だが、アナベルは黙ったままだ。両目を覆った手を外そうともしない。

「大丈夫かい?」ユアンはひざを突き、アナベルの上に覆いかぶさるようにして言った。処女を誘惑したり、純潔を奪ったり、ベッドで女性を喜びに導く方法といったものはまったく知らない。それでも、ふたりが楽しめるキスのやり方はわかっているし、彼女を喜ばせる力が自分にあることは知っている。ユアンはまるみのあるアナベルの太ももの間に片手を滑り込ませ、わずかに押し開いた。そしてクリームのように滑らかなお腹からバターのように柔らかな茂みへと唇を這わせ、さらに下へ——。

「それはしなくてもいいの」アナベルは手で顔全体を覆っていたので、くぐもった声で言った。

「僕がしたいんだ」ほどなくして、アナベルのうめき声が再び夜気に響いた。顔から片手が外れた。落ち着かない様子で脚を上げたせいで、ユアンの体がすっぽりと収まった。もうすぐだよ——ユアンは無言でアナベルに約束した。もうすぐだ。アナベルの体が震え始めた。すすり泣き、声を上げ、ユアンに体を押し付ける——やがてアナベルの快感は頂点に達した。両手を頭の上に上げ、体を弓なりにそらせる……そして再びテーブルクロスの上にゆっくりと横たわった。

ユアンは必死に自分を制した。彼女のそこは甘く、ぷっくりとふくらんで、ユアンを受け入れる準備は整っている……。「アナベル、少しだけ目を開けてくれないか?」さらに言った。「お願いだから」

アナベルは露に濡れたようなスモーキーブルーの瞳でユアンを見つめた。ユアンがひじで軽く突くと、アナベルは目をさらに大きく開けた。

「どうか僕を閉め出さないでほしい、スイートハート」ユアンは息を吐き出した。「きみと目を合わせていたいんだ……今だけでいいから。この一回だけ」

アナベルは唇を震わせながら笑みを浮かべた。「わたし——」

続く言葉を呑み込み、再び目をギュッと閉じた。しかしすぐに思い出して、もう一度開いた。

——そこにユアンがいて、アナベルの中にゆっくり入ってきた。痛くはなかった……。

「ユアン！」アナベルは声を上げ、背をそらした。その間も、ユアンはさらに深く入ってきた

「ああ、神よ」ユアンは声を絞り出すようにつぶやいた。「痛むかい？」

痛くはなかった。

まったく痛みはない。ユアンはからかうように身を引き、彼を引き戻そうとするアナベルに笑いかけた。それから再び彼女を突いた。アナベルもお返しにユアンをからかおうとして、テスの助言をぼんやりと思い出した。両手をユアンの硬い尻へと這わせて……。その間も痛みは感じなかった。

ユアンはうめき声を上げ、アナベルの唇を奪った。力強くて、何かを求めるようなキスだった。それまでとはまったく意味の異なる激しいキス。アナベルはユアンが理性を失う瞬間を味わった。ユアンはアナベルの中に深く入り込んだ。息も絶え絶えになる。アナベルの尻をつかみ、腰を突き上げた。ふたりの距離をいっそう縮めるかのように。

最初アナベルは、ユアンを見て楽しんでいただけだった。しかし徐々に感情が高まり、結合部分から発する熱い欲望が体全体に回り始めた。気がつくとアナベルは筋肉の盛り上がったユアンの肩をつかみ、彼と顔を突き合わせていた。

「アナベル」ユアンはうなり声ともうめき声とも言えない声でつぶやいた。「ああ、神よ」ユアンが神に向かって言っているのではないことは、すぐにわかった。感情はますます高

まり、ついにアナベル自身も混沌に呑み込まれた。汗と、リズミカルな熱狂の世界へと……。

アナベルはユアンの肩にしがみついて声を上げた。ユアンも顎を緩めて息を吐き出し、さらに突いた。アナベルを、自分の妻を。

21

真夜中のことだった。ふたりはともに体を丸めて眠りに落ちた。しかし一時間ほどしてアナベルが目覚めると、ユアンはテーブルの上のロウソクを灯し、火を熾こしていた。

「何をしているの?」アナベルは眠たそうな声で尋ねた。

「きみを見ている」ユアンの声にけだるい満足感を感じ取り、アナベルは微笑んだ。自分の体やキスと交換に、お金持ちで爵位を持った男を手に入れるという計画はこれでおしまい。わたしの体はユアンに愛され、彼を満足させるためにあったのだと、本能的に悟っていた。

「のどが渇いたわ」

ユアンは熱のある子供に水を飲ますように、アナベルの唇にブリキのカップを近づけた。しかし、水はアナベルの首を伝ってこぼれた。ユアンはしずくをキスでふき取った。その瞬間、アナベルはあらためて気づいた。ユアンから好きなだけキスをもらえる。交換条件も質問ゲームももういらない。

「キスして」アナベルは言った。

「アナベル――」

ユアンの頭を引き寄せる。「わたしはあなたがお城を持っているから結婚するわけじゃないのよ」彼の唇に向かってつぶやいた。

ユアンは笑いながら答えた。「ああ、きみが必要に迫られて僕と結婚するんだということは十分承知している。もっとも今は理由がふたつになったけどね」

「あなたがそんなにお金持ちだなんて知らなかったのよ。それをわかっておいてほしいだけ。本当に知らなかったの」

「それならわかっている。僕のプロポーズを承諾してくれたときのきみの絶望的な瞳を見れば、一目瞭然だった。それに、ロンドンの上流階級には、僕のことを知っている人は誰もいなかったしね。もっとも、きみのお姉さんのご主人、フェルトンは別だ。彼は金融関係のことには通じているようだから」

「ルーシャス・フェルトンは、あなたがお金持ちだということを知っていたの？」

「株取引をする以上、同業者とは会わなければならないからね。もっとも、じかに顔を合わせたことはない。そういう場合でも、僕は秘書を送りこむことにしているから――」

「ユアン」アナベルがさえぎった。「あなたはどれくらいお金持ちなの？」

ユアンは笑いかけた。愚かさのかけらも見えない、有能な実業家の顔だった。「スコットランド一なんじゃないかな。城一、二個分の違いはあるかもしれないが」

アナベルは頭を後ろへそらした。「信じられない」

「僕はリスクを負うことをいとわないからね」ユアンは愉快そうにアナベルを見つめた。

「領地を増やすのに苦労はしなかった。領地が増えればそれだけ責任も増えると、アルマイヤック神父にはいつも言われている。領地を減らして責任も減らそうかと時には思うこともあるんだ」

「でも、何をしても一〇倍になって戻ってくるわけね」

ユアンはうなずいた。「欲しくなくても、金は簡単に入ってくる。負うつもりはなくても、気づけば多大な責任を負っている」

「信じられない話だわ。それならば、いっそのことアードモア伯爵という地位を捨てたら？ まるで中世の封建時代の領主のようだもの。小作人や小百姓、お城に住んでいるすべての人々の生活をあなたが丸ごと面倒見ているわけでしょ？」

質問ゲームをしているわけではないのに、ユアンはアナベルの言葉を真剣に受け止めている。アナベルはそれがうれしかった。

「僕が伯爵の地位を捨てる……」

「そうよ」

「それに、城も……」

「ええ」

「衣装も、持ち物もすべて——」

「それだけじゃないわ。あなたが大切にしていて、あなたを頼りにしている人たちすべてを失うの」

「グレゴリーとロージーも?」

アナベルはうなずいた。「それに小作人や、マックもね。あなたに社会的責任を与えている人やものすべてよ」

「グレゴリーとロージーの安全と生活は保障される?」

「もちろん」

「でも……きみはそばにいてくれる?」

ユアンの低い声には、アナベルを身震いさせるものがあった。アナベルは息をはずませながら言った。「ええ、いいわ。もともと無一文の伯爵と結婚するつもりだったんだもの」

「それならかまわない」触れられてもいないのに、それまでの人生で最高に甘い愛撫を受けたようにアナベルは感じた。「アナベル、きみがいてくれれば、この小さな小屋で生活をしていくこともできる」

アナベルは笑みを浮かべようとしたが、唇を震わせることしかできなかった。「こんなところで生活する必要がなくて、本当にうれしいわ」やっとそう言った。

「僕は毎日、きみの作るバターつきジャガイモを食べたっていい。それだけで幸せだ」

「嫌でもそうしなくてはならないわ」アナベルは小さく笑いながら言った。「わたしはそれしか作り方を知らないから」

「それほど悪くないと思わないか?」

アナベルは黙り込んだ。明るくて清潔な小さな家、倒れそうになった自分を支えてくれたユアン、ミルクをこぼしたときの彼の笑顔を思い浮かべながら。「思わないわ」アナベルは答えた。「こんなに大変だとは思ってもいなかったもの」

「アルマイヤック神父の言葉を借りれば、人間は一瞬の迷いもなく俗世の欲を捨てることができなければならない、そうだ」ユアンは寝返りを打ち、アナベルの肩に鼻をすりつけながら言った。

「それはよかったこと」アナベルの口調が不機嫌になった。「そうは言っても、あなたには無理じゃないかしら。今回の場合は一、二日のことにすぎないのよ」

「大丈夫」ユアンの声はキスでくぐもった。唇はアナベルののどから徐々に下りていき、鎖骨を過ぎた……。

「じゃあ、わたしもいなかったら？　どうする？」

ユアンは迷わず答えた。「なんの責任も負う必要がなく、きみとも一緒に生活できないのなら、僕は修道士になる。それとも司祭かな」

ユアンの唇はアナベルの乳房をさまよっている。アナベルはユアンが修道院に入らなくてすんだことを心からうれしく思っていた。「質問があるの」

「うーむ」聞いているのかどうか、よくわからない反応だ。

「女性との経験がほとんどないのに……どうしてあのキスのことを知っているの？」

「どのキス？」なんのことかさっぱりわからないという様子だ。ユアンはまだ味わい足りないとばかりにアナベルの乳房の曲線を指でなぞっている。

「わかっているくせに！　コーニーズ・キスよ」

「ああ、それか」

「どこでやり方を覚えたの？　どうやって知ったの？」

ユアンはアナベルの乳房の下側のカーブを唇でなぞった。「僕が作った」

「あなたがなんですって？」

「僕が作ったんだ……別に一から考え出したわけじゃないけどね。男はよく詐欺師《コーニーキャッチャー》の冗談を言うだろう。コーニーというのはウサギのことだが、他にもだまされやすい人って意味があって——」

「知っているわ」アナベルは苛立たしげに言った。

「そこで、きみの妹を怖がらせる方法を考えたときに、コーニーズ・キスというのを作り上げたのさ。結果は大成功だった。だろう？　やり方については……あれは、いわば本能かな。僕は自分の本能を信じているんだ」ユアンが乳首を噛んだので、アナベルは悲鳴を上げた。

「本能で悟ったんだ。きみに気に入ってもらえるって」暖炉の脇に座りこんだ猫のように得意満面な様子で言った。「それに僕も、好きになれると思っていた」

アナベルはユアンをたたいた。

「まさしく神様からの贈り物さ」

ユアンは乳房に唇をつけたまま笑い声を上げた。今度ばかりはアナベルもユアンの神学論を認めざるをえなかった。確かに、あれは神様からの贈り物だ。

結局、ふたりはそれから一睡もできなかった。くたくたに疲れ果てて抱き合っていると、やがてカーテンの下から太陽の光が差し込み始めた。その頃にはユアンをからかって笑みを奪うことにアナベルは喜びを見出していた。「床入りについて、テスはわたしになんて言ったと思う？」

ユアンは、さあ、と首を横に振った。「仰向けになったまま、じっと我慢していなさい、なんて馬鹿げた助言ではないだろうけど」

「旦那さまがしてくれたことをしてあげなさい、って言ったのよ」アナベルはできる限り挑発的な口調で言ってみせた。何年もかけて男性を挑発する技を練習してきたアナベルのまさに得意分野だ。「つまりね、わたしの未来の旦那さま。今夜は……」

ユアンの顔から笑みが消えた。

アナベルはそれまでの挑発的な笑みから一転、いたずらな笑みを浮かべた。そして指を滑らかなユアンの胸に置いた。優しく、あくまでも優しく、その指を下へ、下へと這わせてゆく……。

「ねえ、コーニー以外の場所にコーニーズ・キスをしたら、なんていう名前になるの？」ユアンが歯を食いしばる様子を見て楽しみながら、アナベルは訊いた。

アナベルの指が、硬く屹立したユアンのものを撫で下ろした。ユアンは身震いした。それでも、アナベルの目から視線を外すことはなかった。笑ってもいない。

アナベルは唇を引き結んで、ユアンを見つめた。するとユアンは寝返りを打って、アナベルの上に覆いかぶさった。力の強いユアンに抵抗するすべはアナベルにない。ユアンの舌がアナベルの口に押し込まれた。そのがむしゃらさにアナベルは体を震わせた。一瞬前まで喜びで全身の力が抜けていたとは思えないほど激しく……。

「今夜のお楽しみにしましょう」ようやく息をつくと、アナベルはユアンの唇に向かってささやいた。

今度はユアンが目を閉じる番だった。

22

壁をしつこくたたく音に、アナベルは目を覚ました。「いったい何?」寝ぼけまなこで訊いた。

しかし、ユアンは音に気づいていないらしい。力強い腕をアナベルの体に回し、抱き寄せた。彼女の体から力が抜ける。「だめよ」アナベルは頼りなげに言った。

「いいさ」アナベルの髪に向かってユアンは言った。

バン! 牛小屋の扉が音を立てた。

「いけない、乳搾りをしないと」アナベルはもう一度言った。ユアンがこのまま離れないつもりなら——。

するとユアンがうなり声を上げ、転がるように体を離した。

アナベルは体を起こし、急いでベッドの端へ移動した。テーブルクロスはわずかに汚れていた。

「誰か、領地とひきかえに顔を洗う水をくれないかなあ」ユアンがズボンをはきながらつぶやいた。その間も、牝牛は小屋の扉をバンバンたたき続けている。

しばらくすると、音がやんだ。ふと見ると、バターの型の中に鶏がタマゴを産み落としている。

鶏は、一脚しかない椅子も汚してくれていた。アナベルはそれを見て情けをかける気持ちがすっかり薄れてしまった。水がなければきれいにすることもできない。しかたがないので、ブラシを取り出し、髪の毛をとき始めた。しかし鏡がないため、無造作な束髪にすることしかできない。

ユアンが片手にミルクを入れた手桶を、もう一方の手に水を入れた手桶を持って戻ってきた。髪が濡れている。

「右手のほうへ下ったところに小川が流れていたよ。薪置き場の裏だ。ものすごく冷たい水だ。体を洗うには飛び込むしかない」

アナベルは身震いした。そんな思い切った手段をとってまで、きれいになりたいとは思わない。それなら、午前中いっぱいかかってもお湯を沸かしたほうがましだ。「火を熾してくれる?」

ユアンは丸太を二本投げ入れ、アナベルが卵を落とした鍋を火にかけるのを手伝った。

「問題がひとつある」

問題なら何百とあるわ。アナベルはそう思ったが、黙っていた。

「この家には紅茶もコーヒーもないんじゃないかなあ」

「そうでしょうね。わたしたちだって、コーヒーをいただくのは特別な時だけだったもの。

ケトル夫妻よりはずっとましな生活をしていたけれど」

ユアンは面白くなさそうな表情を浮かべている。

「他の鶏を見なかった？」白い鶏にオート麦のビスケットをやりながら、アナベルは尋ねた。

ユアンは首を横に振った。「ピクニックバスケットにパンは残っていない？」

「ないわ。でも、卵ならあるわよ」アナベルは雰囲気を盛り上げようとして精一杯努力していた。

ユアンは不服そうな声を上げた。少なくともアナベルにはそう聞こえた。そして口げんかの末、ユアンは卵を食べた。五分もかけて炭色の卵を鍋の底からはがし、それを食べたことなどアナベルにもなかった。ユアンは嚙むのに苦労していた。

やがて、ケトルの畑に埋まった大きな岩を掘り出してくると言って、ユアンは出ていった。アナベルはオート麦のビスケットを食べた。そして鍋に四杯分の湯を沸かして体を拭くと、ようやくさっぱりした。それから鶏を戸口から追い出しながら、小さな家の中を磨いた。一番の問題はシーツ代わりのテーブルクロスだった。あんなしみのついたシーツで寝ることはできない……となれば、ペギーのシーツを洗うしかない。アナベルはたらいを探し始めたが、結局、ペギーは川で洗濯をしているに違いないという結論に達した。

ものすごく冷たい水――ユアンはそう言っていた。アナベルは想像しただけで体を震わせた。しかし、早く洗わないと今日中に乾かない。シーツが乾くのにどれくらい時間がかかるのだろう？　少なくとも一時間はかかるに違いない。アナベルはシーツをまとめて、外へ出た。

小川は泡を立てながらゴボゴボと森の中を流れていた。川べりに大きな石が並んでいる。アナベルは平らな石を見つけてひざまずき、水の中へシーツを落とした。水を含んだシーツはさらに濃い灰色になった。スカートに凍えるような水しぶきを浴びながらシーツを引き上げ、石鹼をこすりつけて洗おうとした。しかしシーツは濡らす前の四倍の重さになっている。そのうえ、水があまりに冷たく、触れただけで指が痛んだ。

アナベルは歯を食いしばった。洗濯のような単純作業でへこたれたりするものですか。手でシーツをつかんだまま、水の中に押し戻した。シーツが目の前で浮かび上がる。時間がたてばたつほどますます汚れていくように思える。速い流れに引きずられてあやうく手を離してしまうところだった。手はしわくちゃになり、冷たさのあまり痛み始めた。濡れたスカートが脚に張り付く。シーツは一〇〇キロくらいあるんじゃないかと思うほど重かった。

必死に奮闘して、アナベルはなんとかシーツを水から引き上げた。濡れずに開拓地へ戻るのは明らかに無理な話だ。深く息を吸い込み、シーツを担ぎ上げる。氷のような水が首筋を伝い、腕とスカートはびしょ濡れになった。歯をガチガチ言わせながら、アナベルはできるだけ早足で戻った。開拓地に出ると、今度は一生懸命に水を絞り、低い茂みの上にシーツを広げた。

家へ戻り、濡れたドレスを頭から引っ張って脱いだ。ナイトガウンをタオル代わりにして体を拭く。腕が痛み、指はかじかんで青くなっている。そこで、紅茶を求めて家の隅から隅まで探し回った。やはり、ない。しかたなく階段に座り、温かい湯を飲んだ。ケトル夫妻は、ゆでたジャガイモ――あれば卵も――だけしか食べていないわけではないはずだ。きっとどこかに食料庫があるに違いない。

ユアンが森から戻ってきた。アナベルに負けないくらい疲れた表情を浮かべている。「岩のやつ、ピクリとも動かなかったよ」ろくに挨拶もせずに言った。

「わたしはシーツを洗ったわ」誇らしげにアナベルは言った。

ユアンは茂みの根元にある大きな水たまりに目をやった。「今夜はどうやって寝るのか、訊いてもかまわないかな？」

「大丈夫よ、乾くから」実は、そう願っているだけだ。アナベルは辺りを見回し、やけに静かなことに気づいた。「ねえ、ユアン、鶏が一羽もいなくなっちゃったの！」

「キツネにでも食べられてしまったんだろう」

「違うわ。さっきまでここにいたもの」

「じゃあ、木の上で寝ているんじゃないのかな」ユアンは内心、その鶏を夕食にして食べるつもりだった。

「三羽ともいなくなった、なんてペギーに言えないわ。せっかくペギーが結婚のお祝いにもらったものなのに」アナベルは森に向かって歩き始めた。「最後に見たときは、あそこにいたのよ。ねえ、鶏さん、どこへ行ったの？」

ユアンはにやにやしながらアナベルを眺めた。彼女は流行の服飾雑誌のスケッチ画に負けないほど優雅だった。着ているのは、やはり旅行にはふさわしくないドレスだ。土ぼこりが目立ちにくい丈夫な茶のドレスではなく、深紅色の生地で作られ、胸の部分に何列もの白いレースが飾られたものである。

「ちょっと言わせてもらうけど、農場主の妻とは思えないその衣装、僕は好きだな」

「プロムナードドレスなの」アナベルは開拓地の隅にある小さな木の周りを鶏を探して歩きながら答えた。「丈夫なドレスは持っていないのよ。おかしいわねえ、すぐ近くにいるはずなのに。きっとわたしのことを無視しているんだわ」ユアンのほうを振り向こうともせず、薄暗い森の中へまっすぐに向かっていく。

「アナベル！」ユアンが呼んだ。

「なあに？」アナベルの声がこだまして戻ってきた。

「迷子になるんじゃないぞ！」アナベルの足音がユアンの耳に聞こえた。数分後、再びユアンは叫んだ。「大丈夫か？」

「ええ、いえ……そうでもないかも。狭い皆伐地に出たわ。あなた、どこにいるの？」

「その場を離れるんじゃないぞ！」ユアンは言い、アナベルの声がするほうへ向かった。アナベルが小枝を折る音が聞こえる。「そこにじっとしていろ！　でないとふたりとも道に迷ってしまうからな」

「そんな――」突然、悲鳴が上がり、ユアンの心臓がのどまで跳ね上がった。ユアンは全速力で駆け出し、二本の木の間で懸命に身をかわしているアナベルの腕をつかんだ。「ユアン、

ユアン、すごいハチよ！」

　高いモミの木の間から漏れる日光の中で、ユアンにもアナベルの言う意味がすぐにわかった。ユアンは何も言わずにアナベルをさっとつかむと、大きな木の反対側に押し付けて自分の体を盾にし、彼女の顔を自分の顎の下にしまい込んだ。「動くんじゃない」ユアンがささやいた。

　固まったままのふたりの周囲を、ハチが一団となって羽音を立てながら飛び回る。

「ああ、神さま」しばらくしてからアナベルがつぶやいた。「ユアン……」

「どうやらハチミツの木を発見したらしいな」顔を上げながら、ユアンが言った。

「ええ、あの皆伐地の中にあるに違いないわ」うれしそうにアナベルは言った。「ペギーが聞いたら喜ぶわね。鶏はいなくなってしまったけど」

「ハチに見つかってしまったようだ」ユアンはむっつりしながら言った。

「まあ、大変。刺されたのね」

「二カ所だけさ。いや三カ所かな」

「助けてくれてありがとう。うれしかったわ。そろそろ戻りましょうか」アナベルは間違った方向へ行こうとしている。

「こっちだ」アナベルを腕に抱き、ユアンは言った。

「どこを刺されたの？」

「一番柔らかいところ」アナベルがクスクス笑った。アナベルのこんな笑顔が見られるなら、ハチの大群に尻を刺されてもかまわない。ユアンはふとそう思った。クスクス笑うアナベルはいかにも彼女らしい。うっとりするほど女性的でハスキーな笑い声には意地悪さと官能性が同居している。

「もう少しジャガイモをゆでないと」小屋に戻るとアナベルは言った。「でもまた火が消えてしまったわ」

「ときどき薪を足すといい」

アナベルはユアンをにらみつけた。「わたしが薪をくべる間ぐらい、そこへ座って休んだら?」

「座ってなんかいられない」ユアンは笑っているがつらそうだ。「僕がやるよ」

「ひどく痛むの?」ユアンは首を横に振った。「馬がなくても関係ないわよね。とても馬には乗れそうにないもの」

鞍にまたがることを考えただけで、ユアンは身震いがした。それにしてもなんて愚かだったのだろう。万一の場合に備えて馬を置いておくことさえ思いつかなかったとは。シェイクスピアを気取った自分の考えが、ますますばかげて思えた。あの芝居を見て気に入らなかった理由がわかった気がする――アイデアそのものが滑稽なのだ。

「当ててみせましょうか」アナベルはユアンを気遣うように言った。「刺されたせいで、憂うつなんでしょ?」

確かに、そんな気分になり始めていた。いつになく憂うつだ。実に魅力的なアナベルを目の前にしているユアンにとって唯一の望みは、彼女をベッドに運び、可能な限り最高の方法で幸せにすることだ。それなのに、尻がまるで真っ赤に焼けた火かき棒で焼かれたみたいにヒリヒリする。見た目にも腫れ上がっていることだろう。もうすぐ妻になるアナベルを誘惑しようと立てていた午後の計画も台無しだ。だが、そもそもユアンの良心が、彼女を誘惑するという計画を阻もうとしている。なぜ自分は理性を失い、まだ許されないはずの新婚の床入りをすませてしまったのだろう。アナベルの何に取り憑かれて、自分の節操をかなぐり捨ててしまったのだろう。

ユアンはイライラしながら外をドタドタと歩いた。二時間もかけてケトルの畑からあのいまいましい岩を取り除こうとした努力も、結局ムダ骨に終わった。ユアンは開拓地を囲む森に向かって顔をしかめた。アナベルに言わせれば、ユアンの人生は十分すぎるほど快適らしい。でも、少なくともできる限りのことはやっているじゃないか。

ユアンの瞳が輝いた。「ああ、アナベル！　僕の愛しい妻よ！」

「わたしはまだ妻じゃなくてよ」戸口に姿を見せたアナベルはとても美しかった。身に覚えのある欲望がユアンをとらえる。体が震えんばかりの激しい欲望。ユアンは戸惑った。また理性を失いつつある。急に苛立ちを覚え、アナベルに精一杯の笑みを向けた。

「行方不明だった鶏が家に帰ってきたことを早く知らせたくてね。きみの喜ぶ顔が見られると思うと」指で差しながら、ユアンが言った。

アナベルの金切り声に驚いた鶏は、鳴き声を上げて飛び上がった。「シーツから下りなさい！　なんて、なんて愚かな鶏なの！」

ユアンは頭をそらして大笑いした。「おまるを使う訓練をさせればよかったな。鶏のやつ――」

アナベルはこぶしを握ってユアンに向き直った。「笑いごとじゃないわ！　二時間もかけて洗ったシーツなのよ！　二時間よ！　その苦労が――あの鶏のせいで台無しになったの！　またあのいまいましい川へ戻って、洗い直さなければいけないなんて」

ユアンは驚いた。アナベルの目に涙が浮かんでいる。

「わたしは泣かないわ！」

「わかってる。もちろん、きみは泣いているわけじゃないさ」

「水がものすごく冷たかったの、それだけのことよ」アナベルは涙をふき取った。ユアンは埃っぽい開拓地を見渡し、自分の愚かさを実感していた。なぜ僕は、こんなぼろ小屋へ最愛の女性を連れてきてしまったのだろう？　思慮深くて、他人に優しいことが自慢だったはずなのに。自分はもっと聡明な男だと思っていたのに。

「僕が洗う。きみにはジャガイモを任せるよ」

一時間後、ユアンはびしょ濡れになっていた。シーツの洗濯は思っていた以上に大変だった。川の水はとにかく冷たいし、鶏につけられた汚れはなかなか取れない。岩でこすってみたものの、その部分に穴が開く始末だった。かがみこむたびにハチに刺された尻が焼けるように痛む。耳から滴った水がブーツの中へポトポト落ちてくる。お腹もペコペコだ。四品料理の食事がしたい。黒焦げになったジャガイモじゃなく。

家の中へ入ったとたん、ジャガイモ——黒焦げだろうとなかろうと——は出てきそうにないことに気づいた。火は消えていて、アナベルの姿はどこにもない。ユアンは歩いていって炉床をのぞきこんだ。どうやらアナベルが水をこぼしたらしい。すばらしい。これで残ったのは凍らんばかりに濡れたシーツだけだ。火も、食べ物もない。

ジャガイモを頼んだのが間違いだったのだろうか？

もう一度外へ出ると、アナベルが薪置き場から出てきた。胸に薪を抱えている。ドレスの前身ごろを飾る白いレースが木屑にまみれていた。アナベルは疲れた表情を浮かべ、すっかり汚れていた。ユアンは罪の意識に駆られ、即座にアナベルに走り寄った。

「いったい何をしているんだ」薪を受け取る。

アナベルがユアンをにらみつけた。「また鍋が傾いて薪が濡れてしまったのよ」

「待っていてくれれば、僕が取ってきたのに」

アナベルは腰に両手を当てた。「あなたがちゃんと家の中に薪を用意しておいてくれればすんだことでしょ！」

「シーツを洗うのに忙しかったんだ」ユアンの胸に怒りが込み上げてきた。「腹が減って死にそうだった。それなのに戻ってみたら、きみはまた火に水をかけているし、何か食べようにも焦げたジャガイモさえないじゃないか！」

「よくもそんなことが言えるわね！」アナベルは猛然と反論した。「こんな愚かなことをしようと言い出したのはあなたよ。それもすべて、あなたに想像力が欠けているせいだわ。こんなところで暮らすのがどれほどみじめか、あなたに言ったはずよ！　でも、耳を貸そうともしなかった。まったく！」

日光を浴びた氷のように冷静さが溶けていくのを、ユアンは自覚した。「こんなところで二、三日生活するぐらい、どうってことはないさ。きみにその能力が少しでもあればね」

「父はお金には縁がなかったけど、娘たちに召使のまねをさせるようなことはしなかったわ。料理ができないのは申し訳ないと思う。でも、それが悪いとは思わない。料理は好きじゃないし、結婚後も料理を習って一生を終えるつもりはないわ」

罪悪感と怒りがユアンの胸で渦巻いていた。「笑顔に磨きをかける以上のことをきみに求めたことは謝る。僕の家に着いたら、きみにシルクをたっぷりと買ってあげよう。僕の記憶が正しければ、きみはシルクを幸せへのカギだと考えているはずだから」

「あなたにはなんでも正直に話してきたわ。お金持ちの人と結婚するつもりだったことも話した。お金持ちと結婚すれば、食べるものの心配をする必要がないからよ。それなのにあなたときたら、忍耐こそが自分の最大の美徳だと思っている。わたしの記憶が正しければ、あなたは結婚を、わたしの妹のような悲しみに打ちひしがれた女性に贈るプレゼントみたいなものだと考えているのよね。陽気で我慢強い自分は、まさにすばらしい贈り物だ、そう思っているのよ！」

「まるで僕が、ものすごい自慢家であるかのような言い方だな」

「自分自身に対するイメージを壊すようで申し訳ないけど、あなたの悪態を聞いているだけで、どれほど信心深い人間か実によくわかるわ」

「ああ、僕は神を信じているとも」ユアンは冷たく言った。「だが、それはきみと一緒にいるときに僕が理性を失うこととは何の関係もない」

「わたしのせいにしないで！」腰に手を当てたままアナベルは言った。「あなたがたびたび理性を失わずにすむのは、周りの人たちがあなたをお城の王さま扱いしてくれるからよ。普通の人間は、間違いを犯して学んでいくものなの」

ユアンはまたもカッとなった。「自分が普通の人間だと思っているつもりか？　普通の人間なら、たいていは炉床に水をかけずに湯ぐらい沸かせるものだろう」

「バケツの水を温めたことのある普通の人間をいったい何人知っているというの？　川でシーツを洗ったことのある人でもいいわよ。あなたのおばあさまの伯爵夫人はどう？　ちょっとした気晴らしに鍋を火をかけてお湯を沸かすのかしら？」

ユアンはしかめ面をした。「その気になれば、ナナならできるさ」実際は、親しい者でそんなことをしたことがある者など思いつかなかった。どうしてそんな必要がある？　誰も森の中の小屋に取り残された経験などないのだから。「祖母は、どんな状況でも乗り越えられる人だ」

「じゃあ、そこがわたしたちの違うところね。わたしは農家の主婦ではないし、こんな生活を乗り越えられるような技量も持っていないわ」

「確かにそのとおりだ」怒りが腹の中でくすぶっている。

「それに、あなたのおばあさまが乗り越えられるかどうかなんて今はどうでもいいの！　肝心なのは、あなたの生活があまりにも恵まれているせいで、頼みの綱のマックがいなかったらどうなるか想像もできなかったということよ。貧乏暮らしなんて大したことはないと思っていたのに、実際にはそうじゃないとわかって、すっかり不機嫌になっているのがいい証拠だわ」

「僕がわかっていなかったのは、ケトルの小屋で、水をこぼさずに湯を沸かすこともできない妻と暮らすことがどれほど難しいか――」

「わたしはあなたの妻ではありません」アナベルは冷たく言い放った。

「それなら僕には感謝すべきことがふたつある。ひとつは僕は貧乏じゃないから、いまいましいあばら家で暮らす必要がないこと。もうひとつは――」ユアンは黙り込んだ。

アナベルは怒りで蒼白になった。「もう手遅れよ！　スキャンダルはともかく、昨夜のことがあった以上、あなたはわたしと結婚しなければならないわ。わたしたちふたりともがどれほど後悔してもよ」

ユアンは深々と息をつき、小さな家の側面へ向かって歩いた。胸の前で腕を組み、ゆっくりと壁にもたれかかった。静寂が中庭を包みこんでいる。

アナベルは胸が張り裂けるような痛みを感じた。胸が張り裂けるなんて、ロマンチックな言い回しにすぎないと思っていた。しかし、実際にそういうことは起こるのだ。まるでナイフで刺されたように胸全体が痛む。男性に欲望を抱かせることばかり考えていたなんて、なんて愚かだったのだろう。そして、今までどうして気づかなかったのだろう。一番大切なのは、自分を好きになってもらい、愛してもらうことだと。なんてばかだったのかしら。

「僕に処女を奪われたことを後悔しているのか？」ユアンの口調は柔らかく、さりげなさを装っている。普段はいかにも愉快そうに響く心地よいスコットランド訛りを交えて話すのに、今は声に何か危険なものを含んでいる。

アナベルは咳払いをした。「選択肢がほとんどなくなったという意味で、わたしたちはお互いに悔やむことになるんじゃないかしら」

ユアンは体を起こし、アナベルに向かって一歩踏み出した。アナベルはひるまなかった。いつものユアンの顔に浮かぶおおらかで楽しそうな表情が消えている。グリーンの瞳は濃さを増し、怒りに満ちている。ユアンに何を言われるのだろう。きみのことなど好きではない、なんて言われたら――もしそういう言葉を彼が口に出したら――とても耐えられないかもしれない。

アナベルは口早に言った。「怒りに任せて後悔するようなことは言わないほうがいいわよ。わたしたちは結婚するしかないんだもの。なんとかやっていくしかないの」

「そのとおりだ」ユアンはゆっくりと言ったが、あいかわらずうなり声だ。さらに一歩踏み出した。

ユアンの目の表情を読み違えるはずはない。アナベルの心臓がよじれるように痛んだ。少女の頃から苦労して身につけてきた技が、ひとつの夢を壊そうとしている。守り通す勇気のなかった夢を。「あなたがわたしのことをどう思っているかはわかっているわ」アナベルは注意深く言った。

「そうなのか？」ユアンはアナベルの前に立ち、腕を伸ばして彼女を引き寄せようとした。

「だめ！」アナベルは後ずさった。

「なぜ？」

言ってしまったほうがいいだろうか。「単なる欲望だからよ」ユアンの目を見ながらアナベルは言い放った。「その欲望をあおっているのは——」

ユアンは腕を伸ばし、アナベルの首に手を置いた。「なんだというんだ？」

「作り物よ」アナベルは言い張った。「例えば、さんざん練習して身につけたこの笑顔よ、ユアン」アナベルはユアンから再び身を引いた。ユアンの手の温かみが失われてしまった。アナベルは顎を上げ、ユアンを見つめた。「泣くわけにはいかない。「あなたにはわからないでしょうけど、すべて作り物なの。わたしのコルセットはフランス製よ。これのおかげで乳房は二倍の大きさに見えるわ。すると男性は誰も抗えなくなってしまうの。歩くときはわざとヒップを揺らすの。男性はそれが好きだから。あなただってそうでしょ」

ユアンは眉を上げた。「わざとヒップを揺らしながら歩いているというのか？」

「そうよ。まあ、ある意味すっかり自然な動きにはなっているけど、それは小さいときに意識して歩き方を変えたからにすぎないわ。でもあくまでも作り物なの。欲望を引き出すための」

ユアンの目の色は読み取れない。「僕はコルセットを付けていないきみの乳房を見たじゃないか、アナベル。忘れたのか？」

「何もかも見せびらかすためのものなの」アナベルはイライラした。「それ以外の何ものでもないわ。欲望を引き起こすためのものにすぎないの。ゲームみたいなものよ、わかるでしょ？」

「欲望のゲーム？」

「違うわ。わたしが望むものを男性から手に入れるためのゲームよ」アナベルは涙を押し戻し、ユアンの目を見つめた。「わたしは——あなたが好きだわ。だから、わたしがこのゲームがどれだけ得意か、あなたが感じた欲望が巧みに引き起こされたものにすぎないことを知っておいてほしかったの。わたしは料理はできない。でも、男の人を意のままに動かすことは得意なの」

ユアンは再び腕を伸ばした。その目の表情が意味するところは明らかだった。「ちゃんとわたしの話を聞いてちょうだい——」アナベルは後ずさりしながら言った。

その瞬間、アナベルがスカートに足を引っかけ、布がビリッと破れる音がした。ユアンはアナベルを抱きとめ、そのまま地面に倒れ込んだ。アナベルはユアンの上に覆いかぶさる形になった。彼女が抗議する間もなくユアンは体を回して上になり、唇を合わせた。

「ゲームにすぎないんだよね」

「こんなところでキスをしないで」ユアンの肩を押し上げながらアナベルは抵抗した。「起こして！　地面の上に寝ているのよ！」

「嫌だ。僕はまた理性を失った。きみの手管に落ちた犠牲者だ。それに、どうせシーツはびしょ濡れじゃないか」

「からかうのはやめて！」アナベルのスカートは押し上げられた。ユアンの指になぞられたところが燃え上がる。「ユアン、お願い！」

欲望の炎がアナベルの体全体に広がった。「わたしたち、外にいるのよ！」必死になって声を上げた。

ユアンの手がアナベルの秘部をとらえた。地面の上に横たわっているにもかかわらず、アナベルはあえいだ。

「ゲームだよ」ユアンがうめいた。アナベルはユアンの手から逃れようと体をよじった。燃えているかのように胸が熱い。「僕はきみのコルセットの奴隷にすぎない。僕がきみの言ったことを正しく理解しているのなら」

頭のどこかで、アナベルはユアンの指の力に抵抗しようとしていた。しかし脚には興奮が伝わり、快感が指の動きに合わせて波となって押し寄せてくる。それでもアナベルはあえぎながら言った。「こんなのは――」

アナベルの体に火をつけたまま、ユアンの指が止まった。「動かないで」ユアンが言った。

アナベルは凍りついたように動きを止めた。

と、ユアンの親指が一度、二度、じらすようにアナベルの秘部をこすった。「もう動いてもいい」ユアンは優しく言った。

全身がカッと熱くなり、アナベルは息を切らしながら思わず身震いした。ユアンの手が再び止まった。

「さあ、何を言おうとしたのかな？」ユアンは気軽な口調で尋ねた。

「わたしを放して」アナベルの体内のありとあらゆる神経が結びつき、炎を上げて躍っている。「こんなの耐えられないわ。起こしてちょうだい。いつ、誰が、通りかかるかわからないのに」

ユアンがさっと手を動かしたので、アナベルはまた声が出なくなった。「僕たちの結婚がうまくいかない理由を聞かせてほしい」ユアンはアナベルの顎にキスをした。彼の唇がアナベルの肌をこする。

「どうしてって、それは——」だが、それ以上は言葉が続かなかった。考えることもできなかった。ユアンの手の動きでアナベルの体中が脈打ち、決して口にはできないことをしてほしい、と無言で懇願していた。

「きみに男の手管を使わせてもらう」ユアンの声は罪深く、普段の愉快げな様子とは違って激しい喜びにあふれていた。

アナベルは目を閉じ、ここは地面の上じゃない、と自分に言い聞かせた。ユアンの唇が唇に重ねられた。貪欲なキスだった。激しい怒りと喜びの入り混じったキスに、アナベルは我を忘れた。

アナベルの荒い息遣いと、合わさった唇から漏れ出るすすり泣きに、ユアンはうめき声を上げそうになった。ユアンの手はアナベルの柔かさを記憶しようとしていた。彼の正確な指の動きにアナベルは喜びの声を上げる。彼の指を握りしめ、そして——髪をつかみ、胸に押し付けるように体をよじって、叫び声とともに肺から息を吐き出した。快感に酔いしれ、息もつけない。

するとユアンはアナベルを腕に抱え、家の中へ運び込んだ。彼女を奪い、完全に自分のものにしたい。欲望で血管が脈打った。ひとつのことしか考えられなかった。彼女をベッドに横たえ、そして——。

ユアンはハッとした。とんでもないことを忘れていた。ベッドにはシーツがないじゃないか。あるのは、しみのついたテーブルクロスだけだ。淑女をそんなところへ寝かせるわけにはいかない。ユアンは立ち止まった。

アナベルは腕をユアンの首に巻きつけていた。だが、目に涙が浮かんでいる。「どうしたんだい？」首を曲げてアナベルにキスをした。「なぜ泣いているの？」

アナベルは首を横に振り、唇をユアンののどに押し付けた。早く彼女の中に入りたい、その思いでユアンの体はうずいた。体がねじれんばかりになって、アナベルの体を求めている。

ユアンはテーブルクロスの上に仰向けに横たわった。しみがついていようとかまわない。ハチに刺された尻が焼け付くように痛む。しかしアナベルの豊満な肉体が覆いかぶさると、ユアンの視界はぼやけた。

目には涙が浮かんでいたものの、アナベルは笑っていた。ズボンをもどかしげにはぎ取ると、ユアンはアナベルの中へ入り込んだ。彼女を満たし、自分を満たした。彼女は声を上げてユアンの胸に倒れ込んだ。手際の悪さを謝りもせず、アナベルを突き刺す。ひとつになれた喜びにふたりは激しく体を震わせた。

ユアンは頭を後ろへ引き、屋根の荒削りの丸太に気持ちを集中させようとした。僕はアナベルなしでは生きていけない――絶対に――。

ユアンは尻を突き上げた。もっと奥へ……アナベルの乳房を両手で軽くつかんだ。アナベルは体を前に倒し、ユアンの首に顔を埋めた。

ユアンはさらに激しく腰を動かした。心は真っ白だったが、頭の中ではさまざまな言葉が脈打っている。ユアンはついに、熱い息とともに頭の中に浮かぶ言葉を口にした。「きみと床を共にしたからといって、別に結婚する必要はない。ロンドンでのスキャンダルだって同じだ」

ユアンの上でアナベルは凍りついた。彼女は目を大きく見開いている。

「僕がきみと結婚しなければならないのは、きみが僕のものだからだ」ユアンはアナベルを見つめた。アナベルが欲しい。こうしてひとつになっていても、欲望が尽きることはない。

「きみは僕のものだ。僕のものなんだ」

アナベルの頰を涙がこぼれ落ちた。アナベルも同じ気持ちだった。ユアンの動きに合わせてアナベルは体を震わせ、彼にもたれかかった。

「ああ、好きだ、全能の神《ゴッド・オールマイティー》、アナベル」ユアンは歯を食いしばった。アナベルにも喜びを味わわせてあげたい。「愛しているんだ」

そのとき、ついにユアンは渇望との戦いに負けた。肺の中の空気が飛び出し、視界が真っ暗になった。感じるのは、自分の上にあるアナベルの体の震えだけだ。ユアンは体内ではじける歓喜に浸りながら、しがみついてきて、むせびながら彼の名を呼ぶアナベルに感謝の念を抱いた。

23

アナベルはベッドに座り、荒削りな壁を見つめた。熱く屈辱的な涙で視界がかすむ。もっと心から喜ぶべきなのに。ユアンが愛していると言ってくれたのだから。それなのに、涙がこみ上げてしかたがない。

残酷なほど真実は明らかだった。アナベルは子供の頃から、どうすれば男性の心をそそることができるのか、それればかり考えてきた。役に立ちそうなことは、何ひとつ見逃さなかった。男性の秘部に火をつけるキスの仕方や、ひそかな喜びを示す目つき、男性の手を震えさせるヒップの動かし方。

男性の欲望をかきたてるのはお手のものだったのだ。

いや、この場合はもっと醜い言葉のほうがふさわしいかもしれない。例えば、性欲、のような。

皮肉なのは、アナベルが練習を積み重ねてでも実現させたいと思っていた願い——彼女への性欲に目がくらんだ金持ちの男性との結婚——がまさにそのまま叶ってしまったことだ。

他人に親切で気前のいい男性、持参金がないからといって彼女を非難することはないし、欲しいと言えばどんなドレスでも買ってくれる男性をつかまえたのだ。涙がアナベルののどを焦がしていた。

アナベルの人生はまるでおとぎ噺のようではないか。途中はおもしろそうでも、最後は不愉快な教訓で締めくくられる。スコットランド一のお金持ちは、性欲に心を奪われてしまったせいで、忠誠と愛さえも誓ってしまった。

だが不幸なことに、性欲と愛の区別がつかないほどアナベルは愚かではない。もし自分が醜い、あるいは傷のある女性であったり、特別に性格のよい女性であったなら、ユアンを信じたかもしれない。けれども、自分自身に嘘をつくことはできない。アナベルは涙をふいた。わたしは家計の計算が得意だが、それも必要にせまられてやっていたにすぎない。それにわたしは機嫌がいいときは魅力的だが、悪いときは文句ばかり言う。父親が生きていれば、きっと証言してくれただろう。

アナベルの顔をまた涙が伝った。自分の父親にも愛されない女を、他の男性たちが愛さないのも無理はない。本当のアナベルを垣間見たユアンは、たちまち結婚に難色を示した――少なくとも欲望に取り憑かれるまでは。でも、欲望なんて長続きするものではない。

アナベルの胸は激しく痛んだ。ベッドに腰を下ろし、体を震わせてむせび泣きながら、湿ったナイトガウンで涙をぬぐった。こんなふうに涙に暮れるなんて自分らしくない。子供時代の最悪な時期でさえ、父親に厳しく当たられてもめったに泣いたことはなかった。それなのに、どれだけ止めようとしても、どんどん涙があふれ出てきてしまう。

扉が静かに開いた。ユアンの髪はまた濡れている。

「あんなに冷たい小川にどうして入れるのか、わたしにはさっぱりわからないわ」アナベルは急いで涙をぬぐい、平静を装った。

「冷たい水には慣れているんだ。僕は潔癖症だって、乳母によく言われたよ。城の裏を流れる川でよく行水するんだ。その水が真夏でも凍るように冷たくてね。ん？　何を泣いているんだい、アナベル？」

アナベルは弱々しい笑みを浮かべた。「ばかげたことよ。お腹が減っているせいかもしれないわ」

「ミルクをあげるよ。ジャガイモも僕が用意する。その後、歩いて隣の村へ行ってくる。できるだけ早く戻るから」決然とした口調だ。「僕はどうしようもない愚か者だった、アナベル。きみにはどれだけ謝っても足りない」

「そんなことないわ」アナベルの声がかすれた。ユアンは顔をしかめている。そのときふとユアンの言葉の意味に気づいた。「隣の村まで歩くなんて無理よ！　もう暗くなってきたわ。たどり着けるわけがないじゃない」

ユアンはジャガイモを六個、鍋に入れた。これだけあれば、アナベルの空腹を満たすことができるだろう。その間に馬と馬車と温かい衣類を持って戻ってくればいい。「着けるさ」ユアンはそっけなく言った。

それからアナベルに歩み寄り、頭に軽くキスをした。「牛の乳搾りはすませた。朝までには戻るから」

「ユアン――」

しかし、すでにユアンの姿はなかった。

四時間後、ユアンは自分の考えが甘かったことにようやく気づいた。一時間ほどは、道沿いになんとか歩き続けることができた。彼の手腕というよりは運がよかったのだ。やがて雨が降り始めた。三〇分後には、全身ずぶ濡れになっていた。ブーツ――最高級の革で作られ、午後の遠乗りをする紳士向けにデザインされたもの――は水浸しだ。ユアンの計算では、三度、道を踏み外し、一度は泥の中にひざを突いた。

それ以上に問題なのは、まったく村が見当たらないことだった。とうとうユアンは引き返すことにした。ジャガイモしかない家にアナベルをいつまでもひとりにしておくわけにはいかない。乳搾りの必要な凶暴な牛もいる。

どういうわけか、帰り道は行きよりも楽だった。ユアンはなんとか帰り着き、家の中に入った。その頃には雨はやみかけていた。アナベルはケトル夫婦の薄い上掛けの下で体を丸めて眠っていた。上掛けの上にドレスが二枚重ねられている。寒かったのだろう。炉火はまた小さくなっていた。

ユアンは激しい罪の意識に駆られた。美しくて陽気な若い女性を彼女のいるべき場所であるロンドンの舞踏室から連れ去り、凍えながら涙にむせぶ悩める乙女におとしめてしまった。

さらに、彼女の処女を奪った上、食べ物はジャガイモしか与えていない。いったいなんのために？　彼女の貧困に対する不安を取り除くという自分の非現実的な考えのためなのか？　違う。アナベルから、自らの気持ちに正直じゃないと責められた。手の込んだ理屈を並べたてたところで、純然たる性欲に駆られて馬車を送り出してしまったというのが真実だ。この小屋を目にしたことで、アナベルとふたりきりになることを思いついたのだ。

まさに悪魔の誘惑だった。

ユアンはできるだけ静かに火に薪をくべた。経験したことのないほど激しい嫌悪感と戦いながら。

アナベルが小さな声を上げて目を覚ました。

「大丈夫だよ」シャツを脱ぎながらユアンは言った。数あるいまいましいことのひとつは、もうきれいなシャツがなくなってしまったことだ。あまり清潔とは言えないシャツを着なければならない。顔をしかめて一番汚れていないシャツを選び、身につけた。

「馬を連れてきたの？」アナベルが眠そうに尋ねた。

ユアンはなんとか一言だけ答えた。「いや」

「連れてきていないの？」

「村にたどり着けなかったんだ。がっかりさせてすまない、アナベル」

アナベルは黙っている。

「乳搾りを終えたら、もう一度出かけるよ」

「でもユアン、ペギーの家や牛や鶏をこのままにしてはおけないわ。動物たちは何を食べるの?」

ユアンは歯ぎしりした。覚えのある感情だった。ならず者たちにさらわれた一週間後にロージーが自分の元へ連れてこられたときも、こんなふうに感じた。ロージーはおびえ、悲しそうに泣いていた。そうでなければ、ぼんやり宙を見つめているだけだった。そのときユアンは、世界中の金をかき集めても解決できない問題があることを知った。それなのに、もう一度おさらいをしなければならなかったようだ。

「炉火は暖かいわ」眠そうにアナベルが言った。「ここへ来て横になって、ユアン」アナベルは壁際へ転がった。女性らしい香りがふわりと漂う。それがユアンにどんな影響を与えるかなど彼女は知る由もない。

ユアンはずいぶん前から、神を信じることと、子供がダダをこねてお菓子を欲しがるように神にさまざまなお願いをすることとは別物だと思っていた。しかしその晩、自らのルールを破り、眠りに落ちる前に——まだ妻とは言えない女性との間に注意深く隙間をあけて——熱心に祈った。

それはあまり優雅な言葉ではなく、ペギーが聞いたら侮辱されたと思ってしまいそうな祈りだった。

しかしその頃、ペギーは風に耳を澄ませている場合ではなかった。小さなアニー(アナベルという名では上品すぎる気がした)を抱いていたからだ。アニーの明るい赤毛は、彼女が生粋のスコットランド人であることの証だった。父親は笑顔になるのをこらえきれず、そしてそれは(知らせを聞いたときの)マックも同じだった。

　ユアンが眠りにつく前には、マックはすでに小屋に向かって出発していた。抜け目なく、主人のためにバスケットに山盛りの食べ物と着替えを携えている。領主も他の男たちと同様、満腹で着替えはたっぷりあるほうがいい、というのがマックの長年の持論だ。それに、自分の主人が一日二回の熱い風呂と充実した三度の食事なしでどうやって過ごしていたのかを確かめたくてうずうずしていた。

　だが、結局マックがそれを確かめる時間はなかった。というのも、馬車が広場に入るやいなや、伯爵が伯爵夫人(正確には未来の伯爵夫人)を馬車に押し込み、すぐに出発するよう命じたからだ。

　ようやく迎えが現れたという強い安堵感から、アナベルとユアンは馬車に乗り込んだ後は話をすることもなかった。宿屋の中庭に馬車が止まって初めて、アナベルはひとつだけ言わなければならないことがあったのを思い出した。「ごめんなさい、風邪を引いたようなの。だから、専用の部屋をいただけないかしら」

　一瞬の間を置いてユアンは答えた。「もちろんだとも。ゆっくり休みなさい。メイドにきみがゆっくり眠れるよう取り計らわせよう。アナベル——本当にすまなかった」

　ユアンの声に後悔の念が現れていた。

　アナベルはユアンに向かって顔をしかめた。「わたしが風邪を引いたのは、あなたのせいじゃないわ」

「あんなとんでもない場所へきみを連れていったのは僕だ」ユアンの目は暗く、苦悩の色が見える。

「わたしが肺病か何かですっかり衰弱してしまったと思っていない？　恋愛小説によくあるように」アナベルは悲しみに暮れていたことを忘れ、忍び笑いをもらしそうになった。「わたしは風邪を引いただけよ、ユアン。鼻は真っ赤でしょうけど、死にかけてはいないわ」

ユアンは笑わなかった。「きみの鼻はなんともなっていない」

「そんなこと言って、嘘だったらちゃんと罪を償ってちょうだいね」アナベルはそう言って、馬車の扉へ近づいた。ユアンはアナベルを止めた。そして腕をアナベルの体に回して抱き上げ、そのまま宿の中へ入った。

湯気の上がるお風呂の準備が整った心地よい寝室にたどりつくと、ユアンはようやくアナベルを放した。アナベルが湯船の中に涙を数滴こぼしたのは、体が弱っているせいに違いない。

24

それはまぎれもなく城だった。濃灰色のみかげ石でできた大きな城で、張り出し窓と小塔はもちろんのこと、正面には幾何学的な池らしきものさえある。馬車は午前中ずっと、高木の生い茂る薄暗く、永遠に続くかと思われるような森の中を走ってきた。何時間も、家どころか村さえも目にしていなかった。そして、いきなり……。

馬車がカーブを曲がったとたんに、その光景が目の前に広がった。夕立のせいでピンク色のもやがかかっている。周りを囲む丘の上の木々は、雨に濡れた空を背に黒々として見えた。

「あれがクラシンダーロッホの森だ」ユアンが指を差して言った。「ボギー川は向こうのほうへ流れている。城のすぐ裏を通っているんだ。城の水はその川から引いてきている。僕の父が設置したパイプを通してね。父は誰から見ても一流の発明家だった。もっとも厨房から離れたところへわざわざ大浴槽を設置したのは僕だけど。ピアスおじさんがそうしてほしいと言ったんだ」

「大浴槽があるの？　なんてすてきなのかしら！」

「それだけじゃない。数年前には、主寝室に湯が出る立派な風呂を設置した」

「それはすばらしいわね」

アナベルはユアンと目を合わせないようにしていた。風邪が治まり、数日前から旅を再開したものの、夜はユアンとは別の寝室で休むことにしていた。すでに結婚したことになっているアードモア伯爵と伯爵夫人が寝室を別にしているという事実について、ふたりは特に話をしていない。実のところ、ケトル夫妻の家を出発してからというもの、何も話していないも同然だった。ユアンは毎日を馬に乗って過ごしていたし、アナベルは一晩中天井を見続けたままほとんど眠ることができず、しつこい頭痛に悩まされていた。

今のわたしは汚れたドレスに身を包んだ醜い女にしか見えないのではないだろうか。アナベルはずっとそう思っていた。鼻にはまだ赤みが残っている。城の使用人は自分のことをどう思うだろう？　そして、もちろんユアンの家族も。

アナベルは眼下に見える城にもう一度目をやった。騎乗従者たちがラッパを吹いている。「あれは習慣なんだ」ユアンが窓から外をのぞいた。「普段から王さま風を吹かしているわけじゃない。本当だよ」

馬車が速度を上げ、丘を駆け下りてゆく。大きな玄関の扉が開かれ、中から出てきた人々が左右に並び始めた。ボロボロだった父の家や、賃金を減らしてようやく使っていた四人の召使とは大違いだ。

ユアンは城を見て目を輝かせながらにやにやしている。やがて車輪が砂利を跳ね飛ばす大きな音とともに、馬車が止まった。集まった召使から歓声が上がった。

家族は正面に立っていた。グレゴリーはすぐにわかった。痩せっぽちの小柄な少年で、全身を黒衣に包み、真剣な表情を浮かべている。

ナナを見たときは少なからずショックを受けた。アナベルが想像していた、優しそうな白髪の婦人とはほど遠い。白髪ではなく、エリザベス朝時代を思わせる淡黄色のかつらをつけている。鼻はかぎ鼻で、真っ赤な口紅を引いている。全体の雰囲気は、ローマ帝国の皇帝とエリザベス女王を足して二で割ったようだった。

アナベルの手を取って、ユアンは城の中を歩き始めた。当然のことながら、ユアンはすべての人々に、「ただいま」と叫びながらどんどん進んでいく。とてもアナベルが威厳をもって歩ける速度ではない。髪の毛を撫でつけている暇もなかった。それでもアナベルは背中をまっすぐに伸ばし、わたしだって子爵の娘だと自分に言い聞かせた。

ユアンはまず祖母にアナベルを引き合わせた。老婦人はアナベルの頭のてっぺんからつま先までじっくりと眺めた。そしてゆっくりと目を細めた。ユアンの祖母がふたりが結婚しなければならない正確な理由を知っているような気がして、アナベルは落ち着かなかった。

「なるほど」しばらくたってから、ようやく伯爵夫人が言った。「思っていたより老けて見えるじゃないの。もっとも、イングランド人の女性は歳を取るのが早いからねえ」老婦人の銀白色の瞳があざけるように光った。

アナベルは背中をぴんと伸ばした。この老婦人が相手では、勝つか負けるか、ふたつにひとつしかない。「奥さまこそ、八〇歳を超えていらっしゃるようには思えませんわ」エリザベス女王の前に立っているかのように深々とお辞儀をした。「八〇歳？　この際、はっきり言っておきますが、お嬢さん、わたくしは七一にもなっていません」

アナベルはナナに向かってにっこりと微笑んだ。「きっとスコットランドの風のせいですわ。かなり強く吹きますものね。しわが増えてしまうのも無理はありませんわ」

グレゴリーの抱擁を受けていたユアンが振り返った。「ナナ、アナベルはスコットランド人だ。彼女をからかうのはやめたほうがいい。ピクト人の気骨を持っている」

「わざわざロンドンまで行って見つけてきたのが、スコットランド人とはねえ。スコットランド人でいいなら、隣のミス・メアリーでもよかったじゃないか。こういう黄色い髪の女は軟弱だからねえ。お産の最中に逝ってしまいそうだ」

実に魅力的な歓迎のしかただこと――。

しかし、ナナは手加減しようとしない。「それでもまあ、大きないいヒップをしているじゃないか」アナベルの腰回りを見ながら言った。

すばらしい。わたしは病弱であり、ぽっちゃり型でもあるってわけね。

「この子がグレゴリー」アナベルを自分のほうへ向かせてユアンが言った。肌は真っ白だが、髪とそれに合わせたようにまつげも、すすのように真っ黒だった。この少年はいつか女性を泣かせるに違いない。修道院へ入ってしまわない限りは。グレゴリーは興味深げな目つきでアナベルを見つめ、エリザベス女王に対するかのように優雅にお辞儀をした。

「お会いできてうれしいわ、グレゴリー」アナベルはグレゴリーの手を取った。「あなたのことは、ユアンからいろいろと聞いているのよ」

アナベルが瞬きする間もなく、グレゴリーがパッと顔を赤らめた。「歌がものすごく下手だって教えたんでしょう？」ユアンに向かって言った。

ユアンは腕を伸ばし、グレゴリーの黒いカールをくしゃくしゃにした。「おまえがさかりのついた猫みたいにギャーギャー声を上げる、って言ったんだ」愉快そうにユアンは返した。

「でも、アナベルはボイストレーニングを受けたことがあるらしいから――」

アナベルは首を横に振った。

「まあ、とにかく、僕たちはおまえのだみ声を聞かされるってことだよな、坊主」ユアンがグレゴリーをギュッと抱きしめた。

すると、グレゴリーの頬から赤みが消えた。ユアンの腕の中からアナベルに向かっておずおずと微笑む。アードモア伯爵のそばで安心できるのは、アナベルだけではないようだ。

トビンとピアスは、まるで塩と砂糖のように対照的だった。狩猟家でもあるトビンは痩せ型で背は高く、鋭い目をしている。スマートなお辞儀をすると、口ひげをひねった。「ユアンはロンドンできっと金髪美人を射止めてくると思っていたよ」そう言って、アナベルを鑑賞するような目つきで見つめた。

アナベルもお辞儀を返し、年配の紳士を魅了する得意の笑みを見せた。トビンはすっかり気をよくし、ユアンは女性を見る目があると褒めた。

ピアスはとにかく太っていて、かんしゃく持ちだった。痩せていていんぎんなトビンとはまさに対照的だ。川の岩を思わせる黒くきらめく目と、二重顎が特徴でもある。「スペキュレーションはやるかね？」アナベルに向かってピアスが言った。「得意かな？」

「得意ではありません」

「では、夕食が終わりしだいお手並み拝見といくかのう」むっつりとした口調だ。「だが、忠告しておくぞ、お嬢さん。わしが打つのは大博打だ。次の金曜日までに、おそらくそなたの寡婦給付はすべていただくことになるぞ」

「今夜はトランプゲームはお断りします。アナベルは一日中、馬車に乗って疲れているはずですからね、おじ上」ユアンが口を差し挟んだ。

「では、明日じゃな」ピアスは、トランプが疲労に負けるとはとばかりに肩をすくめた。この家族は毎晩のようにテーブルに集まってピアスとトランプゲームをするのかしら。アナベルの心は沈んだ。

次に握手を交わしたのはアルマイヤック神父だ。アナベルはそれまでは誰にどんな表情を見せるか慎重に選んできたのに、神父の笑顔にそんな考えはすっかり忘れ、自然に笑みを返していた。

アルマイヤック神父は、会った人がみな微笑まずにはいられないような修道士だ。それまでのユアンの話から、アナベルは神父について自分なりのイメージを作り上げていた。だがそれは、ナナの時と同様まったくの誤りだった。修道士と聞いて想像していたのは、腰に黒い帯を巻いた黒衣姿の神父だった。修道士は頻繁に十字を切って、首にかけたロザリオの数珠をたぐることで祈りの数を数え、頭の後ろに小さな黒い帽子をかぶっているという話も耳にしたことがある。

確かにアルマイヤック神父は黒いキャソックを着ていた。しかし、重苦しい顔つきもしていなければ、ロザリオもしていないし、祈りを唱えているわけでもない。実のところ、かつてアナベルが品評会で目にしたラマに似ている。髪がもじゃもじゃで顔の細長いところは、ラマそのものだ。優しそうな目に濃いまつげもラマそっくりで、鼻につかない程度の好奇心をうかがわせる。

「ようこそおいでくださいました」神父は両手をアナベルの手に重ねた。フランス訛りはあるが、実に流暢な英語だ。「心から歓迎いたします。ユアンをイングランドへ送り出したときは、このように美しいスコットランド女性を見つけてくるとは思ってもいませんでしたよ」

アナベルはつい顔を赤らめた。

神父はクックッと笑い、右を向いた。「わたしの仲間を紹介します。ブラザー・ボディーンとブラザー・ダルメインです」ふたりの修道士がアナベルに向かって微笑んだ。「ブラザー・ダルメインは生まれながらのスコットランド人です。我々にこの国へ来てロージーの世話をするよう説得したのはこのブラザー・ダルメインなのですよ。そして、こちらがロージーです。ユアンから話は聞いておられるかと思いますが」

アルマイヤック神父は、まるで母猫が一番小さな子猫を前に押し出すようなしぐさで、ひとりの女性を背後から自分の前に引っ張りだした。これまでアナベルが会った中で、最もかわいらしい女性だった。息子と同じく、真っ白な肌に柔らかなウエーブのかかった黒髪だが、息子のように痩せぎすということはない。見た目にはせいぜい一五歳くらいにしか見えないが、実際は……。

もちろん、実際にはもっと年上だ。アルマイヤック神父の手をギュッと握ったロージーの目元をよく見ると、細かなしわがあった。ロージーは素直そうに微笑み、お辞儀をした。アナベルに興味を持った様子もなければ、挨拶の言葉もない。ロージーは再びお辞儀をした。アナベルがもういいとロージーを止めた。止められなければ、ロージーはいつまでもお辞儀をやめなかったのだということに気づき、アナベルは絶句した。

こんな妖精のような女の子を傷つける人間がいるとは、なんて残酷なことだろう。「かわいそうに」アナベルはため息をつき、ユアンを振り返った。ユアンはアナベルの背後に立ち、挨拶が終わるのを待っていた。ロージーの目がユアンのブーツをとらえたとたん、彼女は顔をゆがめた。そしてズボンへとゆっくり視線を上げていく。アルマイヤック神父の腕をつかむ指に力が入り、白くなった。

「大丈夫だよ、ロージー」アルマイヤック神父が落ち着かせるように言った。「ユアンだ。美しい花嫁を連れてイングランドから戻ってきたんだよ。ユアンのことはわかるね？」

それでもロージーのしかめ面が緩むことはなかったが、やがてユアンの顔を見ると、ようやく顔の緊張がほぐれていった。ロージーはユアンに笑いかけた。クリスマスの朝に子供が見せるような喜びにあふれた笑みだ。そのとき初めてユアンは前に進み、ロージーの頬にキスをした。

アナベルはハッとして息を呑んだ。

それを見ていたのか、アルマイヤック神父は好奇心の強いコマドリのように首をかしげ、アナベルに言った。「ロージーを気の毒に思う必要はありませんよ」

「そういうわけには……。聞くところによると彼女は――」言葉に詰まったアナベルは思わず手を振った。ロージーが失ったすべてのもの――ユアン、グレゴリー、お城、人生などど――を示すために。

「その代わりに、神はロージーにすばらしい贈り物を授けてくださいました」決して説教じみた口調ではなかった。「それは喜びです」

アナベルはロージーを振り返った。確かに、彼女の顔は笑顔で輝いている。ロージーはグレゴリーに近づき、手を取ってどこかへ引っ張っていこうとした。

「待ってよ、ロージー。今は遊びたくないんだ」

ロージーは手を伸ばしてグレゴリーの頬を触り、にっこり微笑んだ。グレゴリーははにかみながらうなずくと、手を引かれるまま去っていった。

「ロージーは話はしないのですか?」アナベルが尋ねた。

「ええ、一言も口をきいたことはありません。ですが、話せないわけではないと思います」

「きみの新しい家を案内してもいいかな」ユアンが腕を差し出した。

「もちろんよ」アナベルは弱々しく答えた。お城に住む輝く甲冑を身にまとった騎士を、わたしは求めていたのよね。

城の扉はオーク材を切り倒して作った実に大きなものだった。扉の奥は広々とした控えの間になっている。小国の王とすべての廷臣が勢揃いできそうな広さだ。はるか頭上のアーチ型の天井は石で作られ、頑丈で歴史を感じさせる一方、かなり汚れているようだった。壁にはタペストリーがかけられている。

「一五一三年、フロッデンの戦いだ」ユアンはアナベルを連れて、左手の壁に近づいた。

「初代アードモア伯爵がブリュッセルで織らせたものだよ。戦争は避けよ、というアードモア家の子孫への警告としてね。彼はこの戦いでふたりの息子を亡くしたんだ」

アナベルはタペストリーを見つめた。男たちと馬が取り散らかっているようにしか見えない。光線の具合がよくないのだろう。

「地面は死んだ若い男たちで覆いつくされていたそうだ。このタペストリーに示された警告のおかげで、一七四五年に殺し屋《ブッチャー》ことカンバーランド公爵に領地を取り上げられずにすんだ」

この城は血なまぐさい歴史の目撃者でもあるのだ。戦慄のようなものを感じ、アナベルは身を震わせた。城での生活は、おとぎ噺で読むほどロマンチックではないのかもしれない。

アナベルはユアンに連れられて右手の扉の奥へ進んだ。そこは暖かくて明るい居間だった。

巨大な石の暖炉の中に手入れの行き届いた鉄製のストーブが置かれているものの、レイフの屋敷の最上の居間と大差ない。

「僕の父は徹底した近代主義派だったんだ。ラムフォード伯爵の発明品に魅せられて、ラムフォード型のストーブを何台か設置した。厨房にはラムフォード型のレンジもある。水を温めるのに使っているんだ。あとで、すべて見て回ればいい。とりあえず、今はきみの部屋を見せたいんだ」

アナベルは小声でわかったわ、とつぶやいた。

主寝室に堂々と陣取っているのは、大きなベッドだった。上部は天蓋で覆われている。色とりどりの花々が絡みあった模様の美しい天蓋だ。熟練した刺繡職人の手によるものに違いない。

「なんてすてきなの」アナベルは圧倒された。

「両親が新婚旅行先から持ち帰ったものだ。僕たちも結婚を祝うためにどこかへ旅行しないか？　ナイル川をさかのぼるというのはどうだい？」

「当分は馬車に乗りたくないわ」

ユアンは声を上げて笑った。「それなら、しばらくはここで過ごそう。残念ながら、海岸線まではかなり遠いからね」

アナベルは安堵のため息をつき、バスルームに足を踏み入れた。とたんに、驚きのあまり足が止まってしまった。壁には青と白のタイルが張られ、笑顔を浮かべる人魚の彫刻が施されている。浴槽は白い大理石だ。ここにはケトル夫妻の小屋にないものがすべて揃っていた。明るくて、清潔で、すばらしく豪華で――女性なら誰でも高貴で優雅な気分になることは間違いない。

「この浴槽はマックに頼んでイタリアから送ってもらったものだ。ふたりで入っても十分な大きさがあるんじゃないかな」

愉快そうにユアンが言った。しかしアナベルは彼と目を合わせるのが嫌で、顔をそむけた。自分がふしだらな女になったような気がした。ユアンと一緒に浴槽に入るなど、もってのほかだ。

そのとき、アナベルのメイドのエルシーが部屋の中へバタバタと入ってきた。後ろから、アナベルのトランクを肩にかついだ召使がついてくる。

「もう三〇分もしたら、夕食にできるかい？」ユアンが尋ねた。その口ぶりには、たった今、誘惑を鼻であしらわれたショックのようなものはみじんもなかった……あれが誘惑だとしたらの話だが。

「アナベルお嬢さまには、まず今夜お召しになるドレスを決めていただかなければなりません」エルシーが困ったように答えた。「それをスポンジ拭きして、アイロンをかけなければいけませんし、お嬢さまにはお風呂も入っていただかないと、それに髪も――」

「まだ六時よ」アナベルが口を挟んだ。しかし本心では、このままベッドに倒れ込み、メニューがなんであろうと夕食の席になど着きたくなかった。

「ハイランドでは食事の時間が早い。これから夏とはいえ、あっという間に暗くなるからね」

アナベルは身震いした。

ユアンが部屋を出たとたん、エルシーは神経質な鶏のように早口でまくし立てた。「お風呂にお湯を入れてまいります。ただ、あんなに大きな浴槽にお湯がたっぷり入れられるのでしょうかねえ。バケツでお湯を足しながら入っていただくことになると思いますけど」

「今夜は深紫色のサーセネット（平織りの柔らかい絹織物）を着るわ」アナベルは言った。

「胸元にレースがついたものですか？」考え込んだ様子でエルシーが返した。「長袖ですから、寒くはないでしょうね。六月だというのに、この辺はずいぶん涼しいですものねえ。あのサーセネットなら、胸元の開きも少ないですし、いいと思いますよ」

アナベルはうなずいた。これからは、気温によって服を選ばなくてはいけないようだ。

「それならば、トランクの一番下に入っています。そんなに埃もかぶっていないはずですよ。レースをスポンジで拭いても、すぐに乾くでしょう」エルシーはバスルームへ走っていったが、すぐに寝室へ引き返してきた。「先にドレスを探しますね。女中頭にスポンジ拭きをお願いできるといいんですけど。もっともミセス・ワーソップが見つかるかどうか。このお屋敷は恐ろしく広いですから」

「召使に案内してもらいなさいな」

「お城で働けるなんて思ったこともありませんでした。一度も！」エルシーは言った。

「わたしも、お城の主と結婚するなんて思ってもみなかったわ」少女時代の夢のことを考えれば、本心とは言えない。「さあ、お風呂が使えるかどうか確かめないと」

風呂がちゃんと使えたことは言うまでもない。蛇口から熱い湯が噴き出し、滑らかな大理石の浴槽にたまっていく。

「人魚だなんて、どこか異教徒じみていると思いませんか?」エルシーは鼻を鳴らした。

「だからといって、こちらのお宅が信心深くないというわけではありませんけどね。ご存じですか? ここの礼拝堂では毎週日曜日にミサが開かれていて、召使も家族と一緒に出席するんです。村へ行くんじゃなくて」

「嫌なら無理に出ることはないわ。わたしからアードモア伯爵にお話ししておきます」

「そうではなくて、ぜひ出席したいんです」エルシーは熱心な口調で話している。「礼拝を執り行うのは修道士さまなんです。本物ですよ。わたしの母親はカトリック教にはいい顔をしませんでしたけど――肖像に口づけをしたりするのが、恐ろしく異教徒的だと思っていたんです――あの神父さまはとってもすてきな方です。わたしの祖父のようで……。もうひとつ、礼拝にどうしても出なければと思うのは、出なかったら気取っていると思われるかもしれないじゃないですか。ミセス・ワーソップに目をつけられたくはありませんから」

アナベルはもうもうと蒸気の出ている湯の中にそっと足を入れた。そのまま体を沈め、この上なく幸せな気分で浴槽にもたれかかった。

「それではお嬢さま、もしよろしければ、先ほどのドレスをミセス・ワーソップのところへ持っていって、スポンジ拭きをしてもらえないか訊いてきます。アイロンは誰にでも頼めるわけじゃありませんけど、スポンジ拭きなら大丈夫ですから」

「急がなくていいわよ」アナベルは答えた。足の指を軽く動かすと、水面にさざなみが広がった。

エルシーが出ていき、扉がバタンと閉まった。アナベルは浴槽に寄りかかり、頭をすっきりさせて考えようとした。これから結婚しようとしている男性は、自分とは正反対の人間だ。論理的な考え方が自慢のアナベルに対し、ユアンは先のことを考えずに行動しようとするタイプらしい。そうでなければ、ケトル夫妻の代わりに小屋の番をしようなどと言い出すはずがない。アナベルは金の力を信じている。一方ユアンは神を信じている。祈禱会に出席しても、飽きることなくいつまでも座っていられるような女性と結婚したかったと、ユアンはいずれ思い始めるに違いない。

アナベルは桃色に染まった足の指を見つめた。自分よりもっとふさわしい女性と結婚したほうがユアンは幸せになれるはず。お城も、お金も、すべてが揃っているのだから。ユアンは彼と同じくらい信心深い、処女の女性と結婚したほうが幸せになれる。そして、相手の女性も心を痛めずに幸せになれるだろう。

アナベルはユアンに恋をしてしまった。それだけは確かだ。恋するあまり見境がつかなくなっている――ドレイブン・メイトランドに恋をしたイモジェンがそうだったように。イモジェンは恋をしたせいでおかしくなってしまったと、アナベルはよく思ったものだ。

ユアンがアナベルに恋をしているという可能性は少しでもあるのだろうか？　どんな人間にも、時にはいいことが起こるものだ。今度はわたしの番かもしれない。アナベルは想像しようとした――雲の中から彼女を見つめ、彼女に向かって何かすてきな贈り物を投げようとしている白髪の老人の姿を。だが、しばらくしてあきらめた。そういう宗教的なものの考え方は理解できない。

結論から言えば、アナベルのように欲張りな女、ユアンの信仰心を理解できず、慈善的な行いのひとつもできない女に彼が本気で恋をするはずがないのだ。ふたりの間に存在するのはただひとつ――性欲。そう考えただけで頬が赤らんだ。

エルシーが戻ってきた。ハアハアと苦しそうにあえぎ、脇腹を手で押さえている。「お嬢さま、この家の階段の多いことといったら！　女中頭の部屋に行くだけで、裏の階段を下りて、それから左手の別の階段をもう一度下りて、その後もう一度上って、さらにもう一回下りなければならなかったんですよ」

アナベルは浴槽から出て、暖炉の炎で温められたタオルにくるまった。

「ドレスの用意はできました。ミセス・ワーソップがアイロンもかけてくださったんですよ。実にすばらしい腕前でした。ミセス・ワーソップとミスター・ワーソップは結婚して四五年になるんだそうです。ご存じでした？　ミスター・ワーソップは若い頃からこのお城で執事をしているんですって」

アナベルの髪を乾かし、つやが出るまでブラシをかけている間中、エルシーはしゃべり続けた。アナベルはシュミーズとコルセットをつけた。フランス製のコルセットだ。深紫色のすその広がったドレスは、模様入りのサーセネットでできている。上半身はぴったりしていて体の曲線を際立たせ、すそへ行くにつれて幅が広がり短いトレインを引くデザインだ。胸元のレースが胴部を華やかに見せている。

エルシーがアナベルの巻き毛を結い上げてくれた。最後にアナベルは自分の姿を鏡に映して確認した。どこから見てもお城にぴったりだ。伯爵の妻としても。たとえ……きっと……ユアンのような男性の妻としても。アナベルは信心深い人間らしい表情を浮かべようとした——ユアンの妻としてふさわしい表情を。だが、結婚はお芝居をすることとはわけが違う。

25

ダイニングルームはだだっ広く、寒々としていた。部屋の両側に巨大な暖炉があるが、ちゃんと役割を果たしているかどうかは疑わしい。

「正式に結婚したら、きみは向こうへ座ってもらうことになると思う」ユアンが大きなテーブルの向かい側を指し示した。「確か両親もそうだった。まるで別々の島に置き去りにされたみたいにね。だけど、今夜はワーソップに頼んで僕の近くにみんなの席を集めてもらったんだ」

テーブルには、ユアンの家族と三人の修道士のために年代物の美しい磁器がセットされている。しかし、一〇人分の皿を並べても、テーブルの四分の一を埋めているにすぎない。

「このテーブル、一族《クラン》の人々が全員座れそうね。どうしてもっと小さなテーブルにしないの?」アナベルは尋ねた。

「それはすばらしい提案だ」ユアンは返した。

「物事はあるべきままにしておくのが一番です」ユアンの右側にさっと腰を下ろして、ナナが言った。彼女のドレスは先ほどとは変わっている。エリザベス女王の時代に作られたとは言わないまでも、当時のデザインを意識したものであることは明らかだ。ペチコートだけでも一五キロはありそうな代物だ。首の後ろには大きくて硬そうなひだ襟までついている。

「城に新しい花嫁が来るからといって、何もかもめちゃくちゃにひっくり返す理由にはなりません。この城は、いったい何人の花嫁の去来を見てきたと思っているのです。伯爵として威厳ある態度を保ち続けることのほうが、快適さなどよりずっと重要です」

トビンはナナの右手に座った。「そろそろ手綱を譲ったらどうです？」ナナに向かって愉快そうに言うと、今度はアナベルのほうを向いた。「あなたが伯爵夫人として年数を重ねた暁には、何もかもが一変しそうだ」

ナナがアナベルを見た。「これだけ多くの使用人を抱えたこの城を切り盛りできるとミス・エセックスが考えているならば、喜んで城の管理を任せますよ」ナナはアナベルを見つめて、略奪者を投げ飛ばさんばかりの笑みを浮かべた。

しかしアナベルも、だてに幼い頃から支払いの滞っている商人を相手に小競り合いをしてきたわけではない。すぐに、一見すると寛容だが本心は真逆であることを暗示する冷ややかな笑みで応戦した。「おばあさまは、長い間さぞかしご苦労をなさったことでしょう。よろしければ、そのご苦労の一部をわたしが肩代わりさせていただきますわ」いかにも思いやりのある口調だ。

「いまいましい伝道師のような口をきくお嬢さんだこと」ナナは嫌悪感をあらわにした。

「おまえ、まさか聖歌隊員を結婚相手として連れてきたのではないだろうね？」ナナはユアンをまっすぐとらえて言った。「この城の聖歌隊はすでに定員オーバーですよ」

アルマイヤック神父は落ち着いた様子で笑みを浮かべ、グレゴリーは何事もなかったかのように黙々と食べている。「もちろん違います。教会へ行くのが大好きな花嫁では、おばあさまの消化によくないことは十分わかっていますから」ユアンがナナに向かって言った。

ナナはかつらを直し、料理を一口食べ、大きな声で言った。「いまいましいカトリック教徒が来て以来、この家はめちゃくちゃです」

「ナナ、昨夜のわたしはちょっとついていただけにすぎません。今夜、昨日の負けを取り戻す機会を差し上げましょう」アルマイヤック神父が笑顔で返した。

ナナがアナベルをじっと見つめた。その目には、仲間意識のようなものが浮かんでいる。

「わたくしのお金を全部取っていったのよ。修道士のくせにギャンブルをするなんてねえ。恐ろしい時代になったものだわ。世も末ね」

「そんな言い方をされては、ミス・エセックスに誤解されてしまうではありませんか。我々が賭けているのは昔の半ペニー《ボウビー》ですからね、ミス・エセックス」アルマイヤック神父が笑いながら言った。

「アードモア家は、たとえ数ペンスの価値しかないとはいえ、硬貨をムダに使って富を蓄えてきたわけではありません」ナナはぴしゃりと言った。

アナベルはコンソメスープを口にした。「まあ、おいしい。ハイランドのような高地で料理人を見つけるのは大変だったでしょう？」ユアンに向かって尋ねた。

「それが幸運にも、フランス人のシェフがいたんだ。マックが見つけてね。高額の報酬とひきかえに来てもらった――」

「まったく恥知らずな男！」ナナが横槍を入れた。

「だが、マックの妹と恋に落ちていなければ、ムッシュー・フランボーは最初の冬に出ていっていたと思うよ」

「本当に、恥知らずだわ」ナナが再び言う。

「今ではふたりの子持ちさ。スコットランドから出ていくつもりはないと思う。もっとも、雪の深さが一五〇センチを超えるたびに、給料を上げなくてはならないが」

ユアンの祖母が口を開いたのを見て、アナベルは先手を打った。「恥知らず、ですか？」片眉を上げてみせた。

「いかにもフランス人らしいこと！　もっとも、あなたがハイランドの冬にどんな感想を持つのか楽しみなところね、ミス・エセックス」

料理人のどこがフランス人らしいのか――恋に落ちたことか、それとも深い雪を嫌ったことか――アナベルにはわからなかった。

グレゴリーはトビンの隣に静かに腰かけたまま、一言も話していない。「家庭教師の先生はいるの、グレゴリー？」アナベルが尋ねた。

グレゴリーがスープの皿から顔を上げた。話しかけられたことに驚いている様子だ。「今はいません、ミス・エセックス。二月にケンブリッジへ戻られてしまって。それからは、アルマイヤック神父にラテン語とフランス語を教わっています」

「外国語の勉強は楽しい？」グレゴリーはアナベルが知っている子供たちとはずいぶん違っていた。驚くほど落ち着きがあり、いい意味で古風な印象を与え、行儀がいい。

「ええ、楽しいです。でも数学の勉強もしたいと思っています」グレゴリーは前髪を払った。

「それに考古学も」

「少し勉強を休ませたほうがグレゴリーのためになると思ったんだ。今年の夏は僕と一緒に畑仕事をするように言ってある」

ナナが鼻を鳴らした。「畑仕事ですって？　とんでもないことだわ」

アナベルは眉を上げた。「畑仕事って？」

「僕たちはいろんな種類の農作物を育てているんだ。毎年、夏になると、僕はほとんど畑から畑へ渡り歩いて過ごしている」ユアンはじっとグレゴリーを見つめた。確かにグレゴリーの青白い顔を見る限り、日光の下で新鮮な空気を吸わせるのはいいアイデアだ。

「肉体労働じゃないの。伯爵らしくもない。あなたの父親は、そんなふうに自分の手を汚したりはしませんでしたよ」ナナが言った。

「今年は実験的に新しい作物を何種類か植えるつもりなんだ」祖母の言葉を無視してユアンは続けた。

食事が終わると、グレゴリーとアルマイヤック神父はソクラテスの話をしながら立ち去った。ナナはトビンの腕を取り、アルマイヤック神父のボウビーを全部取り上げてやるわ、とつぶやきながら出ていった。ユアンはアナベルとともに後に続いたが、手を振って執事を先に行かせると、扉を閉めた。

「僕の計算では、もう三日もキスをしていない」さりげなくユアンが言った。

ユアンの目を見たとたん、アナベルは骨まで溶けてしまいそうになった。しかし、こう答えた。「だめよ。わたしたちは――」

「きみのコルセットがいけないんだ」言いながらアナベルを抱きしめた。

ユアンがようやく放してくれたときには、アナベルは何を言おうとしたのかさえ思い出せなかった。「言っておかなくちゃならないことがある」ユアンは壁にもたれ、アナベルを見下ろした。このままユアンの頭を引き寄せたい。アナベルはそれしか考えられなかった。

「僕たちがもうすぐ結婚するというニュースがクランの間で広まっている」

「クランの人たちがここへ来るの？」ユアンの言葉に気持ちを集中させながら答えた。

「そうだ。僕は伯爵だ。そして僕たちは社交的なスコットランド人でもある」

「あなたをお祝いするために、どれくらいの人々が集まるの？」

「僕たち、だ。みんな、僕たちの結婚を祝うためにやってくる」

「じゃあ、わたしたち、と言い換えるわ」

ユアンはいつもの――少なくともきちんと衣服を身につけ、お腹も満たされているときによく見せる――物憂げな笑みを浮かべた。

「前回、ハイランドの結婚式――マッキアニーのクランだった――に出席したときは、少なくとも一〇〇人は来ていた。でも、きみも僕と同じくスコットランド人じゃないか。正式な結婚式に出席したことはないのかい？」

アナベルの父親は、結婚式のようなばかげた行事のために馬から離れるなどもってのほかだ、と思っていた。どのみち、行きたくともふさわしい衣装を持っていなかった。「最近は一度も。母が亡くなってからは出席したことはないの」

ユアンは眉を上げた。「きみの母上は、きみが六歳のときに亡くなったんだろう？」

「ええ、だから結婚式がどういうものなのか見当もつかないの」アナベルは白状した。

「やってくるのは、ポーリーのクランだ。まあ、それ以外の人々も来てくれるだろう。何百人というスコットランド人に会うことになるんじゃないかな。そのほとんどがすでに酔っ払っているか、すぐに酔っ払う。それに踊りまくる。ほとんどの人間が踊るよ。それからけんかをする者もいれば、泣き出す者や笑ってばかりいる者もいる。子作りをする者もいれば、金切り声を上げる妻もいる……」ユアンは扉に手を伸ばした。そしてためらいがちに続けた。

「あまり話したくなさそうだね、アナベル」

アナベルは唇を噛み、笑顔を取り繕った。「結婚式が近づいて、なんとなく落ち着かないだけよ」軽い口調で答えた。

「何か心配事があるんじゃないのかい？」

ユアンに触れられようものなら、アナベルはいつのまにか忍び寄ってきた涙をこらえきらず愚かにもワッと泣き出してしまうだろう。もちろん、突然びっくりするほどロマンチストになってしまったことなど、ユアンに知られるわけにはいかない。

「答えてくれ。答えないなら、キスをしてでも無理やり話をさせるぞ」ユアンはわざといかめしい口調で言った。

そのとき、アナベルの口からひとりでに言葉が出てきた。「あなたと結婚するべきじゃないと思っているのよ。わたしは、実のところ恐ろしく強欲な女なの。お金持ちと結婚したいと思っていたのは事実よ。決してあなたのように信心深い人間でもないわ。やっぱりわたしは——わたしたちは、長い目で見るとうまくやっていけないと思うの」

ユアンがアナベルを見て微笑んだ。そんなユアンにアナベルは苛立ちを覚えた。わたしが言うことの半分も聞いてないのではないだろうか。

「それに、わたし、本当にいつかあなたを裏切るような気がするのよ」強い口調で言った。

「とんでもないことだが、きみが別の男と結婚していて、僕がそのあとできみと出会ったとしたら、僕は密通することを考えたと思う」

「わたしの話を聞いていないのね。わたしは自分の魂なんてどうでもいいのよ。わたしだったら、ロンドンの強盗など銃で撃ってあっという間に殺してしまっていたわ。銃を持っていたら、の話だけど」

「夫婦だからといって、すべてのことで意見を同じくしなければならないというものじゃない」ユアンはアナベルの手を返し、手のひらを自分の口の前へ持っていった。「僕が他の女性と結婚することを望んでいるのかい？　正直に答えてほしい」

一瞬考え込んでから、アナベルは答えた。「いいえ。あなたと結婚しようとする女性がいたら、わたしはその人を殺してしまうかもしれない」

「ずいぶん残忍なお嬢さんと結婚してしまったようだ」しかし、ユアンは笑ってはいなかった。ユアンの瞳の中で何かが燃えるのを見て、アナベルの心臓が高鳴った。ユアンが手を差し出した。「部屋に戻るかい？　それとも、僕にそそのかされてボウビーを二、三枚取り上げられに行くかい？」

「あなたにそそのかされたせいで、わたしはすでにもっと価値のあるものを失っているわ」アナベルはそう言って考え込んだ。「ボウビー二、三枚って、どれくらいかしら？」

「世の中には価値のつけられないものもある」ユアンの目は真剣そのものだった。「道中での僕の愚かな行動を取り返せるものなら、なんとしてもそうしたいところだ、アナベル」

アナベルはもう一度笑顔を取り繕った。

居間では、ピアスがスペキュレーション用にカードを手早く配っていた。グレゴリーはタカのような目でピアスを見つめ、ナナはブツブツ文句を言っている。どうやらピアスのひとり勝ちらしい。

「今、おじさんの山にカードが二枚行ったよ！」グレゴリーが言った。しかしピアスが自分の手札を数え、他のメンバーと同じ枚数であることを証明してみせると、グレゴリーはがっかりした表情を見せた。

「ピアスおじさんのいかさまを見抜こうと、みんな必死なんだ」ユアンがアナベルの耳元でささやいた。「特に張り切ってるのがグレゴリーなんだが、いかさまの現場はいまだに押さえられないらしい」

ピアスが宣言したとおり、一時間もたたないうちに全員がピアスにボウビーをすべて巻き上げられた。グレゴリーもかなり腹を立てているようだし、ナナは、怒りのあまりわけのわからないことを口走っている。

アナベルはゲームには参加せず、最後の二ゲームのトランプの流れだけを目で追った。みなが寝室へ戻る準備を始めると、アナベルはグレゴリーの腕に手を置いた。「明日の朝、お茶をご一緒してもらえないかしら？」

「喜んで」グレゴリーは古風に軽く頭を下げてお辞儀をした。グレゴリーの頬が赤く染まるのを見て、アナベルは胸を打たれた。

「スペキュレーションのこと、教えてくれる？　わたし、すごく下手だと思うの」

「ここのスペキュレーションでは誰も勝てないよ。気づかなかった？」グレゴリーが小声で言った。

アナベルはグレゴリーに向かって微笑んだ。そして、合わせるように小声で「わたしは四人姉妹なの。一番下の妹が大のいかさま好きなのよ」と答えた。

グレゴリーは返事をする代わりに、にっこりと笑った。

アナベルが振り返ると、アルマイヤック神父が腕を差し出した。「あなた方の結婚について、少しお話しさせていただいてもいいでしょうか」

アナベルは頬が赤らむのがわかった。ユアンはすでに階段の中ほどにいる。ナナがユアンの腕にもたれかかっていた。そしてグレゴリーも立ち上がってどこかへ行ってしまった。アルマイヤック神父は片手を伸ばした。まるでフランスの宮廷人を思わせる優雅なしぐさだ。アナベルは神父に導かれるまま図書室へ入った。

「我らがユアンと結婚したいと思っておいでですか？」神父が尋ねた。アナベルは暖炉の前に置かれたベルベットの椅子に腰かけ、小さなグラスに入ったあぶったオレンジのような味のするスパイシーな飲み物をすすった。

「もちろんです」

「アナベルとお呼びしてもよろしいかな？」

「ええ、どうぞ」いわゆる聖職者と面と向かって話をするのは、初めての経験だった。アナベルは不安になった。祈りの言葉を唱えてください、なんてどうか言われませんように。間違えるに決まっているのだから。

「最も重要なのは」アルマイヤック神父は、ラマに似た穏やかな顔をアナベルに向けた。「あなたが心からユアンと結婚したいと思っているかどうかです。心の奥底から」神父は急にどこの教会区の牧師にも負けない厳しい表情を浮かべた。「なぜならば、本心を偽った結婚の誓いは許されない行為だからです」

「わたしたちの結婚は、愛のためではありません」声がわずかにのどにつかえた。「わたしたちはスキャンダルを収めるために結婚するのです」

「男と女の愛について、わたしにはよくわかりません」アナベルの手を取り、自分の大きな手で包みながら神父が言った。「けれども、愛がどこから始まりどこで終わるかということは誰にもわからないのではないでしょうか」

「わたしは――」アナベルは途中で言葉を切った。知り合って間もない神父に、自分はユアンを愛しているが、ユアンは自分を愛してくれてはいないなどと、打ち明けることはできない。「わかります」アナベルは急に疲労感を覚えた。

しかし、どうしても言っておきたいことがひとつだけあった。「ユアンが両親を亡くした悲しみを乗り越えられたのは神父さまのおかげだと、彼から聞きました」

アルマイヤック神父の笑みには、本当に心が慰められる。「ユアンがそんなことを？ 彼が家の中で洪水の話をしたことは一度もないと思いますよ。もちろん、ご両親のことも」

「ユアンがお父さまのことをあまり思い出さないのは、神父さまが父親代わりをされていたからのようにわたしには思えるのですが」

「わたしがスコットランドへ来たときには、ユアンはすでに一人前の大人になっていました。最初、彼はなかなかわたしたちに心を開こうとはしませんでした。もっとも家族を失った者にはよくあることですけれど。あなたもお気づきだと思いますが、彼は自分の財産に関しては気前のいい反面、自分の心についてはなかなか警戒心を緩めようとしません。あなたがユアンの人生を変え、そして彼があなたの人生を変えてくれることを心から願っています」

アナベルは礼儀正しく微笑んだ。わたしのことを、グレゴリーと一緒に雨の中を賛美歌を歌いながら城壁まで歩いて行くような人間だと思っているなら、アルマイヤック神父はさぞかし落胆するに違いない。わたしは賛美歌を口ずさむような信心深い女性になるつもりはないのだから。アルマイヤック神父は黙ってアナベルの腕を取り、階段のところへ戻った。

「あなたもユアンもカトリック信者ではありませんから、簡単な仮婚約の形を取りたいと思っています。とはいえ、やはり儀式的な要素を外すわけにはいきません。フランスでは、結婚式は主の日、つまり日曜日に行うのが一般的です。あなた方おふたりは、二週間近く結婚式を待ったわけですから、あと数日、待っていただいてもかまわないですよね。そもそも、あなたのおっしゃったとおり、恋愛結婚ではないのですから」静かな口調だった。

アナベルはアルマイヤック神父を見つめた。しかし、神父は穏やかに微笑んでいるだけだ。

「ええ、かまいません」アナベルは答えた。

26

翌日の夜も、城の居間ではスペキュレーションが行われた。プレイヤーはナナ、ピアス、ユアン、グレゴリー、そしてアナベルの五人である。だが、いつもとは事情が少々違っていた。

何よりの違いは、グレゴリーがどんどん勝ちを重ねていくことだ。アナベルも手持ちのボウビーをキープし続けた。ついにユアンとナナが脱落し、三人での勝負となった。

「あなた、ものすごく上手じゃないの」アナベルがピアスのボウビーを二枚つかむのを見ながら、ナナは言った。ほめ言葉にわざと疑わしげな響きを交え、侮辱しようという作戦だ。

「よろしければ、わたしが手ほどきいたしましょうか、おばあさま」アナベルはナナに向かってにっこりと微笑んだ。

驚いたことに、ナナは高笑いした。「おや、もうグレゴリーに手ほどきしたんじゃないのかい？」

一方のグレゴリーは目を輝かせていた。一巡ごとにスコアを重ねていく。ピアスはその黒い目でざっとテーブルを見渡した。目の前に積まれたボウビーが減るにつれ、ピアスの頬がポートワインのように赤みを増した。

「何か作戦があるの？」ユアンがアナベルの耳元でささやいた。

「ついているだけよ。わたしが得意じゃないこと、知っているでしょ？」

「それはそうだが」ユアンは考え込んでいる様子だ。そして、もう一度アナベルの耳に口を近づけてささやいた。「でも、きみのいかさまは実に巧妙だ」

「強い人を相手にしているときだけよ」アナベルは言い、札を置いた。アナベルの圧勝である。

「時代が変わったようですね。これからは、あなたのひとり勝ちというわけにはいかなくなりますよ、ピアス。わたくしが――」そこまで言って、ナナは首を傾けた。城の衛兵がラッパを吹き鳴らし始めたようだ。「お客さまらしいわね。クランの無頼漢どもがおまえの結婚の前祝いに来たのでなければいいんだけれど。わたくしは、黒塗りのような、ああいう卑劣で野蛮な習慣には賛成しかねます」

「黒塗りって？」アナベルは尋ねた。

「アバディーンシャーに昔から伝わる嫌な習慣ですよ。まったく信じられないったら！」ナナは杖でバンと床を叩いた。

「ナナも黒く塗られたの？」グレゴリーが恐る恐る尋ねた。

「昔のことですからね、覚えていませんよ」ナナはぴしゃりと答えた。そしてさらに続けた。

「でも、心配はありません。今は文明の時代ですから。誰も伯爵の花嫁に手を出そうとはしないでしょう」

「クローガンのやつらじゃないかな」ユアンはやれやれという口調だ。それからアナベルに向かって言った。「道を下った辺りに住んでいてね。酒が入ると、とたんに大騒ぎを始めるんだ」

「大騒ぎ？　放蕩好きな悪人どもの集まりですよ。ワーソップ、式は日曜日だと言ってやってちょうだい。さっさと家に帰れ、とね。わたくしは部屋に戻ります。グレゴリー、あなたも上へ行きなさい。紳士が酔っ払いのクローガンどもの相手をする必要はありません」結局ピアスも寝室に戻ることになった。ピアスは目を光らせてアナベルとグレゴリーの顔を交互に見やったが、どうして自分が負けたのか説明してくれとは言い出せないようだ。

しばらくたって、ワーソップに案内されて居間の扉から入ってきたのは、クランのスコットランド人たちではなかった。

「ご主人さま」客たちの後ろに控えたまま、ワーソップは言った。「レディ・ウィロビー、レディ・メイトランド、ミス・ジョセフィーン・エセックス、メイン伯爵がおいでになりました」

アナベルは驚きのあまり凍りついた。しかし、すぐに喜びの声を上げて飛び上がった。

「イモジェン！　ジョージー！」ジョージーは、まるで二週間ではなく数カ月ぶりに会ったかのようにアナベルに抱きついた。

「どうして、ここへ？　もう、びっくりよ！」はずんだ声でアナベルは言った。

ない。アナベルはイモジェンを腕の中に引き寄せた。「少しは元気になった?」

「あなたを助けに来たに決まっているじゃない!」イモジェンがうれしそうに答えた。

「なんですって?」アナベルは妹の顔をのぞきこんだ。以前ほど悲しみに沈んだ目をしてい

「もちろんよ」イモジェンはあっさりと答えた。「メインが慰めてくれるもの」

「メイン!」

ユアンと話していたメインがアナベルを振り返った。いつもながらの優雅なしぐさでお辞儀をしたが、どこか違和感がある。普段は上品な中に、わざと崩したような感じがあるのに、今は……ただ崩れているようにしか見えないのだ。はいているのは最新モードのぴったりしたズボンではなく、着古した鹿革の短いズボンだった。シャツは清潔だが、古びている。上着にいたっては、サイズさえ合っていない。

「ひどい格好でお目にかからなければならないことをお許しください」アナベルの手を口へ運びながら、メインは言った。

「妹たちと一緒にスコットランドへ来てくださったのですね。ありがとうございます。アルマイヤック神父をご紹介してもよろしいかしら?」

メインはさっと流暢なフランス語に切り替えて神父に挨拶をし、アナベルを驚かせた。

「わたしたちの母はフランス人なの」グリセルダがアナベルの頰にキスをしながら言った。

「もう式はすませた、なんて言わないでちょうだいね。そんな言葉を聞いたら、間違いなく卒倒するから」

「ええ、まだよ。式は日曜日なの」アナベルはわけがわからず、グリセルダを見つめた。

グリセルダはにっこりと微笑んだ。イモジェンはまるでクリスマスがやってきたかのように笑っている。「お姉さまを驚かせることがあるの！」

グリセルダが続けた。「結婚する必要はないのよ！　わたしたちはあなたをイングランドへ連れ戻しに来たの。誰でも好きな男性を夫にすればいいわ。アードモア伯爵と結婚しなくてもいいの」

「なんですって？」アナベルは心の底から驚いた。「どういうこと？」

一瞬にして居間の中が静まりかえった。ユアンが振り向き、アナベルたちのほうを見ている。

「アードモア伯爵と結婚しなくてもいいの」イモジェンがうれしそうに続けた。「スキャンダル騒動は片が付いたのよ。すばらしいでしょ？」

すばらしい。アナベルはうろたえながら考えた。本当にすばらしいのかしら？

ユアンは冷静だった。アナベルの家族が居間に入ってきた瞬間、嫌な予感がしていた。最悪なのは身に覚えがあることだ。自分の実に愚かな行為が原因で、アナベルを失うことになるというのか。いや、あっさり引き下がりはしないぞ。愚かな田舎者と思われてもかまうものか。

アナベルは黙ったままイモジェンを見つめている。イモジェンの表情が陰った。「うれしいでしょ？　そうよね？　わたしたち、徹夜で走ってきたのよ。手遅れにならないように」

「もちろんよ」アナベルはあわてて答えた。「さぞかし大変な旅だったでしょうね。どうやってこんなに早く着いたのか、想像もつかないわ。わたしたちだって、昨日着いたばかりなのに」

「二度と馬車なんて言葉を聞きたくないわ、絶対に！　わたしを見てちょうだい。こんなにやつれてしまったのよ！」グリセルダはぞっとしたように自分を見下ろした。確かに、豊満だった体がいくらかほっそりして見える。

「つらかったのよ。スコットランドへ出発する前の晩、お姉さまは泣いていたのよね。もちろん、半年後に戻ってくるというお姉さまの計画はわかっているわ」イモジェンは自分の手でアナベルの手を包んだ。「それに、結婚の破綻なんてロンドンでは日常茶飯事ですものね。でも、こんな形での結婚なんてとても耐えられないと思うの。わたしたちみんなそう思っているのよ。そうしたら、ルーシャス・フェルトンがスキャンダルを鎮めるいい方法を思いついたっておっしゃったの」

ユアンは懸命に感情を抑えようとしていた――アナベルに出会うまでは、自分が感情なんてものを持っていることすら知らなかった。「今、半年と言わなかったか？」気軽な会話の中のわかりにくいところを訊き返すかのようにユアンは尋ねた。だが不運なことに、口調に怒気が入り混じってしまった。

イモジェンは、しまったという表情をした。「その場の勢いで立てた計画なの。でも、今となってはどうでもいいことよ。なぜかというとね、フェルトンが、ミス・アリス・エラービー――つまり、ミス・A・E――という女性を探し出してきたの。彼女、両親の束縛から逃れる機会を狙っていたんですって」

「それは喜ばしい偶然だ」ユアンは冷たい口調で言った。アナベルはユアンを見てはいなかった。ユアンがわたしをロンドンに帰すはずはない。

「フェルトンがミス・エラービーに大金を積んで、『ベルズ・ウイークリー・メッセンジャー』に、アードモア伯爵との関係を綴ったそれは見事な弁明記事を書いてもらったのよ」

「彼女と僕の関係？」ユアンがいぶかしげに言った。

イモジェンはうなずいた。「その後、彼女は召使とアメリカへ駆け落ちしたわ。フェルトンのおかげで、持参金ができたってわけ」

「結婚式が行われなかったことについてあれこれうわさ話は飛ぶでしょうね」ひどく疲れた様子でグリセルダが言った。「でもあなたたちが出発したあと、わたしは風邪でしばらく寝込んでいて外に出ていないの。そこでジョージーとわたしはあなた方と一緒に旅行に出ていたといううわさを広めたのよ」

「放蕩者としてのあなたの評判は上々よ」イモジェンが付け足した。ユアンの婚約者が結婚式のあとすぐに彼を捨てるつもりだったという秘密をうっかり漏らしてしまったことの埋め合わせのつもりらしい。「わたしとのダンスのことといい、熱烈なミス・A・Eのことといい、あなたはまさに時の人なんだから」

　ユアンは黙っていた。上流社会の人間は、未来の妻の家族の前で悪態をついたりはしない。

イモジェンはさらに早口でしゃべり始めた。「愛のない結婚ほど悲しいものはないわ。成り行きで強制される結婚なんて悲劇に終わるに決まっているもの」

「強制される結婚にもいろいろある」ユアンは言い、自分の顔がアナベルに見えるようクルリと振り返った。「そう思わないか？」

アナベルは顔を上げてユアンを見つめた。表情から彼女の気持ちを読み取ることはできない。

「お部屋へ案内していただけないかしら。もう休みたいの。スコットランドの道路はまったくなっていないわ」グリセルダが言った。

ユアンは腕を差し出した。感情のコントロールがきくうちに部屋を出たほうがよさそうだ。一カ月前までは、自分がこれほど気が短いとは思ってもいなかった。

「ジョージー、わたしと一緒にいらっしゃい！」グリセルダはジョージーの手を取った。

「本当にうれしい驚きよ」アナベルはメインに向かって言った。ユアンが部屋を出ていくのが見えた。ひどく腹を立てているようだ。アナベルは唾を呑み込んだ。

「僕にとっても驚きだったよ」メインは憂うつそうだ。「どこかに仕立屋はいないのかい？僕はきみの妹に無理やり連れてこられたんだ」

イモジェンは笑った。「お気の毒に、メインたらロンドンからこっちへ来る間中ずっと、着るもののことで文句ばかり言っていたのよ。メインはね、レイフの衣装を着なくちゃならなかったの。ずいぶん落ちぶれたものよね」

「メイン伯爵を無理やり連れてきたの?」アナベルはびっくりしてイモジェンに訊いた。

イモジェンは手をひらひらと振った。「だって、この人、ものすごく自分のやり方にこだわるんだもの。考え方が古いのよ。だから、絶対にわたしたちについてくるのを断ると思ったの」

「それはそうよ。どうして彼が二週間も馬車に揺られてスコットランドまで行きたがると思うの?」アナベルが言った。

「しかも、競馬シーズンの真っ只中なんだぞ」

「どうしてって、わたしが頼んだからよ」イモジェンは言い切った。

「でも、無理やりにという以上、きちんと頼んだわけでは――」

「頼まれてなんかいない。突然現れて家の前に馬車を横付けしたんだ。僕はすぐ乗り込んだよ。誰に見られるかもわからない場所に馬車を止めるなんてはしたないことをするな、って一言言ってやるつもりだったんだ。それが気がつけば、そのままスコットランドに向かってまっしぐらというわけさ」

「あなた方には心からお礼を言うわ」本心では、あまりありがたくなかった。「優しいのね。わたしを助けるためにわざわざ来てくださるなんて」優しすぎて、今にも涙があふれそうだった。

「ミス・エラービーを探し出したり、いろいろ手を打ってくれたのは、フェルトンなんだ。それにしても、ミス・エセックス、我々に会えたことを心から喜んでいるように見えないのは僕の思い違いなのかな?」

「喜んでいるに決まってるじゃないの! どうしてそんなことを言うわけ、メイン?」イモジェンが口を挟んだ。

「妹たちに会えたんだもの、もちろんうれしいわよ」この言葉は本心からのものだ。わたしを助けたいという思いでわざわざスコットランドまで来てくれたと考えるだけで——たとえ自分が救出されることを望んでいるのかどうかわからないとしても——涙がワッとあふれ出しそうになるのは事実だった。イモジェンが顔をしかめているのを見て、アナベルは付け足した。「さぞかし疲れたでしょう。女中頭のところへ案内するわ」

湯気の立つ風呂とパリッとした寝巻きの用意された快適な部屋にみなが落ち着いた頃には、すでに真夜中になっていた。イモジェンはメインと隣り合わせの部屋にしてほしいと主張し、彼は彼女と違う階にしてほしいと言い張った。ジョージーはグリセルダの指示で子供部屋を当てがわれたが、文句を言い続けた。そのグリセルダも自分の部屋が東向きだと知ると、朝日が当たると嫌だから部屋を変えてほしいと言い始めた。

それでもようやく、全員がそれぞれに満足のいく部屋を割り当てられたらしい。アナベルは一度だけ、ユアンとすれ違った。目が合ったものの、そのまま早足で通りすぎてしまった。ユアンはわたしのことをどう思っただろう? わたしは密通だけでなく、逃げ出すことまで考えていた。そんな悪事ばかりもくろむような女を誰が妻に欲しいと思うだろうか? 後悔と恥辱の念でなんとなく気分が悪かった。

アナベルがベッドの端に座っているときだった。突然、恐ろしく甲高い音が耳に入った。耳をつんざくほどの音なので、一瞬、悲鳴だとはわからなかったほどだ。

アナベルは悲鳴のしたほうへ向かって一目散に駆け出した。恐怖のあまり体に寒気が走る。廊下を進み階段を下りる間も、恐ろしい叫び声は続いた。廊下に面した扉が次々と開き、人々が何か叫ぶ声が聞こえても、アナベルは走った。音源は図書室に違いない。

そのとおりだった。アナベルが扉を開けたとき、背後にユアンも現れた。

ロージーが叫んでいた。図書室の真ん中で立ちすくみ、金切り声を上げている。ロージーがアナベルとユアンのほうを見た。アナベルは衝撃を受けた。初めて会ったときはおとなしくて子供のようだったロージーが、白い顔に怒りの表情を浮かべたひとりの女に変わっていた。瞳が異様な光を放っている。ロージーが叫んでいるのは、恐怖のためではなかった。怒りのあまり声を上げているのだ。醜くて悪意に満ちた怒りだった。

一方、途方に暮れた様子で壁にもたれていたのは、メインだった。

ユアンが図書室へ飛び込み、ロージーを揺さぶった。ロージーは叫び続けた。ユアンはもう一度ロージーを揺さぶった。荒々しくはなく、毅然とした揺さぶり方だった。「やめるんだ、ロージー。やめなさい」

マックが扉の外に現れた。「アルマイヤック神父を呼んでまいります」そう言って、駆け出した。

ようやくロージーの声が震え始め、叫ぶのをやめた。

「なんてこった」静けさの中、メインがつぶやいた。

廊下に集まった人々が、何事かと中をのぞこうとしている。ユアンは振り返った。「誰も入らないでくれ！」

ユアンは、まだ壁にもたれたままのメインに向き直った。「申し訳ないが、あなたも……」

扉に向かってうなずいた。

「喜んで」だが、メインはすぐに足を止めた。「念のために言っておくが、わたしは彼女に触れていない。何も――」

「わかっています」アナベルがメインの腕を取り、廊下へ導いた。「ロージーはひどく動揺しただけです。それだけよ」

「動揺した？」廊下に出たので、メインは声を張り上げた。ふたりを囲む人々も、同情したような表情を浮かべている。「動揺しただけだと？　彼女はどうかしている。違うか？　僕は、アードモアが『レーシング・ニュース』でも取っていないかと思ってここへやってきただけだ。そうしたら、彼女がいた。だから、やあ、って言ったんだ。彼女はまず僕の靴に目をやって、徐々に視線を上へ移動させていった。僕のクラバットが気に入らなかったのかもしれない。そんなことは神のみぞ知るだ。とにかく、クラバットに視線をやったとたん、叫び声を上げて僕に何かを投げつけてきた。まるで、僕が彼女を強姦したかのように」

アナベルは執事の姿に気づいた。「ワーソップ、メイン卿に飲み物を差し上げてくれるかしら？」

「あの女、誰なの？」階段の上からグリセルダが尋ねた。

アナベルが戸惑っていると、ちょうどそこへやってきたアルマイヤック神父が答えた。「彼女はアードモア伯爵の義理の妹です。みなさんに危害を加えるようなことはありません。どうぞご心配なく」

グリセルダはあまり納得のいかない表情を浮かべた。「まあ、いいわ」不機嫌そうに言った。「とりあえず危険が去ったなら、ベッドへ戻りましょう」

「これで決まりね」イモジェンがささやくように言った。「ああ、アナベルお姉さま、本当に来てよかったわ。このお城には文字どおり頭のどうかしている女がいたのね――まるで小説みたい！」

「それだけじゃないわよ」ジョージーだった。グリセルダの肩の上に顔を出してのぞきこんでいる。「もしこれが小説の中の出来事だったら、あの女はアードモア伯爵の最初の妻ね。妹じゃなくて」

「驚かせてごめんなさい」アナベルは断固とした口調で言った。ロージーとユアンの関係をあれこれ詮索されたくはない。「ロージーは動揺しやすい性質なの。見知らぬ男性をすごく怖がるのよ」

「わたしたちに隠していたのも無理はないってことかしら」グリセルダは肩をすくめ、ジョージーに向かって言った。「さあ、上へ戻りましょう」

アナベルが顔を上げると、ユアンが彼女を見ていた。図書室の戸口で黙ったまま、ただ立っている。

ゲストたちはそれぞれの部屋へ戻っていった。アナベルは図書室の扉を開けた。ロージーとユアンは暖炉の前の長椅子に腰かけていた。長椅子の端と端に座っているだけに見えたが、ユアンは背もたれの後ろ側で腕を伸ばし、ロージーの髪を撫でていた。ロージーはいつもの表情に戻っていた。さっきまで金切り声を上げていたとは思えない。それどころか……幸せそうな、実に穏やかな様子だ。

ユアンがアナベルを見上げた。「メインの寿命が一年縮んだんじゃないかな」

「一〇年だ、ってあの人なら言いそう。彼女は大丈夫?」アナベルは小声で訊いた。ロージーが鼻歌のようなものを歌いながら、炎がまるで面白い劇を演じているかのように暖炉を見つめていた。

「そのようだ。普段は、彼女の世話役がこんなことが起きないように注意してくれているはずなんだ。僕のゲストが来ているときは、部屋から出さないことになっている」

「まあ、かわいそうに」ふたりは同時にロージーを見つめた。ロージーはまるでこちらの存在に気づかないかのようにぼんやりしている。

「問題は、彼女が自由に城の中を歩き回ることに慣れてしまったことだ。きみは久しぶりに迎えた訪問者だったが、ロージーはきみを受け入れてくれた。そのせいで、僕の気が緩んでいたんだ」

「問題の発端となるのは、男性なんでしょう」

「最近はますますひどくなってきた。彼女はメインを攻撃したんだ。あれを見てごらん」ユアンは、メインがもたれていた壁のほうに向かってうなずいた。「自分の体の半分ほどもある花瓶をメインに投げつけたんだ。顔にでも当たっていたら、大変なことになっていた」

アナベルはなんと答えていいかわからなかった。

「グレゴリーもどんどん成長しつつある。ロージーは、ときおり僕のこともわからなくなって攻撃してくることがあるんだ。もしグレゴリーにあんなまねをしたら……」

「グレゴリーはロージーのことを母親だとは思っていないみたいだけど」

「でも、本当のことは知っている。母親が精神を病み、自分を攻撃してくるなんて、考えただけでもショックなはずだ。グレゴリーは下りてきていないよね？」

アナベルは首を横に振った。

「あんな状態の彼女は、とてもグレゴリーに見せられない」

ロージーが立ち上がって、ゆっくり歩き始めた。アルマイヤック神父が扉のそばで待っている。神父はそっとロージーの手を取り、上階へ導いた。

ユアンも立ち上がった。アナベルを見るときの表情がそれまでとは変わっていた。「僕たちのスキャンダルをうまく取り繕ってくれたみたいだね」

「ええ」アナベルはのどのつかえを呑み込みながら、なんとか答えた。

「半年間の結婚生活よりは、そのほうがいいのかもしれない。ただここから出ていくつもりだったのかい？　それとも離婚の手続きを始めるつもりだったのかな？」ユアンはアナベルを間近で見つめた。アナベルは息が詰まり、声が出なかった。

「ただ出ていくつもりだったわ」ささやくように答えた。

「どうしてもっと早く気がつかなかったのだろう。結婚前から密通をする気でいるような女性が、スコットランドの城へやってきておとなしく妻の座に納まっているはずはない」

真実を突いているだけに、アナベルの胸が痛んだ。

「フェルトンの計画は見事だが、ひとつだけ問題がある」ユアンはいつになく真剣な口調になった。「きみをイングランドにすぐに帰すわけにはいかない。きみのお腹には、僕の子供がいるかもしれないからだ。申し訳ないが、望もうと望むまいと、きみは僕と結婚しなければならない」

アナベルは口を挟もうとしたが、ユアンは続けた。「だが、きみにはもっとましな理由でここにとどまる道を選んでほしい。妊娠もしておらず、スキャンダルも収束したなら、きみはもちろん裕福なイングランド人と結婚できるだろう。それでも、ペギーの言葉を借りれば、ここは田舎だが牛はたっぷりいる」ユアンは一瞬ためらった。「アナベル、どうかここに残ってほしい。僕たちは互いに求め合っているじゃないか」

長椅子の横に立ったユアンは、背が高く、誇らしげなスコットランド人そのものだ。そのハンサムな顔を見ているだけで、ひざから力が抜けそうになる。とはいえ、アナベルにはどう答えていいかわからなかった。自らの意志でユアンの元を去ることは絶対にできないだろう。それにはあまりに彼を愛しすぎている。だが、ユアンが心から自分を愛してくれているわけではないと思うと、心は張り裂けんばかりだった。

「僕と結婚してほしい。牛がいても、いなくても」

「わたしはあなたと結婚します」アナベルは小声でつぶやいた。そしてクルリと向きを変え、足早に部屋を出て階段を上り始めた。ひざに力が入らない。階段から落ちないよう手すりをギュッと握った。待って、まだ訊かなければならないことがあるわ。階段を上がる途中でアナベルは振り向き、ユアンを見下ろした。ユアンはすぐ下に立っていた。一瞬、彼の目がひどく寂しげに見えた。きっと思い違いよ、とアナベルは自分に言い聞かせた。

「訊きたいことがあるの。わたしのこと――」アナベルは言葉をいったん止めた。これまで、ふたりは正直になんでも話し合ってきた。そしてついに最後の質問に到達したんだわ。「わたしのこと、愛してる？」

アナベルの言葉が、ひんやりした夜気にまるで叫び声のように響き渡った。だが、アナベルにとっては絶望感から小声でつぶやいたにすぎない。

ユアンがアナベルを見上げた。「ケトルの小屋でも言ったはずだ。僕たちはきっといい夫婦になれる。きみは僕を求めているし、僕もきみを求めているじゃないか」

「あなたは欲望と愛を混同しているのよ。欲望と愛は同じものじゃないわ」アナベルはユアンを見つめながら言った。

「僕はきみを愛している。きみが他の男と結婚するなんて、考えるだけでも耐えられない。それは本当だ」

アナベルはふと思いついた言葉を口にした。「欲望とは、残酷で、大うそつきで、罪深いものよ」

ユアンが階段を上ってアナベルに近づいた。「それは詩の一節かい?」アナベルの横に並ぶと尋ねた。

「そう」

「どうも気に入らないな。どことなく不快なものを感じる」

「シェイクスピアの詩よ」

ユアンはそれがどうしたとばかりに無視した。「僕たちは幸せになれる。僕は貧乏にはならない。それはきみにとって重要なはずだ」

そうよ、そのとおりだわ。

「僕たちはすばらしい夫婦になれる」

アナベルは唇に無理やり笑みを浮かべた。それから階段の一番上まで足早に行くと左に曲がり、主寝室に入った。そして、顔も洗わずにシュミーズのままベッドに倒れこんだ。メイドを呼ぶ気もしない。

部屋がぐるぐると回転し始めた。アナベル・エセックスが男性に愛されるような女ではないことは、自分が一番よくわかっている。わたしは男性に欲望を抱かせる女。欲望――ユアンが自分に抱いているのは、まさにその欲望なのだ。

喜ぶべきなのはわかっている。目の前に自由への道が開けたのだから。ロンドンへ戻り、裕福なイングランド人であり、おしゃれで、現実的で、状況に応じてお互いが相手に対してどの程度の義務を果たせばいいのかを理解してくれる男性、そして彼の魂や――ひどい場合には――アナベル自身の魂の話で彼女を混乱させたりしない男性を探す自由への道が。

問題は、アナベルがユアンと離れられなくなってしまったことだ。ユアンのキスを求めている。むさぼるようなキス、いくらしても足りなくて唇にあざができそうなほど激しく求め合うキスを。ユアンがアナベルの体を抱きしめたまま優しく動き、彼の体に溶け込んでしまいそうになりながら、その息遣いを楽しんだ――あのすべての時間を。そして、口の動きだけで離そうとしているのがわかる、あのキスの終わり方を。

きっと、それだけで十分なんだわ……ユアンには、それだけあれば十分なのに違いない。ユアンとのキスを思い出しただけで、アナベルの心臓は早鐘を打ち始めた。それでもアナベルはユアンの考えには賛成できなかった。以前は、男性の欲望を満たすのとひきかえに、結婚と生活の安定とお金が得られるならそれで十分だと思っていた。でも……。

やっぱりそれじゃ嫌。嫌なのよ。

わたしが欲しいのは、もっと別のものなの……。

アナベルは涙にむせびながら眠りに落ちた。

27

ドアノブが回る音でアナベルは目を覚ました。まぶたが貼りついたように開かない。なんとか目を開けると、ジョージーがベッドの足元のほうによじ登りながら、すでに上掛けの下にもぐり込んだイモジェンとおしゃべりをしていた。

「結婚するなら、わたしはアードモア伯爵のような人がいいな。使用人が一〇〇人もいるお城なんて最高だもん」ジョージーがアナベルを振り返った。「アナベルお姉さまはスコットランドが嫌いみたいだけど、わたしは大好き。イングランドで暮らしたいなんて全然思わないわ。ねえ、お姉さま、アードモア伯爵がお姉さまと結婚できなかったら、わたしが社交界デビューする次のシーズンまで花嫁探しをお休みしてくれると思う?」

「ばかなこと言わないでちょうだい」アナベルはベッドの上で起き上がった。頭がガンガンしている。

「お姉さま、すごい顔。よく眠れなかったの? そういえば、わたしの部屋の外で一晩中人の足音がしていたわ」ジョージーが愉快そうに体を震わせた。

「あなたは小説の読みすぎだって言ったでしょ」イモジェンがアナベルの隣に、ひょっこりと頭を出した。

「だから、小説にはとっても役立つことがいっぱい書いてあるんだって言ったじゃない。これが小説だったら、いずれアードモアが真の悪人だとわかるわ。そこかしこに、その予兆が見えるもの」ジョージーが言った。

「予兆って？」イモジェンが尋ねた。

アナベルは妹たちに朝の挨拶すらする気にならなかった。早く出ていってくれればいいのに。ユアンと話をしなくては。彼にわかってもらわないと――。

とても重要なことを。

「第一に、悪者はみんな髪が黒いの。そして、その黒髪を風になびかせながら、うろうろ歩き回るのよ」

「アードモアの髪は赤いわ。まあ、なびかすには十分な長さがあるけど」イモジェンが横槍を入れた。

「アードモアがフランス人かどうかは、そのうちにわかるわね」

「彼は怪しい人じゃないわ」アナベルは言わずにはいられなかった。

「お姉さまはそう思うでしょうね。だってまだ結婚していないんだもの。アードモアに秘密があったとしても、夢の中でしか言わないわよ。ヒロインが手遅れになるまで夫の正体に気づかないのは、それが理由。真夜中に目を覚ますと、夫の寝言が聞こえてくるの……」ジョージーは両手を髪に差し入れ、天井を向いて目をぐるりと回した。「ああ、**マーガレットよ**

……崖から落ちたときの彼女の叫び声が耳から離れない……ああ！」

ジョージーは手を下ろしてアナベルに向き直った。「アードモアが寝言を言うかどうかなんて、お姉さまは知らないわよね？」

「知らないわ」アナベルは嘘をついた。

「このお城に小説的な要素がたくさん揃っていることは、お姉さまも認めるべきよ。屋根裏に住む頭のおかしな妻までいるんだもの」

「ロージーのことをそんなふうに言うのは失礼よ、ジョージー」

「わかったわ」ジョージーはため息をついた。

「そういえば、お姉さまの旅の話を聞いてなかったわね。どうだった？」イモジェンが興味津々な様子で訊いた。

「よかったわ。とても――とても快適だった。本当よ」

イモジェンがアナベルを見つめている。

「アナベルお姉さま？」

「なあに？」

「どうかしたの？　ねえ、わたしを見て！」

アナベルはイモジェンに向き直った。

「まあ、大変」枕に倒れ込みながら、イモジェンは言った。

「どうしたの？　何が大変なの？」ジョージーが尋ねた。

「お姉さまったら、汚されてしまったんだわ」イモジェンがぼんやりと言った。

「汚された、ですって？　そんなこと、最初からわかりきったことじゃないの」ジョージーが言った。

「汚されてなんかいないわ」アナベルは悲しそうに言った。「確かに、そう言われるようなことはしてしまったのかもしれないけど、それは問題じゃないの」

「問題じゃないなんて、よくもそんなことが言えるわね！」イモジェンが声を張り上げた。

「大問題に決まって――」

「彼を愛しているから、そんなことは問題じゃないの」アナベルの頬を涙がこぼれ落ちた。

「ユアンを愛しているの。彼はわたしを愛してくれていないのに。わたしは彼と結婚したいの。半年だけじゃなくて、永遠に」

三人は黙り込んだ。

最初に口を開いたのはイモジェンだった。「もう、お姉さまったら」アナベルに腕を回した。

「お姉さまが？」ジョージーは信じられない、という表情だ。「論理的で、冷静で、お金のために結婚することを決心していた、わたしたちのお姉さまが？」

「かまわないわ……たとえユアンが貧乏でも、わたしは彼と結婚する」

「なんてこと」ジョージーは心から驚いたように言った。「貧乏でもいいなんて、どうやらお姉さまは本気のようね。グリセルダが聞いたらきっとひきつけを起こすわ」

「でも、彼とは結婚できないの」アナベルはいったん言葉を止め、さらに続けた。「つまりね、結婚はするつもりなんだけど、したくないの」涙にむせび、のどが詰まる。

「わけがわからないんだけど。もっとも、イモジェンお姉さまだって、興奮すると何を言っているかわからなくなるものね」

「ユアンはわたしのことを愛してくれていないの。彼は――好いてはくれているわ、とっても。彼はわたしに欲望を感じているの。それが愛だと思っているのよ。でも違うの。わたしにはわかるわ。欲望と愛はまったく別ものなの」

「重要なのは……」イモジェンが言いよどんだ。慎重に言葉を選んでいるらしい。「重要なのは、自分を愛していない男とは結婚すべきじゃないということ。お姉さまの言うとおりよ。お姉さまも彼を愛していなければ、問題はないの。でも、どちらか一方に愛があるのに、もう一方にないというのは、悲劇の元だわ」言葉を止め、深々と息を吸った。「わたしが言いたいのは、お姉さまが本当にアードモア伯爵のことを愛しているなら、彼に愛されるまでは結婚すべきじゃないということよ。片思いはつらすぎるもの」イモジェンはアナベルに向かって言った。

「アードモア伯爵はアナベルお姉さまを愛していると思うけど。男の人って、みんなそうじゃない？　アナベルお姉さまにラブレターを書いた副牧師を、お父さまが別の教区に追放したことを覚えている？」

「あなたたちは、欲望と愛を混同しているのよ」アナベルは涙声で言った。「昨夜、ユアンに聞いたの。わたしのことを愛しているか、って。そうしたら彼は、わたしに欲望を感じていると言ったわ」涙にむせび、声が詰まった。「彼は欲望と愛の区別がつかないのよ！　わたしは、もう欲望を感じさせるだけの女でいたくないの」

「わたしが読んだ昔の詩によれば、ほとんどの男性にとって、欲望と愛は同じものだそうよ。アナベルお姉さまは細かいことにこだわりすぎなんじゃないかしら」ジョージーが言った。

「そうよ、アナベルお姉さま、そんなに悲観的になることはないじゃない」イモジェンはアナベルに向かって腕を伸ばした。「ユアンがお姉さまに欲望を感じているということは、彼の気持ちはお姉さまを愛する方向に向かっているってことよ。ジョージー、あなたはちょっとどこかへ行っててくれない？」

イモジェンはジョージーからにらみつけられ、肩をすくめた。「わかったわよ。それでね、テスお姉さまとフェルトンは、愛し合って結婚したわけじゃないわ。フェルトンがお姉さまを真剣に愛し始めたのは、結婚式の直後からよ。ドレイブンがどうして同じようにわたしを愛してくれなかったんだろうって、何度も何度も考えて――」イモジェンが黙り込んだ。

「無理に言わなくてもいいわよ」アナベルがそっと言った。

「お姉さまには、わたしみたいな結婚をしてほしくないのよ！　だから言わなければいけないの。ドレイブンとわたしは――というかドレイブンは、寝室でのことが、あまり楽しめなかったんじゃないかと思うの」

一瞬の沈黙が流れたが、それを破ったのはジョージーだった。「まさか、夫婦の営みに絶望して、ドレイブンが馬に飛び乗って自殺したなんて思っていないわよね？」

あまりにぶしつけで、いかにもジョージーらしかったので、イモジェンとアナベルはふたり揃ってプッと吹き出してしまった。おかげで、それまでの重苦しかった雰囲気が一度に吹き飛んだ。

「フェルトンたら、競馬場でテスお姉さまにキスをしたのよ」真面目な顔でイモジェンは語った。「何百人という人々の前で堂々と。ふたりがいたのは屋根のない特等席だったから、誰が見ていてもおかしくないのに。それからふたりは馬車の中へ姿を消したわ。戻ってきたときは、テスお姉さまの髪はすっかり乱れていたの。わたしなら、ドレイブンにそんなことはさせなかったわ。わたしなら――絶対にしなかったと思う。でも、今になって振り返ると、させてあげればよかったと思って」

「ユアンは、人々に見られそうな場所で何度もわたしにキスをしてくれたわ」アナベルは言った。そのうちのいくつかの場所を思い出してしまった。顔が赤くならないといいけれど――。

「男性が恋に落ちるのに必要なのが欲望だとしたら、未婚の売春婦は存在しなくなるってことよね」ジョージーが言った。

イモジェンが息を呑んだ。「ジョージーったら！　どうしてそんな言葉を知っているの？それに、そういう女性の話を口にするものじゃないでしょう！」

「ラテン語では、メレトリクスって言うのよ」悪びれずにジョージーは言った。「アナベルお姉さまのお気には召さないかもしれないけど、お姉さまはアードモア伯爵にもっと自分の気持ちをはっきりと言葉や態度で表してほしいと思っているだけなんじゃないかしら。わたしたちと一緒にイングランドに帰るって言ってみれば？　ショックのあまり、ひざまずいて、どうか残ってくれって懇願するわよ、きっと」

「彼に嘘をつくのは嫌なの」

「そうだ！　お姉さまに身の危険が迫れば、アードモア伯爵も一生お姉さまを失うことになるかもしれないってことに気づくはずよ。例えば、お姉さまが橋から落ちて水に流されたら、きっと必死になってお姉さまの名を呼ぶわ」ジョージーは自分のアイデアににんまりとした。

「死んでしまったらどうするの？　橋から落ちるのも、馬から落ちるのも、わたしは嫌よ。今日は朝のうちにスイートピーを散歩に連れていくつもりだけど、頭から地面に真っ逆さまなんていうつもりはないわよ」

扉をノックする音がした。「大変、エルシーだわ」アナベルはあわててベッドから足を下ろした。「エルシーには泣き顔を見られたくないの。今お風呂に入っていると言ってちょうだい」そう言うとバスルームに駆け込み、扉を閉めた。

ジョージーは前かがみになってイモジェンの足をつねった。「なんとかしなくちゃ！」エルシーがアナベルの衣装だなの中をのぞきこんでいるのを見て、ジョージーがつぶやいた。

「あんなに寂しそうなアナベルお姉さまの姿、見たことないわ。アードモア伯爵に愛されていないって、本気で信じてるのね」

「アードモア伯爵は、恋愛のこととなるとうまく話せなくなってしまうのよ。男性にはよくあることだわ」

「でも、アナベルお姉さまの頑固さはよく知っているでしょ。欲望は愛を妨げるものだって、自分に思い込ませているような気がするの。アードモア伯爵にはお気の毒だけど、アナベルお姉さまを愛していることを証明するのに、去勢した雄猫のふりをしてもらわなくちゃいけないわね」

「あなた、学校でいったい何を勉強してきたの？ 若い女性がそんなことを言うものじゃないわよ。若い女性に限らないわ。レディはそんなはしたない話はしないのよ！ きっと変な本ばかり読んでいるせいね」

「本ではなくて、イモジェンお姉さまの話を聞いて覚えたの！ それに、こんなこと言いたくはないけど、ミネルバ書房の作品よりも古典文学のほうがよっぽど内容がどぎついんだから。でも、お願い、話の腰を折らないでちょうだい。アナベルお姉さまのことはよく知っているつもり。頑固で、こうと決めたら絶対に考えを変えない人よ。この状況を打ち破るには、やっぱりお姉さまを危険な目に遭わせるしかないわね……なんとしてでも」

「あなたが間違っていることを願うわ」イモジェンは立ち上がり、扉に向かった。

「イモジェンお姉さまは成功したじゃない。馬からわざと落ちて、ドレイブンにお姉さまをグレトナ・グリーンへ連れていかせるよう仕向けたんでしょ」

「アナベルお姉さまは、そんな策略を使うような人じゃないわ」イモジェンは言ったが、ジヨージーの言葉は事実だけに反論ができない。「アナベルお姉さまはとても正直だから、結局アードモア伯爵に嘘をつくことなんてできないわよ。いずれにしても、あなたの考えは間違ってるわ。アードモア伯爵はどんなことであれ女性を説得できる人よ。その気になれば、だけど」

28

寝室の扉を開けたイモジェンは、驚きのあまり凍りついた。化粧台の横に置かれた背もたれのまっすぐな椅子にひとりの女性が座っていたからだ。肖像画のご先祖さまが幽霊となって生き返ったかのようだが、どう見ても幽霊ではない。「紹介をしてくださる方がいないので、自己紹介をさせていただきます」まるで女王のような口ぶりだ。「わたくしはレディ・アードモアです」

イモジェンは部屋に入り、ひざを深く曲げた正式なお辞儀をした。「お会いできて光栄ですわ、レディ・アードモア。わたしはレディ・メイトランド、ミス・エセックスの妹です」

アードモア伯爵の祖母は髪をカールさせて粉をつけ、頭上に高々と結い上げていた。驚いたのは、エメラルドの二連ネックレスをつけていることだった。確か（イモジェンが服飾雑誌を読んで研究したところによれば）午前中から身につけるのはマナー違反のはず。とはいえ、実に迫力のある女性だ。アードモア伯爵によく似ている。孫がグリーンの目であるのに対し、祖母の目は銀白色で疲れの色が見えるものの、決然とした顎や形のいい頬骨はアードモア伯爵とまったく同じだった。

レディ・アードモアが空いている椅子に向かって手を振った。「どうぞ、お座りなさい」イモジェンはサッと腰を下ろした。

「あなたは未亡人なのでしょう？　メイトランド卿が亡くなったことは聞いています。あなた方の駆け落ちについても。とてもすてきな青年でいらしたわ」

「夫をご存じなのですか？」

「ご母堂のことは存じ上げております。彼女がイングランド人であってもね。かつてはアードモア伯爵と――息子ではなく、わたくしの夫のことです――時おりロンドンを訪れていましたから。アードモアが亡くなったときは、とても心温まるお悔やみの手紙をいただきました。それから息子と息子の妻を失ったときも」

レディ・アードモアが黙った。イモジェンは唇を嚙んだ。夫を亡くし、続けてひとり息子を失ってしまうなんてどれほどつらいことだろう。そのうえ、義娘や孫まで亡くしたなんて……。

しかし、イモジェンの答えを聞かないうちに、レディ・アードモアは言葉を続けた。「レディ・クラリスがお亡くなりになったそうね。とても残念です。一一月でしたか？」

イモジェンはうなずいた。「ドレイブンが死んだあと、すっかり元気をなくしていました。風邪を引いても、お薬も飲んでくださらなくて」

「病気か何かで死ねるなら、そのほうがずっと楽ですから。わたくしも長い間そう願っていたものです。でも――」レディ・アードモアが鋭い視線をイモジェンに投げかけた。きらりと光って見えたが、涙のせいではない。「でも、中には泣き暮らしたり、怒りに駆られたりする人もいるようですね。わたくしの見たところ、あなたは後者のようですが」

イモジェンはかすかな笑みを浮かべた。「わたしは両方かもしれません」

「わたくしは泣きました。息子のジェイムズと彼の妻、それにかわいらしい子供たちが死んだときには、あまりに泣きすぎて彼らのように溺れてしまうのではないかと思ったほどです」

「お気の毒に」

レディ・アードモアは小さく身を震わせた。「どうしてこんな感傷的な話になってしまったのでしょう。わたくしは、あなた方がスコットランドにいらした理由をお聞きしたいのです、レディ・メイトランド。城中にさまざまなうわさが流れています。わたくしのメイドなど、ミス・エセックスは伯爵と結婚せずに、すぐロンドンへ帰るつもりなのだと言っています」

「それは違いますわ」レディ・アードモアにどこまで話すべきか、イモジェンは思案した。「で「孫は何も話してくれません」レディ・アードモアはイモジェンに明るい目を向けた。「ですが、今回のことは孫にはとてもいいお話だと思っています。あの子は、これまで結婚になんの興味も示そうとしませんでした。心外ではありますが、アルマイヤックがロンドンへあの子を送ったのは正しい判断だったと認めざるをえません。あなたのお姉さまは気骨のある方です。それにスコットランド人でもあります。ユアンが好きになる理由が、わたくしにはわかります」

イモジェンはうなずいた。

「では、いったい何が問題なのです？　確かにあなたのお姉さまはどこか頼りなげです。ですが、それが本当の姿とは思えません。もちろん、あなたも本来はそうではないはずです。ですから、もう一度お訊きします。いったい何があったのですか？」

「姉は、アードモア伯爵に愛されていないと思っているんです」イモジェンは素直に答えた。

レディ・アードモアの銀白色の瞳の力には逆らえない。

「愛されていない？」レディ・アードモアはあざけるように言った。「愛なんていうのは、現実離れしたひとつの愚行にすぎません。わたくしは夫を恐れていました。昔は、結婚とはそういうものでした。ポーリー一族《クラン》の長であった夫に嫁ぐことが決まったとき、夫に口答えをしないこと、声を張り上げないこと、ほんの少しでも夫を動揺させないことの三つを、両親から何週間もかけて諭されました」

「それはさぞかし大変だったでしょうね」

「さあ、どうかしら」レディ・アードモアはしばらく考え込んだ。「実際にはそれほど大したことではありませんでした。わたくしは、わたくしの義務を果たしただけです。クランの長と結婚するというのは、家族にとってはすばらしいことでしたから。わたくしは自分が引き受けた務めを果たしたのです」

「本当に声を上げたことはないのですか？」ぜひとも聞いておきたいところだ。

レディ・アードモアは含み笑いをした。「さあどうでしょう」杖でコツンと床を突いた。「少なくとも一カ月は我慢したかしら。ひょっとしたら半年ぐらいはもったかもしれないわね」

きっと一週間てとこね、とイモジェンは思った。

「アードモアとわたくしは、話し合いという方法を見つけ出しました。もっとも、夫はとても口数の少ない人でしたけどね。ユアンは祖父である夫によく似ています。あなたのお姉さまが現れるのを待っていたところもそうですわ。この先も一生、ユアンにはあなたのお姉さま以外の女性が現れることはないでしょう」

イモジェンはのどにこみ上げてきたものを呑み込んだ。「姉がそのことを理解してくれるといいのですけど。父親が必ずしも姉に優しい態度を取っていなかったせいでしょうか、姉は自分の魅力に自信が持てないんです」

レディ・アードモアは鼻を鳴らした。「自信のない金髪の女性がいるという話は聞いたことがありません」

「まさにそこなんです。姉は美しさのあまり、アードモア伯爵を信じられなくなっているんです」

「自分の美しさゆえに男性が信じられないというのですか。世の女性たちにとって、そんなにうらやましい話はないでしょうに」

「ええ、そうですわ」イモジェンは、アナベルの秘密を漏らしてしまった後ろめたさを感じた。「でも、やはり姉はそう思っているんです」

「簡単な解決策があります」レディ・アードモアが言った。はっきりした物言いは、驚くほどジョージーに似ている。「わたくしが一役買いましょう」

「なんですって？」イモジェンはびっくりして訊き返した。

レディ・アードモアは手を上げてイモジェンの質問を制した。「わたくしを信用してください。わたくしは夫と一度会っただけで結婚しました」

「本当ですか？」もちろん名家の間では政略結婚が一般的だという話は、イモジェンも知っている。でも……。「それまでにも何度かお見かけになったことはあるのでしょう？」

レディ・アードモアは首を横に振った。「当時の若い女性は人付き合いをすることはほとんどありませんでした。わたくしの場合、他の女性たちよりもっと外へ出る機会が少なかったと思います。五歳のときから伯爵夫人になることを運命づけられていましたから」

「そんなの——」イモジェンは、ひどいわという言葉を呑み込んだ。

「アードモア伯爵を初めて見かけたのは、結婚式の二日前です。その頃、伯爵の弟たちがあるいたずらを計画していました。わたくしを黒塗りにしようとしたのです。どういうことかわかりますか？」

イモジェンは首を横に振った。

「体にタールを塗って鳥の羽根で覆うという一種のいたずらです。もっとも、あのときはタールではなく糖蜜を使うつもりだったようですが」レディ・アードモアは顔をしかめた。

「実に不快な風習です。遵守よりむしろ破棄すべき習慣の最たる例です。わたくしの言っていることがおわかりですか?」

イモジェンにはよくわからなかった。

「『ハムレット』の一節ですよ。黒塗りというのはアバディーンシャーに古くから伝わる伝統ですが、昔からそれほど盛んではありませんでした。ましてや将来の伯爵夫人にそんなことはしなかったはずです。ところが、夫のふたりの弟たちは、何に腹を立てたのか、よりによって兄の花嫁にとんでもないいたずらをしかけることにしたのです。ふたりとも、とにかく手に負えない荒くれ者でした。そのうちのひとりはインドへ行ってしまい、それ以来音信不通です」

「じゃあ、あなたは……?」荒くれ者の兄弟が目の前の伯爵夫人に、手を――あるいは羽毛かもしれないが――かけるさまに、イモジェンは興味をそそられた。

「とんでもない」レディ・アードモアは手を振った。「わたくしの未来の夫が助けてくれました。血が沸き立つような経験でした」レディ・アードモアはうなずき、イモジェンを見つめた。「実に刺激的です」

「まさか……?」

「ええ、そのとおりですとも」レディ・アードモアは満足げだ。「きっと、うまくいくはずです」

29

ユアン、アナベル、ジョージーの三人はそれぞれ馬の背に乗り、緑色の草地を歩いていた。城を挟んだ向こう側にある中庭から、騒々しい音が漏れ聞こえてくる。三人は角を曲がったところで足を止めた。中庭は人でごった返していた。甲高い挨拶の声が人々の頭上を飛び交っている。音だけではない。明るい赤とオレンジの格子縞の地に濃い緑色の端切れを幾何学的に配した布が中庭全体を華やかに彩っていた。

「面白い」馬を従僕に渡してユアンが言った。「祖母がクローガン家のやつらを召喚したらしい。ここにいるのは男たちばかりのようだ。おそらく女性は馬車に乗ってこちらへ向かっているのだろう」

「あの人たち、誰なの?」ジョージーが尋ねた。

「近隣のクランの連中だ。荒くれ者の集まりさ」ユアンが答えた。よく見ればそのとおりだ。中庭をうろうろしている男たちは、どう見ても酔っているようにしか見えない。

「裏から入ろう」ユアンはアナベルとジョージーを連れ、自家農園へ回った。「僕はゲストに挨拶をしてくる。きみはその気になったら来ればいい」

アナベルが自分の部屋の扉を押し開けたとたん、メイドがびっくりしたテリア犬のように飛び上がった。エルシーはかなり興奮しているのだろう。顔は青ざめ、表情も強張っている。

「ああ、お嬢さま、お城中が人であふれ返っています。こんなこと、想像もできませんでした。二カ所の伯爵領の人々のほとんどが、すでにこのお城の中にいるか、こちらへ向かっているところだそうです。ご貴族さまだけではありません。使用人もすべてです。召使用の広間もいっぱいなんです」

「結婚を祝いに来てくださったんですって」アナベルは考えただけで頭がくらくらした。

「それはほんの一部の方だけです！　残りの大半は食べ物が目当てなんだって、ミセス・ワーソップがおっしゃっていました。すでにバターを切らしてしまったので、村へ使いを出して、集められる限りのバターを集めているんだそうです。でも本当に足りないのは、ウイスキーなんだとか。下ではすでに宴会が始まっているんですよ。まだお昼にもなっていないのに。しかも、レディたちまで。もっとも、中にはとてもレディとは呼べない振る舞いをしている人もいます。ミセス・ワーソップの話では、レディ・アードモアが今朝クローガン一族を召喚なさったのだそうです。クローガンの人々が朝食代わりにお酒を飲む話は誰もが知っていることだそうですよ」

　アナベルはなんと答えていいかわからず、黙って化粧台の前に座り、エルシーに髪をとかせた。「ミセス・ワーソップは食事を出すだけでも猫の手も借りたいほど忙しいんです。ご貴族さまについてきた召使たちは、まったく手伝う気がないみたいで。まるで自分たちが結婚のお祝いに城を訪れたゲストのような顔をしてるんですよ。それなのに、ご貴族さま同様、召使にまで食事を出さなければならないんですから」

エルシーが力を込めてブラシをかけるので、アナベルの髪がパチパチ音を立てている。

「あの召使たちがどうしてあそこまで無礼な態度を取れるのか、わたしにはさっぱりわかりません。ミセス・ワーソップを立てる気持ちがなければ、思いきり文句を言ってやるところなのに」

「言葉には気をつけないと、かえって見下されるわよ」

エルシーが顔をしかめた。「まともなのは、レディ・マクフィファーのメイドだけですね。あの女主人がメイドの半分もましな人間なら、お嬢さまのいいお友達になりますよ。レディ・マクフィファーの娘さんは、どうやらアードモア伯爵と結婚するつもりだったみたいです。もっとも召使用の広間で耳にしたところでは、領地に住む娘たちの半数が同じことを考えていたらしいですけど」

エルシーがブラシを置いた。「さてと、これからゴッサマー・レースのついた薄黄色のサーセネットのドレスを用意しますね」

「それでは豪華すぎるわ。舞踏会用のドレスでは変よ、エルシー」

「少しも変ではありません。人々はみな、なぜ伯爵が結婚相手としてレディ・マクフィファーの娘さんではなくアナベルお嬢さまをお選びになったのか、あれこれ憶測をめぐらしています。さっきレディ・マクフィファーの娘さんをちらりと見かけました。確かにきれいな方ですが、派手なだけで品がありません。一目見ただけで、伯爵夫人には向いていないとわかります。その点、お嬢さまはどこから見ても伯爵夫人にふさわしい気品を備えていらっしゃいます」

「でもエルシー――」

「そういえば、まだ一度もお召しになっていないドレスがありましたね。フランス製の――これだわ」エルシーはドレスをそっとベッドの上に置いた。

アナベルは唇を噛んだ。それは薄い金色のクレープ地のドレスで、スカート全体に淡い色のフレンチローズが飾られ、アクセントとして緑色のリボンが縫い付けられている。胸元が大きく開いていて、少しとはいえトレインを引いているので、本来はフォーマルディナー用のドレスだった。だがその分、高級で美しく、アナベルの勇気を奮い立たせるにはぴったりだ。

「ミセス・フェルトンからいただいた二連の真珠の首飾りをつけてくださいね」部屋の中をうろうろ歩き回りながら、エルシーが言った。「それに、髪にもフレンチローズを付けましょう」すでに心を決めているようだ。

「わかったわ。そのドレスを着ます。でも靴は履きません」

エルシーが顔をしかめた。どうしてわたしじゃなくてメイドの意思で物事が決まってしまうのかしら――。

玄関につながる石の階段に宝石で飾られた足を踏み出したとたん、喧騒が静まった。五〇にも上る人の頭がいっせいに上を向いた。一〇〇の目がアナベルを見つめている。扉の近くにいた召使たちは一瞬見上げただけで、目をそらした。それ以外の人々はみな、金縛りに遭ったかのように息を呑んでいる。

アナベルは人々の好奇心を満たすために一瞬足を止め、それからにっこりと微笑んだ。自分を美しく見せるとびきりの笑顔だ。思惑どおり、階下の人々はうっとりした表情でアナベルを見つめた。アナベルは玄関広間に続く階段を下り始めた。

ナナが人々を押しのけるように階段の下へやってきた。「ミス・エセックス、今は亡き息子に代わり、あなたをアードモア城へ喜んでお迎えいたします」

玄関広間に喜びの声が上がった。

「わたしこそ、この場にいられることを心よりうれしく思います」アナベルはひざを深々と曲げてお辞儀を返した。ほどなくアナベルは楽しげな笑顔を浮かべた人々に取り囲まれた。ゲストが夫婦ごとに宿泊用の部屋へと去っていくたびに、さらに多くのゲストたちが玄関に集まってくるようだ。召使たちは城を出たり入ったりして、忙しそうに立ち働いている。食料が足りなくなるかもしれないというエルシーの悲観的な予想に反し、召使たちはハムや蒸留酒の瓶などの荷を次々と馬車から降ろしてきていた。一時間ほどたった頃、城の外から騒がしい叫び声が聞こえ始めた。声はどんどん城に近づいてきた。

ナナが一カ所にとどまっていることはほとんどなかった。友人に声をかけたり、手の足りないところに召使をやったり、あちこち動き回っていた。そんなナナがアナベルのところへ駆け寄った。「どうやら一行の中心部隊が到着したようよ。バグパイプ吹きもすぐそこまで来ているわ。ユアンはどうしたの？」

アナベルは首を横に振った。「さあ、見かけていません」

「ユアン！」ナナが大声を上げた。そのとき、マックの姿が目に入ったらしい。マックは玄関の階段の下に立ち、焼かれるばかりになって到着した子豚らしきものの監督をしていた。「マック、ユアンを探してちょうだい。バグパイプ吹きが到着しますよ！」

マックは耳をそば立て、それから城を回って厩舎へ向かった。しかし、マックが戻ってくるよりも早く、バグパイプ吹きを先頭にした人々の一団が城の前に姿を見せた。バグパイプ吹きの前でふたりの男がふらふらと踊っている。まるで踊りで一行を誘導しているかのようだ。

ナナはアナベルを外へ連れ出し、階段の一番上へ立たせた。浮かれ騒ぐその一行が近づいたとたん、中庭でうろうろしていた人たちが道を空けた。先頭のふたりが踊りながら階段を上り、続いて一〇人のバグパイプ吹きが上がってきた。

「彼らはクローガンのクランの首領です。結婚式にかこつけてああやって酔っ払っているのでしょう。もっともふだんから酒を飲むのに理由など必要のない人たちですが」バグパイプの音に紛れてナナが言った。

「ご近所の一族ということですか？」アナベルはふたりの男が半ばよろけ半ば踊りながら階

段を上ってくるのを見つめ、そのふたりに不愉快なものを感じた。燃えるように赤い髪はツンツンに立っている。キルトから突き出た毛むくじゃらの太い脚を見ただけで、寒気がした。

「そうよ。いったいユアンはどこへ行ったのかしら。当主として——」

だが、ユアンが当主として何をするはずだったのかはわからずじまいだった。クローガンのふたりは最後の段を上るなり、みだらな笑みを浮かべ、アナベルがマネキン人形であるかのように上から下までなめ回すように見つめた。「へえ、いい女じゃないか、なあ、クローガン？」背の低いほうが言った。

「ああ、ほんとだ」背の高いほうが言った。「考えたんだが——おれが何を考えたかわかるか？」

ナナが割り込んだ。「あなたの考えることなど誰も気にしやしませんよ、クローガン」ナナは背の低い男に杖を向けた。「あなたも同じ、クローガン。礼儀を守りなさい」ナナの辛らつな口調に、クローガンたちは目を見開いた。

「同じお名前でいらっしゃるの？」ふたりの酒臭い息がかからないよう、じりじりと後ろへ下がりながらアナベルは尋ねた。

「こりゃあすげえべっぴんさんじゃねえか」アナベルの胸を見つめたまま、背の低いほうのクローガンが兄弟に話しかけた。

アナベルはもう一歩後ずさりした。

「なあ、兄弟よ」背の高いほうのクローガンが快活に言った。「我らがユアンが、こんなとびきりの美人を嫁にすると決めた以上、それを妬んでもしかたがない。だが、昔からの伝統を忘れるわけにもいかないな」

アナベルは何が起こったのかわからないまま、気がついたときには力強い腕に腰を抱えられ、左手のほうへ向かって階段を引きずり降ろされていた。最後に目に入ったのは、クローガン一族の男たちがユアンの召使を地面に向かって放り投げているさまだった。アナベルは大柄なほうのクローガンの肩にかつがれ、連れ去られてしまった。

「何をするの!」アナベルは男のたくましい肩を叩きながら、金切り声を上げた。

ついさっきまで千鳥足で歩いていた人間とは思えないほど、男の足は速かった。あっという間に三人は森の中に入り、枝葉をかきわけながらまっすぐ進んでいく。背の低いほうのクローガンも、行く先がわかっているかのように、足音を立てて後ろからついてきていた。

「いったい何をするつもりなの?」アナベルがもう一度叫んだ。今度は男の赤い髪をつかみ、力を込めて引っ張った。

「いてえじゃねえか!」男はアナベルを肩から下ろした。だが、腕はつかんだままだ。「あんた、スコットランド人じゃないのか? おれはそう聞いたぞ」

「そうよ、スコットランド人よ!」男をにらみつけながらアナベルは言った。

「いまいましい女め。かわいらしい顔しやがって」男の視線が再びアナベルの乳房に向かった。

「わたしに手を出したら、アードモア伯爵に殺されると思いなさい」

「そんなことはしねえよ」大柄のクローガンが言った。「だが、あんた、本当にスコットランド人なのか？」

「それとこれと、どういう関係があるの？　放してちょうだい！」

「ユアンなら、おれたちの兄弟がすでに捕まえてある」小さいほうのクローガンが言った。「おれたちはあんたの担当だ。羽根を出せ、クローガン」

「なんですって？」

「黒塗りの儀式だよ」薄ら笑いを浮かべながら、男が言った。「知ってるだろう？　それとも、ひょっとしてあんたはこの辺の出じゃないのか？」

「何を言っているのかさっぱりわからないわ」アナベルの叫び声を無視するかのように、大柄のクローガンがリュックサックから羽毛が入っているらしい袋を取り出した。

「あんたに黒塗りの儀式をするのさ。せっかくきれいなドレスを着てるときに申し訳ないが」男はアナベルの胸を覆うレースに手を伸ばした。「そういう指示を受けているんでね。おそらく――」

男の汚い手が胸に向かって伸びるのを見て、アナベルは本能的に悲鳴を上げた。

アナベルの腕をつかんでいたクローガンが飛び上がった。「おいおい、静かにしてくれよ！　あんたを傷つけるつもりはないんだ」

アナベルはようやくいつもの調子を取り戻した。男の分厚い手で口を覆われたとたん、男の手を嚙み、もう一度悲鳴を上げた。

「ちくしょうめ。なあ、クローガン、さっさと糖蜜を塗っちまおう。この女ときたら、アードモアのばあさんと同じくらい手に負えねえぞ。考えたんだが――」

アナベルは宝石をちりばめた靴で思いきり男を蹴飛ばした。

「いてえ！　ちくしょう、いいか、おれが考えてるのは、かわいそうなユアンのために、聖母マリアに捧げる祈りの言葉を入れたほうがいいんじゃないか――」

背の低いクローガンが壺の中身を混ぜる作業を終えたらしい。黒い糖蜜に違いない。アナベルは必死になって体をよじり、声を限りに悲鳴を上げた。

森の中は、アナベルの叫び声と、彼女を押さえているクローガンがあえぐように文句を言う声以外、なんの音も聞こえない。そのときだった。「やめなさい！」明瞭で澄んだ声が聞こえた。

「助けて！」アナベルは叫んだ。覚悟を決めてもう一度クローガンを嚙もうとしたとたん、男はウウッと声を上げて彼女の腕を放し、横ざまに倒れこんだ。

男を蹴り上げようとしていたアナベルは、はずみで地面に突っ伏した。絡み合った木の根や葉に体が埋まり、すぐには起きられない。髪が目を覆い、何も見えなくなった。

だが、物音は聞こえた。何かをバシッとたたく音や叫び声、苦痛にあえぐ声。もう一度、今度は頭をたたくような音がした。アナベルは髪をかき上げ、上を見やった。

ロージーが大きな石を手に持ち、背の低いクローガンに覆いかぶさるように立っていた。クローガンは気を失っている。黒い糖蜜がこぼれ、頬がその中に埋まっていた。ロージーはいかにもうれしそうな顔をしている。混乱した様子はまったくない。「あたしがぶったのよ」陽気な口調で言った。

「あなたが……？」目を瞬きながらアナベルは訊いた。

そのとき、ズシンという別の音が聞こえ、アナベルは振り返った。

ユアンだった。アナベルをつかんでいた大柄のクローガンを地面に押し倒したのだ。ユアンは男を容赦なく殴りつけた。「今度、彼女に指一本でも触れてみろ」バシン！「おまえを殺してやる」ドスッ！　男の首が後ろへ反り返った。「豚に残飯を食わせるくらい簡単に殺してやる」ユアンの声があまりに怒りに満ちていたので、アナベルは呆気に取られていた。

「わかったか、クローガン？」

「わ、わかった。おれは、ただ――」

「彼女に触っていたじゃないか」ユアンはクローガンを肉の入った袋のように持ち上げて手を離した。クローガンは地面にへたり込んだ。

「違うんだよ！　わかった、二度と彼女には近づかない。約束する。だけど、計画したのはおれじゃないんだ。あんたのばあ――」

ユアンはこぶしを振り上げ、クローガンの顎にパンチを食らわせた。男はうなり声を上げて白目をむいた。気を失ってしまったらしい。

「ユアン！」アナベルは息を呑み、ユアンの手に腕を置いた。ユアンが気を失ったクローガンを引っ張り上げ、体を揺さぶって意識を取り戻させようとしたからだ。

「アルマイヤック神父を呼んでくる」ロージーが言った。ベルのように澄んだ声だった。ロージーが走り去るのを見届け、アナベルはユアンに向き直った。

ユアンの手はもうクローガンをつかんではいなかった。

ユアンは激しく息切れがしていた。まるで何キロも走ってきたかのようだ。呼吸を整えるために、まくり上げていた袖をゆっくりと下ろした。このアードモア伯爵ことユアン・ポーリーはたった今、生まれて初めて理性を失った。いや、正確には、初めてではないかもしれない。

横目でアナベルを見やった。彼女は無事だ。僕のアナベル。男たちは彼女を怖がらせはしたが、手を出してはいないらしい。ふと見ると、鳥の羽根が地面に散らばり、壺からこぼれ出た糖蜜がもうひとりのクローガンの髪を汚しつつあった。

その瞬間、ユアンは気づいた。ユアンが最初に目にした恐ろしい光景、アナベルの悲鳴を聞いたときに想像した身も凍らんばかりの地獄絵は、すべて思い違いだった。クローガン兄弟は彼女を強姦しようとしたわけじゃない。酔った勢いでくだらない悪ふざけをしようとしただけだ。

ユアンは勇気を振り絞ってアナベルの目を見ようとした。アナベルが手をユアンの腕に置いたからだ。アナベルはまた眉間にしわを寄せているに違いない。そう思いながら彼女の顔に目をやった。

しかし、アナベルの美しさについ目を閉じてしまいそうになった――くしゃくしゃでも金貨の輝きを放ちながらユアンの腕に垂れ下がった髪、魅惑的な瞳、顔に表れた知性と勇気。

「けがはない？」アナベルがささやいた。

「あいつは僕に触ることもできなかったよ。酔っ払いの愚か者め」

「酔っ払っていてもいなくても関係ないわ」アナベルは体を震わせた。「わたしを助けてくれてありがとう、ユアン」

「僕はやつを殺すところだった」ユアンはゆっくりした口調で言った。「本当に殺すところだったんだ」

アナベルはユアンを見つめた。

「僕が魂を失うわけにはいかない、などとくだらないことを言ったのを覚えているかい？」

アナベルはうなずいた。

「魂を失うなんて実に簡単だったよ。あいつがきみに触れたのを見た瞬間――」

ユアンは言葉を切った。

「殺してやる、って何度思ったことか」ユアンの口調の残忍さが、アナベルの心を冷たい風のように突き刺した。「ああ、アナベル、自分の魂を汚すの汚さないのだとか、汚すとしたらどうやって汚すとかなんてどうでもいいんだ。僕は、きみのために何度自分を汚すことになると思う？　僕に訊いてくれないか」

「わたしのために何度汚してくれるの？」アナベルはユアンの顔色をうかがいながら、弱々しく尋ねた。息を止めて、ユアンの返答を待つ。

「地獄の門が閉ざされるまでさ」ユアンはきっぱりと答えた。

「ああ、ユアン」手でユアンの顔を挟んでアナベルはささやいた。「わたし——」アナベルの目に涙が浮かんだ。

「何を泣いているんだい?」ユアンは驚いたが、アナベルの表情に彼の心を元気づけてくれる何かが見えた。「きみに出会うまで、僕は決して罪深いことをするような人間ではないと思っていた。でも、今はすぐにカッとして人格まで変わってしまうようになった——そのうえ、もう少しで隣人を殺すところだった」

アナベルは笑い出した。でもまだ涙は残っていた。アナベルはユアンの顔中にキスをした——わたしはユアンを愛している、彼の匂いも、彼の味も。やがて、ユアンがアナベルの体に腕を回した。アナベルのとめどないキスをやめさせるように、彼女の口をただむさぼった……まるで世界には、彼らふたりと、ふたりを包む静かな森しか存在しないかのように。

「アナベル?」しばらくしてユアンがささやいた。セクシーなしわがれ声だ。「きみに欲望を感じすぎたことを許してくれるかい?」

アナベルはユアンを見つめ、笑い始めた。

「愛している」ユアンがかすれた声でささやいた。「だけど、アナベル、いくらきみに欲望を感じないようにしても、やっぱりだめなものはだめなんだ」

アナベルはもう一度笑った。「あなた、なんにもわかっていないのね」

「おそらく永遠にわからないだろうな。僕が隣人を殺しそうになったことの何がそんなにきみを喜ばせたのかもわからないんだから」

アナベルはユアンの心臓に両手を置いた。彼の戸惑いぶりを……彼のことを、わたしは大好き。「わたしのためなら、自分を汚してもいいって言ったわよね」

「名誉のしるしとは言えないよ」

「わたしにとっては、名誉のしるしなの。これまで、そんなふうにわたしのことを大切に思ってくれる人はいなかったんだもの」

「僕だって、今まできみほど大切に思った人はいないよ。もちろん、グレゴリーも、ロージーも、ナナも愛している。だが――」ユアンが言葉を切った。

「ご両親が亡くなってから人を愛するのが怖くなった、でしょ?」アナベルはユアンの代わりに言い、涙ながらに微笑んだ。「お金のことなどどうでもよくて、リスクを負うことをいとわないから自然と儲かるだけだ、ってわたしに言ったこと、覚えてる?」

「でも、きみを亡くすことは耐えられない」ユアンの声が急に沈んだ。「きみを死なせるくらいなら僕が死ぬ」

「もし、あなたが――」アナベルは息を呑み、ユアンを見上げた。「どう言えばいいのかわからないわ」

ユアンの目にもうっすらと涙が浮かんでいる。「僕のために、僕の魂を守ってくれるかい、アナベル・エセックス?」ユアンのスコットランド訛りがそれまでに増して強く感じられた。

「ええ、もちろんよ、ユアン・ポーリー。あなたも、わたしの魂を守ってくださる?」

「喜んでお守りします、僕の愛しい人《マ・シェリ》」ユアンはささやいた。

30

その日の夜、未来のアードモア伯爵夫人が北の大舞踏室の入り口に姿を現したとたん、会場にいる誰もが息を呑んだ。ミス・アナベル・エセックスはこの上なく美しい女性だった。宝石をちりばめた靴の先から、金色に光る完璧なカールにいたるまで、まるで装飾雑誌から抜け出たフランス人モデルのようだった。レディ・マクガイアはしかめ面を浮かべて顔をそむけたが、娘のメアリーはポカンと口を開けていた。

「あのドレスを見てよ、ママ」母親の腕をつかんでメアリーは言った。「アードモア伯爵がわたしを花嫁にしたがらなかったのも無理ないわ」

「フランス製じゃないの」レディ・マクガイアはふんと鼻を鳴らしながら言った。そして、それまでの三年間の自分の意見を覆した。「アードモア伯爵なんて大した方じゃないわね。あんな修道士や頭のねじが緩んだ若い女が住んでいなくても同じことよ」そう言うと、隣で未来の伯爵夫人を一目見ようとつま先立ってピョンピョン飛び跳ねている、太めで背の低い若い貴族に向かってうなずいた。「あなたには、バックストン卿のほうがお似合いね」

メアリーは口をとがらせた。「バックストン卿はお城を持っていないし、太っているわ。

それに……」アードモア伯爵が婚約者を出迎えるために部屋を横切っていく。これまで女性を見たことがないかのようにうっとりと、ミス・エセックスを見つめていた。「バックストン卿はあんなふうにわたしのことを見てくれない。ローストターキーならあんなふうに情熱的に出迎えるかもしれないけど、妻にはそんなことはしないわ」

レディ・マクガイアは舞踏室の中を見渡した。しばらくすると夫人はゆっくりとうなずいた。まるで遠い過去の出来事を思い出したかのように。「今夜はスコットランド貴族の中でもとりわけ選び抜かれた人たちが集まっているのよ、メアリー。あんなふうにあなたを見てくれる男性をじっくりと探しなさい。あなたは美しいわ。それを忘れないでちょうだい！」

しかしメアリーは、アードモア伯爵とミス・エセックスがダンスを踊るさまやミス・エセックスがアードモア伯爵を笑いながら見上げるさまから目が離せないでいた。「ママ！　あれを見て！」

レディ・マクガイアは娘の言う方向に目をやった。「まあ、なんてことかしら！　男女のあんなみっともない姿、わたくしは見たことがないわ！」

「アードモア伯爵ったら、ゲストの見ている前でキスをしてる」畏敬の念に打たれたようにメアリーは言った。

舞踏室の反対側では、イモジェンがジョージーを引き寄せて抱きしめていた。「今の見た？　今のよ、見た？」

「もちろん見たわ。つまり、お姉さまの計画が成功したってことよね」ジョージーは言った。

「わたしが考えたわけじゃないわ」イモジェンはうれしそうに言った。ゲストたちが見守る中、ユアンはアナベルを何度も回転させながら踊っている。まさに恋をしている男性そのものだった。「計画したのはナナよ」

「本当？　さぞかしすばらしい戦略だったに違いないわね。ナナに詳しい話を聞かなくちゃ、後々のために」

ユアンが再びアナベルを独り占めできたのは、それから何時間もたってからのことだ。それまで、アナベルは国中の酔っ払ったスコットランド人を相手に踊らされていたも同然だった。ちょっと目を離すとすぐにアナベルの姿を見失ってしまう。すると、我を忘れたクランの男に彼女がべたべた触られているのではないかと心配で、探し回らなければならなくなる。アルマイヤック神父がやってきたとき、ユアンは壁にもたれてアナベルが踊るのをじっと見ているところだった。

「ご自分がどれほど恵まれているか考えておられるのかな」優しい笑みを浮かべ、神父は言った。

「考えることはいくらでもありますからね。ロージーはあれから何か話しましたか？」

「いいえ。あのように話をしてくれることはもうないような気がします。ですが、言葉を使って人助けができたことで、とても満足しているようです。あのお若いほうのクローガンにはお気の毒ですが、ロージーにとって、森で彼らに遭遇したのはすばらしいことだったと思います。あくまでもロージーの考えですが、自分で自分の身を守ることができたと同時に、その過程で声を出すこともできたわけですから。まさに神の恵みです」

ユアンは再びアナベルを見つめた。

アルマイヤック神父は微笑んだ。「一度大切なものを失うと、同じ目に遭うのが怖くてなかなか別の人を愛することができなくなるものです」

ユアンが神父に顔を向け、目を見開いた。「今の言葉――アナベルも同じことを言っていました」

アルマイヤック神父はにやりとした。「あなたをロンドンへ送り出したわたしは、スコットランド一の賢人だとは思いませんか？」

ユアンは小柄な修道士を引き寄せ、抱きしめた。「ああ、そうですとも。そのとおりだ」

ついに待ちに待った瞬間がやってきた。ユアンはアナベルを自分の書斎へ連れ去り、暖炉の前の長椅子に横たえた。

もちろん、まずキスをした。アナベルは目を閉じ、ユアンの腕に体をゆだねた。恍惚とした表情で情熱にあふれている――そんなアナベルがユアンは大好きだった。いまやユアンははっきりと自覚していた。あのエジプトの神をかたどった銅像を困惑したような目で眺めていた、知性的であまりにも美しいアナベルを見た瞬間、自分は恋に落ちたのだ、と。

ユアンはアナベルの顎を持ち上げ、唇で彼女の唇をなぞった。「目を開けて、アナベル」

アナベルが目を開けた。疲れと欲望で物憂げではあるが、ユアンへの愛情は満ちあふれている。ユアンははっきりとそれを読み取ることができた。

「愛している」感情が高ぶり、つい耳障りな声になってしまった。

アナベルがユアンに向かって微笑んだ。と同時に、彼女の目が涙で光り始めた。「ああ、ユアン。わたし、何もわかっていなかったの。いつもお金のことばかり心配して、お金持ちの夫を見つけることばかり考えていて——」

ユアンが口を開いたが、アナベルは首を横に振った。「結局そういうことなの。毎日シルクのドレスが着られれば、安心感が得られるものと思っていたの」

アナベルはユアンの頬に軽くキスをした。「幸せかどうかが愛で決まるなんて、思いもしなかったわ。あなたにキスをしてもらえなかった何時間かは」アナベルは絞り出すような声で言った。「不安でたまらなかった」

ユアンはゆっくりとアナベルに顔を近づけていった。ふたりの唇が重なる。それは、まさしくふたりのキスそのものだった。甘さと激しさが混在したキス。中断していた四月のあの初めてのキスを再開したかのような、そんなキスだった。ユアンは瞬く間にアナベルにのめりこんでいった。自分の魂と愛の両方をキスに注ぎ込んだ。アナベルもキスを返した……アナベルも、魂と愛のすべてをそのキスに込めた。

気がつくとユアンは愛の言葉をつぶやいていた——愛を歌った一流の詩人にはとうてい及ばない出来ではあったが。

「ずいぶんロマンチストになったものね！」アナベルがからかった。決して非難めいた口調ではない。

「きみは違うのかい？　きみだって、僕を愛してくれているんだろう、アナベル？　きみはそう約束してくれた。僕もあと七〇年は約束を守るつもりだ。きみは僕に恋をしている」ユアンはアナベルの目にキスをした。「きみは僕に夢中だ」今度は鼻にキスをした。「きみは僕の虜だ」そしてキスは唇に達した。

「ええ」アナベルはユアンの首に腕を回した。「そうよ、ユアン。わたしはあなたに恋をしているわ」

「僕の気持ちはきみ以上だ」ユアンはささやいた。

しばらくすると、暖炉の炎の勢いが弱まり始めた。すすのついた煙突に向かって時おり火の粉を散らす程度の強さだ。広々とした城の中は静まり返っている。スコットランド人のゲストはみな、それぞれ寝室へ戻ったか、城内の人目につかない隅で眠りこけているのだろう。

ユアンはアナベルを上階へ連れていこうかどうしようか迷っていた。寝室では寝心地のいいベッドがふたりを待っているし、長椅子は座り心地はよくても脚を伸ばせるほど長くはない。もちろん、ふたりはまだ正式に結婚したわけではない。だが、明日の朝一番に――。

「ユアン？」アナベルがユアンのクラバットを引っ張っている。つまり、彼は今すぐ婚約者を抱き上げ、部屋へ戻るべきだということだろう。人々に見つかって、イングランドでの事件をしのぐスキャンダルを引き起こす前に。「コーニーズ・キスを覚えてる？」アナベルはユアンの首元でささやいた。手をユアンのシャツの下へ滑り込ませる。

「きみの記憶力もなかなかのものじゃないか。実演してみせようか」

「その反対はなんて言うのか、あなたに訊いたことを覚えてる?」暖炉の残り火を受け、アナベルの目がきらきらと輝いた。

「反対?」ユアンは尋ねた。だが、アナベルの手はユアンの腰に掛かっている。「よせ!」

「一方に当てはまることは他方にもあてはまる、って言うでしょ?」アナベルは真剣な口調で言い、ユアンの胸にキスをしながら徐々に唇を下げていった。

ユアンはアナベルの髪のカールを見下ろし、紳士らしく振る舞うための最後の努力をした。

「そんな必要はない」あえぐように言った。

「もちろん、必要はないわよ」ユアンを見上げながらアナベルは言った。「わたしがしたいの。部屋の鍵はかけてあるから」にっこりと微笑んだ。

「でも――」

「してほしくない?」

ユアンは呆気にとられてアナベルを見つめた。礼儀正しい淑女はそんな――。ぴったりした言葉が見つからない。

「ユアン、正直に答えて。してほしくないの?」

正直に答えないわけにはいかなかった。今まで質問ゲームでふたりはなんでも正直に答えてきたのだから。そして、どちらかが自分の気持ちを正直に答えた場合は……。

「いや」ついに白状した。「してほしくてたまらない」

アナベルは満面の笑みを浮かべてユアンを見つめた。「ほら、ごらんなさい」

31

数カ月後

「今日の練習はどうだった？」アナベルが尋ねた。

「最高に憂うつだったわ」ジョージーは一六歳らしい性急さでまくし立てた。「ダンスができないの。さっぱりわからないのよ！」愕然とした様子だ。

アナベルは声を上げて笑った。「できないって、どういう意味？　頭の中で拍子を取るのが大変なだけ、って言ってなかった？」

「へたくそなんてものじゃないの。ムッシュー・ジョーモンはもうわたしのこと、あきらめているわ。それ以上に最悪なのが、グレゴリーのダンスが完璧だってこと！」

「確かにあまりにも残酷な運命のいたずらよね」アナベルはニヤニヤしながら言った。ジョージーはスコットランドで冬を越すことに決めていた。グレゴリーとは適度に年が離れているため、弟のように思っている。一方、グレゴリーもジョージーを姉のように慕っている。

「グレゴリーったら、床の上を滑るように動くのよ。まるで次にどうすればいいのか本能的に知っているみたいに」ジョージーは口をへの字に曲げた。「わたしの場合、次にどうするんだったかしらと考えているうちに、頭の中がこんがらがって、わけがわからなくなっちゃうの。そうなったら、もうおしまい。ムッシュー・ジョーモンがまたわめき出すのよ」ジョージーはため息をついた。「家に帰って勉強したほうがいいのかも。ミス・フレックノーは雪のせいでさっぱり落ち着きがなくて、イライラしているの。本当は一緒にロージーや子供たちに会いに行くはずだったんだけど、雪が多くて出かけられやしない」

ロージーは、馬車で一時間ほど行ったところにある孤児院で幸せに暮らしていた。ユアンがロージーのために領地内に立てた小さな家に乳母と暮らし、小さな子供たちと毎日遊んで過ごす日々を送っているのだ。ロージーが一言、二言しか話さないことなど、子供たちはまったく気にしない。それに男性が建物の中に足を踏み入れることはめったにないため、ロージーの心の平和が乱されることもなかった。

しかし、いよいよハイランドにも冬がやってきていた。秋の頃のように頻繁にロージーのところへ行くことはできない。まだ一〇月半ばだというのに、外は雪が降っている。アナベルは寝室の長椅子に横になり、ぼんやりと窓の外を眺めた。最初は空から躍るように舞い落ちていただけの雪が、今はかなり勢いよく降り始めていた。周りを伝って窓を陰らせているつるは、雪の重みでしなっている。

少しお昼寝をしなくては……。アナベルはお腹をそっとさすりながら、横向きになって体を丸めた。お腹の中で赤ちゃんが動いている。胎動というのだそうだ。赤ちゃんが雪と一緒に踊っているような気がした。にっこりと笑みを浮かべると、薄い上掛けを引き上げて眠った。

ユアンが妻の顔を見られるのは実に二週間ぶりのことだった。仕事でグラスゴーに行ったのだが、即座に取り交わされるはずだった契約に、予想以上の時間がかかってしまった。早く帰りたくてしかたがないせいで、余計にそう思えたのかもしれない。

ユアンはドアノブを回し、扉を開けた。アナベルはユアンのほうに顔を向け、手の上に頰を置いて安らかに眠っている。カールした髪は頭の上でまとめられ、金色の輝きを放っていた。ユアンのキスでアナベルは目を覚ました。

寝ぼけまなこのアナベルは、ユアンの首に腕を回した。ユアンの唇がアナベルの唇に勢いよく重ねられた。

「きみを味わいたい。どうしようもなくきみに酔っているよ」アナベルの閉じられたまぶたにキスをしながら、ささやいた。

アナベルは笑みを浮かべたものの、眉間にしわを寄せた。「どうかしたかい、スイートハート？」ユアンはアナベルの眉にキスをしながらささやいた。

「本当にわたしに欲望を感じる？」

ユアンは驚いて体を引き、アナベルを見つめた。その顔は上品な逆三角形で、眉にしろ、切れ長のブルーの目にしろ、顔をしかめていてもついキスしたくなる唇にしろ、どれをとっても申し分ない。世界中で最も魅力的で、美しい女性だ。「もちろん、感じるとも」アナベルの唇にキスできるよう彼女の顔を傾けた。「どうしてそんなことを？」

アナベルはためらった。でも言わないわけにはいかない。「だって、こんなに太ってしまったんだもの。全然魅力的じゃないわ！」

ユアンはニヤリと笑った。「きみは目が見えなくなったのかい、ダーリン？」

「でも、わたしがあまりに不格好になってしまって、あなたが欲望を感じなくなったらどうする？　正直に答えて」アナベルはさらに言った。「わたしが何カ月もベッドから起き上がれなくなったら？　顔が吹き出物だらけになったら？　足首が象のように太くなったら？　ナナに言われたの。女性は赤ちゃんが生まれるまでと、産んだ後しばらくは、夫婦の関係を持ちたくなくなることがあるって」

「留守の間、きみと愛し合うことができなくて僕は寂しかった」ユアンは優しく言った。「でも、その寂しさは、きみと肉体的なつながりが持てないこととはほとんど関係のないものだ。真夜中にうずくような痛みを感じて目を覚ますことはあったけど、痛んだのは僕の心さ。体の他の部分じゃない」

「本当に？」アナベルはつぶやいた。

ユアンは目に笑いを浮かべて優しくうなずいた。「本当だとも。間違いない」

するとアナベルは上掛けを外し、自分の硬くて大きなお腹にユアンの手を当てさせた。

ユアンは驚いてひっくり返りそうになった。「これは驚いた《ロード・オールマイティ》！　二週間でこんなに成長したのかい？」お腹の上で大きな手をさらに大きく広げた。

「神《ロ》さま《ー》の名《ド》前をむやみに使うと、アルマイヤック神父が嫌がるわよ」アナベルは笑った。「二日前にお医者さまが来てくださったの。この子は、わたしたちが初めて結ばれた夜にできた赤ちゃんみたい、ユアン」

ユアンの顔にゆっくりと笑みが広がった。「ケトルの小屋でかい？　あれはすばらしい夜だった」

アナベルはユアンの手の上に自分の手を重ねた。「神父さまの言葉を借りれば、わたしたちに授けられた大切な贈り物よ」

ユアンは恥ずかしげもなく涙を浮かべていた。「僕にとっては、きみこそが大切な贈り物だよ」そう言ってアナベルにキスをした。「僕の妻、僕の心、僕の最愛の人だ」

ユアンはアナベルの涙をキスでふき取った。「きみは本当に美しい」ユアンはため息をついた。「きみの乳房を見てごらん、アナベル」触れていいものかどうかわからず、ユアンはぎりぎりのところで手を止めた。「同じように大きくなっている！」

「破裂することはないわよ」アナベルははにかんだ。喜びが体の中で洪水のように押し寄せてきた。

アナベルは再び長椅子の背に頭をもたせかけた。耳の中で心臓の鼓動が聞こえる。ユアンの手の動きは、アナベルを炎のように燃え上がらせていた。アナベルは目を見開いた。ユアンの瞳がエロチックな光を放っている。「妊娠中の女性がこんなに美しいなんて、知らなかったよ」かすれた声でユアンはささやいた。「別々の部屋で寝たほうがいいかもしれない、アナベル。もし、僕に触られるのが嫌ならだが」

ユアンはアナベルの乳首を親指でこすった。アナベルはうなるような声を上げた。ついヒップが緊張し、力が入ってしまう。ユアンは手を引き、よろめきながら立ち上がった。「これは僕にとってひとつの試練になりそうだ」額の髪をかき上げながらユアンは言った。

アナベルは伸びをした。こんなに気分がいいのは久しぶりだ。こんなに自分が美しく思えるのも、そして欲望を感じるのも。「一緒にスコットランドへやってきたときの旅を思い出さない？　また質問ゲームをしてもいいわよ」

「だめだ」ユアンは苦悶の表情を浮かべている。「キスはだめだ」

アナベルは立ち上がり、もう一度伸びをした。ユアンは無理やり目をそらした。「ああ、やっぱり試練だ」独り言を言っている。

アナベルはニヤリと笑った。これほど挑発的な気分になったことは今までなかった。自分の存在がそれほどの影響力を持っていることも、それだけ愛されているということも、あらためて気づかされた。アナベルはベッドに歩み寄って腰を下ろし、腕を後ろへ伸ばして胸をそらした。乳房の大きさを強調するためだ。

「頼むからきみも協力してくれないか」ユアンが懇願するように言った。「そんな目で僕を見ないでくれ」

アナベルは笑みと愉快な気持ちを隠し、口を尖らせた。「わたしもあなたの協力が必要なの。どうかここへ来て手を貸してちょうだい」

「わかった。きみが望むなら僕はなんだってするよ、アナベル」

「それなら、まずこのドレスを脱がせてくれる？」

ユアンは部屋の真ん中に声もなく立ち尽くした。

「それから」欲望に燃えたアナベルはじれったそうな声を出した。「ここ、ここにキスをしてほしいの」アナベルは乳房に手をやった。「それからここにも」大きなお腹を触った。「それから……」

いつの間にか隣にユアンが来ていた。ベッドに腰かけてアナベルを抱きしめる。あまりに急な出来事だったので、アナベルには何が起こったのかわからなかったほどだ。「愛してる、アナベル」ユアンの低い声には、決意と正直さと真実がこもっていた。

「どれだけあなたを愛しているか、わたしに訊いてくれる？」アナベルはユアンの顔を両手で包み込んだ。「正直に答えるって約束するわ」

「どれだけ僕を愛してくれている？」ユアンがささやいた。

「たくさんよ」アナベルもささやき返した。「死さえも乗り越えてしまうほど。さあ、これでキス一回分はいただきね」ほどなくして、ふたりはベッドに横たわった。ふたりを隔てるものがあるとすれば、アナベルのお腹の中で大きくなりつつある子供だけだ。

その子、将来のアードモア伯爵ことサミュエル・ラファエル・ポーリーは、お腹の中でぐっすりと眠っていた。

訳者あとがき

本書『見つめあうたび』（原題 Kiss Me, Annabel）は、米国ニューヨーク・タイムズ紙のベストセラー作家エロイザ・ジェームズの初邦訳作品になります。

舞台は一九世紀初頭の英国ロンドンとスコットランドのアバディーンシャー。ヒロインのアナベル・エセックスはスコットランドの貴族、故ブライドン子爵の娘で、四人姉妹の次女にあたります。しかし、貴族とは名ばかりで、とても貧しい生活を送っていたアナベルは、幼い頃から裕福なイングランド人との結婚を夢見ていました。

ある日、舞踏会に出席したアナベルは、スコットランド人のアードモア伯爵と出会います。ハンサムなアードモア伯爵にアナベルは興味を持ちますが、伯爵とはいえ貧乏で、お金持ちの花嫁を探しにロンドンへやってきたと噂されているアードモア伯爵は、結婚相手としては考えられませんでした。

しかしひょんなことからゴシップ紙にふたりの「あらぬ関係」が取りざたされ、アードモア伯爵と結婚せざるをえなくなります。アナベルは不本意なまま、彼の花嫁としてスコットランドへ向かう馬車に乗り込むことに……。

ヒロインのアナベルは、一言で言えば「思い込みが激しく一途」な女性です。自分の美貌に絶対的な自信を持っていて、その自信と思い込みの激しさゆえに苦悩を抱えることになります。思い込みが激しいと言うとマイナス的に聞こえますが、そこがアナベルの魅力――かわいらしさ――であることは読者の皆様にはおわかりいただけることでしょう。

一方、ヒーローのアードモア伯爵ことユアンもかなり「思い込みの激しい」性格の持ち主です。貴族とは思えない肉体的たくましさと、おそらくは生い立ちによるところの精神的たくましさを合わせ持ち、相当な自信家です。

「思い込みの激しい」ふたりにどんなロマンスが待っているのか、それは本文を読んでのお楽しみにしていただければと思います。

ここで、著者エロイザ・ジェームズをご紹介しましょう。

本名はメアリー・ブライ。父は詩人で米国図書賞を受賞したロバート・ブライ、母は短編小説家キャロル・ブライという文学一家に生まれました。ハーバード大学卒業後、オックスフォード大学とエール大学で学位を取得し、現在はニューヨークシティにあるフォーダム大学でシェイクスピア研究を専門にした教授として教鞭を執っています。私生活では二児の母親でもあるエロイザは、ロマンス作家、大学教授、そして二人の子どもの母親という三足のわらじをはきこなすまさにスーパーウーマンです。

エロイザが専門とするシェイクスピア論とルネッサンス時代に関する知識は、小説の執筆にも役立てられています。本書の場合、シェイクスピアの『じゃじゃ馬ならし』がベースになっています。しかし〝じゃじゃ馬を飼い慣らす〟というシェイクスピアの考えには賛同できず、またアナベルを従順な女性に仕立てて逆境を乗り越えさせるつもりもなかったため、男女の立場を逆転させることで『じゃじゃ馬ならし』を本書の中に取り込んだのだとか。

本書が初邦訳作品であることは冒頭でも述べましたが、米国では十冊以上の作品が刊行されている一流ロマンス作家として知られています。日本ではすでにおなじみのロマンス作家とも親交が厚く、リサ・クレイパス、コニー・ブロックウェイなど五人のロマンス作家とともに「http://www.squawkradio.com/」というブログサイトを運営しています。このブログは日替わりで更新されており、作家たちの日常の出来事やお気に入りの本が紹介されているほか、ときにはゲストとしてメンバー以外の作家が書き込んだりすることもあります。最近では、スーザン・エリザベス・フィリップスが新作の宣伝をするなど、ロマンス小説ファンにはたまらないサイトです。

ご存じの方もいらっしゃるでしょうが、本書はエセックス家の四姉妹をそれぞれ主人公にした四つの物語の二作目にあたります。今回、版権その他の関係から本作を刊行することになりましたが、個々に独立した話ですので、安心してお楽しみいただけます。また原書がかなりの頁数に上るため、皆様にどのような形でお読みいただくのがいいか著者とも相談の結果、妹にまつわるエピソードを少しカットしました。こうした相談にも気さくに応じて、了承し、日本語での刊行を喜んでくれたエロイザに心より感謝するとともに、主役の二人のなりゆきにどっぷり浸れる日本語版を通じて彼女のファンが増えることを願ってやみません。